Für meine Söhne

Prolog

Er klappte sein Handy zu und steckte es in die Tasche seiner hautengen Jeans. Der letzte Schritt war getan; jetzt würde es nicht mehr lange dauern. Das Warten war allerdings zermürbend. Unwillkürlich kamen die Erinnerungen an seine einzige Fahrt mit einer Achterbahn wieder hoch und brannten wie tausend Nadelstiche auf seiner Haut. Acht Jahre alt war er gewesen, als er, unentrinnbar in dem klapprigen Gefährt gefangen, mit wachsender Panik gen Himmel aufgestiegen war: … klack … klack … klack …

Er schüttelte den Kopf, um sich von der Erinnerung zu befreien, griff rasch nach seinem langen, braunen Haar und zog es zu einem Pferdeschwanz zusammen. Eine Weile hielt er es so und atmete langsam aus, um seinen Puls zu beruhigen. Er konnte es sich nicht erlauben, jetzt die Kontrolle zu verlieren. Bei der Bewegung war sein T-Shirt hochgerutscht. Geistesabwesend bewunderte er im Spiegel über dem Frisiertisch die Tätowierung der zusammengerollten Schlange auf seinem schlanken, muskulösen Bauch.

Irgendwann begann er wieder, auf und ab zu schreiten. Der Teppichboden des Motels knirschte unter seinen Füßen, aber die Bewegung half. Trotz seiner Angst ging er locker aus der Hüfte heraus. Dabei überdachte er noch einmal seinen Plan und suchte nach möglichen Schwachstellen. Nein, er hatte alles perfekt vorbereitet. Es würde funktionieren. Es musste funktionieren. Er blieb stehen und sah sich in dem schwach beleuchteten Motelzimmer um. »Zimmer« war vielleicht zu viel gesagt – es war kaum mehr als ein Kabuff mit Bett. Sein Blick fiel auf einen Schalter an der Wand. Nur um irgendetwas zu tun, ging er hin und betätigte ihn. Nichts geschah. Er schaute hoch und sah einen verstaubten Deckenventilator. Der abgestandene Zigarettengestank deutete darauf hin, dass er schon seit Jahren nicht mehr funktionierte. An den Wänden befanden sich undefinierbare Flecken, die möglicherweise älter waren als er selbst. Der Gedanke belustigte ihn. Weder die Flecken noch der Geruch der Verwahrlosung noch das Gefühl der Ausweglosigkeit konnten ihn entmutigen. Der Ort war nicht schlimmer als viele andere, an denen er sich während seiner siebzehn Jahre auf diesem Planeten aufgehalten hatte.

Tatsächlich löste diese miese Absteige keine Verzweiflung, sondern eher Triumphgefühle in ihm aus. Sie stand für die Welt, in die er hineingeboren worden war und die er nun endlich hinter sich lassen würde … für immer. Zum ersten Mal in seinem Leben, das in den Händen eines durchgeknallten Cracksüchtigen beinahe ein Ende gefunden hatte, während seine sogenannte Mutter im Raum nebenan ausschlafen musste, würde er die Kontrolle übernehmen. Er hielt inne, um sich die Situation seines möglichen frühzeitigen Ablebens in Erinnerung zu rufen. Es war keine wirkliche Erinnerung, da er damals erst zwei Monate alt gewesen war, sondern eher das Wissen um einen Eintrag im Bericht eines Sozialarbeiters. Er hatte ihn zufällig entziffern können, als der Mann einer der Pflegefamilien, in denen er während der letzten sechzehn Jahre »aufgezogen« worden war, einen Routinebesuch abgestattet hatte. Wie immer, wenn ihm dieser Bericht in den Sinn kam, fragte er sich, ob seine Mutter noch lebte. Jetzt fühlte sich der Gedanke allerdings anders an. Statt hilfloser Qual – und Wut – spürte er Macht, die Macht der Wahl.

Jetzt würde er seine Mutter finden können … wenn er wollte. Finden und ihr demonstrieren, dass ihr Baby, um das sie sich in ihrem Drogenrausch einen Scheißdreck gekümmert hatte, ganz groß rausgekommen war. Dass es den großen Coup gelandet hatte.

In wenigen Minuten würde er sich von dem Kind, das am Rande der Gesellschaft vor sich hin vegetiert, endgültig verabschieden. Er stützte die Hände in die Hüften, schaute aus dem schmierigen Fenster und genoss die Vorstellung – »leckt mich doch!« –, endlich Geld zu besitzen. Allen würde er den Stinkefinger zeigen, all diesen Pflegeeltern, für die er lediglich ein Dollarzeichen war, und all diesen Arschlöchern, mit denen er sich hatte abfinden müssen, um ein Dach über dem Kopf und etwas zu essen zu haben. Und falls er sich dazu entschließen würde, seine Mutter aufzusuchen, würde er mit irgendetwas Abgefahrenem dort aufkreuzen, einem Kleid oder Schmuck oder so. Mit irgendetwas, das sie den Jahren hinterherjammern lassen würde, in denen sie ihn nicht bei sich gehabt hatte. Er malte sich aus, wie er es in einer aufwändig verpackten Schachtel überreichen und was für ein Gesicht sie machen würde. Ein konkretes Bild wollte sich nicht einstellen. Das einzige Foto, das er von ihr besaß – aufgenommen, als er noch kein Jahr alt gewesen war –, war so vergilbt, dass man nur noch die Konturen ihrer langen, braunen Haare erkennen konnte. Der Gedanke, den großen Macker zu spielen, berauschte ihn trotzdem, und so überließ er sich der Fantasie, seine Mutter würde ihn tatsächlich lieben.

Das Klopfen an der Tür riss ihn in die Wirklichkeit zurück. Er schluckte und holte tief Luft, dann ging er hin. Seine Hände zitterten. Er rieb sich schnell über die Oberschenkel, damit sie damit aufhörten. Langsam atmete er aus und zwang sich, seine Gesichtszüge zu entspannen, als er die Tür öffnete.

»Hallo«, sagte er und trat beiseite, um den Besuch hereinzulassen. »Es ist schon ziemlich spät.«

»Ich habe die Zeit vergessen, tut mir leid.« Die Person trat schnell ein.

»Alles dabei?«, fragte der Junge misstrauisch.

Die Person nickte. Der Junge lächelte und schloss die Tür.

1

Schuldig? Schon? Sind die einfach aufgesprungen und haben auf den Buzzer gedrückt, nach dem Motto, wer als Erster die Lösung weiß, bekommt die Punkte?«, fragte Jake und schüttelte ungläubig den Kopf.

Ich nickte und lachte. »In der Tat, es ist verrückt. Fünfundvierzig Minuten für ein Urteil nach einem dreimonatigen Verfahren«, sagte ich und schüttelte ebenfalls den Kopf. »Ich dachte, die Gerichtsdienerin macht Scherze, als sie mich in den Saal zurückrufen wollte. Wenn ich so darüber nachdenke, war das vermutlich mein schnellster Sieg in erster Instanz.«

»Verdammt, Sistah, das ist der schnellste Sieg, der mir überhaupt je untergekommen ist«, sagte Toni, als sie sich auf den Stuhl vor meinem Schreibtisch fallen ließ. Manchmal gefiel es ihr, uns mit Ghetto-Slang zu beeindrucken.

»Es führt kein Weg daran vorbei«, antwortete ich. »Diesmal hat dein Homegirl einen fetten Punktsieg hingelegt, was?«

Toni schaute mich abfällig an. »Aua, Schneeflöckchen. Du bringst es nicht, also lass es lieber sein.« Sie griff nach dem Becher, der stets sauber und einsatzbereit für sie auf dem Fensterbrett stand.

Ich zog eine Augenbraue hoch. »Du hast die Wahl: Nimm das zurück und du bekommst deinen Drink, oder freu dich über deine lächerliche Spitze und bleib auf dem Trockenen sitzen.«

Toni beäugte die Flasche Glenlivet auf meinem Schreibtisch

und presste die Lippen zusammen, während sie die Alternativen erwog. Es dauerte nicht lange. »Komisch, für einen Moment habe ich gedacht, Sister Souljah sei hier im Raum«, verkündete sie gleichmütig und knallte ihren Becher auf meinen Schreibtisch. »Zufrieden?«

Ich zuckte mit den Achseln. »Nicht dein bester Auftritt, aber man kann ja nicht immer brillieren.« Nachdem ich den Eiswürfelbereiter aus meinem Minigefrierfach herausgebrochen und ein paar Eiswürfel in ihren Becher getan hatte, schenkte ich ihr einen großzügigen doppelten Whisky ein. Toni warf mir indes einen warnenden Blick zu, dass ich es nicht zu weit treiben sollte.

Ich wandte mich an Jake und zeigte auf die Flasche. »Schlückchen?« Jake trank eigentlich nicht, aber manchmal schloss er sich aus Geselligkeit an.

Er nickte und schenkte mir eines jener jungenhaften Lächeln, die ein Zimmer zu erleuchten vermochten – und Jurys im gesamten Land das Herz aufgehen ließen. Die Metallbrille, das wellige braune Haar und das bescheidene Auftreten des Jungen vom Lande bildeten eine gewinnende Kombination, zu der sich noch zwei nicht mehr wirklich notwendige, aber doch perfekt passende Grübchen hinzugesellten. Jurymitglieder fassten instinktiv Vertrauen zu ihm. Sein Blick war so engelsgleich, dass die Leute kaum glauben konnten, dass er nicht mehr aufs College ging, sondern sogar schon die Strapazen eines Jurastudiums und einer fast siebenjährigen Amtszeit als Staatsanwalt hinter sich hatte. Ich goss ihm einen winzigen Schluck Glenlivet ein, dazu großzügig Wasser, um ihm nicht mehr zuzumuten, als er bewältigen konnte. Auch mir gab ich nicht mehr, als ich vertragen konnte, einen dreifachen Whisky pur nämlich.

Toni hob ihren Becher. »Auf Rachel Knight, die Eile ins Eilverfahren bringt.«

Jake hob seine Tasse. »Dem schließe ich mich an«, sagte er mit einem verschmitzten Grinsen. »Bis ich den Rekord brechen werde.«

Ich verdrehte die Augen, als mir Jake so unverblümt den Fehdehandschuh hinwarf. »Auch das noch. Na, dann mal los«, sagte ich.

»Runter damit«, stimmte Toni zu und schaute Jake mit zusammengekniffenen Augen an. »Los, kleiner Mann.«

Jake warf ihr einen entschlossenen Blick zu und nickte. Sie schauten sich in die Augen und stießen an. Toni und ich tranken in großen Zügen, Jake in bescheidenen Schlückchen. Dann kehrte Toni zum Ausgangspunkt zurück. »Ging es um die Schießerei der Dope-Dealer im MacArthur Park?«, fragte sie.

Ich schüttelte den Kopf. Toni, Jake und ich arbeiteten für die Special Trials, eine kleine Eliteeinheit, die besonders komplizierte und brisante Fälle übernahm. Obwohl Toni so gut und so ehrgeizig war wie alle Mitarbeiter der Einheit, lebte sie nicht in einer Weise für ihren Job, wie Jake und ich das taten. Das war eines der vielen Dinge, in denen wir uns perfekt ergänzten.

Bevor ich antworten konnte, sagte Jake: »Nein, es war der Fall mit dem Angeklagten, der seine Frau vergiftet und ihre Leiche dann die Klippe hinuntergeworfen hat.«

Toni dachte einen Moment nach. »Ach ja. Die Leiche war aufs Meer hinausgetrieben, richtig? Und auch die Mordwaffe wurde nie gefunden.«

Ich nickte.

Toni schüttelte den Kopf. »Beweise sind etwas für Anfänger«, sagte sie lachend. »Du bist ein echtes Vorbild.« Sie hob ihren Becher zu einem weiteren Toast.

»Ich hatte Glück«, sagte ich mit einem Achselzucken und hob ebenfalls meinen Whisky.

Toni verzog das Gesicht. »Oh nein, kannst du bitte aufhören mit diesem Bescheidenheitssermon? Ich hab schon mit eigenen Augen gesehen, wie du diese Meute in der Gegend herumscheuchst. Niemand macht ihnen Feuer unterm Hintern wie du.« Sie wandte sich an Jake: »Außer dir vielleicht.« Dann nahm sie einen Schluck und lehnte sich zurück. »Ihr seid zwei schräge Vögel, und das wisst ihr auch.«

Jake und ich schauten uns an. Protest war zwecklos. Als Jake vor zwei Jahren zu unserer Spezialeinheit gestoßen war, hatten wir im jeweils anderen sofort den seelenverwandten Workaholic erkannt. Bei der Staatsanwaltschaft zu sein war mehr als ein Beruf für uns – es war eine Mission. Wir identifizierten uns mit dem Leiden der Opfer und hielten es für unsere Pflicht, mit einem gewissen Maß an Gerechtigkeit dagegen anzukämpfen. Durch ein unausgesprochenes Einverständnis führte uns unsere gemeinsame Leidenschaft für die Arbeit allerdings nie auf privates Terrain – weder in Worten noch in Taten. Nur selten gingen wir außerhalb des Dienstgebäudes miteinander essen, und wenn wir an den langen Abenden nach den Gerichtsverhandlungen unsere Fälle durchkauten, würden wir nicht im Traum daran denken, das irgendwo beim Dinner zu tun. Stattdessen plünderten wir meine Vorräte an Salzbrezelchen und verfeinerten sie mit Senf aus Plastiktütchen, die Jake in der Gerichtskantine mitgehen ließ. Niemals redeten wir über unser Leben außerhalb des Büros – weder vor noch nach Eintritt in die Staatsanwaltschaft. Diese seltsame Grenze in unserer Beziehung hatte nicht allein mit unserer Hingabe an den Beruf zu tun. Wir waren uns einfach zu ähnlich. Ich stellte bewusst keine persönlichen Fragen, weil ich keine Lust hatte, welche zu beantworten, und Jake war genauso zugeknöpft. Frag nichts, sag nichts, und wenn jemand etwas wissen will – abwehren. Das stillschweigende Wissen um diese Gemeinsamkeit führte dazu, dass wir uns in der Gegenwart des anderen so entspannt fühlten wie sonst nur selten.

»Nun, sie hat nicht ganz Unrecht, Tone«, sagte Jake süffisant. »Es war tatsächlich Glück dabei – Tynan war der Richter.«

Toni kicherte. »Heilige Scheiße, das nenn ich Schwein. Wie oft hast du dich danebenbenommen?«

»Kaum. Ich habe nur einmal ›Arschloch‹ gesagt.«

»Nicht schlecht für deine Verhältnisse«, stellte Toni amüsiert fest. »Wann?«

»Während des Gegenbeweises. Und ich meinte damit meinen eigenen Zeugen.«

Mit meiner Unfähigkeit, in der Hitze des Gefechts meine blumige Ausdrucksweise zu zügeln, habe ich mir schon häufiger Bußgelder eingehandelt. Man könnte meinen, dass mir der finanzielle Aspekt helfen würde, mich zusammenzureißen. Tatsächlich hat er mich nur dazu veranlasst, einen kleinen Fonds anzulegen.

»Die Rügen wegen Missachtung der Würde des Gerichts verdankst du zweifellos gerecht verteilten Ausfällen«, stellte Toni fest. »Was hat Tynan unternommen?«

»Er hat nur gesagt: ›Ich warne Sie.‹« Ich seufzte, nahm einen Schluck von meinem Whisky und streckte meine Beine unter dem Tisch aus. »Wenn ich es doch nur immer mit ihm zu tun hätte.«

»Ha!«, schnaubte Jake. »Schon bei der zweiten Sitzung hättest du den Kredit verspielt, und bei der dritten wärst du erledigt.«

»Danke für so viel Vertrauen.«

Jake zuckte mit den Achseln. »Hey, ich wollte doch bloß sagen …«

Ich lachte und warf eine Büroklammer nach ihm. Er fing sie locker auf und schaute dann auf die Uhr am Times Building.

»Verdammt, ich muss los. Bis dann, Mädels.« Schon hatte er seine Tasse abgestellt und war verschwunden. Seine Schritte hallten im Flur wider.

Ich wandte mich an Toni. »Noch einen Schluck?«, fragte ich und hielt den Glenlivet hoch.

Toni schüttelte den Kopf. »Nein. Für heute habe ich genug vom Amtsmief. Warum machen wir uns nicht vom Acker und gehen ins Church and State? Wir haben allen Grund für eine ordentliche Sause.«

Das Church and State war ein hippes neues Restaurant im alten Meatpacking District und hatte sich im Rahmen der Bemühungen, das Zentrum von L.A. aufzuwerten, dort angesiedelt. Wie allerdings ein Laden für schicke, betuchte Gäste zwei Blocks entfernt von Skid Row, einem Viertel mit lauter Obdachlosen, überleben sollte, war mir schleierhaft. Ich musterte den Stapel Fälle, der auf dem Tisch mit dem Minigefrierschrank lag. Im Prinzip war ich schon in Partystimmung, und nach Erledigung dieses vertrackten Mordes ohne Leiche könnte ich es mir vielleicht sogar leisten. Das Verfahren hatte mich aber von meinen anderen Fällen abgehalten, und ich wurde immer leicht – okay, total – panisch, wenn ich mich länger als ein paar Tage nicht mit einem Fall beschäftigt hatte. Würde ich heute mit Toni ausgehen, würde ich nur herumnerven und mir die ganze Zeit wünschen, ich wäre bei der Arbeit geblieben. Diese Zumutung sollte ich ihr ersparen, das war ich ihr schuldig.

»Tut mir leid, Tone, ich …«

»Gib dir keine Mühe, ich weiß schon.« Toni schüttelte den Kopf, als sie ihren Becher auf meinen Schreibtisch knallte und aufstand. »Nicht einmal für eine kleine Siegesfeier kannst du dir freinehmen? Das ist krank, aber vergiss es.«

Neu war ihr das nicht, und sie klang auch nicht im Mindesten überrascht.

»Wie wär's mit morgen? Dann können wir ins Church and State gehen oder wo auch immer du hinwillst«, versprach ich ihr, obgleich meine Hoffnung größer war als meine Überzeugung. Ich war mir keineswegs sicher, ob ich den Stapel bis dahin abgearbeitet und den Rückstand aufgeholt haben würde. Da ich Toni nicht gerne enttäuschte, schwor ich mir aber, alles zu geben.

Toni schaute mich an und seufzte. »Klar, darüber sprechen wir morgen noch mal.« Sie hängte sich den Laptop über die eine Schulter und die Handtasche über die andere. »Ich bin dann mal weg. Bleib nicht mehr so lange. Wenn sogar dein zwangsgestörter Gesinnungsgenosse die Flatter macht«, sie nickte zu Jakes Büro hinüber, »dann wirst du ja wohl auch mal früher gehen können.«

Ich musste lachen. »Du hast ja Recht. Was hatte er denn eigentlich vor?«

»Vielleicht haben seine außerirdischen Befehlshaber ihm gesagt, dass er verdammt noch mal ein Leben leben soll«, antwortete Toni, als sie zur Tür ging. »Ich für meinen Teil habe bereits eins, deswegen werde ich die Zone der Zwangsgestörten jetzt offiziell verlassen.« Mit einem Lächeln trat sie in den Flur hinaus.

»Viel Spaß!«

»Dir auch«, rief sie zurück. Und mit einem lauten Bühnenflüstern fügte sie hinzu: »Du Besessene.«

»Das hab ich gehört!«, rief ich.

»Scher dich einfach nicht drum.«

Ich ließ mich zurückfallen und lehnte meinen Kopf an das kalte Leder meines imposanten Richterstuhls. Zu meinem kleinen, für Distriktangelegenheiten ausgelegten Staatsanwältinnenschreibtisch passte er nicht wirklich, aber das störte mich nicht. Irgendwann einmal war er, spätabends und vollkommen herrenlos, auf mysteriöse Weise auf unserem Flur aufgetaucht. Ich hatte in beide Richtungen geschaut und ihn dann schnell in mein Büro geschoben. Meinen eigenen armseligen Stuhl hatte ich in einen hinreichend weit entfernten Flur geschafft, damit man die Spur nicht zurückverfolgen konnte. Bei der Rückkehr in mein Büro hatte ich mich gefragt, ob er direkt aus einer Richterkammer »entfernt« worden war. Die bloße Möglichkeit hatte mein Triumphgefühl noch einmal anschwellen lassen.

Ich wandte mich meinem Aktenstapel zu und nahm die oberste Mappe herunter, aber nach fünfzehn Minuten spürte ich, wie mir die Augenlider zufielen. Ich hätte gedacht, noch genug Energie zu besitzen, um wenigstens ein paar Fälle durchackern zu können, aber wie immer hatte ich meine Erschöpfung unterschätzt. Und der Glenlivet hatte auch nicht gerade geholfen.

Nun hörte ich, wie die letzten Nachzügler schwatzend ihre Büros verließen. Als die Etagentür hinter ihnen ins Schloss fiel, erfüllte Schweigen die Luft. So müde ich auch war, würde ich trotzdem jetzt nicht nach Hause gehen. Es war die schönste Zeit des Tages, wenn ich die gesamte Büroetage für mich alleine hatte. Keine Anrufe, keine Freunde, keine Polizisten, die mich ablenken würden. Ich atmete aus, schaute aus dem Fenster und bewunderte die unvermindert spektakuläre Aussicht. Die Straßenlaternen waren angegangen, und die zerklüftete Silhouette der Bürogebäude im Zentrum von L.A. glühte vor der sich herabsenkenden Dunkelheit. Aus meinem Büro im achtzehnten Stockwerk des Strafgerichtsgebäudes konnte ich vom amtlichen Polizei-Shop über das Polizeiverwaltungsgebäude bis hin zum Dorothy Chandler Pavilion und den Theatern alles sehen, einschließlich sämtlicher Straßen und Bürgersteige auf dieser Strecke. Die Ironie, zwischen den Extremen zu residieren, entlockte mir immer noch ein Schmunzeln. Eigentlich konnte man schon von Glück sagen, wenn man überhaupt ein Büro mit Fenster hatte, geschweige denn eines mit Aussicht. Die Tatsache, dass ich diesen Raum mit meinem Wechsel zu den Special Trials bekommen hatte – nachdem ich mir sieben Jahre lang den Hintern aufgerissen hatte, um dort zu landen –, hatte mir meinen Triumph zusätzlich versüßt.

Nicht dass es mir etwas ausgemacht hätte, mich an den Gerichten in Van Nuys und Compton mit den gewöhnlichen Schwerverbrechern herumzuschlagen. Die Tatsache, dass die Anklagten alle paar Jahre in den Schoß des Gerichts zurückkehrten, verlieh der Arbeit dort etwas Familiäres. Sicher, es war eine verrückte, dysfunktionale und größtenteils kriminelle Familie, aber dennoch. Andererseits war diese Arbeit einfach nichts für mich. Seit ich von den Special Trials gehört hatte, war mir klar gewesen, dass ich genau dort hinwollte. Die erfahrenen Staatsanwälte hatten mich gewarnt, dass ich dort noch mehr arbeiten müsse, dass die Verfahren ewig dauerten, dass man immer im Lichte der Öffentlichkeit stehe, dass man ständigem Druck ausgesetzt sei. Ich hatte ihnen nicht verraten, dass genau das den besonderen Reiz für mich ausmachte. Der Job hatte sich dann sogar als noch besser erwiesen, als ich es mir vorgestellt hatte. Bei fast jedem Fall hatte man es mit den besten Anwälten und den besten Polizisten zu tun, und die Intensität der Arbeit war absolut berauschend. »Sei vorsichtig, was du dir wünschst – es könnte in Erfüllung gehen«, heißt es oft. In diesem Fall traf das nicht zu. Noch immer freute ich mich mindestens einmal am Tag, dass ich es in die Special Trials geschafft hatte.

Ich versuchte, meine Konzentration wieder auf die Berichte zu lenken, die im letzten Monat zur Fallakte hinzugekommen waren, aber die Worte verschwammen vor meinen Augen. Ich lehnte mich zurück, hoffte, den toten Punkt bald zu überwinden, und beobachtete den Verkehr, der sich durch die

Main Street schob. Der Himmel hatte sich verfinstert. Dunkle Wolken zogen auf.

Mir wurde bewusst, dass der tote Punkt noch eine Weile bleiben würde, und so kapitulierte ich und machte für den Abend Schluss. Ich stand auf, streckte mich, ging zum Tisch neben dem Fenster, wo ich meine Aktentasche abgestellt hatte, und trug sie zum Schreibtisch. Nachdem ich fünf Akten eingesteckt hatte – pures Wunschdenken, das war mir klar –, griff ich nach meiner Handtasche und nahm meinen Mantel vom Haken an der Tür. Ich zog ihn an und hängte mir die Aktentasche über die Schulter, dann steckte ich die Hand in die Manteltasche und entsicherte meine handtellergroße Beretta .22. Schließlich klinkte ich mit dem Fuß den Türstopper aus, ging in Richtung der Aufzüge und hörte meine Bürotür hinter mir ins Schloss fallen.

Zu dieser Tageszeit musste ich nicht lange warten. Innerhalb weniger Sekunden klingelte es, und ich betrat die leere Kabine. Der Aufzug sauste alle achtzehn Stockwerke hinab und kam im Erdgeschoss mit einem Schütteln zum Stehen. Derart schwindelerregende Fahrten erlebte man nur zu stillen Zeiten wie dieser. Ich genoss die Geschwindigkeit, solange ich nicht darüber nachdachte, was sich über das Verhältnis zwischen der Qualität der Maschinerie und meiner Lebenserwartung sagen ließe.

Als ich durch die dunkle Vorhalle zur Tür ging, hielt ich die Augen auf, um auch seitlich alles im Blick zu haben. Seit ich vor einem Jahr in das nahe gelegene Biltmore Hotel gezogen war, ging ich immer zu Fuß zur Arbeit. Es wäre dumm, für die sechs Blocks zum Gerichtsgebäude das Auto zu nehmen, und ich nutzte den Spaziergang gerne zum Nachdenken. Außerdem sparte ich viel Geld für Benzin und Unterhaltskosten. Nur im Dunkeln kamen mir manchmal Bedenken. Das Zentrum von L.A. leerte sich nach fünf Uhr, und es blieben nur die Leute zurück, die auf der Straße lebten. Angst hatte ich weniger vor den Obdachlosen als vor den Schmarotzern, die sich an ihnen vergriffen.

Als Staatsanwältin hatte ich Einblick in Gefahren aller Art, doch ich war ohnehin mit dem Bewusstsein aufgewachsen, dass der Tod hinter jeder Ecke lauert. Obwohl ich keinen Waffenschein besaß, verließ ich das Haus daher nie ohne Pistole. Die Sache mit dem Waffenschein beunruhigte mich gelegentlich, aber wie mein Vater zu sagen pflegte: »Lieber von zwölfen verurteilt als von sechsen getragen« – zwölf Jurymitglieder versus sechs Sargträger ... Ich hatte nie einen beantragt, weil ich keinen negativen Bescheid riskieren wollte. Die Genehmigungen waren merklich zurückgegangen, seit der Schwager eines gewissen Sheriffs »Warnschüsse« auf Nachbarskinder abgegeben hatte, weil aus ihrem Auto Rap-Musik gedröhnt war. Und Waffenschein hin oder her, ich würde sowieso eine Waffe tragen, schließlich war ich keine Anfängerin. Als Tochter meines Vaters hatte ich Schießunterricht bekommen, sobald ich mit zwei ungelenken Händen eine Waffe halten konnte. Wäre ich zu schießen gezwungen, würde ich mein Ziel nicht verfehlen. Jetzt stand ich an der Glaswand, die aufs Times Building hinausging, und suchte wie immer Parkplätze und Bürgersteig nach Anzeichen für Probleme ab. Da ich nichts entdecken konnte, drückte ich die schwere Glastür auf und trat in die Nacht hinaus.

Als ich auf die Treppe zuging, die zur Straße hinabführte, hörte ich plötzlich Sirenen, erst in der Ferne, dann immer lauter. Mit einem Mal war die Luft erfüllt vom heulenden Gejammer und von den dröhnenden Hupen mehrerer Feuerwehrwagen. Sie waren nah, sehr nah. Aus allen Richtungen schienen mit schrillen Sirenen Polizeiwagen zu kommen. Die Nachtluft vibrierte vor wilder Energie. Ich kniff die Augen zusammen und versuchte zu ergründen, wo sie hinfuhren.

Ungefähr vier Blocks weiter südlich, irgendwo östlich vom Biltmore, schienen die Blinklichter zu verschmelzen, vor einem Block, von dem ich wusste, dass sich dort vor allem Trödelläden, Leihhäuser und billige Motels befanden. Noch nie hatte ich ein solches Aufgebot an einem Tatort im Zentrum erlebt. Meine »Nachbarn« – Junkies, Zuhälter, Nutten und die Penner eben – kamen für gewöhnlich nicht in den Genuss des vollen Programms der »Freunde und Helfer«. Meine Neugier war geweckt, und ich beschloss nachzuschauen, was da los war. Da es vor Polizisten nur so wimmelte, würde ich immerhin keine Angst vor Straßenräubern haben müssen.

2

Nach wenigen Minuten konnte ich erkennen, dass sich das Zentrum des Getümmels an der Ecke 4th Street, South Broadway befand, in der Nähe vom Pershing Square, und zwar vor einem der zwielichtigen Stundenhotels dort. Aus der Tatsache, dass sich ein Feuerwehrschlauch in den Eingang schlängelte, aber nur Rauch und keine Flammen zu sehen waren, schloss ich scharfsinnig, dass die Feuerwehr das Geschehen unter Kontrolle hatte.

Ich schlüpfte durch die Menge schmuddeliger Schaulustiger, die sich auf dem Bürgersteig versammelt hatten, trat so weit vor, wie es die Absperrungen der Polizei erlaubten, und hielt nach einem bekannten Gesicht Ausschau. Als eine Rauchwolke aus der Eingangstür des Motels entwich, fuhr der nicht mehr ganz brandneue Kleinbus des Coroners vor. Angestrengt starrte ich in den Dunst und sah einen Kopf mit Bürstenschnitt aus der Fahrertür auftauchen. Dem Kopf folgte ein kleiner, kantiger Körper in Hochwasserhose, blauer Windjacke und Nike-Schuhen.

Glück gehabt. »Scott!«, brüllte ich. Scott Ferrier war ein Ermittler des Coroners, der bei unnatürlichen Todesfällen die gerichtsmedizinischen Untersuchungen vornahm. Wir waren Kumpels, seit ich zu Beginn meiner Arbeit bei der Staatsanwaltschaft meinen ersten Mordfall übernommen hatte. Er winkte und kam.

»Weiß deine Mama, dass du im Dunkeln draußen rumläufst?«, fragte ich und erntete einen schrägen Blick. »Ganz schön viel Brimborium für eine Auseinandersetzung zwischen Zuhältern, findest du nicht auch?«

Scott nickte. »Ja, verrückt. Wenn du noch bleiben möchtest … Ich seh mal nach, was da los ist, und klär dich dann auf.«

»Ist es okay, wenn ich dort warte?« Ich zeigte auf seinen Kleinbus.

»Wenn du nicht damit durchbrennst«, sagte er, wohlwissend, dass er der Person, die ihm die ramponierte Klapperkiste abnehmen würde, noch etwas zahlen müsste.

Scott drehte sich um, schlängelte sich durch die Polizisten und die Feuerwehrleute hindurch und betrat das Motel. Ich setzte mich auf den Fahrersitz und versuchte, nicht an die »Passagiere« zu denken, die schon im Laderaum mitgefahren waren.

Weitere Rauchwolken entwichen, als die Feuerwehrleute aus dem Gebäude kamen. Einer von ihnen rollte den Schlauch auf. Wenn sie jetzt schon einpackten, obwohl sie erst vor ein paar Minuten gekommen waren, konnte das kein gewaltiges Feuer gewesen sein.

Ich beobachtete die stattlichen Feuerwehrmänner und erwog den Wahrheitsgehalt der Behauptung, dass Gott nur attraktive Sanitäter und Feuerwehrleute erschaffen habe, damit die Menschen vor dem Ableben noch etwas Schönes zu sehen bekamen. Plötzlich störte eine tiefe, respekteinflößende Stimme meine Konzentration.

»Miss, gehören Sie zum Team des Coroners?«

Ich hatte seitlich in dem Kleinbus gesessen und zum Motel hinübergeschaut. Jetzt drehte ich mich nach rechts und erblickte den Besitzer der Stimme, gut eins achtzig groß und schlank, aber mit ansehnlichen Muskeln unter der blauen Uniform. Sein dunkelblondes Haar war gerade lang genug, um gekämmt werden zu müssen. Die Augen waren von einem goldgesprenkelten Nussbraun, die Wangenknochen breit und markant, die Nase kräftig und der Mund wohlwollend. Die Streifen an seiner Uniform deuteten darauf hin, dass er ein hohes Tier war, kein Fußvolk. Das Namensschild bestätigte es: Lieutenant Graden Hales. Sein skeptischer Blick ärgerte mich, aber seine Anwesenheit ließ eine ohnehin schon sonderbare Szene noch sonderbarer erscheinen. Was zum Teufel hatte ein Lieutenant hier zu suchen? Ich befleißigte mich meiner resolutesten Ich-gehöre-hierher-Stimme und antwortete: »Nein, ich bin Staatsanwältin, aber ich warte auf Scott.« Mein Status würde die Diskussion sicher beenden. Fehlanzeige.

»Es tut mir leid, aber Sie können hier nicht bleiben«, sagte er mit eiserner Entschiedenheit. »Im Moment ist hier nur die Spurensicherung zugelassen.«

Ein hohes Tier verscheucht mich von einem Tatort von Kleinkriminellen? Hier war etwas im Busch, und jetzt war ich nicht mehr nur neugierig – jetzt wollte ich es wirklich wissen. »Leider muss ich auf Scott warten. Er wollte mich mitnehmen.« Das war zwar gelogen, aber ich ging davon aus, dass Lieutenant Wichtigtuer nun einlenken würde. Wieder Fehlanzeige.

»Ich werde eine Streife bitten, Sie nach Hause zu bringen. Wo wohnen Sie?«

Jetzt war ich stinksauer. Seit wann wurde eine Staatsanwältin von einem Tatort vergrault? Sonderbarer Fall hin oder her, dieser Großkotz ging eindeutig zu weit.

Ich stieg aus dem Kleinbus und war drauf und dran, mich mit einer unüberlegten Bemerkung in Schwierigkeiten zu bringen, als die Assistenten des Coroners zwei Bahren mit Leichensäcken darauf aus dem Motel rollten. Plötzlich kam Scott hinterhergeeilt und rief einem der Assistenten zu: »Nimm ihm die Brille ab! Gib mir seine Brille!«

Das Team mit der ersten Bahre blieb stehen. Sie hatten ein ziemliches Tempo drauf, und als der Assistent vorne so plötzlich anhielt, knallte ihm die Bahre in die Hüfte. Er schrie auf und fluchte. Der Assistent, der an der Seite der Bahre mitgelaufen war, beeilte sich, den Reißverschluss des Leichensacks aufzuziehen. Im harten Licht der Straßenlaternen leuchtete das Gesicht des Toten in einem gespenstischen bläulichen Weiß, als der Assistent die Metallbrille von den Ohren ablöste und sie an Scott weiterreichte. Ich hatte schon mehr als eine Leiche gesehen, aber der ungeheure Schock über das, was sich meinen Augen hier darbot, ließ mich rückwärts in den Kleinbus zurücktaumeln. Eine starke Hand packte mich, stützte mich und führte mich weg von dem Anblick. Ich sah auf. Die Hand gehörte Lieutenant Hales. Vage bekam ich mit, dass er irgendetwas sagte, aber ich konnte die Laute nicht zu Worten zusammenfügen. Langsam schüttelte ich den Kopf, als wollte ich mich aus einem Albtraum wachrütteln. Das kann nicht sein, dachte ich und fühlte mich, als würde ich einen Film in Zeitlupe sehen, mit zu leise eingestelltem Ton. Die Assistenten des Coroners schoben die Bahre in den Laderaum. Ich blieb wie angewurzelt stehen, aber der Lieutenant zog mit einer Hand an meinem Ellbogen, schob mich mit der anderen vorwärts und ließ mir keine Wahl. In steifen, ruckartigen Schritten bewegte ich mich vorwärts, wie ein Aufziehspielzeug, dessen Spule die letzten Umdrehungen erreicht hat. Am Zivilfahrzeug des Lieutenant angekommen ließ ich zu, dass er mich auf den Beifahrersitz verfrachtete und anschnallte.

Irgendwie musste ich ihm wohl mitgeteilt haben, wo ich wohne, aber ich konnte mich nicht erinnern, überhaupt etwas gesagt zu haben. Ich starrte nur mit leerem Blick aus dem Fenster, während draußen die Straßen vorbeizogen, und sagte mir, dass ich mich geirrt haben musste.

Jake Pahlmeyer, diese verwandte Seele – tot. In einem solchen Rattenloch. Ich schloss die Augen und redete mir ein, dass ich mich geirrt hatte. Wider jede Vernunft weigerte ich mich, den Lieutenant zu fragen. Wenn niemand es bestätigte, würde es auch nicht wahr sein.

3

Lieutenant Hales fuhr vor dem Biltmore vor, half mir beim Aussteigen und brachte mich zum Eingang. Durch den Nebel von Leugnung und Ungläubigkeit sah ich die verschwommenen Konturen des schockierten Portiers vor mir auftauchen.

»Rachel, was ist los?«, fragte Angel, als er die Tür öffnete und den Ellbogen nahm, den Hales nicht hielt.

»Sie hat einen schweren Abend hinter sich«, sagte Hales knapp.

»Das würde ich lieber von ihr selbst hören«, sagte Angel besitzergreifend und warf dem Lieutenant einen vorwurfsvollen Blick zu.

Ich hatte nicht die Kraft oder das Einfühlungsvermögen zu erklären, dass die Sache nichts mit dem Lieutenant zu tun hatte, und blieb auch stumm, als mich Angel hineinführte und in Richtung Aufzug steuerte.

Irgendwie schaffte er es, mich auf mein Zimmer zu bringen. Ich wollte mich bedanken, war mir aber nicht sicher, ob die Worte meinen Mund verließen. Alles, was ich weiß, ist, dass ich im selben Moment, da sich die Tür schloss, zu der Flasche Russian Standard Platinum griff, die mir mal jemand geschenkt hatte, und mir einen dreifachen Wodka eingoss.

Ich schaute auf den Fernseher. War die Sache schon raus? Ich wollte es lieber nicht wissen. Toni anzurufen brachte ich auch nicht übers Herz. Darüber zu sprechen würde es nur wahr werden lassen. Jetzt wollte ich vergessen. Ich kippte meinen Drink hinunter, schüttete mir noch einen ein und hörte nicht mehr auf, bis ich jenseits von Gut und Böse war.

In dieser Situation war es genau das Richtige gewesen, aber am nächsten Morgen sah das schon anders aus. Ich war nervös und rappelig und ahnte, dass dies ein besonderer Tag werden würde. Mit einem Stöhnen stieg ich aus dem Bett und schleppte mich unter die Dusche. Leidlich erfrischt rief ich den Zimmerservice an und bestellte meinen üblichen Kaffee mit zweiprozentiger Milch, entschied mich aber ansonsten für etwas Nahrhaftes: Rühreier und einen Bagel, anstelle von Eiweiß mit gedünsteten Tomaten. Zum Teufel mit der Diät. Jetzt brauchte ich einen kleinen Trost.

Ich aß und starrte auf den leeren Bildschirm, schreckte jedoch davor zurück, den Fernseher anzuschalten. Schließlich siegte die Neugierde über die Verdrängung, und ich griff mit einem mulmigen Gefühl nach der Fernbedienung. Als ich aber durch die Kanäle zappte – nichts. Ich versuchte es noch einmal. Immer noch nichts. Ich runzelte die Stirn. Seltsam, äußerst seltsam. Ich schaltete den Fernseher aus und genoss die Stille, die sich wieder über den Raum senkte. Je weniger Lärm, desto besser in meinem gegenwärtigen Zustand.

Dass die Geschichte nicht einmal am Rande erwähnt wurde, bestärkte mich in meinem Gefühl der Isolation. So wurden die Erlebnisse der letzten Nacht vollkommen surreal. Da ich jetzt unbedingt mit Toni sprechen musste, kippte ich hinreichend viel Kaffee herunter, um mich halbwegs funktionstüchtig zu fühlen, trat auf den Balkon hinaus und prüfte das Wetter. Ich zog meinen flauschigen Bademantel zusammen und fröstelte in der beißenden Luft. Der finstere Himmel deutete darauf hin, dass die Wolken, die am Abend aufgezogen waren, noch einige schöne Überraschungen bereithielten. Ich zog eine graue Wollgabardinehose an, einen schwarzen Rollkragenpullover und flache schwarze Stiefel. Statt der kompakten

Beretta entschied ich mich heute für meine Smith & Wesson .357. Nach allem, was ich am Vorabend erlebt hatte, war ich geneigt, höhere Feuerkraft über ein geringeres Gewicht zu stellen. Ich nahm meine Aktentasche und den schwarzen Kaschmirschal, den ich zum letzten Valentinstag bekommen hatte – aus irgendeinem Grund war er das Einzige, was mir von meiner letzten Beziehung geblieben war –, schlang ihn um den Hals und ging hinaus zum Aufzug. Ich drückte auf den Knopf und versuchte, nicht aufzujaulen, als die Tür mit einem schrillen Klingelton aufglitt.

Der forsche Marsch zum sechs Blocks entfernten Gerichtsgebäude half mir, das Dröhnen in meinem Kopf zu besänftigen, aber als ich mich dem Metalldetektor näherte, merkte ich, dass sich meine Hand in tödlicher Umklammerung um die Smith & Wesson in meiner Manteltasche gelegt hatte. Ich zeigte meine Dienstmarke, und der Sicherheitsmann winkte mich durch. Als ich einen offenen Fahrstuhl sah, rannte ich los und sprang schnell hinein, nur um dann auf dem Weg in den achtzehnten Stock gefühlte tausend Stopps ertragen zu müssen. An der Etagentür zu den Büros gab ich den Sicherheitscode ein, als mir plötzlich aufging, dass ich gleich an Jakes Büro vorbeikommen würde. Ich fragte mich, ob man es bereits mit Absperrband abgeriegelt hatte, und schaute instinktiv den Flur entlang. Noch nicht. Beim Anblick seiner Tür verlor ich trotzdem die Fassung, und meine Augen füllten sich mit Tränen. Ich zwinkerte, um sie zurückdrängen, atmete tief ein, drehte mich um und ging in eine andere Richtung.

»Klopf, klopf«, flüsterte ich heiser, weil ich das Geräusch meiner Knöchel auf dem Rahmen von Tonis Bürotür nicht ertragen hätte.

Toni, die an ihrem Computer gesessen hatte, drehte sich um. »Meine Fresse, du siehst ja beschissen aus. Hattest du eine besonders miese oder eine besonders gute Nacht?«

Ich ließ mich in den für Distriktangelegenheiten absolut ausreichenden Metallstuhl vor ihrem Schreibtisch fallen. In den Minuten, in denen ich mit dem Aufzug hochgefahren war, hatte sich der Himmel weiter verfinstert. Wie aufs Stichwort platschten nun die ersten Regentropfen ans Fenster. Ich holte noch einmal tief Luft, schluckte und versuchte, jene Worte zu sagen, an die ich selbst nicht glauben wollte. »Tone«, begann ich, dann musste ich wieder aufhören. In meiner Kehle schwoll ein Klumpen an, als mich die Ungeheuerlichkeit des Ganzen von neuem überwältigte.

Toni sah mich besorgt an. »Schätzchen, was ist los? Geht es dir gut?«, fragte sie.

»Es ist wegen Jake. Er ist tot.«

Toni schaute instinktiv in Richtung seines Büros. »Was?« Sie schüttelte den Kopf, ihr Gesicht wirkte ungläubig.

Ich nickte und kämpfte erneut gegen die Tränen. Toni war starr vor Schock, als sie mir automatisch die Kleenex-Schachtel reichte, die wir alle für Opfer und ihre Familien auf unserem Schreibtisch bereithielten.

Als ich ein Tuch aus der Schachtel zog, kam mir der Gedanke, dass es das erste Mal war, dass eine von uns davon Gebrauch machte.

»Wie? Wie alt ist er, fünfunddreißig?«, fragte Toni und starrte auf eine Stelle an der Wand links neben meinem Kopf. »War es ein Unfall?«

Ich schluckte. »Irgendjemand hat ihn umgebracht, Tone.«

»Nein.« Erneut schüttelte Toni den Kopf. »Das kann nicht sein«, sagte sie sanft, fast zu sich selbst.

Ich erzählte ihr, was ich am Abend zuvor gesehen hatte.

Während ich sprach, umschlang Toni ihren Körper mit den Armen und beugte sich vor.

»Unser Jake … in diesem schäbigen Motel? Ich fasse es nicht. Er war so etwas wie mein …« Toni unterbrach sich.

»… kleiner Bruder«, ergänzte ich ihren Gedanken.

Sie nickte, und ihre Augen füllten sich mit Tränen. Sie biss sich auf die Lippe, dann presste sie die Hand auf den Mund und versuchte vergeblich, ihre Gefühle unter Kontrolle zu halten. »Es ist nicht richtig, wenn jemand … so junges und so nettes … sterben muss«, sagte Toni.

Bei ihren Worten sah ich das letzte Foto von meiner Schwester Romy vor mir, elf Jahre alt, das Lächeln mit der Zahnlücke. Meine Kehle schnürte sich zusammen. Ich nickte, unfähig zu sprechen. Wie immer verdrängte ich den Gedanken an Romy. Es war nicht ratsam, Erinnerungen zuzulassen, die immer nur im selben Abgrund von Schuldgefühlen und Selbsthass endeten.

Reglos saß ich da und versuchte, nicht zu denken. Toni blinzelte und fasste sich an die Brust, als wollte sie den Schmerz in ihrem Herzen lindern. »Weißt du, ob er Familie in L.A. hatte? Oder eine Freundin?«, fragte sie.

Während all der Gelegenheiten, bei denen wir zusammen gewesen waren, hatte er seine Eltern nie erwähnt. Da wir nie wirklich über Persönliches gesprochen hatten, hatte ich dem aber keine große Bedeutung beigemessen. Ich durchkämmte mein Gedächtnis nach irgendwelchen Bruchstücken aus seinem Privatleben. »Eine Freundin hat er nie erwähnt, aber er hat manchmal von seiner Schwester gesprochen.«

»Was zum Teufel hatte er überhaupt in diesem Loch zu suchen?«, fragte Toni. Die Verwunderung stand ihr ins Gesicht geschrieben. »Und wer um Gottes willen hätte ihn umbringen sollen?«

Das hatte ich mich in den letzten Stunden schon oft gefragt. Ich schüttelte den Kopf, und wir saßen eine Weile schweigend da.

»Wird das FBI den Fall übernehmen?«, fragte Toni dann.

»Ja. Und da bei uns die Gefahr eines Interessenkonflikts

besteht, wird sich die Generalstaatsanwaltschaft um den Fall kümmern.«

Tonis internes Telefon klingelte. Wir starrten es an wie ein Ufo. Es musste erst ein zweites Mal klingeln, bevor Toni endlich zum Hörer griff.

»Ja?«, meldete sie sich. Nachdem sie einen Moment zugehört hatte, sagte sie: »Ja, die ist hier. Schick ihn her.«

Ich schaute sie fragend an. Bevor sie etwas sagen konnte, tauchte ein Polizist in der Tür auf. Ich brauchte eine Weile, bevor ich ihn als das hohe Tier vom Tatort erkannte. Er wirkte nicht mehr ganz frisch und hatte sich nicht rasiert, aber seine Uniform war immer noch bemerkenswert gut in Schuss.

Er nickte erst Toni zu, dann mir. »Lieutenant Hales, von letzter Nacht«, sagte er. »Ich habe Sie nach Hause gefahren ...«

»Wie könnte ich das je vergessen.« Mein Ton war bestenfalls unterkühlt. Dem Überbringer von schlechten Nachrichten gilt immer der erste Schuss.

»Ich hatte eine Besprechung im Haus, mit Ihrem Chef ...«

»Mit Eric?«, fragte ich.

»Nein, mit Bill Vanderhorn.«

Ich nickte. Klar. Bei einem politisch derart sensiblen Fall würde er sich natürlich nicht mit dem Leiter der Special Trials treffen. Da ging er direkt zum Chef.

»Geht der Fall an das FBI?«, erkundigte ich mich.

»Wahrscheinlich«, sagte er vage. Es war unverkennbar, dass er nicht darüber sprechen wollte, was mich noch mehr in Rage brachte. Wenn er nicht über den Fall reden wollte, was zum Teufel wollte er dann hier?

Er schien meinen Ärger zu spüren. »Ich wollte mich nur vergewissern, dass es Ihnen, nun ja ... gut geht.«

Die Wärme in seiner Stimme überraschte mich. Ich blickte auf und sah, dass er mich musterte. Aus seinem Gesichtsausdruck sprach Sorge. Das persönliche Interesse machte mich nervös, was meinen Ärger nur noch verstärkte. Mir war klar, dass ich nur meine Trauer durch Wut ersetzte, wie Carla sagen würde, die Psychiaterin, die sich nach Romys Verschwinden um mich gekümmert hatte. Sechsundzwanzig Jahre später und fünfhundert Meilen entfernt, war sie immer noch eine bestimmende Größe in meinem Leben. Jetzt war mir allerdings egal, was Carla sagen würde. Ich war durch die Leugnungsphase der Trauer durchgebrettert und wollte endlich zur Wut gelangen. Wut war gut. Mir ging es ausgezeichnet, wenn ich wütend war. Und wenn ich etwas tun konnte. Ich würde den Hurensohn schnappen, der Jake umgebracht hatte.

»Warum erzählen Sie uns nicht einfach, was Sie wissen? Es hat eh keinen Sinn, uns hinzuhalten. Die Details werden in den nächsten Stunden sowieso überall rum sein, und wir wissen doch beide, dass unsere Abteilung den Fall nicht übernimmt.«

Hales runzelte die Stirn und schwieg.

»Da hat sie nicht ganz Unrecht, Lieutenant«, sagte Toni mit der samtweichen Stimme, die Männer für gewöhnlich zum Weinen oder zum Stammeln brachte.

Hales tat nichts dergleichen. Bestenfalls wirkte er noch angespannter. Er starrte aus dem Fenster, und ich folgte seinem Blick. Der Regen prasselte jetzt gleichmäßig herunter. In der First Street hatte sich der Verkehr in ein großes Tohuwabohu verwandelt. Ein Taxi, das die Temple Street runtergekachelt war, kam mit quietschenden Bremsen knapp hinter der Stoßstange eines brandneuen Mercedes zum Stehen. Ich sah, wie sich der Taxifahrer aus dem Fenster hängte, mit der Faust drohte und dem Mercedesfahrer, der unbeirrt an seinem gemächlichen Tempo festhielt, den Mittelfinger zeigte. Mein Mitleid galt dem Mann im Taxi.

»Bitte, nennen Sie mich Graden.« Er schwieg einen Moment. »Wie gut kannten Sie Jake?«

Ich hätte ihm eine Menge über Jake als Kollegen erzählen können, über seinen Glücksbringeranzug, den er immer bei Schlussplädoyers trug, über seine Lieblingsrichter, über die Verteidiger, die ihm besonders zuwider waren. Aber ich wusste, dass dies nicht die Dinge waren, für die Graden sich interessierte. Wenn es um Persönliches ging, musste ich passen. Ich könnte nicht einmal sagen, ob Jake gern chinesisch aß. Ich runzelte die Stirn, als mir klar wurde, was für einen schlechten Eindruck das machen würde. Andererseits wusste ich, dass Hales es früh genug selbst herausfinden würde, und da er meine Fragen nicht beantwortete, fühlte ich mich auch nicht verpflichtet, es meinerseits zu tun. Ich fasste mich also kurz. »Ziemlich gut. Er war einer der besten Anwälte hier und hat geschuftet wie ein Berserker. Jeder mochte ihn.«

Das besagte eine Menge, obwohl Hales das vermutlich nicht wissen konnte. Die Special Trials waren eine kleine Abteilung mit nur sieben Staatsanwälten. Diejenigen, die sich zu Höherem berufen fühlten, waren immer auf der Jagd nach dem großen Fall, was gelegentlich zu unschönen Auseinandersetzungen führte. Ich persönlich beteiligte mich nie daran – nicht, weil ich nicht auch gerne den großen Fall übernehmen würde, sondern weil ich abergläubisch war. Meiner festen Überzeugung nach rächte sich ein Fall, dem man hinterherjagte, indem er einen später piesackte.

Jake war nie einem Fall hinterhergejagt, weil er nie ein Star sein wollte. Er wollte einfach nur vor Gericht stehen und nahm alles, was kam. Das hatte zur Folge, dass ihm stets mehr als sein gerechter Anteil an ätzenden Fällen zufiel, sicherte ihm aber auch die Wertschätzung der Piranhas der Abteilung. Die Tatsache, dass er trotzdem ein Star war, sagte alles darüber, wie talentiert er wirklich war. *War*. Wieder schnürte sich meine Kehle zusammen. Ich versuchte, die Tränen zu unterdrücken, und schaute aus dem Fenster, um Zeit zu gewinnen.

Toni nickte zustimmend. »Ich kann mir nicht vorstellen, dass irgendjemand auf der Welt ihm schaden wollte.«

Graden wirkte unbehaglich. Einen Moment lang dachte ich, er würde einfach dichtmachen und verschwinden. Nach einer Weile aber holte er tief Luft und sagte: »Da Sie Jake so gut kannten, werden Sie sehr gründlich befragt werden, daher werden Sie es sowieso herausbekommen. Aber ich muss Sie bitten, die Sache für sich zu behalten. Der Fall wird nämlich für eine Weile streng unter Verschluss bleiben. Bitte versprechen Sie mir, dass Sie nichts verlauten lassen, bevor es nicht einen offiziellen Widerruf gibt.«

Er machte eine Pause und wartete, bis wir durch ein Nicken unser Einverständnis erklärt hatten.

»Jake war nicht alleine in dem Motelzimmer«, sagte er leise. »Ein Junge war bei ihm – laut Schülerausweis war er siebzehn. In Jakes Tasche haben wir ein Nacktfoto von ihm gefunden. Im Moment sieht es so aus, als hätten wir es mit Mord und anschließendem Selbstmord zu tun. Jake hat zuerst den Jungen erschossen und dann sich selbst.«

4

Ich spürte, wie sämtliche Luft aus meinem Körper wich, als die Worte einsickerten. Orientierungslos schaute ich durch den strömenden Regen auf die Uhr am Times Building, dann blickte ich Toni an. Die starrte in den Flur und sah aus wie ein Boxer, der eins auf die Nase bekommen hat. Ich wollte mich dem Lieutenant zuwenden, um ihm mitzuteilen, dass das nicht wahr sein konnte, aber meine Augen gehorchten mir nicht. Mir schwindelte, und ich fand nicht die Worte, um einen entsprechenden Satz zu bilden. Das Schweigen war bleiern. Plötzlich wurde es vom Klingeln von Tonis internem Telefon durchschnitten.

Zum zweiten Mal an diesem Morgen starrten wir beide auf den Apparat, dann nahm Toni langsam ab.

Der Lieutenant wandte sich mir zu. Der Ausdruck der Sorge hatte sich noch verstärkt. »Es tut mir leid«, sagte er. Obwohl ich sah, wie unbehaglich er sich fühlte, hatte er bei mir etwas gut, weil er nicht den üblichen Unsinn von sich gegeben hatte – »Ich kann mir vorstellen, wie Sie sich fühlen« oder »Die Zeit wird auch diese Wunde heilen«. Niemand konnte sich vorstellen, wie ich mich fühlte, und die Zeit heilt keine Wunden. Die Wunde wird einfach ein Teil von dir.

Ich nickte. Er schaute zu Toni hinüber, die noch telefonierte und aus dem Fenster blickte, und verabschiedete sich leise.

Ein paar Sekunden später legte Toni auf. »Eric bittet zu einer Sitzung in sein Büro, so bald wie möglich.«

Wir wechselten einen Blick. Beide waren wir nicht in der Verfassung, uns unter Menschen zu mischen, aber hier handelte es sich nicht um eine unverbindliche Einladung. Mit finsterer Miene und Angst vor dem, was uns erwartete, verließen wir Tonis Büro.

In der Nähe von Jakes Büro sahen wir einen Polizisten mit Absperrband. Wieder wechselten Toni und ich einen Blick. Wie dieses Band aufgespannt wurde, wollten wir bestimmt nicht sehen, also drehten wir ab und betraten den Flur zu unserer Rechten, um einen Umweg zu gehen.

Während wir einen großen Bogen um Jakes Büro machten, unternahm Toni den Versuch, mich von der makabren Wirklichkeit abzulenken. »Er ist interessiert.«

»Wer? Und woran?«

»An dir. Hast du das nicht gemerkt?«

Ich hatte keine Ahnung, wovon sie sprach.

»Wer?«, wiederholte ich.

»Graden. Der Lieutenant. Er ist interessiert.«

»Red doch keinen Unsinn, Toni«, erwiderte ich säuerlich. Im selben Moment, da die Worte meinen Mund verließen, hätte ich sie am liebsten zurückgeholt. Ich musste schon ziemlich miserabel drauf sein, wenn ich meinen Ärger an ihr ausließ. »Tut mir leid.«

»Ist schon okay«, sagte sie. Nach fünf Jahren innigster Freundschaft hatten wir gelernt, wie man die heiklen Klippen der jeweils anderen umschiffte.

Als wir uns Erics Büro näherten, hielt ich den Blick bewusst vom anderen Ende des Flurs abgewandt, damit ich nicht mit ansehen musste, wie der Polizist Jakes Büro absperrte. Trotzdem schien eine sonderbare Stille von dort auszugehen. Die Erinnerungen an die Abende, an denen ich mit ihm zusammengesessen, über Fälle gesprochen und gelegentlich über die Aussage irgendeines Zeugen gelacht hatte, waren so lebendig, dass ich seine Stimme deutlich zu hören vermeinte. Ich sah, wie er eine Minibrezel in die Luft warf und mit dem Mund auffing. Nie wieder. Der Gedanke war unerträglich, und so beschleunigte ich den Schritt.

Wir betraten das Vorzimmer von Eric Northrups Büro. Da ich wusste, was über Jake alles gesagt werden würde, fühlte ich mich hilflos und angreifbar und ging schon einmal in Kampfstellung. Melia Espinoza, die Abteilungssekretärin, die auch als Tratschzentrale bekannt war, hing am Telefon und dämpfte ihre Worte, indem sie die Hand vor die Sprechmuschel hielt.

»Wir sollten zu Eric kommen«, sagte ich.

»Warte mal eine Sekunde«, sagte sie, hielt die Sprechmuschel zu und schaute uns dann an. »Er telefoniert, und der Rest der Abteilung ist noch nicht hier, daher …«

Mein Gesichtsausdruck vermittelte ihr, dass sie uns besser nicht zum Wiederkommen aufforderte, also unterbrach sie sich, um nicht ein Fall für den Rettungsdienst zu werden.

»Ich ruf dich zurück«, sagte sie schnell in den Hörer und legte auf.

»Sie wissen, dass es bei der Sitzung um Jake geht, oder?«, fragte sie.

»Nein, aber Sie offenbar.« Mein Tonfall war einladender als mein Blick.

»Jeder weiß, dass ich ihn immer für einen netten Kerl gehalten habe – ein bisschen fanatisch, aber … Und jetzt das, *ay, Dios mio*. Ich begreife einfach nicht, was er an einem *solchen* Ort zu suchen hatte.« Sie sagte das mit einer solchen Mischung aus Anklage und Abscheu, dass ich ihr am liebsten eine Ohrfeige verpasst hätte. Eine gewaltige.

»Wir kennen die Hintergründe noch nicht, Melia«, sagte ich aufgebracht, weil jemand so bereitwillig vom Schlimmsten ausgehen konnte. Hoffentlich hatte der Lieutenant Recht, und man hielt die schmutzigen Details tatsächlich unter Verschluss. Schon der Ort von Jakes Tod würde genügend widerliche Spekulationen hervorrufen. Entweder ich gewöhnte mich daran, oder ich würde irgendwann Amok laufen.

Melia zog die Augenbrauen hoch und sah mich dann mitleidig an. »Es tut mir leid, *mija,* ich weiß ja, dass er ein guter Kollege von Ihnen war. Aber Sie waren doch nicht so eng mit ihm befreundet, oder?«

Sie meinte: außerhalb des Büros. »Nein, aber …«

»Menschen haben manchmal dunkle Seiten, von denen man nichts ahnt.«

Ich starrte sie an und ließ dieses hirnverbrannte Zeug sacken. Glücklicherweise konnte ich mir eine Bemerkung verkneifen, denn sie hätte mit Sicherheit dazu geführt, dass für mindestens ein Jahr alle meine Nachrichten verloren gegangen wären. Gelegenheiten für weiteres Unheil wurden abgewendet, als die Kollegen im Vorraum erschienen. Dann öffnete Eric seine Tür und winkte uns alle herein.

Als leitender Staatsanwalt hatte Eric ein Eckbüro mit Konferenztisch, Panoramafenster und viel Platz. Die Einrichtung bestand noch aus dem alten praktischen Amtsmobiliar, aber Eric hatte es mit Bildern von seiner Frau und seinen kleinen Zwillingssöhnen etwas verschönert. Die Kunstwerke der Jungen hingen an der Wand neben seinem Schreibtisch. Ich bin ein Fan von Kinderzeichnungen. Das größte Bild stellte einen Nikolaus und ein Feuerwehrauto dar. Vermutlich würde man für einen inhaltlichen Bezug gute Gründe anführen können, aber ich hegte den starken Verdacht, dass die Kombination eher in der Vorliebe des Künstlers für die Farbe Rot gründete. Ein jahrelanges Studium hatte mir derart überraschende Einsichten ermöglicht.

Eric, der immer noch telefoniert hatte, als wir hereinmarschiert kamen, legte nun auf. Er sah aus, als hätte er soeben einen Sohn verloren. Schließlich fuhr er sich mit der Hand durchs ewig verstrubbelte Haar, krempelte sich die Hemdsärmel bis zum Ellbogen hoch und kam zur Sache. »Ich weiß, dass Sie mittlerweile alle von der Sache mit Jake gehört haben. Ich möchte Sie bitten, sich kein Urteil zu bilden, solange die Ermittlungen nicht abgeschlossen sind.« Er schaute nacheinander jeden Einzelnen von uns an. Optimistisch schien er nicht zu sein, und ich konnte es ihm nicht verübeln. Dass er trotzdem den Versuch unternahm, rechnete ich ihm allerdings hoch an.

Als er fortfuhr, verriet seine Stimme alles über seine Gefühle. »Im Moment möchte ich nur sagen, dass ich ihn wirklich vermisse. Er war ein großartiger Anwalt und ein großartiger Mensch und ein absoluter Glücksfall für diese Abteilung.«

Ich sah mich um und registrierte überrascht, dass sich in den Gesichtern meiner Kollegen Erschütterung widerspiegelte. Offenbar war dies eine der seltenen Gelegenheiten, in denen sich meine geringe Meinung von meinen Mitmenschen nicht bestätigte. Andererseits wussten sie natürlich nicht, dass Jake mit diesem Nacktfoto in der Tasche gefunden worden war.

Eric machte eine Pause, um sich zu sammeln. »Mir kommt die unselige Pflicht zu, mich um die organisatorische Seite der Angelegenheit zu kümmern«, sagte er und räusperte sich mit sichtlichem Unbehagen. »Wie Sie alle wissen, hat sich Jake immer viel Arbeit aufgehalst. Es gibt zehn offene Fälle zu verteilen. Die gute Nachricht ist, dass nur vier von ihnen noch echte Arbeit erfordern.«

Er begann, die Akten zu verteilen, eine oder zwei für jeden Mitarbeiter. Zu mir kam er zuletzt. »Rachel, Sie bekommen den Fall, bei dem wahrscheinlich noch am meisten zu tun ist.« Er reichte mir die Akte. »Es handelt sich um den Fall Densmore.«

Densmore – der Name sagte mir etwas, aber ich konnte ihn nicht zuordnen.

Eric klärte mich auf. »Das Opfer ist eine Minderjährige. Ihr Vater ist ein vielbeschäftigter Arzt, Kinderarzt. Sehr einflussreich. Bislang haben wir keinen Verdächtigen in Gewahrsam, und Daddy drängt uns, endlich jemanden zu verhaften und den Fall abzuschließen.«

Jetzt fiel es mir wieder ein. »Ist das der Fall, den Jake erst letzte Woche übernommen hat?«

Eric nickte. »Vanderhorn hatte ausdrücklich um Sie oder Jake gebeten. Da Sie mit dem Mord ohne Leiche beschäftigt waren, dachte ich …«

Jake hatte mir davon erzählt. Wenn der oberste Chef persönlich einen Fall zuwies, hatte das schon etwas zu bedeuten. Dabei ging es eigentlich »nur« um eine einmalige Vergewaltigung und nicht um einen der hochkarätigen Fälle, mit denen sich die Special Trials sonst beschäftigten. Als Jake mir davon berichtet hatte, hatte ich mich unwillkürlich gefragt, wann ich es zuletzt mit einem lebenden Opfer zu tun gehabt hatte. Jetzt fiel mir unser Gespräch wieder ein. Ich hatte ihn gefragt, warum dieser Fall bei uns gelandet war.

»Rate.«

»Nein«, sagte ich.

»Komm schon, nur einmal.«

Ich seufzte und tat verärgert, aber in Wahrheit liebte ich solches Rätselraten genauso wie er. »Okay. Densmore ist der Papa von Vanderhorn, hat sich aber damals aus dem Staub gemacht.«

Jake schaute mich angewidert an. »Biologisch unmöglich … Das war keine Glanzleistung, Ms Knight.«

Ich verschränkte die Arme und wartete. Als er sah, dass ich keine Lust auf weitere Spielchen hatte, lenkte er schließlich ein.

»Dieser Densmore ist ein ziemlich harter Brocken. Ich

sagte: ›Guten Tag, ich bin …‹, und hatte noch nicht meinen Namen rausgebracht, da erklärte er mir auch schon, wie wichtig seine Unterstützung für Vanderhorn sei. Also habe ich schnell zwei und zwei zusammengezählt – ganz selbstständig in meinem bescheidenen Hirn –, und rate mal, was mir da eingefallen ist?«

»Es ist Wahljahr«, stöhnte ich.

»Klischees sind Klischees, weil sie wahr sind, nicht wahr?« Jake lachte und schüttelte den Kopf. »Also, halt dich fest: Vanderhorn möchte täglich über unsere Fortschritte informiert werden …«

»Meine Güte«, sagte ich. »Du hast mein volles Mitgefühl, Jakie, ehrlich. Aber um die Wahrheit zu sagen: Vermutlich war ich noch nie so froh darüber wie jetzt, dass ich nicht zur Verfügung stehe.«

»Tja, ich hätte nichts dagegen gehabt, wenn man dir die Geschichte zugeschustert hätte«, gestand Jake mit einem verschmitzten Grinsen. »Scheu dich aber nicht, jederzeit Maßnahmen zu ergreifen, um dich von deinen Schuldgefühlen zu befreien.«

»Kein Problem«, sagte ich. »Ich werde die Vorräte an Brezeln und Senf aufstocken.«

»Eigentlich hatte ich eher daran gedacht, dass du bereitwillig den nächsten ätzenden Fall übernimmst«, gab er zurück.

»Wir reden hier von Schuldgefühlen, Jake, nicht von einer Psychose.«

Wir lachten beide.

Die Erinnerung war schmerzhaft, und ich spürte, dass mir Tränen in die Augen schossen. Eric würde es verstehen, aber ich zeigte ungern Gefühle in aller Öffentlichkeit, also riss ich mich zusammen und schlug die Akte auf. Als Erstes fiel mir ins Auge, dass der ermittelnde Polizeibeamte Hughes Lambkin war. Hinter vorgehaltener Hand nannte man ihn »Mr Nutzlos«. Eine grauenhafte Niete, die ihrem Spitznamen alle Ehre machte. Nichts hätte mich schneller ernüchtern können.

»Kann ich einen anderen Ermittler bekommen?«, fragte ich.

Eric musterte mich schweigend. »Ich werde Sie unterstützen, aber machen Sie sich keine allzu großen Hoffnungen«, sagte er. Seine Stimme brachte zum Ausdruck, was ich längst wusste: Darauf zu spekulieren, dass der Captain dem Austausch eines Ermittlers zustimmen würde, war reines Wunschdenken. Da ich mit Nullraff aber nie in Gang kommen würde, musste ich es wenigstens versuchen.

Eric hob die Sitzung auf, und wir zogen mit unseren neuen Fällen von dannen. Ich hatte Toni in ihrer Akte blättern sehen, als Eric die Mappen verteilt hatte, daher fragte ich sie unterwegs: »Was hast du bekommen?«

»Doppelmord. Dir würde es gefallen: drei Angeklagte, alles illegale russische Immigranten. Sie haben die Typen niedergemetzelt, die sie zu einem Kreditkartenbetrug verleitet haben, dann haben sie die Kugeln aus den Leichen herausgeschnitten, damit die Munition nicht mit ihren Waffen in Verbindung gebracht werden kann …«

»Immerhin cleverer als der gemeine Durchschnittsrusse«, stellte ich fest.

»Stimmt. Daher würde man sie auch nicht für so dumm halten, das Messer, mit dem sie die Kugeln entfernt haben, am Tatort zurückzulassen.«

Wider Willen musste ich lächeln. »Und die Polizei hat ihre Fingerabdrücke darauf gefunden.«

Toni nickte. »Du hast aber offenbar auch etwas Besonderes abgestaubt.«

»Einmalige Vergewaltigung, kein Verdächtiger, eine Niete als Ermittler, der Vater ein Kumpel von Vanderhorn«, sagte ich.

»Also wie bei mir, nur ohne Beweise und mit erheblichem Druck«, bemerkte Toni trocken.

»Genau.« Ich schien mittlerweile auf Fälle ohne Beweise abonniert zu sein. »Vielleicht sollte ich eine neue Abteilung gründen: Kriminalfälle Ohne Täter und Zeugen – KOTZ. Es wäre nur eine kleine Abteilung, mit mir als einziger Mitarbeiterin, aber dafür wäre ich der Boss.« Ich machte eine Pause. »Witze über Magenverstimmungen wären natürlich verboten.«

»Du scheinst wirklich einen Kater zu haben.«

Da war etwas dran. Zurück in meinem Büro ließ ich mich schwer in meinen Schreibtischstuhl plumpsen und griff zum Telefonhörer. Ich hatte mich bemüht, die Sache leichtzunehmen, aber dieser Fall würde mir eine Menge Ärger bescheren. Ich musste ihn aufklären und erfolgreich abschließen … während mir der Vater des Opfers und der oberste Chef im Nacken saßen.

»Rachel Knight hier. Kann ich bitte mit Bailey Keller sprechen?«

Bailey Keller war eine der besten Polizistinnen der Truppe. Vom ersten Tag in der Polizeiakademie an hatte sie sich durch eine seltene Kombination von athletischer Kraft und brillantem Geist ausgezeichnet und damit ihren meteoritenhaften Aufstieg bis in die Abteilung Schwerverbrechensbekämpfung der Polizei von L.A. begründet. Dass sie an ihrem dritten Ausbildungstag in einen Schnapsladen gegangen war, um sich ein Red Bull zu kaufen, dann aber ein Gangstertrio, das soeben das Besitzerehepaar ausrauben wollte, im Alleingang dingfest gemacht hatte, war für ihre Karriere auch nicht gerade hinderlich gewesen. Zu allem Überfluss war sie auch noch von einer natürlichen Schönheit, die nach keinerlei Makeup verlangte, und hatte die widerwärtige Eigenschaft, alles essen zu können, ohne je ein Gramm zuzunehmen. Für diese spezielle Gabe wollten wir sie gelegentlich umbringen, Toni und ich. Während unseres ersten gemeinsamen Falls, in dem es um einen auf ältere Damen spezialisierten Serienmörder ging, sind wir schnell Freundinnen geworden. Jetzt brauchte ich sie aber beruflich.

Endlich war Bailey am Apparat. »Ein bisschen früh für einen Drink, Knight, oder? Nicht dass das ein Problem für mich wäre …«

»Gott bewahre, aber auf den Drink müssen wir später zurückkommen.« Ich erzählte ihr vom Fall Densmore. »Ich brauche dich. Mit Lambkin stehe ich auf verlorenem Posten.«

»Mr Nutzlos, oje.« Bailey dachte einen Moment nach. »Mir kommt da eine Idee. Ich ruf dich in einer Stunde zurück.«

Wir legten auf, und ich begann, die Akte zu studieren. Es bei einem solchen Fall mit einem Loser wie Lambkin zu tun zu haben war ein Albtraum, aus dem ich erst wieder aufwachen wollte, wenn entweder der Fall oder meine Karriere am Ende waren. Wahrscheinlich hatte ich bereits zehn Mal aufs Telefon geschielt, als Bailey eine Stunde und fünf Minuten später anrief.

»Du schuldest mir was«, sagte sie mit ihrer klangvollen Altstimme, in die sich jetzt eine gewisse Selbstgefälligkeit mischte. »Eine Menge, um genau zu sein.«

Ich hätte sie am liebsten geküsst und umarmt und ihr versprochen, ihr viele Kinder zu schenken.

»Wie hast du's angestellt?«

»Wenn ich dir das verraten würde …«

»Müsstest du mich umbringen, schon klar.« Nach allem, was ich in der Akte gelesen hatte, würde sie mir damit vielleicht sogar einen Gefallen tun. »Kannst du ein Treffen mit dem Opfer und den Eltern organisieren?«

»Sei um halb vier unten«, sagte sie und legte auf.

So war Bailey. Ein echtes Plappermaul.

5

Wir hatten Glück. Der Verkehr auf dem Freeway 101 floss, und wir brauchten nur eine Stunde für die halbstündige Fahrt zum Sunset Boulevard in Richtung Westen. Der Regen hatte plötzlich aufgehört, und zwischen den Wolken schauten blaue Flecken hervor, aus denen gelegentlich ein Sonnenstrahl auf die vorbeisausenden Wagen fiel. Um fünf waren wir mit den Densmores verabredet, und da es erst Viertel vor war, nahm Bailey die Steigung zu den Pacific Palisades eher langsam. So konnten wir die Umgebung noch ein wenig bewundern.

Normalerweise sind die Außenbezirke einer Stadt den preisgünstigeren Behausungen vorbehalten, Siedlungen und tristen Mehrfamilienhäusern, die mich immer an die Turmstraße oder die Badstraße aus Monopoly erinnerten. Da es sich hier aber um die ›Palisades‹ handelte, eine der schicksten Wohngegenden von L.A., waren derlei Anklänge ans wahre Leben nicht zugelassen. Hier hatten die Stadtrandhäuser mindestens viertausend Quadratmeter, und keines wechselte für weniger als eine siebenstellige Zahl den Besitzer.

Wasser fiel über künstliche Felsen herab und sprudelte in den Becken, die an den Zufahrten zwischen den Klippen lagen,als Springbrunnen wieder auf. Sorgfältig getrimmter Rasen und bunte Blumen bedeckten den Boden vor den schmiedeeisernen Toren und auch die Hügel dahinter. Große, gepflegte Trauerweiden hingen über der Straße, die zum bewachten Eingang führte. Die ›Hütte‹, in der das Sicherheitspersonal untergebracht war, sah mit ihren Sprossenfenstern und den dekorativ beschlagenen Holztüren aus wie ein rustikales Cottage. Vor der Tür stand ein uniformierter Wachmann. Als Bailey ihm ihre Dienstmarke hinhielt, nahm er sie, inspizierte sie und winkte uns dann durch. »Bitte, Mr Densmore erwartet Sie.«

Eiteitei, dachte ich. Als wir den Hügel zu Susan Densmores Zuhause hochfuhren, wurden die Rasenflächen immer größer und grüner und die Gebäude immer herrschaftlicher. Manche sahen aus wie ein eingeschossiges Ranchhaus, allerdings etliche hundert Quadratmeter größer und außerdem schöner als die verbauten, vinylverkleideten Ranches, zwischen denen ich aufgewachsen war. Daneben standen Häuser im Tudorstil mit Mansardenfenstern und Backsteinfront oder moderne, mediterran angehauchte Villen, die blassgelb gestrichen und mit weißen Säulen und Ziegeldächern bestückt waren. Obwohl die Architektur durchweg eklektizistisch war, stank die Umgebung nach Geld – viel Geld. Erwartungsgemäß sah man auf den gepflegten, baumbestandenen Straßen ausschließlich Gärtner und Kindermädchen, die sich pflichtbewusst um die tadellosen Pools, Pflanzen, Pudel und Sprösslinge ihrer Dienstherren kümmerten.

Wir parkten in der halbkreisförmigen Auffahrt vor einem zweigeschossigen Tudor-Haus, das rechts und links in Seitenflügel überging, und liefen zwischen fachmännisch gestutzten weißen Rosen einen Backsteinweg entlang. Vor der Garage mit vier Stellplätzen stand ein Porsche Cayenne mit Fahrradhalterung.

»Tausend Quadratmeter, schätzungsweise«, sagte ich.

»Wenn man das Gästehaus nicht mitzählt, das wir mit Sicherheit hinten vermuten dürfen.«

Bailey war wie immer perfekt angezogen – ein kamelhaarfarbener Trenchcoat und ein wollweißer Rollkragenpullover, der gut zu ihrer hellen Haut und dem kurzen blonden Haar passte. Mit ihren ranken eins achtzig konnte sie die engen Röhrenhosen besser tragen, als ich es mit meinen eins siebzig je schaffen würde. Wie immer tröstete ich mich damit, dass ich mir höhere Absätze leisten konnte. Das war nicht viel, aber immerhin. Mittlerweile waren wir an einer massiven Eichentür angelangt. Bailey ignorierte den schweren Messingklopfer und drückte auf die Klingel. Sogar das Geläut klang reich. Eine matronenhafte hispanische Frau war so schnell an der Tür, dass sie direkt dahinter gestanden haben musste.

»Sind Sie die Polizei?« Ihr Englisch war bemüht, ihr Gesichtsausdruck skeptisch. Warum denken die Leute immer noch, dass Kriminalbeamte alle wie Joe Friday aus *Dragnet* aussehen müssen?

»Sind wir«, sagte Bailey knapp. Wer genau wer war, würden wir der Person erklären, auf die es ankam.

Die Haushälterin nickte und winkte uns herein.

Normalerweise sprach man von einem Vorraum, aber das hier? Das war eine Vorhalle. Die Decke war gut und gern zehn Meter hoch. Darunter erstreckte sich eine weite, mit cremefarbenem Marmor bedeckte Fläche, die mit Terrakottarauten abgesetzt war. Rechts neben der Tür stand ein glänzender Teak-Elefant und sperrte das Maul auf, um Regenschirme in Empfang zu nehmen. Eine geschwungene Treppe zu meiner Linken führte in den ersten Stock, wo sich eine offene Empore in Richtung Norden und Süden verzweigte und zweifellos zu den beiden Flügeln führte, die wir von draußen gesehen hatten. Zu meiner Rechten befand sich ein Salon mit dicken Teppichen und schweren Vorhängen. Er ging direkt über in ein offenes repräsentatives Wohnzimmer mit großen Schiebetüren, die den Blick auf einen Park freigaben, den die Densmores vermutlich Garten nannten. Als die Haushälterin uns ins Wohnzimmer führte, sah ich draußen eine Freiluft-Küche, edle, ziegelrote Gartenmöbel, einen großen Swimmingpool mit Wasserfall und eine sanft gewellte Landschaft mit Jacaranda-Bäumen, Bronzestatuen und hunderten von Büschen, die gehorsam und ungeachtet der kalten Jahreszeit in den prächtigsten Farben blühten.

Ein perfekt gepflegter, durchtrainierter Mann erhob sich und streckte seine Hand aus. Er war gut eins achtzig groß, hatte scharfe Gesichtszüge und stechende dunkle Augen. Sein Haar war präzise gekämmt.

»Dr. Frank Densmore«, sagte er.

In der Art, wie er das sagte, lag eine gewisse Herausforderung. Ich war genau in der Stimmung, sie anzunehmen.

»Staatsanwältin Rachel Knight«, erwiderte ich und legte besonders viel Kraft in meinen Handschlag. »Ich bin die Staatsanwältin, der dieser Fall übertragen wurde.« Er drückte meine Hand genau eineinhalb Mal und ließ sie dann los. Mit mir war er fertig.

Ich zeigte auf Bailey. »Und das ist Detective Bailey Keller. Sie wird die Ermittlungen in diesem Fall übernehmen.«

Bailey bekam denselben eineinhalbfachen Handschlag.

Er wandte sich wieder an mich. »Ich habe das mit Jake Pahlmeyer gehört. Tut mir sehr leid.«

Allzu betrübt wirkte er nicht. »Ja, eine Tragödie«, sagte ich und versuchte, möglichst neutral zu klingen. Ich fragte mich, was er wohl über Jakes Tod wusste. Seinem Tonfall nach zu urteilen, nicht viel. Daraus schloss ich, dass Densmore noch nicht lange zu Vanderhorns innerem Zirkel gehörte. Andererseits war es aber auch eher unwahrscheinlich, dass Vanderhorn mit irgendjemandem über den Verdacht der Polizei sprach. Trotzdem beschloss ich, mich zu erkundigen, wann genau Densmore sich der Kampagne zu Vanderhorns Wiederwahl angeschlossen hatte – vor oder nach der Vergewaltigung seiner Tochter. Für den Fall würde es keinen Unterschied machen, aber ich wollte wissen, mit wem ich es zu tun hatte.

Unvermittelt wandte sich Densmore an Bailey. »Was ist mit Detective Lambkin?« Jakes Tod bedeutete für ihn nichts als einen Personalwechsel, und sein Tonfall legte nahe, dass man den Wechsel zuvor mit ihm hätte abstimmen sollen. Nicht dass ich erwartet hätte, dass er sich wegen Jakes Tod die Kleider vom Leib reißt und Asche übers Haupt streut, aber ich hatte schon Schimpansen mit mehr Mitgefühl erlebt.

Bailey blieb ihm die Antwort nicht schuldig. »Man hat ihm einen seit längerem ruhenden Fall übertragen, der eine gewisse Reisetätigkeit erfordert«, sagte sie. »Da Ihr Fall aber die volle Aufmerksamkeit verlangt, hat man mich eingesetzt.«

Verdammt, das war gut. Mir war längst klar, dass Daddy Densmore der Typ war, der immer dachte, er verdiene mehr als alle anderen, und an seinem zufriedenen Gesichtsausdruck sah man, dass Baileys Worte genau die erwünschte Wirkung hatten. Über die Frage, warum sie den Fall von Nullraff übernommen hatte, würde es jedenfalls keine Diskussionen mehr geben. Jetzt war im Übrigen das Geheimnis geklärt, wie Bailey Lambkin losgeworden war: Sie hatte einen harmlosen Fall aufgetan, bei dem er »Reiseboni« bekommen würde. Wie sie das wiederum bewerkstelligt hatte, wollte ich lieber nicht wissen.

»Gut. Hoffentlich werden Sie die Sache jetzt schnell erledigen«, sagte Densmore und schaute zum anderen Ende des Raums hinüber.

Ich folgte seinem Blick zu der Frau und dem jungen Mädchen, die immer noch auf der riesigen gold-beige gestreiften Couch saßen. Ein Familienporträt, das an der klassischen Stelle über dem Kaminsims hing, zeigte sie in fast identischer Position, nur dass Vater Densmore mit Besitzerattitüde dahinter stand – es waren seine Mädchen. Susan Densmore hatte feine Gesichtszüge und langes goldblondes Haar à la *Alice im Wunderland*. Beides rührte vom mütterlichen Teil des Genpools her, wobei ihre Mutter ihr Haar in einem tiefen Pferdeschwanz trug, während das von Susan glatt über den Rücken herabfiel. Sie waren gleichermaßen schlank und verharrten in einer vollkommen korrekten Haltung, die Knöchel verschränkt, die Hände im Schoß gefaltet, wie Porzellanfiguren von Lladró. Musste ein Riesenspaß sein, in diesem Haus zu leben.

»Janet, meine Frau. Und natürlich Susan«, sagte Frank Densmore und bedeutete uns hinüberzugehen.

Als hätte sie auf ihr Stichwort gewartet, löste sich Janet aus ihrer Haltung. Ich reichte ihr die Hand, als sie aufstand.

»Freut mich, Sie kennen zu lernen, Mrs Densmore«, sagte ich und merkte, dass ihr Handschlag erstaunlich fest war – ein ziemlicher Kontrast zu der sittsamen Pose.

»Bitte nennen Sie mich doch Janet«, sagte sie und schaute zu ihrer Tochter hinüber.

Susan verstand, erhob sich anmutig, konnte mir aber nicht in die Augen schauen, als sie mir widerstrebend die Hand gab. »Sehr erfreut«, sagte sie höflich, obwohl ihre Stimme kaum mehr war als ein Flüstern.

»Ganz meinerseits, Susan«, sagte ich. Eine Aura von Schock und Traurigkeit umwehte sie wie die zerrissenen Fäden eines Spinnennetzes. Der Anblick schnitt mir ins Herz. Dieses Gefühl der emotionalen Gebrochenheit kannte ich nur zu gut – die verstörende Entdeckung, dass das Sicherheitsnetz, das man immer für unzerstörbar gehalten hatte, nur ein Hirngespinst gewesen war. Was auch immer hier geschehen war, Susan würde nie wieder dieselbe sein. Es war schon eine Weile her, dass ich es mit einem lebenden Vergewaltigungsopfer zu tun gehabt hatte, aber die Erfahrung hatte mich gelehrt, dass die Betroffenen oft nicht wissen, wen sie mehr hassen sollen – die Polizisten und Anwälte, die sie zwingen, den Albtraum immer und immer wieder zu durchleben, oder das Schwein, das sie überhaupt erst in die Lage gebracht hat, genau das tun zu müssen. Ich würde irgendwie einen Zugang zu ihr finden müssen, um ihr das Gefühl zu geben, dass ich sie verstand.

»Ihnen ist hoffentlich klar, dass wir bereits wissen, wer es getan hat«, sagte Frank Densmore ungeduldig, als er die Hosenbeine leicht anlupfte, sich in den Ledersessel setzte und darauf achtete, dass die Bügelfalte richtig saß.

Mir fiel auf, dass Susan erstarrte und Janet nervös zwischen Vater und Tochter hin und her schaute.

Ich liebte es, wenn Zeugen mich wissen ließen, dass sie über alles im Bilde waren. Dieses Mal war ich allerdings vorgewarnt, weil Jake einen entsprechenden Aktenvermerk gemacht hatte. Die Spannung, die sich nach Densmores Bemerkung im Raum ausbreitete, ließ darauf schließen, dass man sich in diesem Punkt keinesfalls einig war. Es interessierte mich, wie sich das weiterentwickelte, daher hob ich eine Augenbraue, sagte aber nichts.

Der Vater legte seine Hände zu einem spitzen Dreieck zusammen und schaute mich darüber hinweg an. »Susan hat sich um einen Jungen aus Sylmar gekümmert – im Rahmen eines unausgegorenen Programms ihrer Schule, junge Leute mit unterschiedlichem Hintergrund zusammenzubringen. Sobald ich ihn gesehen hatte, wusste ich, dass er eines dieser Gangmitglieder ist. Ich sagte Janet, dass sie Susan aus dem Programm herausnehmen soll, weil das sonst schlimm enden würde, aber sie wollte nichts davon wissen.« Er warf erst Janet und dann Susan einen verärgerten Blick zu, da sie sich ihm offenbar gemeinsam widersetzt hatten.

»Gehen wir einmal davon aus, dass er tatsächlich einer Gang angehört. Warum glauben Sie, dass er das hier getan hat?«, fragte ich und hielt meinen Tonfall bewusst neutral.

»Ist das nicht offensichtlich? Er hat das alles gesehen«,

Frank deutete auf die gewölbte Decke und alles, was sich darunter befand, »und ist neidisch und wütend geworden.«

Die Erklärung würde weitaus besser zu Diebstahl als zu Vergewaltigung passen, aber ich hatte nicht das Bedürfnis, mit ihm zu diskutieren. Hier ging es nicht um Meinungen, hier ging es um Beweise. »Wir werden in alle Richtungen ermitteln, Mr Densmore«, sagte ich ruhig, wohlwissend, dass meine Weigerung, seine Partei zu ergreifen, ihm nicht passen würde.

»Tun Sie Ihre Arbeit«, sagte er abfällig. »Verschwenden Sie aber bitte nicht viel Zeit mit der Suche. Es ist ziemlich klar, wer es war, und ich möchte nicht, dass sich die Sache hinzieht.«

»Ich könnte mir vorstellen, dass es für Susan auch ziemlich hart ist«, sagte ich trocken. Beim guten alten Frank konnte ich mit meinem Sarkasmus allerdings nicht landen, daher wandte ich mich der Tochter zu. »Würde es dir etwas ausmachen, mir zu zeigen, wo es passiert ist?«

»Die Polizei hat den Bereich bereits auf den Kopf gestellt«, sagte Densmore, dem deutlich anzusehen war, wie sehr ihm das gefallen hatte. »Ich habe natürlich nichts dagegen, wenn Sie sich davon überzeugen wollen, dass nichts übersehen wurde, aber ich glaube nicht, dass das viel bringt.«

Ich hielt den Zeitpunkt nicht für angemessen, um ein Witzchen auf Kosten von Mr Nutzlos Hughes Lambkin zu machen, daher nickte ich nur. Densmore stand auf und wollte vorangehen.

Ich hielt ihn zurück. »Sie müssen uns nicht begleiten. Susan kann es mir selbst zeigen. Ich möchte mir bloß einen Eindruck verschaffen, wie es passiert ist, damit ich die Szene visualisieren kann.« Baileys Beispiel folgend fügte ich hinzu: »Ich möchte Ihre kostbare Zeit nicht länger in Anspruch nehmen als unbedingt nötig.«

Diese Schleimerei ging mir gegen den Strich, aber ich konnte mich zusammenreißen und so richtig loslegen, wenn ich etwas unbedingt wollte. Und in diesem Moment wollte ich mit Susan allein sprechen, ohne dass Dr. Neunmalklug sich aufplusterte.

Densmore runzelte die Stirn und schaute besorgt zu Susan hinüber. Eine nur zu verständliche Reaktion.

»Es wird nicht lange dauern, Dr. Densmore«, sagte ich und versuchte ihm zu vermitteln, dass wir seine Tochter nicht über Gebühr ausquetschen würden.

Er schaute mich einen Moment an, dann nickte er widerstrebend. »Okay. Lassen Sie mich wissen, wenn Sie etwas brauchen. Ich bin hier«, sagte er mit einem warnenden Unterton in der Stimme.

»Geht in Ordnung«, sagte ich.

Susan führte mich und Bailey mit langsamen, bleiernen Schritten die geschwungene Treppe hinauf und hielt sich wie eine arthritische Neunzigjährige am polierten Mahagonigeländer fest. Oben an der Treppe wandten wir uns nach links und folgten ihr bis zum Flurende, wo an einer Tür ein gerahmtes Plakat von Albert Einstein hing. Das war nicht gerade das, was ich an der Schlafzimmertür dieses Mädchens erwartet hätte. Mir fiel auf, dass die Glasscheibe über dem Plakat blitzblank war – vermutlich hatte man sie auf der Suche nach Fingerabdrücken eingestäubt, worauf sie einer gründlichen Reinigung bedurft hatte. Dass man das Plakat zurückgebracht hatte, wies darauf hin, dass man auf nichts Brauchbares gestoßen war.

Susan atmete tief ein und öffnete die Tür. Dann betrat sie den Raum und blieb zur Rechten stehen, nicht willens, auch nur ein Stück weiterzugehen als unbedingt nötig. Bailey und ich folgten ihr in das Zimmer, das größer war als die meisten Wohnungen und eine Sitzecke mit Schrankwand und ein Badezimmer mit Dampfdusche einschloss. Die Südwand wurde fast vollständig von Fenstertüren eingenommen. Sie gingen auf einen Balkon hinaus, der auf den hinteren Teil des Grundstücks schaute. Das Kingsize-Bett, das mit einer maßgefertigten rosafarbenen Decke mit blauen Blümchen bedeckt war, stand links von der Fensterfront, nur eineinhalb Meter entfernt.

»In welche Klasse gehst du eigentlich, Susan?«, fragte ich im Plauderton, obwohl ich natürlich wusste, dass sie fünfzehn war.

»In die zehnte«, antwortete sie so leise, dass sie eher wie eine Zwölfjährige klang.

Die Untersuchungen nach der Vergewaltigung hatten ergeben, dass sie vermutlich Jungfrau gewesen war, und so scheu und zugeknöpft sie war, schien mir das äußerst wahrscheinlich. Vom rechtlichen Standpunkt her war es sowieso egal – Vergewaltigung war Vergewaltigung –, aber wenn ich etwas über Susans Befindlichkeiten herausfinden würde, könnte ich vielleicht den richtigen Zugang zu ihr finden, um sie befragen und auf die Gerichtssitzungen vorbereiten zu können. Nach dem, was sie durchgemacht hatte, würde sie sich allerdings nicht so leicht öffnen. Ich schaute aus dem Fenster und wünschte mir zum tausendsten Mal, dass man Vergewaltigern den Schwanz abschneiden könnte ... mit einem rostigen Messer.

»Du gehst auf die Pali High?«, fragte ich. Für gewöhnlich hätte ich angenommen, dass ein Mädchen, das in einem solchen Haus und in einem solchen Viertel wohnte, auf eine Privatschule ging. Andererseits war die Palisades Charter Highschool auch keine normale öffentliche Schule. Nicht zuletzt wegen der großzügigen Spenden, die das ganze Jahr über eingeworben wurden, hatte sie alle Vorzüge einer privaten Schule, aber darüber hinaus noch einige mehr.

Susan nickte, sagte aber nichts. Ich fuhr mit harmlosen

Kennenlernfragen fort. »Wie ist die zehnte Klasse? Besser als vorher?«

»Kann schon sein.« Ihr Blick wanderte zur Tür, durch die sie vermutlich am liebsten verschwunden wäre. Aus dem Augenwinkel sah ich, dass sich Bailey im Raum umschaute, um erste Eindrücke zu sammeln.

Ich nahm einen neuen Anlauf in der Hoffnung, ihr dabei helfen zu können, von den Geschehnissen in diesem Raum abzusehen. »Was ist denn dein Lieblingsfach dieses Jahr?«

Susan zuckte mit den Achseln und sah mich immer noch nicht an. »Keine Ahnung. Englisch vielleicht.«

Ein Ansatzpunkt. »Tatsächlich? Das war auch mein Lieblingsfach. Was lest ihr denn gerade?«

»*Farm der Tiere* von George Orwell«, sagte sie mit demselben Überschwang, den sie seit unserem ersten Handschlag an den Tag legte.

»Das habe ich auch gelesen«, sagte ich. »Wie findest du das Buch?«

»Eigentlich ganz gut«, sagte Susan und schob sich eine Strähne hinters Ohr. »Am Anfang findet man es einfach lustig, aber dann steckt plötzlich so viel mehr dahinter. Verstehen Sie, was ich meine?«

»Stimmt. Das Buch ist so gut, dass nicht einmal die Schule es ruinieren kann«, bestätigte ich mit einem leisen Lächeln.

Ich wurde mit einem zustimmenden Grinsen belohnt. Diesen Moment wollte ich nicht zerstören, aber ich wusste, dass ich mit ihr noch über den Fall sprechen musste. Ich würde versuchen, mich langsam heranzutasten und sie so viel erzählen zu lassen, wie sie von sich aus preisgeben wollte. Die Lücken, die dann noch blieben, würde ich zu einem späteren Zeitpunkt füllen. Ich schaute mich im Raum um, dann blickte ich wieder Susan an. Dieses Mal erwiderte sie meinen Blick. Sie war bereit.

6

Warst du wach, als er in dein Zimmer gekommen ist?«, fragte ich.

»Nein, aber ich weiß, dass er von dort eingestiegen ist«, sagte sie und zeigte auf die Schiebetüren, die zum Balkon führten. Dann schaute sie plötzlich aufs Bett, und ein ganzer Strom von Worten sprudelte aus ihr heraus. »Ich habe geschlafen. Er ist auf mein Bett gesprungen und hat mir ein Kissen aufs Gesicht gepresst, und ich bekam keine Luft mehr. Ich dachte, ich müsste sterben.« Nachdem sie das gesagt hatte, holte sie erst einmal tief Luft. Vermutlich gab es Zeiten, in denen sie sich wünschte, sie wäre tatsächlich gestorben.

»Susan, wir müssen jetzt nicht unbedingt über die Details sprechen.«

»Ist schon okay ... Ich erzähle es Ihnen lieber, dann habe ich es hinter mir, verstehen Sie?«

Das tat ich. Wirklich. Wenn die Fragen, die einen zwingen, den Albtraum noch einmal zu durchleben, unvermeidlich sind, ist es besser, sie sofort zu beantworten und sich so wenigstens eines Teils der Qual zu entledigen. Das Unausweichliche aufzuschieben verlängert nur die Schmerzen. Ich nickte und drückte aufmunternd ihren Arm. Dann zeigte ich auf die gepolsterte Truhe am Fußende des Bettes, wo man sich hinsetzen könnte. Als wir durchs Zimmer dorthin gingen, schaute ich durch die Schiebetüren hinaus und machte mir im Geiste eine Notiz.

Susan atmete noch einmal tief durch. Als sie zu reden begann, starrte sie zu Boden. »Gesehen habe ich ihn nicht. Alles, was ich weiß, ist, dass ich irgendwann aufgewacht bin und er auf mir drauflag. Ich habe versucht zu schreien, aber ich hatte ja das Kissen auf dem Gesicht, weswegen mich niemand hören konnte. Dann hat er mein Nachthemd hochgezogen und …«

Sie unterbrach sich, und ich wartete, bis sie sich wieder beruhigen würde. Es war immer furchtbar, Vergewaltigungsopfer dieser Prozedur zu unterwerfen, aber bei Susan war es besonders schrecklich. Sie war so jung, so verletzlich. Wie Romy. Zum zigsten Mal spielte mein Geist die letzten Momente mit ihr durch, mein siebenjähriges Selbst, das sagte: »Komm schon, Romy, du versuchst es ja gar nicht richtig! Versteck dich besser!«, dann Romy, die gutmütig den Kopf schüttelte und fortging. Schmerz und Schuldgefühle schnürten mir die Brust ein, und ich musste mich zwingen, tief durchzuatmen, um den Moment zu überwinden.

Ich war drauf und dran, Susan zu ermuntern, mit ihrem Bericht fortzufahren, besann mich dann aber eines Besseren. Dazu bestand keine Notwendigkeit. Ich wusste, dass bei der Untersuchung kein Sperma gefunden worden war, aber das war keine große Überraschung – der Abstrich hatte Spuren eines Gleitmittels zum Vorschein gebracht, wie es bei der Herstellung von Kondomen verwendet wurde. Der Täter war also vorsichtig gewesen, aber nicht vorsichtig genug. Auf Susans Nachthemd hatte man DNA gefunden, die weder von Susan noch von sonst jemandem im Haushalt stammte. Das war die gute Nachricht. Die schlechte Nachricht war, dass sie auch von niemandem stammte, der in unserer elektronischen Verbrecherkartei erfasst war. Wer auch immer es getan hatte, war nicht einschlägig bekannt, zumindest nicht in diesem Bundesstaat, oder musste einfach noch nie eine DNA-Probe abgeben. Ich hatte mir schon vorgenommen, mich zu erkundigen, ob das angebliche Gangmitglied, um das Susan sich gekümmert hatte, in der DNA-Datenbank erfasst war. Normalerweise würde ich davon ausgehen, dass der vorherige Ermittler eine solche Routinegeschichte längst erledigt hatte, aber bei Mr Nutzlos Hughes Lambkin wusste man nie.

Gemäß den Fotos und den Arztberichten, die ich gesehen hatte, war der Hymen beschädigt worden, was darauf hindeutete, dass es zur Penetration gekommen war. Außerdem gab es leichte Risse in der Vagina. Um einvernehmlichen Geschlechtsverkehr auszuschließen, war das besser als nichts, eindeutig war es jedoch nicht. Die Tatsache, dass ein Kondom verwendet worden war, half auch nicht gerade. Nach meinem bisherigen Eindruck würde Susan aber eine glaubhafte Zeugin abgeben. Vorausgesetzt, ich fand jemanden, den ich verhaften konnte.

»Hast du irgendetwas von ihm gesehen – sein Gesicht im Profil vielleicht? Oder seinen Rücken? Kannst du dich an irgendeinen Geruch erinnern?«, fragte ich.

Susan schüttelte nachdenklich den Kopf. »Ich habe schon versucht, mich an irgendetwas zu erinnern, aber ich hatte Angst, das Kissen runterzunehmen, bevor er weg war. Sonst wäre er vielleicht zurückgekommen und …« Sie hielt inne und runzelte die Stirn.

»Das kann ich gut verstehen, Susan. Ich hätte auch Angst gehabt«, versicherte ich ihr.

Sie nickte, holte noch einmal tief Luft und fuhr fort. »Ich glaube, dass er über den Balkon verschwunden ist, denn die Tür war noch offen. Wenn er durch die Schlafzimmertür gegangen wäre, hätte ich das sicher gehört.«

Die Schiebetüren öffneten sich auf den halbkreisförmigen Balkon. Inzwischen war ein nicht besonders dekorativer Riegel daran angebracht worden. Ich schaute mich im Zimmer um. Möglicherweise hatten die Kriminaltechniker alles gesichert, was es zu sichern gab, wenn aber Lambkin das Ganze beaufsichtigt hatte, kamen mir doch Bedenken. Bailey bemerkte meinen Blick und nickte.

»Susan, würde es dir etwas ausmachen, wenn wir noch einmal mit jemandem von der Spurensicherung kommen würden?«, fragte Bailey. »Wir würden das Zimmer auch ordentlich hinterlassen.«

»Mir ist das egal. Ich schlafe sowieso nicht mehr hier«, gestand Susan. »Ich wohne jetzt im alten Dienstmädchenzimmer. Hier ziehe ich mich nicht einmal mehr an.«

Das konnte man ihr nicht verdenken. Ich stand auf, um zu gehen, als Susan plötzlich nach meinem Arm griff. Sie warf einen verstohlenen Blick in Richtung Flur und flüsterte dann eindringlich: »Hören Sie nicht auf meinen Vater. Luis war es nicht. Ich weiß, dass er es nicht war.«

Mit Luis war das Gangmitglied gemeint, das wusste ich aus der Akte.

Die Vehemenz, mit der sie das sagte, verblüffte mich. »Wieso bist du dir da so sicher?«

Susan schüttelte traurig den Kopf. »Ich weiß, dass Sie denken, dass ich ein reiches, behütetes Mädchen bin, und das bin ich auch. Aber ich bin nicht dumm. Und ich kenne Luis. Er hat hart gearbeitet. Er wollte unbedingt raus aus … seiner Situation. Mag sein, dass er mal was angestellt hat. Könnte gut sein. Aber er würde niemals jemanden vergewaltigen. Und er hätte mir nie wehgetan.«

»Seid ihr beide …?«, begann ich.

Sie schüttelte schnell den Kopf. »Er ist nur ein guter Freund.«

»Irgendeine Idee, wo ich ihn finden kann?«

Susan ließ den Kopf hängen und schaute zu Boden. »Ich weiß nicht mal, wo er wohnt. Und seither habe ich ihn nicht mehr gesehen …«

Seit der Vergewaltigung war er wie vom Erdboden verschluckt, was nicht gerade für ihn sprach – und das wusste auch Susan. Ein Tatbeweis jenseits eines vernünftigen Zweifels war das zwar nicht, aber ich konnte es Frank Densmore nicht verdenken, dass er das anders sah. Und obwohl ich zu Beginn von Ermittlungen immer alle Möglichkeiten im Blick behielt, musste ich zugeben, dass die Suche nach Luis ganz oben auf meiner Prioritätenliste stand.

Ich schaute Susan an. Reich und behütet war sie zweifellos, aber dafür war sie ziemlich hart im Nehmen. Und ihre Bereitschaft, sich wegen dieses Luis gegen ihren Vater aufzulehnen, war beeindruckend. Daddy, so schien es, hatte immer Recht, selbst wenn dem nicht so war. Mit jemandem wie ihm legte man sich besser nicht an.

Wir begaben uns zurück ins Erdgeschoss und erfuhren zu unser aller Erleichterung, dass er fort war.

»Er musste zurück ins Büro«, erklärte Janet. »Er leitet sechs Gesundheitszentren für Kinderheilkunde«, sagte sie entschuldigend. »Alle Kinder aus der Nachbarschaft gehen zu ihm. Außerdem engagiert er sich für wohltätige Zwecke.« Ein Anflug von Stolz mischte sich in ihre Stimme, dann seufzte sie. »Das nimmt ihn alles ganz schön in Anspruch.«

Wie ein Heiliger wirkte er nicht gerade, aber warum hätte ich das mit Mrs Densmore diskutieren sollen? Vermutlich lagen seine Kliniken in den Wohnvierteln der Superreichen. Mittlerweile mehr Geschäftsmann als Arzt, sah er sicher kaum noch Patienten.

»Kein Problem«, sagte ich.

»Übrigens, mir ist die Fahrradhalterung da aufgefallen«, sagte Bailey und nickte zu dem Cayenne in der Auffahrt hinüber. »Wer ist denn der Radfahrer in der Familie?«

»Wir beide«, antwortete Janet. »Wobei es vor allem Franks Leidenschaft ist. Er fährt immer diese Wohltätigkeitsmarathons. Ich habe das auch mal versucht, aber …« Sie schüttelte den Kopf und musterte Bailey. »Sie würden das schaffen, nehme ich an.«

Bailey nickte. »Wenn ich einen guten Tag erwische.«

Blödsinn. Bailey war ein Tier auf zwei Rädern.

Janet schaute mich fragend an, aber ich schüttelte den Kopf. »Ich bestimmt nicht. Diese Wahnsinnstouren sind etwas für Fanatiker.« Das entlockte Janet ein kleines Lächeln. Ich erhielt ihre Erlaubnis für eine erneute »Bestandsaufnahme« in Susans Schlafzimmer, dann verabschiedeten wir uns fürs Erste.

Als ich in Baileys Wagen stieg, sah ich ein Fahrzeug des Sicherheitsdienstes vorbeifahren. Auf der Fahrerseite stand: PALISADES SECURITY – 24-STUNDEN-PATROUILLE.

»Wir sollten den Sicherheitsdienst für diesen Abschnitt befragen. Vielleicht können sie uns etwas darüber sagen, wer Zugang zu den Häusern hat«, sagte ich.

Bailey nickte. »Möglicherweise stehen sie selbst auf dieser Liste.«

»Kann sein«, stimmte ich zu. Es wäre nicht das erste Mal, dass ein Sicherheitsmann der Täter wäre, obwohl man davon ausgehen konnte, dass eine Firma, die in einer solchen Umgebung tätig war, ihre Mitarbeiter einer gründlichen Prüfung unterzog – schon allein aus Angst vor den drohenden Prozessen, falls irgendein Bösewicht durch die Maschen schlüpfen sollte. »Hat Nullraff die Nachbarn abgeklappert?«

»Laut Bericht schon, aber offenbar gibt es keinerlei konkrete Ergebnisse. Ich wette, er hat alles abgenickt, was seine Ermittler als Sackgasse bezeichnet haben, damit er der Sache nicht nachgehen muss. Morgen werde ich mit meinem eigenen Team anrücken«, sagte Bailey mit grimmiger Stimme, aus der die Verachtung herauszuhören war. »Wir werden das Strafregister konsultieren, die Verbindungen zu den Densmores klären, Alibis prüfen – das volle Programm eben.«

»Stell sicher, dass irgendjemand nach unserem Gangmitglied sucht …«

»Wird schon erledigt«, fiel Bailey mir ins Wort.

Sie hasste es, wenn ich ihr in die Arbeit reinredete, besonders wenn es sich um Routineangelegenheiten handelte. Das hielt mich nicht davon ab, es trotzdem zu tun.

»Dann arbeiten ja auch eine Menge Leute hier«, fuhr ich fort. »Bademeister, Gärtner, Trainer …«

»Monteure, Architekten, Tischler, Schneider …« Ihr Tonfall ließ durchblicken, dass ich es nicht zu weit treiben sollte.

»Schneider?«

Sie zuckte mit den Achseln. »Man muss sich ja nicht mit Stereotypen zufriedengeben.«

Die Schneider, die ich kannte, würden nicht mal um eine Leiter *herumlaufen*, geschweige denn raufklettern, um ins Schlafzimmer eines kleinen Mädchens einzusteigen, aber Bailey hatte Recht mit ihren Stereotypen. »Okay, kümmere dich um die Schneider.«

Wir fuhren in östlicher Richtung über den Sunset Boulevard, wo sich der Verkehr jetzt im dichten Pendelverkehr dahinschleppte.

»Woran denkst du?«, fragte Bailey.

Ich beobachtete, wie die noble Gegend wieder schäbigeren Straßen und Ladenfronten mit ausländischen Schriftzügen wich – wir bewegten uns rückwärts auf dem Spielbrett, von der Seestraße und der Chausseestraße über die Turmstraße zur Badstraße, bis wir irgendwann wieder auf »Los« stehen würden.

»Dass dieser Luis sich vom Acker gemacht hat … Irgendwie wirkt das doch alles zu offensichtlich, oder?«, stellte ich meine rhetorische Frage.

»Tja.«

»Mir gefällt das nicht.« Aber ich war klug genug, keine

Schlüsse daraus zu ziehen. Nur weil es offensichtlich war, hieß das noch lange nicht, dass Luis nicht unser Täter war. Meiner Erfahrung nach waren Kriminelle auch nicht schlauer als andere – wenn sie es wären, würden wir sie nie schnappen. Mein alter Mentor pflegte zu diesem Thema zu sagen: ›Wenn Sie Hufgetrappel hören, dann denken Sie an Pferde und nicht an Zebras.‹

»Hat Nullraff nach dem Jungen gesucht?«, fragte ich.

»Nicht sehr wahrscheinlich, aber ich werde mich erkundigen«, antwortete Bailey und tippte ein Memo in ihr neues Handy.

»Was ist mit deinem Blackberry?«, fragte ich. Bailey war ein Freak – sie musste immer als Erste den neuesten Technikschnickschnack haben.

Sie hielt mir ihr iPhone hin. »Schnee von gestern. Das hier lässt den Blackberry wie eine klapprige Schreibmaschine aussehen.«

Ich schüttelte den Kopf und weigerte mich, das Ding auch nur anzufassen. »Du solltest mittlerweile wissen, dass ich so etwas kaputt gemacht habe, bevor ich auch nur einen Klingelton rausbekomme.«

»Stimmt.« Sie zog das Gerät schnell wieder zurück und steckte es in die Tasche.

Ich beobachtete ein Mädchen in hautengen Jeans und Converse-Schuhen, das einen rattenartigen Hund ausführte und zum Rhythmus der Musik aus ihrem iPod vor sich hin nickte. Plötzlich blieb der Hund stehen, um an die Bank an der Bushaltestelle zu pinkeln, und das Mädchen wurde an der Leine zurückgerissen. Die Ohrstöpsel rutschten aus ihren Ohren heraus. Einen Moment wirkte sie vollkommen verwirrt, als würde sie die Welt zum ersten Mal ohne Musik erleben. Vielleicht war es ja so.

Der Anblick brachte meine Gedanken wieder auf Susans Vater. »Old Frank ist wirklich ein harter Brocken, was?«

»Ein echter Macker«, stimmte Bailey zu. »Er ist der Typ, der beim Ficken seinen eigenen Namen brüllt, wenn er kommt.«

Ich warf ihr einen Blick zu. »Schönen Dank auch. Das Bild werde ich bestimmt so schnell nicht mehr los.« Ich kniff die Augen zusammen, um die Vorstellung von Frank Densmore auf dem Gipfel der Lust zu verdrängen. *Würg*.

Bailey zuckte mit den Achseln. Sie hatte einen angeborenen Hang zum Vulgären, und da sie mit drei Brüdern aufgewachsen war und bei der Polizei arbeitete, hatte sie ihr Talent ständig weiterentwickelt.

Ich schob das Bild beiseite und dachte darüber nach, was mich an Densmore so störte. Es war nicht nur, dass er ein machtbewusster Besserwisser war. Vor allem hatte es wohl damit zu tun, dass er, egal was passierte, alles auf sich bezog – selbst die Vergewaltigung seiner Tochter. Gerechtigkeitshalber musste ich allerdings zugeben, dass er wirklich besorgt um sie zu sein schien. Und wenn er sich in Vanderhorns inneren Zirkel eingekauft hatte, um für den Fall seiner Tochter besondere Aufmerksamkeit zu erlangen, dann war das ein echter Liebesbeweis, auch wenn es eine kranke, kontrollsüchtige Liebe war. Offenbar funktionierte es aber.

»Ist dir je aufgefallen, dass die Krankenhäuser der Reichen immer ›Gesundheitszentren‹ heißen?«, fragte ich.

»Ja«, antwortete Bailey und grinste. Dann verfinsterte sich ihr Gesicht plötzlich. »Ich sag dir was, Knight. Wenn Luis nicht unser Mann ist, dann sollten wir in Susans Schlafzimmer besser irgendeinen Anhaltspunkt finden, sonst haben wir so etwas wie die Leiche in dem berühmten verschlossenen Raum.« Baileys Tonfall war missmutig, als sie fortfuhr. »Hab ich mich übrigens schon dafür bedankt, dass du mich in diese Sache reingezogen hast?«

»Nein, hast du nicht. Aber du warst ja schon immer der undankbare Typ«, antwortete ich.

Bailey warf mir einen schrägen Blick zu.

»Einen Anhaltspunkt haben wir allerdings schon«, sagte ich. »Der Vergewaltiger muss die Densmores gekannt haben. Niemand, der noch nie in diesem Schloss war, könnte die Sicherheitspatrouille umgehen und Susans Schlafzimmer finden.«

»Und das mitten in der Nacht«, fügte Bailey hinzu.

7

Es war fast acht, als Bailey vor dem Biltmore hielt. Ich war müde, hungrig und lechzte nach einem Drink, um die letzten Nachwehen meines Katers zu besänftigen.

»Wie sieht's aus mit einem Drink?«, fragte ich.

»Einer wird nicht reichen«, sagte sie und parkte in der Be- und Entladezone.

Wir stiegen aus und mieden Rafis Blick, als wir auf den Eingang zusteuerten. Er war ohnehin kein großer Fan von mir, weil ich nie mit dem Auto fuhr und daher nie den Parkdienst in Anspruch nahm, und mit dieser Aktion würde ich in seiner Gunst bestimmt nicht steigen. Angel, der Portier, grinste vielsagend, als er uns hereinließ.

Die schiere Schönheit der Lobby überwältigte mich immer wieder: das bunte Glas, das in die hohe Decke eingesetzt war, der kunstvolle Kronleuchter von Lalique, die üppigen Orientteppiche, die auf dem dunkelroten Marmorboden lagen. Hinten in der Ecke, neben dem Eingang zur Bar, verlieh ein Wasserfall, der über eine Wand mit italienischen Kacheln herabrieselte, der opulenten Umgebung eine anmutige Note. In die Lobby zu kommen war, als würde man von einer Rubens'schen Herzogin in die Arme genommen.

Zu meiner Rechten stand eine Gruppe von äußerst blonden, mittelalten Paaren neben einem Berg von Koffern mit Lufthansa-Aufklebern. Sie trugen klobige Sandalen, schwarze Strümpfe und Bermudashorts, die sowohl dem Winter in

L.A. als auch jeglichen modischen Ambitionen zu trotzen schienen. Ihr Gruppenleiter versuchte mit einem schwerfälligen Akzent, auf den sich der Angestellte an der Rezeption nur mühsam einen Reim machen konnte, die reservierten Zimmer einzufordern. Nun kam Tommy, der Nachtportier. Ich nickte ihm zu, und er lächelte herüber und winkte. Als er sich der Rezeption näherte, hörte ich die Stimme des Reiseleiters lauter werden. Obwohl es nie funktionierte, versuchte jeder, die Sprachbarriere durch Lautstärke wettzumachen.

Ich öffnete die schwere, dunkel eingefärbte Glastür zur Bar und spürte sofort die vertraute Stille, die durch dicke Teppiche, üppige Polsterung und sanftes Licht hervorgerufen wurde. Langsam schloss sich die Tür wieder, als wir ins kühle Dunkel traten. Über gedämpftem Gläserklirren erhob sich Frank Sinatras *Witchcraft*. Ich ließ die Szene auf mich wirken, als wir uns dem Tresen näherten.

Eine Gruppe von vier älteren Herren in konservativen dunklen Anzügen hatte sich in einer der forstgrünen Ledernischen rechts vom Kamin versammelt. In der Mitte des Raums saßen zwei junge Frauen in teuren, schmalen Kostümen, zeigten viel Bein und tranken auf den straff gepolsterten Sofas ihre Cosmopolitans – Rechtsanwältinnen oder Nutten, die wie Rechtsanwältinnen aussehen wollten.

Mein Kumpel und Lieblingsbarmann Drew Rayford trocknete ein Manhattan-Glas ab, als Bailey und ich auf die ledernen Barhocker am Ende des langen, messingbeschlagenen Tresens kletterten, direkt neben dem Foto eines berühmten Jockeys, der in der einen Hand die Zügel und in der anderen einen Pokal hielt.

»Rachel, Bailey«, sagte Drew und nickte uns zu. Ich spürte, wie es Bailey warm ums Herz wurde. Drew sah heute besonders elegant aus in seiner schwarzen Hose, dem weißen Hemd und der schwarzen Weste, die seine unerträglich schmale Taille betonte. Der weiße Kragen bildete einen scharfen, aber faszinierenden Kontrast zu seiner schwarzen Haut. Im linken Ohr trug er einen Diamantstecker, der glitzerte, wenn er sich im schummrigen Licht hinter der Bar bewegte. Groß, überwältigend und sanft wie Seide hatte Drew die allerbesten Chancen bei Frauen. Zu ihrem Leidwesen hatte er andere Prioritäten, da er nämlich eines Tages seine eigene Nobelbar eröffnen wollte. Dieser Tag sollte lieber früher als später kommen, und so blieb für Geselligkeit wenig Zeit. Tatsächlich hatte ich das Gefühl, dass es keine Frau gab, die ihn auch nur halb so oft sah wie ich.

»Was darf's sein?«, fragte er.

»Glenlivet on the rocks, Wasser extra«, sagte Bailey.

»Für mich eine Bloody Mary«, sagte ich.

»Aha«, sagte Drew mit einem Lächeln.

Eine Bloody Mary am Abend konnte nur auf einen Kater hindeuten, und das wusste niemand besser als Drew. Das ist der Nachteil des Lebens hier – alle kennen mich und meine Gewohnheiten. Ich verdrehte die Augen und fügte schnell hinzu: »Außerdem möchten wir etwas essen.«

»Umso besser. Vermutlich wirst du das hier auch nicht verschmähen«, sagte er, füllte ein Glas mit Eiswürfeln, goss es mit Wasser auf und stellte es mir hin. Ich wartete, bis er ging, um die Speisekarten zu holen, kippte das Wasser dann in einem Zug hinunter und schob das Glas schnell zu Bailey hinüber. Drew sollte keinesfalls merken, dass er meinen Zustand vollkommen richtig eingeschätzt hatte – konnte man nicht ein wenig Privatheit verlangen, jetzt mal im Ernst?

»Ich fühle mich ausgenutzt«, sagte Bailey und schaute mich schräg von der Seite her an.

Ich griff nach dem Silbertablett mit den Schüsselchen, die Drew jede Woche mit anderen Snacks füllte. Heute waren es Kalamata-Oliven, Chicorée und Gewürzmandeln. »Hast du eigentlich irgendetwas über den Fall Pahlmeyer gehört?«, fragte ich Bailey und nahm eine Olive.

Bevor sie antworten konnte, brachte Drew unsere Drinks, reichte uns die Speisekarten und breitete große weiße Servietten auf dem Tresen aus.

Bailey schaute ihm eine Weile zu. »Danke«, sagte sie schließlich mit einem übertriebenen Lächeln.

Drew schaute verdächtig lange zurück. »Gern geschehen«, sagte er und lächelte seinerseits, bevor er hinter seinem Tresen wieder entschwand.

Fast hätte ich laut aufgestöhnt. »Das ist nicht dein Ernst, oder?«, flüsterte ich. »Er legt dich einmal flach, und das war's dann. Denk dran, dass ich an diesem Ort lebe und du dich hinterher weiterhin mit mir hier treffen musst.«

»Was macht dich so sicher, dass er mich nicht schon mehr als einmal ›flachgelegt‹ hat?« Bailey nippte an ihrem Whisky. »Außerdem«, sagte sie im Brustton der Überzeugung, »wird niemand mich so einfach wieder los.«

Hätte ich in diesem Moment nachgebohrt, wäre ich entweder mit zu viel oder mit zu wenigen Informationen aus der Sache hervorgegangen. Keine der Optionen gefiel mir, zumal ich wichtigere Fragen zu klären hatte.

»Wie auch immer«, sagte ich trocken. »Erzähl mir lieber, was in Sachen Jake los ist.«

»Das FBI ist jetzt offiziell mit von der Partie«, antwortete Bailey.

Ich nahm einen Schluck von meiner Bloody Mary. Es war, als würde man eine rostige Maschine ölen. Endlich begann ich, mich zu entspannen.

»Wenn die Feds jetzt drin sind, seid ihr dann draußen?«, fragte ich.

»Noch nicht. Wir *kooperieren*.«

»Wer ist die Verbindungsperson?«, fragte ich. Wenn zwei

Institutionen zusammenarbeiteten, wurde meist auf beiden Seiten eine Kontaktperson eingesetzt, die für eine effiziente Koordination der Arbeit zuständig war.

»Hales. Kennst du ihn?«

»Ich bin ihm mal begegnet«, sagte ich vage und nahm noch einen Schluck von meiner Bloody Mary.

Bailey hatte meinen ausweichenden Tonfall bemerkt. »Sag nicht, dass du auch eine von denen bist.«

»Von denen?«

»Tu nicht so unschuldig. Eins seiner Groupies.« Sie nahm einen großen Schluck von ihrem Drink. »Um ihn herum werden etliche Höschen feucht«, sagte sie und verzog verächtlich den Mund.

»Eine wundervolle Ausdrucksweise du Emily Dickinson.«

»Ich sag's nur, wie es ist«, antwortete sie und steckte sich eine Mandel in den Mund.

Auch wenn Bailey vielleicht übertrieb, war Hales' Interesse an mir – sollte Toni überhaupt Recht haben – offenbar kein Grund zum Ausflippen. Bestenfalls würde es dazu führen, dass ein weiterer Tag zu den besch … gerechnet werden müsste. Da ich Menschenmassen sowieso eher mied, beschloss ich, mich auf keinen Fall Hales' Harem von heißen Mädchen anzuschließen.

»Komm schon«, sagte ich und angelte nach einer weiteren Olive. »Hab ich mich je wie ein Groupie aufgeführt?«

Ich schaute Bailey an, die wenigstens in diesem Punkt nachgab. »Nicht dass ich wüsste.«

»Siehst du.«

Ich erzählte ihr, wie ich Lieutenant Graden Hales kennen gelernt hatte. Bailey war nun für einen Moment ernst. Als ich fertig war, versuchte ich, an die letzten Wasserreste in meinem Glas heranzukommen, und wandte mich dann wieder meiner Bloody Mary zu.

Bailey sah mich nachdenklich an. »Für meinen Geschmack ist er ein wenig zu beliebt, andererseits muss ich sagen, dass Hales ein netter Junge zu sein scheint«, erklärte sie und hob das Glas. »Vielleicht wäre es gar keine schlechte Idee, wenn du endlich einmal versuchen würdest, über Daniel hinwegzukommen.«

Ich machte den Mund auf, um ihr zu erklären, dass ich längst über Daniel hinweg *war* und dass die Trennung schließlich schon ein Jahr zurücklag. Andererseits wusste ich, was sie meinte, und so ungern ich es zugab, war mir natürlich klar, dass sie Recht hatte. Es war kein sauberer Schnitt gewesen. Daniel Rose, ein erstklassiger Strafverteidiger, war mittlerweile einer der gefragtesten Gutachter zur Beurteilung der Kompetenz – oder der mangelnden Kompetenz – von Anwälten im ganzen Land. Ich hatte ihn kennen gelernt, als ein Angeklagter, dem ich für Vergewaltigung und Mord lebenslang ohne Bewährung eingebrockt hatte, das Urteil anfechten wollte, weil sein Verteidiger nicht auf Schuldunfähigkeit plädiert hatte. Um den Vorwurf der Inkompetenz zu entkräften, hatte ich Daniel hinzugezogen, und von unserem ersten Treffen an hatte ich ein Knistern zwischen uns gespürt. Dass es ihm genauso ging, hatte ich allerdings erst an dem Tag erfahren, als wir den Fall gewonnen hatten.

Daniels Aussage hatte die Finten der Verteidigung in der Luft zerrissen. Nur wenige Minuten, nachdem er den Zeugenstand verlassen hatte, entschieden die Richter, dass das Urteil nicht anzufechten sei. Abends rief mich Daniel in meinem Büro an, um sich zu erkundigen, wie die Sache ausgegangen war. Nachdem ich es ihm erzählt hatte, schlug er vor, den Sieg mit einem Drink zu feiern. Aus dem Drink wurde ein Dinner, wir redeten bis in die frühen Morgenstunden, und am nächsten Tag trafen wir uns zum Mittagessen. Gegen Ende der Woche hatten wir bereits gemeinsame Pläne fürs Wochenende.

Die ersten Monate waren die reinste Idylle. Ein solches Glück zu erleben war für mich eine vollkommen neue Erfahrung. Daniel war mein Liebhaber, mein bester Freund, mein größter Fan – und jemand, an dem ich mich abarbeiten konnte. Herausforderung, Nervenkitzel, Geborgenheit, alles in einem. Zum ersten Mal in meinem Leben ließ ich mich auf eine Beziehung ein, ohne auf Distanz bedacht zu sein. Ich hatte Angst und erlebte es gleichzeitig wie ein Wunder – ein blasses Höhlenwesen, das erstmals durch die Sonne tappt.

Wenn ich einen Moment nachgedacht hätte, wäre mir klar gewesen, was unserer Beziehung den Todesstoß versetzen würde, aber ich wollte es gar nicht wissen. Und so sickerten die zersetzenden Kräfte unmerklich in mein Unterbewusstsein ein und verteilten sich von dort aus im Raum zwischen uns.

Als national anerkannter Experte hatte Daniel Redeverpflichtungen und Gerichtstermine im ganzen Land. Als wir uns kennen gelernt hatten, war die Vortragssaison gerade zu Ende gegangen, weswegen mir nicht klar war, wie viel er tatsächlich unterwegs sein würde. Sechs Monate später begann sie dann wieder, und die Reisen, Vorträge und Gerichtstermine hielten ihn jeden Monat mindestens zwei Wochen von zu Hause fern.

Ohne es zu merken, zog ich mich zurück. Plötzlich fand ich nicht mehr die Zeit, Daniels Anrufe entgegenzunehmen, und vergaß obendrein, ihn zurückzurufen. Wenn er in der Stadt war, schien ich noch mehr arbeiten zu müssen als sonst, was bei meinen ohnehin schon langen Arbeitstagen bedeutete, dass ich das Büro manchmal selten vor Mitternacht verließ. Anfangs akzeptierte Daniel meine Entschuldigungen – ein vertrackter Fall, ein widerspenstiger Zeuge –, aber mit der Zeit erkundigte er sich immer häufiger, ob irgendetwas nicht in Ordnung sei. Eine Stimme tief in meinem Innern flüsterte, dass er Recht hatte, aber ich wollte nichts davon wissen. Daniel wiederum verfügte nicht über meine Fähigkeit zur Verdrängung, und so fragte er mich eines Abends bei sich daheim – es hätte ein romantisches Essen bei Kerzenschein werden sollen –, ob es jemand anderen gebe. Ich war entsetzt und sprachlos. Als ich die Worte wiederfand, fragte ich ihn, wie er darauf komme. Er erwähnte all die Abende, an denen ich zu beschäftigt gewesen war, um mich mit ihm zu treffen, all die Anrufe, die ich nicht angenommen hatte – ohne ihn dann später zurückzurufen. Ich sagte, dass es niemand anderen gebe. Aber ich sagte auch, dass ich mich so rar gemacht hätte, weil ich von einem Doppelmord vollkommen in Anspruch genommen sei. Und obwohl ich das selbst gerne geglaubt hätte, wusste ich, dass es nicht stimmte.

In Wahrheit waren die Narben, die für das Scheitern all meiner Beziehungen verantwortlich gewesen waren und die ich seit der Zeit mit Daniel für geheilt gehalten hatte, wieder aufgebrochen. Carla, meine Psychiaterin, sprach später von gestörter Objektkonstanz. Da ich Romy sehr früh auf traumatische Weise verloren hatte, hatte ich auf der Gefühlsebene nicht lernen können, dass Leute, die fortgehen, auch wiederkommen. Immer wenn Daniel die Stadt verließ, verschloss sich ein Teil von mir gegen den Schmerz des endgültigen Verlusts, von dem mein kindliches Selbst wusste, dass er früher oder später erfolgen würde. Damals war mir das natürlich nicht klar. Erst nachdem wir uns getrennt hatten, begriff ich mit Carlas Hilfe, was tatsächlich geschehen war.

Das Traurigste an der Sache war, dass ich, selbst wenn ich es früher gewusst hätte, nicht mit Daniel über das Problem hätte reden können. Es verlieh mir ein Gefühl der Schwäche, und das hasste ich. Außerdem hätte ich ihm nicht von Romy erzählen mögen, denn schlimmer noch, als sich schwach zu fühlen, war es, eine Schuld eingestehen zu müssen.

Daniel und ich rissen uns zusammen, aber Probleme, die nicht gelöst werden, verschwinden nicht einfach. Sie verstecken sich in einem finsteren Winkel, schwelen vor sich hin und brechen irgendwann wieder hervor. In den nächsten sechs Monaten wies mich Daniel in regelmäßigen Abständen darauf hin, dass ich mich wieder zurückzog. Ich entschuldigte mich, er verzieh mir. Fast bis zum Jahresende schleppten wir uns so hin. Kurz vor Weihnachten akzeptierte ich dann, dass meine Dämonen wieder Besitz von mir ergriffen hatten, und gab Daniel den Laufpass. Die Trauer und die Tränen in seinen Augen durchbohrten regelrecht mein Herz. Das Jahr nach der Trennung hat die scharfen Kanten des Schmerzes ein wenig abgestumpft, sie aber nicht beseitigt. Gelegentlich fiel mir auf, dass ich ein paar Tage nicht an Daniel gedacht hatte, und ich beglückwünschte mich dazu, dass ich über ihn hinweg war ... bis ich ihn irgendwo von weitem im Gerichtsgebäude sah. Dann kamen die alten Empfindungen und das niederschmetternde Verlustgefühl wieder hoch und erzeugten einen Schmerz, der mir schier den Atem raubte. Bailey und Toni widersprachen mir nicht, wenn ich behauptete, ich sei über die Sache hinweg, aber sie wussten es besser. Ich hingegen hoffte, dass es, wenn ich es nur oft genug wiederholte, tatsächlich irgendwann stimmen würde.

»Graden ist also direkt an Jakes Fall dran«, sagte ich, um wieder zu aktuelleren Angelegenheiten zurückzukehren.

Bailey nickte. »Die Arbeitshypothese lautet, dass der Junge, der mit Jake gefunden wurde, ihn erpresst hat. Sein Nacktfoto war in Jakes Brusttasche. Jake konnte nicht zahlen, ist durchgedreht und hat beschlossen, sich die Kugel zu geben und den Knaben mitzunehmen.«

»Ist das so?« Plötzlich war ich wütend über ein derart leichtfertiges Urteil. »Hat sich eigentlich irgendjemand mal die Zeit genommen, darüber nachzudenken, dass nichts davon zu der Person passt, die Jake tatsächlich war? Nicht ein verdammtes Detail!«

Bailey zog eine Augenbraue hoch. »Die Person, die Jake tatsächlich war? Möchtest du mir etwas über dich und …«

»Natürlich nicht«, sagte ich heftig. »Es ist nur einfach nicht gerecht. Er war ein netter Typ und hat Besseres verdient, als dass jeder … so einen Scheiß glaubt.«

Bailey nickte, aber nun kam Drew wieder. Während sie bestellte – mit der schwülstigsten Stimme, die ich je außerhalb eines James-Bond-Films vernommen hatte –, zwang ich mich dazu, mich zu beruhigen. Es war nicht Baileys Schuld, wenn alle Beteiligten nur auf die oberflächlichen Tatsachen schauten. Als Drew sich an mich wandte, war ich kurz versucht, sämtliche Diätmaßnahmen in den Wind zu schlagen und wie Bailey die Shrimps zu nehmen. Dann dachte ich allerdings an meinen Hosenbund und bestellte stattdessen den Salade Niçoise. Drews Miene war ein »Schon wieder« deutlich anzusehen, aber ich ignorierte es. Dieser Mann hatte vermutlich seit seiner Geburt nie ein Gramm zugenommen, wenn er nicht wollte.

Als er ging, um unsere Bestellungen weiterzugeben, sagte ich: »Tut mir leid, Bailey. Ich frage mich doch nur, warum niemand auch nur ansatzweise hinter den äußeren Schein zu schauen versucht. Ich habe Jake gut gekannt, und ich …«

Sie hob die Hand, um mich zu unterbrechen. »Bei mir rennst du offene Türen ein. Trotzdem solltest auch du den Tatsachen ins Auge schauen. Wie gut hast du Jake wirklich gekannt? Warst du je bei ihm zu Hause? Ist er je mit dir hier gewesen? Kennst du seine Familie? Irgendeine Freundin? Hast du je irgendetwas anderes mit ihm getan, als im Büro zu hocken und zu arbeiten?«

Ich schüttelte den Kopf. Soviel ich wusste, hatte es keine

Freundin gegeben. Ein ungebetener Zweifel schlich sich in meine Gedanken ein. In Jakes Alter, bei seinem Aussehen und seinem Charme, hätte es irgendjemanden geben müssen, eine Frau, einen Mann, irgendjemanden in der Gegenwart oder in der Vergangenheit, auf den wenigstens einmal das Gespräch hätte kommen müssen. Selbst ich bei meiner Verschlossenheit hatte Daniel sicher wenigstens erwähnt. Mir gefiel nicht, wie ich mich plötzlich fühlte. »Du hast im Prinzip ja Recht, Bailey. Ich möchte nur sichergehen, dass man den Fall nicht abschließt, bevor man nicht alle Optionen geprüft hat.«

»Warum redest du nicht mit Hales?«

»Hab ich schon. Im Wesentlichen sagt er dasselbe wie du. Aber aus irgendeinem Grund war er ziemlich kurz angebunden«, sagte ich.

»Wahrscheinlich wird Druck auf die Leute ausgeübt, damit sie nichts durchsickern lassen.«

Ich nahm einen Schluck aus meinem Glas und dachte darüber nach, was ich auf eigene Faust unternehmen könnte. Als Staatsanwältin stand ich nicht ganz – wie man so schön sagt – mit leeren Händen da.

Bailey sah mich prüfend an. »Was hast du vor?«

»Weiß ich noch nicht.«

Drew brachte meinen Salat und Baileys Shrimps. Mein Magen knurrte, als der köstliche Geruch von ihrem Teller herüberwehte.

Bailey lächelte. »Mal probieren?«

»Ich dachte schon, du fragst nie«, sagte ich und griff zu meiner Gabel.

»Rachel …«

»Ja?«, sagte ich, während ich mich darauf konzentrierte, meine Gabel unter eine möglichst große Ladung von Baileys Shrimps zu schieben. Butterweich waren sie im Mund, und ich genoss das Zusammenspiel der Aromen, bis ich irgendwann merkte, dass Bailey meine Aufmerksamkeit zu erlangen versuchte. Ich schaute sie an.

»Ich werde dir helfen.«

Sofort stellte ich das Kauen ein. Sich für eine Freundin aus dem Fenster zu hängen ist eine Sache. Für sie hinauszuspringen eine andere. Wenn man Bailey dabei ertappen würde, wie sie ihre Nase in diese Sache steckte, bekäme sie riesige Probleme. Ich wusste nicht, was ich sagen sollte. Meine bessere Hälfte wollte widersprechen, aber die Hälfte, die diesen Fall unbedingt lösen wollte, forderte mich auf, den Mund zu halten und das Angebot anzunehmen. Ich ließ die bessere Hälfte geknebelt und gefesselt in der Ecke sitzen und nahm mir lediglich vor, Baileys Hilfe so wenig wie möglich in Anspruch zu nehmen. Ansonsten fehlten mir die Worte, die groß genug wären, um meine Dankbarkeit zum Ausdruck zu bringen, also nickte ich nur und ließ mein Schweigen für sich sprechen.

Bailey trank einen Schluck. Die Shrimps hatten meinen Mund wässrig werden lassen, und so hob ich, unfähig zu widerstehen, die Gabel und visierte eine weitere Ladung an. Als bester Beweis dafür, dass jede Freundschaft ihre Grenzen hat, schob Bailey ihren Teller schnell auf die andere Seite.

Widerwillig zog ich die Gabel zurück und wandte mich meinem Salat zu. Ich beäugte die Ei-Scheiben und redete mir ein, dass sie köstlich aussahen.

8

Als ich am nächsten Morgen meine Augen öffnete, sah ich, dass es erst halb neun war. Schnell vergrub ich mich wieder in meiner Luxusbettwäsche. Bailey hatte mit der Spurensicherung einen Termin für halb elf vor Susans Haus gemacht, daher hatte ich Melia mitgeteilt, dass ich in Sachen Densmore unterwegs sei. Tatortbegehungen boten immer die Chance, dem Büro zu entfliehen, und in diesem Fall ergab sich sogar die seltene Gelegenheit zum Ausschlafen.

Der Morgen war klar, aber frisch, daher zog ich einen langen Wollrock und kniehohe Stiefel an. Ich fühlte mich wesentlich besser, nachdem ich meinen Kater überwunden hatte, und schwor mir, so etwas nie wieder zu tun. Dann rief ich Rafi an, den Mann vom Parkservice, und bat ihn, meinen Wagen aus der Tiefgarage zu holen, eine Wiedergutmachungsmaßnahme, weil ihm am Vorabend sein Trinkgeld entgangen war. Da ich selten das Auto nahm, hatte ich keinerlei Bedenken, finanzielle Maßstäbe zu setzen, die ich niemals würde aufrechterhalten können. Als er mit meinem Honda Accord vorfuhr, zuckte ich leicht zusammen. Der Wagen war ziemlich dreckig, und ich hatte keine Zeit für einen Besuch in der Waschanlage – nicht gerade die feine Art, im Land von Richie Rich vorzufahren, aber okay. Ich stöpselte meinen iPod ein, wählte den Jazzmix und glitt zu Stanley Turrentine und Maceo Parker dahin, ohne den Verkehr um mich herum wirklich wahrzunehmen.

Als ich am Anwesen der Densmores ankam, war Bailey schon da und unterhielt sich vor einer offenen Kofferraumklappe mit einer Frau von der Spurensicherung. Zu meiner großen Freude war es Dorian. Klein, kompakt und stets aufs Wesentliche konzentriert war Dorian eine der wenigen älteren Kriminaltechnikerinnen; sie hatte mehr Tatorte gesehen, als in unserem Erfahrungshorizont überhaupt vorkamen. Auf Bailey war schlichtweg Verlass. Bei ihr bekam man nur das Beste.

»Hallo, Dorian. Willkommen zurück«, sagte ich, da sie in den letzten Jahren bei der Abteilung zur Identifikation von Feuerwaffen gewesen war.

»Nun ja, war schon ganz interessant da, aber die praktische Arbeit am Tatort hat mir irgendwann doch gefehlt«, sagte sie, was für Dorians Verhältnisse schon eine ziemlich langatmige Erklärung war. Sie hievte ihr Instrumentarium aus dem Kofferraum. »Wollen wir?«

»Ich bezweifle, dass du Fingerabdrücke finden wirst«, sagte ich, als wir auf das Haus zugingen. »Der Typ war ziemlich vorsichtig, daher denke ich, dass Haare oder Fasern wahrscheinlicher sind.«

Dorian nickte. Dieselbe Haushälterin wie beim letzten Mal kam an die Tür. Diesmal erntete Dorian den skeptischen Blick, aber falls sie es registriert haben sollte, ließ sie es sich nicht anmerken. Wir gingen zu Susans Zimmer hoch, wo Dorian ihren Koffer abstellte. Sie zog Latexhandschuhe an, setzte sich ein Haarnetz auf, stülpte Papiermanschetten über ihre Schuhe und machte sich an die Arbeit.

»Ihr beiden wart vermutlich bereits in diesem Raum«, sagte Dorian, als sie eintrat. Wir nickten. Sie bedeutete uns, an der Tür stehen zu bleiben, und schüttelte missbilligend den Kopf. »Dann brauche ich Haarproben von euch, außerdem Proben von allem, was ihr getragen habt. Zum Ausschließen.

Von ihr auch«, sagte sie und nickte zur Haushälterin hinüber. »Und von den Eltern und von jedem, der Zugang zu dem Raum hatte. Da kommt sicher eine Menge zusammen.«

Bailey und ich nickten gehorsam. Dann schaute ich wieder auf die Schiebetüren von Susans Schlafzimmer und versuchte mir vorzustellen, wie der Vergewaltiger im ersten Stock durch ein Fenster steigen sollte. Zwar lag der Balkon davor, aber der Weg dorthin muss eine ziemliche Kletterei gewesen sein. Wie der Mann unbemerkt verschwinden konnte, war weniger rätselhaft – in einem Haus wie diesem war ein Täter vermutlich längst wieder auf dem Freeway, bevor man irgendjemanden schreien hörte. Ich beschloss, mich unterhalb von Susans Fenster umzusehen.

»Ich dreh mal eine Runde ums Haus«, sagte ich zu Bailey.

»Geh ruhig mit«, sagte Dorian und schaute Bailey demonstrativ an, bevor sie sich wieder der Inspektion der Fenster widmete.

Der Versuch, mein Kichern mit einem Räuspern zu kaschieren, scheiterte. Bailey reckte ihr Kinn, schnaubte und marschierte über den Flur davon. Ich schlenderte hinterher und schaute mich in Ruhe um, wozu ich bislang noch keine Zeit gehabt hatte. An den Wänden hingen Originalkunstwerke – ein wenig zu modern und zu abstrakt für meinen Geschmack, aber ich kannte die Künstler und wusste, dass die Bilder ein kleines Vermögen wert waren. Auch sonst war an nichts gespart worden. Auf einer importierten italienischen Intarsienkommode stand eine alte Miniaturkristallglocke. Dicke, golden changierende Silberkordeln hielten die Vorhänge im Salon zusammen. Alles war einzigartig und von höchster Qualität. In diesem Anwesen steckte mehr Geld, als je in meine Nähe gekommen war. Ich behielt tunlichst meine Bauernpranken bei mir, durchquerte auf der Rückseite des Hauses die erwartungsgemäß gigantische Küche mit ihren zwei Geschirrspülmaschinen und den beiden Hightech-Kühlschränken und trat durch den Dienstboteneingang hinaus.

Bailey stand schon auf der Terrasse, direkt unter Susans Balkon. Ich gesellte mich zu ihr, schaute hoch und schätzte die Höhe auf etwa sechs Meter. Dann schaute ich mich um und suchte nach Möglichkeiten, sich Zugang zum Balkon zu verschaffen. Es dauerte nicht lange. An einem großen Pfefferbaum lehnte eine Malerleiter, die aussah, als könnte man sie auf zwölf Meter ausziehen.

»Kannst du erkennen, dass hier irgendwo etwas gestrichen wird?«, fragte Bailey und schaut sich auf dem Grundstück um.

Ich schüttelte den Kopf. Wir überquerten die Terrasse und sahen schließlich, dass auf der Balustrade eines Balkons, hinter dem ich das Elternschlafzimmer vermutete, Malerarbeiten durchgeführt wurden.

»Falls du irgendwelche Zweifel gehabt haben solltest, ob unser Täter die Familie kennt …« Bailey schirmte ihre Augen ab und schaute hoch.

»Hatte ich nicht, aber damit wären sie nun endgültig behoben. Wer auch immer es getan hat, wusste, wo er Susan finden würde und dass hier eine Leiter herumsteht.«

Was die Tat noch abscheulicher machte als die meisten anderen Vergewaltigungen. Obwohl es oft so war, dass die Täter die Opfer kannten, ereigneten sich viele Vergewaltigungen spontan aus einer Situation heraus. Dieser Mann handelte aber wie ein Serientäter, was wiederum nicht dazu passte, dass er das Opfer kannte. Nichts stimmte hier.

»Glaubst du, Frau Doktor ist da?«, fragte Bailey.

Als wir am Wohnzimmerfenster vorbeigegangen waren, meinte ich, eine Bewegung zu sehen. Ich bedeutete Bailey, mir zu folgen, ging zum Vordereingang und klingelte.

Wieder öffnete die Haushälterin und wirkte diesmal noch

weniger begeistert, uns zu sehen. »Ist Mrs Densmore daheim?«, fragte ich.

Sie musterte uns skeptisch, als würden wir hier bloß ein bisschen herumspielen und müssten die Dame des Hauses nun wirklich nicht belästigen. Ich setzte mein seriöses Humphrey-Bogart-Gesicht auf, um zu signalisieren, dass wir es ernst meinten, also seufzte sie, winkte uns herein und ließ uns in der Vorhalle stehen. Zwei Minuten später tauchte Janet Densmore auf, scheinbar direkt einer Reklame für die neueste St.-John-Kollektion entstiegen.

»Tut uns leid, dass wir Sie stören müssen«, sagte Bailey in einem Tonfall, der deutlich das Gegenteil vermittelte.

»Ich bitte Sie. Wenn ich Ihnen behilflich sein kann, jederzeit gern«, sagte Janet höflich und mit offenkundigem Ernst.

»Ich wollte Sie noch etwas fragen«, begann ich. »Ist Susan Patientin in einer der Kliniken Ihres Mannes?«

Janet schüttelte den Kopf. »Seine erste Klinik war in einem schlimmen Stadtviertel, und wir wollten nicht, dass sie … dem ausgesetzt ist. Als seine Krankenhäuser dann in sicheren Stadtteilen entstanden, war Susan schon sieben und hatte sich an ihren Arzt gewöhnt. Wir haben daher keine Veranlassung gesehen, einen Wechsel vorzunehmen.«

»Zu wem geht Susan denn?«, fragte ich.

»Warum fragen Sie?«

»Ich suche nach irgendwelchen Orten, wo man Informationen über Susan haben könnte, ohne dass es ihr bewusst wäre. Wer auch immer es getan hat, wusste genau, wo sie schläft und wie man dorthin gelangt«, antwortete ich.

Janet wirkte betroffen. »Aber eine Klinik? Ich hätte nicht gedacht …« Sie seufzte, und ihr Blick verlor sich bei dem schrecklichen Gedanken, dass irgendjemand Susan gezielt verfolgt haben könnte.

»Zu diesem Zeitpunkt müssen wir alles in Betracht ziehen, Mrs Densmore«, sagte ich.

»Janet, bitte«, korrigierte sie mich. »Könnte es denn nicht sein, dass es der Junge war, um den sie sich gekümmert hat?«

»Doch, absolut«, antwortete ich. »Aber wie ich schon sagte, wir können es uns nicht leisten, andere Möglichkeiten jetzt schon auszuschließen.«

Das schien sie irgendwie zu trösten. »Ich gebe Ihnen gerne die Adresse von dem Gesundheitszentrum«, sagte sie, machte dann aber eine Pause und lächelte. »Ich bezweifle allerdings, dass Sie mit Susans Arzt reden müssen. Er ist fünfundsiebzig. Schwer vorstellbar, dass er durch irgendwelche Fenster klettert.«

Ich lächelte ebenfalls, dann fuhr ich fort. »Sie hatten Jake eine Liste gegeben, mit all den Orten, wo Susan regelmäßig hingeht, und allen Personen, die hier ins Haus kommen. Möchten Sie dem noch irgendetwas hinzufügen?« Die Liste war erstaunlich kurz. Das Einzige, was fehlte, war Susans Klinik. Selbst Nullraff hatte bei allen Personen herumgehen – und alle Personen ausschließen – können.

Janet dachte einen Moment nach, dann schüttelte sie den Kopf.

»Nur noch zwei Dinge«, sagte ich. »Wir brauchen Haar- und Faserproben von Ihnen und Ihrem Ehemann, außerdem von der Haushälterin und von jedem, der Zugang zu Susans Zimmer hat. Es sei denn, das wurde bereits erledigt«, sagte ich und machte eine Pause, um die Bestätigung für das zu erhalten, was ich längst wusste: Lambkin hatte seine Hausaufgaben nicht gemacht.

Sie schüttelte den Kopf. »Müssen wir dafür auf die Wache, oder kommt jemand hier vorbei?«

»Dorian kann das gleich hier erledigen. Können Sie uns

übrigens sagen, wann die Maler mit den Arbeiten am Balkon angefangen haben? Dem vor dem großen Schlafzimmer?«

Janet nickte. »Er kam durchs Fenster. Natürlich.« Sie schaute einen Moment zu Boden. »Ich denke, es war etwa eine Woche, bevor er … bevor es passierte. Ich kann aber in den Unterlagen nachschauen, wenn Sie es genau wissen möchten.«

»Das wäre gut, danke. Fürs Erste wäre es das. Jetzt werden wir uns zunächst einmal erkundigen, was Dorian herausgefunden hat, wenn Sie nichts dagegen haben.«

»Nein, überhaupt nicht. Soll Esperanza Ihnen den Weg zeigen?«

»Ich denke, wir schaffen das schon.« Wir wandten uns zum Gehen. »Sobald wir fertig sind, verschwinden wir auch wieder.«

»Lassen Sie sich Zeit. Und scheuen Sie sich nicht, um irgendetwas zu bitten. Ich werde alles tun, was nötig sein sollte. Dieses Monster muss hinter Schloss und Riegel.«

Sie war nicht gerade der Typ, der Gefühle zeigte. Wenn sie sich uns gegenüber so drastisch ausdrückte, ließ das darauf schließen, dass sie innerlich schäumte. Was eine Frau wie sie mit einem Idioten wie Densmore wollte, war mir absolut schleierhaft. Blöd wie ich war, konnte ich mir nicht vorstellen, dass es ausschließlich ums Geld ging.

»Danke, Janet«, sagte ich. »Das sehen wir genauso.«

Sie nickte und kehrte in den hinteren Teil des Hauses zurück, um sich wieder ihren Pflichten zu widmen, was auch immer das sein mochte. Wir waren gerade die halbe Treppe hoch, als ich hörte, wie im Schloss an der Vordertür ein Schlüssel herumgedreht wurde. Ich beobachtete, wie Susan hereinschlich und vorsichtig die Tür hinter sich ins Schloss zog. Sie bemerkte uns gar nicht. Ich schaute auf die Uhr: halb eins. Das schien mir ziemlich früh, um schon aus der Schule zu kommen.

Ich hatte das Gefühl, dass das öfter passierte, als es irgendjemandem bekannt war, und hegte keinerlei Zweifel an den Gründen. Teenager waren von Natur aus melodramatisch veranlagt. Egal wie einfühlsam Susans Freunde sein mochten, die Tragödie würde über Wochen hinweg ein heißes Twitter-Thema sein. Ich hatte das mit Romy erlebt und wusste aus erster Hand, dass man durch die Hölle ging, wenn man zum Gegenstand einer solchen Aufmerksamkeit wurde.

»Hallo, Susan. Wie geht's dir?«, fragte ich leise. Mein Tonfall würde ihr hoffentlich zu verstehen geben, dass ich ihr Geheimnis für mich behalten würde. Aus demselben Grund kommentierte ich es auch nicht, dass sie ein paar Stunden zu früh kam.

Susan zuckte zusammen und schaute schuldbewusst zu uns hoch. Ich lächelte aufmunternd. »Wir wollten gerade nachschauen, ob die Spurensicherung etwas gefunden hat. Möchtest du mitkommen?«

Ich hielt nichts von der Vorstellung, dass Opfer nichts über die Ermittlungen erfahren dürfen. Meiner Meinung nach verstärkte das eher ihr Gefühl der Machtlosigkeit, als dass es sie schonte. Mir war es lieber, wenn sie von sich aus erklärten, nichts davon wissen zu wollen.

»Oh, klar«, antwortete Susan überrascht.

Schnell und leise gingen wir zu Susans Zimmer hoch und blieben in der Tür stehen. Ich sah, dass Dorian sorgsam Scheiben und Rahmen der Schiebetüren eingestäubt hatte, außerdem alle Stellen zwischen Schiebetüren und Bett. Auf dem Boden lagen viele kleine Papiertütchen, zu denen sich Dorian Notizen gemacht hatte, die sie soeben noch einmal auf ihrem Klemmbrett überflog. Haar- und Fasermaterial wurde am besten in Papiertüten aufbewahrt, damit es atmen konnte und nicht austrocknete. Mir fiel auf, dass alle Tütchen bis auf eines oben zugefaltet waren.

Dorian sah auf. »Die Bettwäsche hat man mitgenommen, oder?«

»Ja. Sogar Nullraff hat das hinbekommen«, sagte Bailey.

»Hat schon mal jemand draufgeschaut?«, fragte Dorian. Ihr Tonfall ließ darauf schließen, was für eine Antwort sie erwartete.

»Kein Treffer in der Datenbank, was die DNA-Spuren am Nachthemd betrifft, also keine Eile. Wartet alles noch im Labor«, antwortete Bailey.

Das kriminaltechnische Institut war so überlastet, dass man unsere Beweisstücke nicht mehr anrühren würde, bis wir nicht irgendjemanden an der Angel hätten. Jemanden wie Frank Densmores Lieblingsverdächtigen Luis zum Beispiel.

»Irgendetwas gefunden?«, fragte ich Dorian.

»Möglicherweise.« Sie nahm das unverschlossene Papiertütchen und kam auf uns zu. »Das hier habe ich am Kopfende des Bettes gefunden«, sagte sie und ließ das Tütchen einen Meter vor uns herabbaumeln. Wir beugten uns vor, woraufhin sie es sofort wegriss. »Bleibt weg, verdammt, und benutzt eure Augen.«

Ich drückte Susans Arm, um ihr zu signalisieren, dass Dorian bellt, aber nicht beißt. Nun kippte Dorian das Tütchen ein wenig vor und ließ uns hineinschauen. Feine, helle Härchen lagen darin. Ich schaute zum Bett hinüber. Das Kopfende bestand aus weiß gestrichenem Holz mit einer schnörkeligen Verzierung. Man konnte sich leicht vorstellen, wie sich Haare darin verfingen, wenn man dagegen kam, aber nur Dorian fand helle Härchen auf einer bewegten weißen Oberfläche. Da Susan blond war, verstand ich allerdings nicht, was daran so besonders sein sollte. Ich schaute Dorian fragend an.

»Sie sind künstlich«, erklärte sie.

»Von einer Perücke?«, fragte ich.

Sie nickte. »Oder von einer Puppe. Wenn Susan mal eine mit ins Bett genommen hat, hätten ihre Haare daran hängen bleiben können.« Sie wandte sich an das Mädchen. »Hast du irgendwelche Puppen hier?«

Susan ging zu dem großen weißen, mit Gold abgesetzten Schrank und öffnete die Türen. Auf drei Regalbrettern saßen alle möglichen Puppen – Barbie, Skipper und noch etliche andere, die ich nicht kannte. Es würde ein Albtraum sein, ihre Haare mit den Härchen vom Bettgestell abzugleichen. Könnten die Puppen als Quelle ausgeschlossen werden, hätte man allerdings schon ein Indiz.

Dorian ließ den Blick über die Puppen gleiten. Es war zu spüren, wie sie innerlich die für Analyse und Abgleichung nötige Stundenzahl abschätzte. Dann wandte sie sich an Susan und sagte: »Die muss ich alle mitnehmen.«

Susan nickte stumm.

»Keine Sorge, wir bringen sie wieder zurück«, erklärte ich.

Susan nickte wieder, sagte aber nichts. Als ich zuschaute, wie Dorian jede Puppe in eine eigene Tüte steckte, musste ich unwillkürlich denken, dass wir hier die letzten Reste von Susans Kindheit mitnahmen.

9

Ich war froh, mit dem eigenen Auto da zu sein, denn ich war nicht in der Laune, mich auf der langen Heimfahrt zu unterhalten. Ehrlich gesagt wirkte auch Bailey nicht gerade vergnügt. Jeder stieg also bei sich ein, und ich fuhr zum Biltmore zurück. Der iPod war nun zum Schweigen verurteilt. Nachdem ich Rafi meinen Wagen anvertraut hatte – ein kurzes Grinsen verriet mir, dass ich seine Gunst allmählich wiedergewann –, ging ich zu Fuß ins Büro. An manchen Tagen hob die Bewegung meine Stimmung. Dieser gehörte nicht dazu.

Allerdings fiel mir auf, dass ich hungrig war. Zum Frühstück hatte ich mein übliches Eiweiß-Omelett gegessen, aber das hatte ich mittlerweile längt verbrannt, und so knurrte mein Magen hörbar, als ich im Gerichtsgebäude zum Aufzug rannte. Ich konnte mich gerade noch hineinquetschen, bevor sich die Tür schloss. Da die Mittagspause dem Ende zuging, war die Kabine brechend voll. Ich drehte mich zur Tür und hielt den Atem an. Toni hatte mir mal erzählt, dass die Luft in Aufzügen ein Brutbecken für Krankheitserreger sei – zu viele Keimträger auf zu geringem Raum. Seither stellte ich in überfüllten Aufzügen das Atmen nach Möglichkeit ein.

Im dreizehnten Stock stieg ich aus und schlängelte mich auf dem Weg zur Snackbar durch die Massen, die auf die nachmittäglichen Gerichtssitzungen warteten. Vor der Glastür des Kühlschranks sah ich Toni stehen und nach etwas

Essbarem Ausschau halten, was jedes Mal eine Herausforderung darstellte.

»Na, siehst du etwas Leckeres?«

Toni blickte mich an und verdrehte die Augen. »Etwas Leckeres? Ich spekuliere bestenfalls auf etwas Ungiftiges.«

Wir entschieden uns für ein Truthahn-Käse-Vollkornbrot und eine Diät-Limo. Als wir in den Flur traten, strömten soeben die letzten Leute in die Gerichtssäle. Auf dem Weg zum Aufzug sah ich Lieutenant Graden Hales mit einem Stapel Papiere – Polizeiberichte vermutlich – in Saal 125 eilen. Toni folgte meinem Blick. »Möchtest du ihn in Aktion erleben?«

Eigentlich hatte ich keine Zeit für solche Sperenzchen. Der Stapel an Nachrichten, Anträgen und sonstigem Papierkram auf meinem Schreibtisch war sicher eindrucksvoll gewachsen. Nach den Erlebnissen bei Susan war ich allerdings ein wenig bedrückt, und so beschloss ich, dass mir eine kleine Abwechslung nicht schaden könnte.

»Was soll's«, sagte ich.

Toni schaute derweil zu Saal 130 hinüber, dem Gerichtssaal von Richter J.D. Morgan. Ihrem Gesichtsausdruck nach zu schließen, war ihre Beziehung, die ständige Hochs und Tiefs erlebte, zurzeit in einer Tiefphase. Ob es diesmal an ihr lag oder an ihm, konnte man nur raten. Die beiden standen sich in nichts nach, wenn es darum ging, dem Fluchtinstinkt zu gehorchen.

Als sie sich wieder umdrehte, merkte sie, dass ich sie beobachtete, und zuckte nur mit den Achseln. Ich klopfte ihr verständnisvoll auf die Schulter, dann betraten wir den Vorraum zu Saal 125. Einer der pensionierten Dauerzaungäste bei Gericht war uns gefolgt, schaute uns neugierig an, öffnete dann die Tür und schlurfte in den Saal hinein. Ich sah, dass die Jury sich versammelt und Graden den Zeugenstand betreten hatte. Soeben hatte sich der Verteidiger erhoben, um ihn zu befragen. Wir traten in die letzte Bank und setzten uns neben unseren Pensionär und die anderen Schaulustigen.

Während der Befragung wurden mir die schlichten Details des Falls schnell klar. Der Angeklagte war mit seiner Freundin auf einer Party in Streit geraten. Irgendjemand war eingeschritten, woraufhin der Angeklagte die Party verlassen und sich in der Nähe vom Auto der Frau hinter einer Mülltonne versteckt hatte. Als sie zu ihrem Wagen gegangen war, hatte er sich auf sie gestürzt und sie mit einem Messer erstochen.

Der Verteidiger wollte Graden das Eingeständnis abnötigen, dass eine Menge anderer Leute das hätten tun können. Graden war allerdings ein knallharter Zeuge – ruhig, konzentriert und unerbittlich. Nach zwanzig Minuten merkte ich, dass der Verteidiger an seine Grenzen gekommen war und unter Wahrung seines Gesichts aus der Sache herauswollte. Dabei hätte er es bewenden lassen sollen.

»Ist es nicht so, Lieutenant Hales«, brauste er auf, »dass Sonia Fontina die Letzte war, die das Opfer lebend gesehen hat?«

Graden schwieg, dann sagte er ruhig: »Nein, Herr Verteidiger. Ihr Mandant war der Letzte, der das Opfer lebend gesehen hat.«

Der Verteidiger wollte Einspruch erheben, aber dem wurde nicht stattgegeben. Verunsichert kehrte er an seinen Platz zurück. Der Staatsanwalt entschied weise, ein starkes Ende nicht zu versauen, und verzichtete auf eine erneute Vernehmung seines Zeugen.

Da wir zwischen den Gerichtsbesuchern auf der letzten Bank saßen, bemerkte uns Graden nicht, als er den Zeugenstand verließ und hinausging.

Toni beobachtete ihn und wandte sich dann an mich. »Guter Zeuge. Ein wenig sarkastisch vielleicht.«

Mir gefielen Zeugen, die ein wenig sarkastisch waren.

»Mag sein. Aber du musst zugeben, dass er eine hübsche Gerade gelandet hat.«

»Hat er«, bestätigte sie grinsend. Dann seufzte sie. »Jetzt heißt es vermutlich, zurück an die Arbeit.«

Leise schlüpften wir hinaus und begaben uns in unser Stockwerk. Zurück in meinem Büro, quälte ich mich durch meine Akten hindurch, bis die Sonne hinter dem Times Building versank und die Bürgersteige fast leergefegt waren. Die wunderbare Stille am Ende des Tages hatte sich über unsere Büroetage gelegt. Während ich ausatmete, meine Arme streckte und mich hin und her beugte, um Nacken und Rücken wieder einzurenken, schaute ich in den dunklen Himmel. Um diese Jahreszeit sank die Nacht früh und schnell herab. Jetzt, da ich die überfällige Arbeit erledigt hatte und im Fall Densmore allmählich weiterkam, konnte ich auch wieder über Jakes Fall nachdenken. Bailey wollte ich so wenig wie möglich damit behelligen, daher nahm ich mein Handy und ließ die Liste meiner Kontakte durchlaufen. Beim Buchstaben »F« hielt ich inne und schaute auf die Uhr am Times Building. Zwanzig nach fünf. Ich wählte die Nummer meines Kumpels Scott Ferrier, der für den Coroner arbeitete, und hatte Glück. Scott war noch nicht nach Hause gegangen.

»Ich nehme an, die Berichte zu Jake sind fertig«, sagte ich und dachte, wie merkwürdig und schrecklich es doch war, wenn man über die Totenakte eines Freundes sprach.

»Frag nicht, Rachel.«

»Zu spät. Außerdem weißt du doch, dass die Akte bei mir in sicheren Händen ist.«

»Das ist zu riskant. Wenn man sie bei dir findet, bin ich geliefert.«

»Wer soll sie denn bei mir finden? Das Reinigungsteam? Was das angeht, kann ich die Akte mitten in den Raum legen – die finden sie nie.«

»Ich weiß nicht …«

Ich wusste, wo sein wunder Punkt lag, und schlug sofort zu. »Mittagessen im Engine Company Number Twenty-eight. Auf meine Rechnung.« Die umgebaute Feuerwache war eines von Scotts Lieblingsrestaurants.

Er seufzte, überstimmt von den gastronomischen Verheißungen. »Wann?«

»Morgen«, sagte ich und versuchte mir mein Triumphgefühl nicht anhören zu lassen.

Scott stimmte zu, und ich legte zufrieden auf. Nach diesem Coup hatte ich das Gefühl, dass ich die Arbeit eines ganzen Tages geleistet hatte. Zeit zu verschwinden, solange ich noch Vorsprung hatte. Ich packte zusammen und dachte, dass ich mal wieder ins Sportstudio gehen sollte, konnte mich aber nicht dazu aufraffen. Dann fiel mir ein, dass Mittwoch war: Take-out-Night beim Chinesen. Ich tröstete mich damit, dass der Spaziergang nach Chinatown als Cardio-Training zählte, und verließ das Gebäude. Das Oolong Café war Tonis Entdeckung gewesen. Sie hatte mich dazu überreden müssen, an dem grün-pinkfarbenen Neonschild vorbeizugehen, aber im Nachhinein war ich froh darüber. Das Essen war überraschend gut und die Bedienung schnell. Innerhalb weniger Minuten bekam ich eine große Tüte mit gebratenem Reis, Orangenhühnchen und Rindfleisch *Chow mein* ausgehändigt, außerdem eine kleine Tüte mit einer Schachtel gedünstetem Gemüse.

Schnell ging ich auf der westlichen Seite den Broadway entlang und hielt die Augen auf. An der Ecke Broadway, First Street wurde ich fündig: ein Stapel schmutziger Decken, auf dem eine zerknautschte Basketballkappe mit dem Lakers-Logo lag.

»Hey, Missy, alles klar? Alles klar bei dir?«, fragte eine heisere Stimme, die eher aus den Tiefen der Erde als unter einem Deckenstapel herzukommen schien.

»Mir geht es gut, Cletus«, sagte ich. »Und dir?«

»Kann nicht meckern«, sprach die Stimme aus den Decken.

»Mir war heute nach Orangenhühnchen«, sagte ich und stellte die größere Tüte neben den Deckenhaufen.

Eine Hand kroch hervor und zog die Tüte heran. »Riecht verdammt, als wär da auch *Chow mein* drin. Gute Wahl, gute Wahl.«

»Danke«, sagte ich. »Pass auf dich auf.«

»Nein, pass *du* auf dich auf«, korrigierte er mich.

»Bon appétit«, sagte ich und winkte.

Mit meiner traurigen kleinen Gemüseschachtel machte ich mich auf den Heimweg.

10

Der nächste Morgen war windig und kalt, aber klar. Ich beschloss, Scott eine Freude zu machen und den Accord zu nehmen. Wieder dachte ich, dass ich ihn mal waschen lassen sollte. Wer allerdings mit Leichen in der Gegend herumkutschierte, würde ein paar leere Kaffeebecher vielleicht gar nicht bemerken.

Kurz vor zwölf holte ich Scott ab, damit wir vor dem Mittagsverkehr loskamen. Auch nach zwanzig Jahren war das Engine Co. No. 28 immer noch äußerst beliebt. Es erinnerte mich immer an die alten Grillrestaurants in San Francisco. Man hatte die Feuerwache von 1912 restauriert und mit Mahagoni-Sitzecken und einer großen Bar ausgestattet. Die Original-Rutschstange befand sich noch am Ende des Restaurants.

Ich bestellte einen Rohkostteller und Scott die Short Ribs. Da sich mein Freund, nachdem er Platz genommen hatte, weiterhin nervös umschaute, brachte ich das Gespräch erst gar nicht auf Jake. Ich zwang mich dazu, Smalltalk zu betreiben, und malträtierte unter dem Tisch meine Serviette, weil die Zeit so gar nicht vergehen wollte. Schließlich brachte der Kellner die Rechnung. Ich zahlte bar, um weitere Verzögerungen zu vermeiden, und als wir in meinen Wagen stiegen, öffnete Scott mein Handschuhfach und zog den Bericht aus der Tasche.

»Schließ es ab«, sagte er, nachdem er ihn hineingelegt hatte. »Und lass dich von niemandem damit erwischen.«

Ich nickte und gab mir Mühe, keinen Landesrekord in

Geschwindigkeitsübertretung aufzustellen, als ich Scott ins Büro zurückbrachte.

Nachdem ich ihn abgesetzt hatte, fuhr ich zum Elysian Park, einem Fleckchen Grün in der Nähe der Polizeiakademie. Ich hielt hinten unter einem Baum, wo niemand entlangkam. Scott mochte paranoid sein, aber besser übervorsichtig, als die Sache zu vermasseln.

Hastig überflog ich die Beschreibung des Zustands, in dem Jake und der Junge – Kit Chalmers – gefunden worden waren, und kam dann zum Kern der Sache. Keiner von beiden schien Rauch eingeatmet zu haben, also mussten sie zum Zeitpunkt des Brands bereits tot gewesen sein. Das könnte heißen, dass jemand anderes das Feuer gelegt hatte. Jake hatte nicht geraucht, Kit vermutlich schon. Vielleicht hatte sich Kit eine Zigarette angesteckt und sie brennen lassen. Vielleicht war das Feuer auch durch eine schadhafte elektrische Leitung entstanden. Mist, zu viele Möglichkeiten. Ich wandte mich Scotts Bericht zu. Der Ermittler des Coroners erfasste einen Tatort nicht so gründlich wie die Polizei, aber Scotts Beschreibungen waren immer präzise, und diese hier bildete keine Ausnahme. Den ganzen ekelerregenden Müll hatte er aufgeführt: benutzte Kondome im Bad, alte Zigarettenstummel, sogar eine Gummimanschette, wie Junkies sie benutzen, um sich einen Schuss zu setzen. Eine der Kippen hatte möglicherweise das Feuer verursacht, wenn der Filter verhindert hatte, dass sie ausbrennt. Das war unwahrscheinlich, aber nicht ausgeschlossen, da das Feuer ziemlich schnell gelöscht worden war.

Das FBI sollte die DNA auf allen Zigarettenstummeln mit denen von Jake und Kit abgleichen, dachte ich. Sollten sie nicht übereinstimmen, wäre das allerdings noch keine spektakuläre Entdeckung. An einem solchen Ort wurde vermutlich zweimal im Jahr Staub gesaugt.

Ich wandte mich dem toxikologischen Bericht zu. In Kits Blut hatten sich Spuren von THC – Marihuana – befunden, Jake hingegen war vollkommen clean gewesen. So weit also keine Überraschungen. Teer in Kits Lunge bestätigte, dass er geraucht hatte. Die Möglichkeit, dass das Feuer von einer seiner Zigaretten ausgelöst worden war, wurde also wahrscheinlicher. Und wenn es Kits Zigarette gewesen war, würde sich meine Theorie, dass jemand anderes das Feuer gelegt haben könnte, um Spuren zu verwischen, in Luft auflösen.

Ich blätterte vor zur Todesursache. Wie zu erwarten, war es bei beiden eine Einschusswunde im Kopf gewesen. Neben Jake hatte man eine nicht registrierte Smith & Wesson .38 gefunden. Die Schmauchspur-Analyse hatte an seiner rechten Hand ein paar Partikel nachgewiesen. Für Selbstmord wäre das nicht viel, aber diese Analysen waren sowieso ungenau. Obwohl es nicht Scotts Aufgabe war, Zeugen zu vernehmen, blätterte ich vor, um zu sehen, ob welche aufgeführt waren. Niemand. Dabei müssten doch selbst in einer solchen Absteige die Leute zwei Schüsse gehört haben. Und wenn sie sie gehört hatten, würden sie dann nicht wenigstens nachschauen, was da passiert war? Wenn ich die Polizeiberichte in die Finger bekommen könnte, würde ich es herausfinden. Wenn niemand etwas gehört hatte, bedeutete das möglicherweise, dass ein Schalldämpfer benutzt worden war. Und da man laut Scotts Bericht keinen Schalldämpfer am Tatort gefunden hatte, könnte das heißen, dass *doch* eine dritte Partei beteiligt gewesen war.

Das war zwar nur ein kleiner Hoffnungsschimmer, aber in meiner Lage konnte man nicht wählerisch sein. Leidlich aufgemuntert kehrte ich zum Büro zurück. Ich fuhr auf den Angestelltenparkplatz, wo Julio, der Wachmann, mir einen Stellplatz in der Nähe des Gebäudes zuwies. Als ich mühsam die Treppe hochstieg, nahm ich mir wieder einmal vor, daheim

Gymnastik zu machen. Ich schaute auf die Uhr. Viertel vor drei – die Zeit raste, wenn man gestohlene Coroner-Berichte las. Rasch betrat ich das Gebäude und rannte zum Aufzug.

Als ich durch den Flur zu meinem Büro eilte, rief Melia mir hinterher. »*Mija*, komm mal schnell.«

Ich legte den Rückwärtsgang ein und beugte mich in Erics Vorzimmer. »Ja?«

Melia nickte zur Bürotür hinüber. »Der *jefe* möchte mit Ihnen reden.«

Eric telefonierte, als ich meinen Kopf zur Tür hereinsteckte. Er machte eine Kreisbewegung mit dem Finger, um anzudeuten, dass sein Gesprächspartner kein Ende fand, und bedeutete mir, Platz zu nehmen. Ich artikulierte ein stummes »Kein Problem«. Er lächelte.

Ich profitierte von der Wartezeit, indem ich die Hundertachtziggrad-Aussicht genoss. Von dieser Position im achtzehnten Stock hatte man eine echte Vogelperspektive auf die Leute, die sich unten über die Straßen und Bürgersteige ergossen. Zu meiner Linken spazierte ein junger Schwarzer in Jeans und Kapuzenjacke die Spring Street entlang und bewegte sich geschmeidig zur Musik aus seinem Kopfhörer.

Eric fiel seinem Gesprächspartner jetzt genervt ins Wort. »Noch einmal. Ich brauche ein paar Informationen, bevor ich Ihnen darauf antworten kann. Warum kann ich Sie nicht später zurückrufen?« Er verdrehte die Augen in meine Richtung und schüttelte den Kopf.

Ich nickte verständnisvoll und schaute wieder aus dem Fenster. Der junge Schwarze war mittlerweile näher gekommen, und jetzt konnte ich auch erkennen, dass das Kopfhörerkabel in der Luft herumbaumelte und an keinerlei Gerät angeschlossen war.

Eric beendete das Telefonat. »Tut mir leid«, sagte er.

»Kein Problem. Was ist los?«

Eric seufzte, was nie ein gutes Zeichen war. Außerdem zog er ein Gesicht, als wollte er nicht wirklich sagen, was er nun zu sagen hatte. Ich machte mich also auf etwas gefasst.

»Frank Densmore hat angerufen.«

»Aha«, sagte ich, wenig überrascht. »Und er ist stinksauer, weil …?«

»Er möchte, dass dieser Fall zum Abschluss gebracht wird. Er weiß, wer es war. Er hat Jake gesagt, wer es war. Und er hat Ihnen gesagt, wer es war. Jetzt ist er es einfach leid, darauf zu warten, dass die Polizei und die Staatsanwaltschaft es auch endlich kapieren.«

Ich zog eine Augenbraue hoch. »Dass wir das auch endlich kapieren – na großartig.«

»Wir müssen ihn irgendwie zufriedenstellen, damit er Ruhe gibt. Vanderhorn hat stets ein offenes Ohr für ihn …«

»Ach ja?«, unterbrach ich ihn. »Ich glaube, dem steht ein ganz anderer Körperteil offen.«

Für Eric sprach, dass er genauso verärgert wirkte wie ich. »Er wollte heute Nachmittag mit Ihnen sprechen, und als er Sie nicht erreichen konnte, hat er sich an mich gewandt.«

Aha. Plötzlich sah ich, wie der Hase lief, und das gefiel mir nicht.

»Rachel. Ich weiß, dass Sie nicht glücklich sind mit den Hypothesen, die man zu Jake und den Ereignissen aufgestellt hat. Aber das ist nicht unser Fall, und Ihnen drohen ernsthafte Probleme wegen Insubordination, wenn Sie der Sache weiterhin nachgehen. Ich will noch mal ein Auge zudrücken … dieses eine Mal. Verstanden?«

Ich nickte, zwang mich zu einer halbherzigen Entschuldigung und entschuldigte mich dann schnell bei mir selbst, bevor er Gelegenheit haben würde, das Ausmaß meiner Bereitschaft zur Insubordination zu durchschauen.

Zurück in meinem Büro ließ ich mich in meinen Stuhl

fallen und dachte über meine Optionen nach. Möglicherweise sollte ich Daddy Densmore anrufen und ihm irgendwie entgegenkommen, aber ich bin ein lausiger Arschkriecher, und die Chancen standen gut, dass ich die Sache dadurch nur verschlimmern würde. Außerdem glaubte ich an Verhaltenstherapie. Wenn ich ihn jetzt anrief, würde ich ihn nur dafür belohnen, dass er Vanderhorn ins Spiel gebracht hatte – und dann würde er das, wenn er mir ans Bein pinkeln wollte, jederzeit wieder tun. Besser, man reagierte gar nicht und ließ durchblicken, wer hier der Boss war.

Bei Vanderhorn war das etwas anderes. Den konnte ich nicht einfach ignorieren. Ich seufzte. Um meinen Job zu behalten, würde ich vermutlich ein wenig herumschleimen können, aber leider gab es nur einen einzigen Weg, mir Vanderhorn vom Leib zu halten. Mit Erklärungen wäre es nicht getan, ich müsste Fortschritte vorweisen. Auch unter dem Namen »Beweise« bekannt. Ein Verdächtiger in Haft wäre zum Beispiel nicht übel. Ich griff zum Telefonhörer.

»Hallo, hier ist Rachel Knight. Ist Dorian zu sprechen?« Ich wartete, während der Techniker, der ans Telefon gegangen war, lautstark bei seinen Kollegen herumfragte.

»Ist nicht da. Vielleicht auf ihrem Handy«, sagte der junge Mann, dessen Stimme ich nicht erkannte. Heutzutage kamen und gingen die Kriminaltechniker, als wäre die Abteilung eine Jugendherberge für Rucksacktouristen. Alte Hasen wie Dorian waren eine Seltenheit.

»Ihre Nummer hab ich, danke«, sagte ich, obwohl er gar nicht angeboten hatte, sie mir zu geben.

Ich legte auf und wählte erneut. Nach viermaligem Klingeln meldete sich jemand. »Ja?«

»Hier ist Rachel. Neuigkeiten zu Haar und Faser?«

Dorian schnaubte. »Klar, ich hab ja nur fünftausend Puppen hier herumsitzen. Gib mir eine Sekunde, damit ich die restlichen viertausend schnell erledigen kann.«

Ich hatte nicht wirklich mit Ergebnissen gerechnet. Wir hatten mehr als dreißig Puppen aus Susans Schlafzimmer mitgenommen, daher würde es selbst bei schnellstmöglicher Erledigung eine Weile dauern. Und Perfektionisten wie Dorian erledigten ihre Arbeit nie auf schnellstmögliche Weise. Ich würde das Telefonat aber erwähnen, um Vanderhorn ein Friedensangebot zu machen. Dorian wusste die Pause zu deuten, als würde sie in einer Großdruckausgabe lesen.

»Sag deinem Chef, dass er es schnell oder dass er es gut haben kann. Beides geht nicht«, bellte sie.

»Nach allem, was ich gehört habe, ist ›schnell‹ eher sein Ding … falls du weißt, was ich meine«, antwortete ich bissig, weil ich nicht nur Vanderhorn besänftigen musste, sondern auch noch von Dorian für seine Anmaßung angeraunzt wurde.

»Jedes halbwegs vernunftbegabte Wesen weiß, was du meinst, Knight. Sag ihm, dass du die Ergebnisse bald hast, und wenn ihm das nicht reicht, soll er mich am Arsch lecken«, schimpfte Dorian und legte auf.

Also rief ich Vanderhorn an.

Er war nicht da. Vermutlich kontrollierte er seinen Scheitel oder ließ sich die Zähne bleichen, damit einer Wiederwahl nichts im Wege stand. Froh, nicht mit ihm sprechen zu müssen, hinterließ ich die Nachricht, dass die Ergebnisse der Haar- und Faseranalysen bald kämen. Dann lehnte ich mich zurück und fragte mich, was ich sonst noch im Fall Densmore tun konnte. Wir hatten den Tatort erneut auf den Kopf gestellt, und Bailey ließ Luis Revelos Strafregister prüfen. Uniformierte Kollegen versuchten, alle aufzutreiben, die Zugang zu dem Haus hatten: die Maler, die Sicherheitsleute, die Nachbarn und ihre Arbeitsbienen. In wenigen Tagen hatten wir viel erreicht und konnten jetzt nicht mehr tun, als darauf zu warten, dass wir auf irgendwelche Anknüpfungspunkte stoßen würden. Da ich bei meinem dringlichsten offiziellen Fall in einer Sackgasse gelandet war, richtete ich meine Gedanken wieder auf meinen inoffiziellen Fall.

Wenn ich das richtig sah, musste ich mich um zwei Dinge kümmern: um die Person, die Jake außerhalb des Büros gewesen war, und um den Hintergrund des Jungen, mit dem man ihn zusammen gefunden hatte, Kit Chalmers. Ein paar Dinge über Jakes Leben konnte ich selbst herausfinden. Ich rief einen Bekannten in der Abteilung Ausbildung an, wo sämtliche Staatsanwälte anfingen und alle Informationen über uns aufbewahrt wurden, und lenkte das Gespräch unauffällig auf Jake und seine Angehörigen. Schwer war das nicht – die gesamte Abteilung war besessen von dem Fall. Nachdem ich hatte, was dort zu holen war, legte ich auf und wählte erneut.

11

Fünf Minuten später drängelte ich mich durch die Menschenmassen in der Vorhalle und machte mich auf den Weg zum Polizeiverwaltungsgebäude. Auf dem Bürgersteig wimmelte es von Menschen. Überrascht schaute ich auf die Uhr und sah, dass es schon halb fünf war. Seinen Hintern zu retten ist ziemlich zeitaufwändig. Dass der Exodus aus dem Stadtzentrum bereits begonnen hatte, war eher vorteilhaft, weil es die Chancen verringerte, dass man mich bei meinem Vorhaben ertappen würde. Wenn ich meinen Job behalten wollte – und das wollte ich –, würde ich mich zukünftig geschickter anstellen und stets ein Alibi bereithalten müssen. Bailey aufzusuchen war allerdings vergleichsweise unverfänglich, da wir zusammen am Fall Densmore arbeiteten.

Ich versuchte mir auszumalen, was passieren würde, wenn man mich wieder dabei erwischen würde, wie ich mich in Jakes Fall einmischte. Würde man mich in die Pampa versetzen, wo ich bis ans Ende meines Berufslebens den Missbrauch von Sprinkleranlagen verfolgen dürfte? Sehr wahrscheinlich. Suspendierung … und dann Versetzung nach JWD? Ebenfalls wahrscheinlich. Gefeuert wegen Insubordination? Eine unangenehm realistische Perspektive. Allein bei dem Gedanken wurde mir schon schlecht. Und wenn sie mich feuern würden, was würde ich dann tun? Eine Privatkanzlei eröffnen und irgendwelche Schleimscheißer verteidigen? Ich schüttelte den Kopf – kenn ich schon, hab ich nach dem Studium zur

Genüge gehabt, da gab es kein Zurück. Was sonst? Bauchtanz? Zu wenig Brust, zu große Klappe. Meine große Klappe würde mir bei jeder beruflichen Neuorientierung jenseits der einschlägigen Klatschsender Probleme bereiten. Busfahrerin, Barmixerin – was auch immer.

Die Grübeleien über die Möglichkeiten, wie meine Beschäftigung mit Jakes Fall zu meiner Entlassung führen könnte, plagten mich bis zu dem Moment, als ich im zweiten Stock des Polizeiverwaltungsgebäudes aus dem Aufzug stieg und plötzlich daran dachte, dass Baileys Chef ja Graden Hales war und er also auch dort arbeitete. Dass er jetzt vor dem Aufzug stand, half meinem Gedächtnis noch zusätzlich auf die Sprünge.

»Hallo«, sagte ich.

»Hallo«, antwortete er. »Wie geht's?« Seine Stimme brachte etwas Unerwartetes zum Ausdruck. Für gewöhnlich nennt man das Freundlichkeit.

Ich spürte ein elektrisches Kribbeln in den Eingeweiden, ignorierte es aber entschieden. »Okay, würde ich sagen«, antwortete ich mit einem gleichgültigen Achselzucken. *Schau her, ich bin zu cool für solche Mätzchen.*

Die Aufzugtür schloss sich, aber er hielt die Hand vor die Lichtschranke, und sie glitt wieder auf. Ein Macho, aber keiner von der üblen Sorte. Vielleicht war er auch nur höflich. Mein Urteilsvermögen ist nicht übermäßig gut.

Er schaute mir einen Moment lang in die Augen. »Wir sind immer noch an dem Fall Ihres Freundes dran, Rachel. Ich werde nicht zulassen, dass die Feds die Sache vorzeitig für beendet erklären, das müssen Sie mir glauben.«

Ich nickte, um zum Ausdruck zu bringen, dass ich das zu würdigen wusste. Er musste ja nicht unbedingt erfahren, dass ich gerade deswegen hier war.

Der Aufzug protestierte mit einem Summton, und Graden

trat in die Kabine. Ich hob die Hand und wandte mich zum Gehen, aber er drückte den Stoppknopf, um das Ding zum Schweigen zu bringen, und rief meinen Namen.

»Essen Sie je zu Mittag?«, fragte er mit einem lässigen, schiefen Lächeln, das vermutlich immer zog. Da ich es registrierte, zog es offenbar auch bei mir.

»Gelegentlich«, sagte ich.

Er lächelte noch eindringlicher, als er den Stoppknopf losließ und sagte: »Ich ruf Sie an.«

Ich setzte mich in Bewegung, blieb aber noch einmal stehen. »Vermutlich werde ich im Büro schwer erreichbar sein«, sagte ich. Die Aufzugtür hatte sich aber schon geschlossen.

Als ich zu Baileys Schreibtisch ging, versuchte ich, dieses außerordentliche Lächeln aus dem Kopf zu bekommen.

Bailey hockte hinter ihrem Computer und gab ein jämmerliches Bild ab. Sie liebte technischen Schnickschnack, aber Computer hasste sie, vielleicht weil sie mit Papierkram zu tun hatten. Mir war noch nie ein Polizist untergekommen, der Papierkram mochte. Ich setzte also nicht nur ihre Karriere aufs Spiel, ich quälte sie auch noch. Das nennt man eine Freundin für alle Lebenslagen.

Ich rollte einen Stuhl neben sie. »Was hast du gefunden?«

Bailey schaute sich schnell um, weil sie sichergehen wollte, dass uns niemand beobachtete, und sagte dann: »Der Junge, dieser Kit Chalmers, hat ein ganz schönes Strafregister.«

Bei einem Halbwüchsigen, den man tot in einem Stundenhotel gefunden hat, war das so überraschend, als würde man in einer Autowaschanlage von einem Exknacki bedient.

»Was denn so alles?«, fragte ich.

»Vor allem Kleinkram. Beginnt mit neun Jahren: kleine Diebstähle, Marihuana-Besitz, Falschaussage gegenüber einem Polizisten. Aber das Letzte ist interessant.« Bailey legte eine Pause ein. »Prostitution.«

Exakt, was ich nicht hatte hören wollen.

»Wie lange ist das her?«, fragte ich.

»Zwei Jahre.«

»Da war Kit …?«

»Fünfzehn«, antwortete Bailey.

»Noch etwas nach dieser Prostitutionsgeschichte?«

»Nein.«

Bailey und ich schauten uns an und dachten beide dasselbe. Als er wegen Prostitution verknackt wurde, war Kit wahrscheinlich schon länger als sechs Jahre kriminell – nur weil er mit neun zum ersten Mal erwischt worden war, hieß das nicht, dass er nicht schon vorher Dreck am Stecken hatte. Schwer zu glauben also, dass er mit fünfzehn plötzlich sauber geworden sein sollte. Die Sache war eigenartig und alles andere als lustig.

»Hat die Staatsanwaltschaft bei seiner letzten Verhaftung ein Gesuch eingereicht?«, fragte ich. Da man bei Jugendlichen nicht von Kriminalität sprach und alles »zum Wohle des Minderjährigen« geschah – na klar –, pflegte man hier auch eine eigene Terminologie. Statt also Strafanzeige zu erstatten, werden die Anschuldigungen in Form eines Gesuchs formuliert. Und statt den Jugendlichen bestimmter Anklagepunkte zu überführen, hält man an einem Gesuch fest.

Bailey tippte auf ihrer Tastatur herum. »Ja, in Eastlake.«

Das Jugendgericht von Eastlake lag unmittelbar südlich vom Stadtzentrum. Die Nähe zu den Revieren der Gangs hatte zur Folge, dass besonders verruchte Täter dort landeten. Mir war zu Ohren gekommen, dass man es dort mit mehr Mordfällen zu tun hatte als wir beim Strafgericht, was auch erklärte, warum der Parkplatz für Gerichtsmitarbeiter von einer hohen, mit Stacheldraht bewehrten Betonmauer umgeben war.

»Ist in der Datei auch die Verfügung verzeichnet?«, fragte ich und meinte, was für ein Urteil gesprochen worden war.

Ich hatte einen Verdacht und hoffte, dass er sich nicht bestätigen würde.

Mit gerunzelter Stirn starrte Bailey auf den Bildschirm.

»Rück beiseite. Ich weiß, wo ich nachschauen muss«, sagte ich, schubste sie von ihrem Stuhl und setzte mich selbst vor den Computer.

Als ich gerade die Datei durchlaufen ließ, erklang viel zu dicht neben mir eine tiefe Stimme. »Sicher handelt es sich einfach um einen dummen Zufall, dass Sie sich über Kit Chalmers' letzte Verurteilung informieren.«

Fast wäre ich vom Stuhl gefallen. Sobald ich wieder Luft bekam, drehte ich mich zur Seite, um zu sehen, wer da war. Seite an Seite standen dort zwei gepflegte, seriöse Herren in Blazer und Anzughose. Typische FBI-Erscheinungen.

»Tja, komisch, nicht wahr?«, sagte ich und zwang mich zu einem lockeren Tonfall. Ich wusste nur zu gut, dass ich geliefert war, wenn rauskäme, dass ich trotz der Verwarnung meine Nase in diesen Fall steckte. Aber mächtige Männer waren wie Pferde: Zeig ihnen, dass du Angst hast, und sie schubsen dich in der Gegend herum; gib dich hochmütig, und sie lassen dich in Ruhe. Ich war nicht geneigt, sie wissen zu lassen, dass ich sie kaum verstehen konnte, weil mein Herz so laut pochte.

Nun ergriff der Blondere der beiden das Wort. »Es wäre mir zuwider, eine Staatsanwältin wegen Insubordination feuern zu müssen, nur weil sie nicht begreift, dass ›Befangenheit‹ gleichbedeutend ist mit ›Finger weg‹.« Sein Tonfall ließ darauf schließen, dass es ihm nicht wirklich zuwider wäre.

»Nun, diese Staatsanwältin hier weiß, was ›Befangenheit‹ bedeutet«, sagte ich munter. »Kennen Sie aber Ihrerseits die Bedeutung von ›Kümmern Sie sich um Ihren eigenen Scheiß‹?« Ich lehnte mich zurück und lächelte.

Ted & Fred schenkten mir, was sie für einen bedeutsamen Blick hielten – ihre Version des letzten Worts –, und verschwanden aus dem Mannschaftsraum.

Bailey verschränkte die Arme und verfolgte den Abzug dieser Armleuchter mit stählernem Blick. Es war überdeutlich, dass sie sich gerne mit ihnen angelegt hätte, aber das hätte die Sache nur verschlimmert. Ich wandte mich wieder dem Bildschirm zu und atmete lang und tief ein, um meinen Puls zu verlangsamen. Als ich die Gerichtsakte noch einmal durchlaufen ließ, wollten sich die Buchstaben zunächst nicht zu erkennbaren Mustern zusammenfügen, aber nach einer Weile hatten meine Konzentrationsbemühungen Erfolg.

Zum Zeitpunkt seiner letzten Verhaftung waren zu Kit Chalmers fünf Gesuche zu verzeichnen. Nach seiner sechsten Verhaftung, zumal in einer so schwerwiegenden Sache wie Prostitution, müsste nach meinem Dafürhalten eine mittelschwere Verfügung erlassen worden sein, irgendetwas zwischen Kurzzeitverwahrung und einem Aufenthalt in jenem Gefängnis, das beschönigend CYA genannt wurde – California Youth Authority.

Wurde aber nicht. Tatsächlich hatte Kit überhaupt keine Haftstrafe bekommen. Man hatte ihn zu einer Art Heimkehr auf Bewährung verdonnert, was rein rechtlich gesehen natürlich Blödsinn war. Im Wesentlichen hieß das, er konnte nach Hause gehen und musste sich nur aus weiterem Ärger raushalten. Nicht einmal gegenüber einem Bewährungshelfer musste er Rechenschaft ablegen. Allem Anschein nach hatten wir es hier mit einem hübschen Deal zu tun. Bailey bestätigte meinen Eindruck, als ich ihr auf dem Bildschirm zeigte, was unter »Verfügung« stand.

Ihr Flüstern klang ungläubig. »Und seither nichts mehr?«

Ich schüttelte den Kopf. Mir gefiel nicht, was ich da sah,

aber ich ließ die Datei trotzdem weiter durchlaufen und hoffte auf eine Erklärung, die der Sache den üblen Beigeschmack nehmen würde.

»Das war's dann wohl«, sagte Bailey, als wir am Ende der Datei angekommen waren.

»Noch nicht ganz«, erklärte ich leise und ging mit dem Cursor wieder die Seite hoch, um einen letzten Eintrag zu prüfen.

Und da war sie, die Antwort, die ich befürchtet hatte. Bevor er vor zwei Jahren zu den Special Trials gekommen war, hatte Jake Pahlmeyer am Jugendgericht Eastlake gearbeitet. Für den hübschen Deal nach Kits Prostitutionsanklage war niemand anders verantwortlich als er.

12

Die schlechten Nachrichten, die sich hinter dieser Information verbargen, gingen über die bloße Niederschlagung der Anklage wegen Prostitution hinaus. Natürlich gab es vollkommen harmlose Erklärungen für das alles, und für jede dieser Erklärungen würde ich kämpfen, aber in meinem Hinterkopf lauerte plötzlich ein beunruhigender Verdacht, warum Kits Akte seit zwei Jahren nichts mehr verzeichnete. Vielleicht war ich die Erste, die diese Verbindungen herstellte, aber mit Sicherheit würde ich nicht die Letzte sein.

Bailey und ich starrten auf den Bildschirm, als wir diese Informationen zu verdauen versuchten. Irgendwann wurde mir bewusst, dass uns jederzeit Ted & Fred oder wer auch immer über die Schulter schauen könnten, und ich schob mich schnell vom Schreibtisch weg. Bailey schloss das Programm und verwischte unsere Spuren. Ich nahm meine Aktentasche. Wortlos verließen wir das Gebäude.

Jetzt war es halb sechs, und die Straßen waren fast leer. Als wir die Ecke First Street, Main Street erreicht hatten, hielt ich die Augen auf, um sicherzugehen, dass Ted & Fred nicht irgendwo hinter der Laterne standen.

Bailey wirkte bedrückt. »Sieht nicht gut aus, Knight.«

»Ich kann es trotzdem nicht glauben«, sagte ich. Noch während die Worte meinen Mund verließen, war mir allerdings klar, dass die Rinnsale des Zweifels in mein Bild von Jake einzusickern begonnen hatten.

Ich starrte die Straße entlang und beobachtete ein verbeultes Taxi, das auf dem Weg zum Freeway an uns vorbeiklapperte. Über uns griffen die schwarzen Samtfinger der Nacht nach dem Himmel, verdeckten die letzten Sonnenstrahlen und ließen die Luft noch kühler werden. Mir fröstelte unter meinem wollgefütterten Mantel, und so beschleunigte ich den Schritt, um warm zu werden. Dann schaute ich zu Bailey zurück.

»Ich gebe nicht auf«, sagte ich. »Aber ich könnte es absolut verstehen, wenn du …«

Sofort hob sie die Hand, um mich zu unterbrechen. »Ich bin dabei, solange du dabei bist.«

»Ich meine es ernst, Bailey. Die Sache kann ziemlich unangenehm werden.«

Sie blieb stehen und schaute mir in die Augen. »Es wird mit Sicherheit ziemlich unangenehm werden, und zwar bald schon. Aber du hast Recht: Es ist noch einiges zu tun, und wir wissen beide, dass noch etliche Überraschungen auf uns warten können. Ich bin jedenfalls dabei.«

Ihre demonstrative Unterstützung war Balsam für mich und meine schmerzlich getrübten Erinnerungen. Was ich empfand, konnte ich nicht in Worte fassen, daher sagte ich das Nächstbeste: »Wie wär's mit El Chavo?«

Die nette kleine Kneipe servierte vermutlich das beste mexikanische Essen und die besten Margaritas diesseits von Baja.

»Gute Idee.«

Als wir zu Baileys Auto gingen, erklang plötzlich *The Crystal Ship* von den Doors – einer meiner Favoriten unter den Rockklassikern.

»Das ist Toni«, sagte ich und kramte mein Handy heraus.

»Sag ihr, sie soll mitkommen«, schlug Bailey vor. »Ich habe sie schon eine Weile nicht mehr gesehen.«

Zwanzig Minuten später fuhren wir auf den winzigen

Parkplatz und gingen zu dem alten Ziegelgebäude, das ganzjährig mit bunten Leuchtgirlanden geschmückt war. Im beklemmend engen Vorraum wurden wir von Blanca begrüßt, der Frau des Besitzers, die eher wie seine Tochter aussah.

»Eure Freundin ist schon da«, sagte sie lächelnd, als sie zwei in Plastik eingeschweißte Speisekarten nahm und uns bedeutete, ihr die enge Treppe hinab zu folgen. Allmählich gewöhnten sich unsere Augen an das schummrige Licht. Toni saß bereits an einem der langen Tische, die wie Picknicktische aussahen. Ich schaute mich um und wunderte mich wieder einmal, wie etwas so Schlichtes wie bunte Lichter einen so warmen, rosigen Schein verbreiten konnte. Man fühlte sich wie auf einer ewigen Party.

Wir bestellten einen Pitcher Margaritas und klärten Toni über unsere neuesten Erkenntnisse auf. Sie blieb standhaft. »Es braucht schon etwas mehr, um mich davon zu überzeugen, dass Jake ein pädophiler Mörder und Selbstmörder gewesen sein soll.«

Die einfache, trotzige Bemerkung richtete mich auf, und ich spürte, dass sich auch Baileys Stimmung aufhellte. Gemeinsam erhoben wir unser Glas zu einem stillen Toast und tranken genießerisch einen langen Schluck.

»Wie lautet also der Plan?«, fragte Toni.

»Ich habe ein paar Ideen«, begann ich und unterbrach mich dann, um mich noch einmal im Raum umzuschauen. Bailey hatte mich beobachtet, und ihr Blick bestätigte meine Befürchtungen. »Später«, sagte ich und schaute Toni eindringlich an. Sie nickte.

Wir waren nicht die Einzigen aus dem Büro, die gerne ins El Chavo gingen, und ich hatte kein Bedürfnis nach Zusammenstoß Nummer drei.

Ich überlegte, den beiden von Graden Hales' Einladung am Aufzug zu erzählen, entschied mich aber dagegen. Bislang war nichts passiert, und vielleicht würde sich nie etwas daraus ergeben. Außerdem riskierte Bailey Kopf und Kragen, um mich trotz mehrfacher Verwarnung in diesem Fall zu unterstützen, und so wäre sie wohl nicht gerade begeistert von einem Flirt mit dem Mann – ihrem Chef –, der die Ermittlungen leitete. Vermutlich hatte sie sogar Recht, es war tatsächlich ein wenig heikel. *Wo ich aber schon einmal dabei bin,* dachte ich und wandte mich an Bailey.

»Was ist denn das mit dir und Drew?«, fragte ich sie.

»Details – auf der Stelle!«, forderte Toni.

Bailey lachte, und wir beugten uns ein wenig vor, als sie uns von ihrem umwerfenden Rendezvous mit Drew in der Dachbar des Hotel Standard erzählte. Zwei Margarita-Pitcher später rief Bailey über Funk einen Streifenwagen, damit er uns nach Hause brachte. Der Beamte erwies sich als scharfer Typ, ein stolzes Exemplar der Polizei von Los Angeles. Toni saß vorne neben ihm, und ich hätte mich nicht gewundert, wenn sie ihm einen Gutenachtkuss gegeben hätte. Er wiederum war die Hingabe in Person: Die Polizei, dein Freund und Helfer – das Motto galt noch immer.

13

Am nächsten Morgen wachte ich früh auf, nur leicht lädiert nach der Zecherei der letzten Nacht. Ich hatte eine Verabredung mit Jakes Schwester Jennifer, deren Telefonnummer ich von meinem Bekannten aus der Abteilung Ausbildung bekommen hatte. Während ich mich anzog, kam es mir plötzlich traurig vor, dass man so lange und so eng mit jemandem zusammenarbeiten konnte und doch so wenig über ihn wusste. Im Prinzip sind wir eine einsame Spezies. Zu Fuß begab ich mich zum Parkplatz hinter dem Gerichtsgebäude, wo mein Wagen noch stand. Sein staubiges Äußeres war feucht vom Morgentau – schmieriger Tau. Na herrlich.

Jennifer lebte in einer Maisonettewohnung an einer ruhigen, baumbestandenen Straße in Glendale, einer Schlafstadt nur zehn Minuten in nordwestlicher Richtung vom Stadtzentrum von L.A. entfernt. Altmodische Blumentöpfe schmückten die Fenster, üppige blaue Hortensien standen in voller Blüte. Hier wuchs alles wie verrückt. In den Vierziger- und Fünfzigerjahren hatte man in dieser Gegend Obstgärten anlegen wollen und zu diesem Zweck den besten Boden angekarrt. Später dann, als das Land zu wertvoll wurde, um für Obst verschwendet zu werden, mussten die Gärten wieder weichen, aber der Boden blieb fruchtbar. Wenn man einen Kürbiskern ausspuckte, wucherte am nächsten Tag ein Kürbisbeet an dieser Stelle. Ich drückte auf den Klingelknopf neben der Glastür. Durch die Scheibe konnte ich hören, dass im

Fernsehen eine Nachrichtensendung lief, aber es war nicht das übliche Geplänkel zwischen den immer gleichen Hohlbirnen. Vielleicht war es CNN. Eine ernsthafte Person, diese Jennifer.

Als sie öffnete, wirkte sie hektisch. Offenbar hatte ich sie mitten in ihren Vorbereitungen für die Arbeit gestört. Aus Jakes Lebenslauf, der in der Abteilung Ausbildung lag, wusste ich, dass sie neunundzwanzig war, nur eineinhalb Jahre jünger als Jake, sonst hätte ich sie vielleicht für eine Schülerin gehalten. Schmal, kein Make-up, weiches, welliges Haar, das ihr über die Schulter herabfiel – Jennifer war das weibliche Gegenstück zu Jake. Die Ähnlichkeit stellte sofort ein Gefühl der Nähe her, auch wenn ich plötzlich einen Kloß im Hals hatte. Während aber Jake das reinste Energiebündel war, ungeheuer schnell geredet und sich voller Leidenschaft in die Arbeit gestürzt hatte, wirkte Jennifer zurückhaltend, als würde sie von einem bläulichen Nachtlicht gespeist. Die Sonne und der Mond. Aus der Art und Weise, wie sie mir die Hand gab und dabei kaum meine Finger berührte, schloss ich, dass sie keine besonders gesellige Person war.

»Hallo, Jennifer. Ich bin Rachel Knight. Danke, dass ich kommen durfte. Ich weiß, dass es eine schwere Zeit für Sie sein muss.«

Sie öffnete die Glastür und trat beiseite, um mich hereinzulassen. »Eigentlich war ich froh, dass Sie angerufen haben«, sagte sie und schob sich eine Strähne hinters Ohr. »Ich habe nie jemanden von Jakes Freunden kennen gelernt … Namentlich hat er außer Ihnen sowieso niemanden erwähnt«, sagte sie mit einer sanften, traurigen Stimme.

Hieß das, dass ich Jakes einzige Freundin war? Oder die Einzige, über die er offen hatte reden können? Sofort schob ich den unerwünschten Gedanken beiseite, aber die Fäden der Erinnerung verwoben sich in meinem Unterbewusstsein.

»Hat jemand aus dem Büro Sie angerufen?«, fragte ich.

»Doch, ja, das haben sie. Aber, na ja ... Es ist einfach nicht dasselbe, wissen Sie ...?« Dann verstummte sie, und ihr Blick verlor sich. Sie führte mich ins Wohnzimmer. Als ich auf dem Sofa Platz nahm, versuchte ich, nicht darüber nachzudenken, wie schrecklich es sein musste, einen Bruder unter solchen Umständen zu verlieren und dann nicht einmal jemanden zu haben, mit dem man Erinnerungen austauschen konnte. Der Verlust von Romy hat mir in vielerlei Hinsicht zugesetzt, aber keine meiner Qualen bestand aus scheußlichen Spekulationen darüber, wer sie wirklich gewesen war. Kaum auszumalen, wie viel schlimmer so etwas sein musste, vor allem wenn man davon ausging, dass die Spekulationen nicht der Wahrheit entsprachen.

Ich schaute mich in der Wohnung um. Klugerweise hatte Jennifer beschlossen, den kleinen Raum sparsam zu möblieren, mit nur einem Sofa, einem Beistelltisch und einer kleinen Anlage auf der anderen Seite. Dem Raum fehlte alles Persönliche, wenn man von dem gerahmten Foto von ihr und Jake auf dem Kaminsims absah. Der Kleidung nach zu urteilen, war das Bild mindestens fünf Jahre alt. Keine Pflanzen, keine Haustiere, keine Kunst. In dieser Wohnung könnte jeder wohnen.

»Oh, darf ich Ihnen einen Kaffee anbieten ... oder irgendetwas anderes?«, fragte sie und hatte sich schon halb wieder vom Sofa erhoben.

»Nein danke«, sagte ich und bedeutete ihr, sich wieder zu setzen. »Ich möchte, dass Sie wissen, dass ich nicht Jakes einzige Freundin war. Jeder im Büro mochte ihn.«

Jennifer biss sich auf die Lippe und nickte stumm. Ich konnte sehen, dass sie mit den Tränen kämpfte. Vor einer Fremden wollte sie sich nicht ausweinen – vielleicht auch vor sonst niemandem. Die Ausstattung ihrer Wohnung deutete darauf hin, dass sie nicht viel mit anderen Menschen am Hut hatte.

»Sind Sie Rechtsanwältin?«, fragte ich.

Sie schüttelte den Kopf. »Nein, Psychologin.«

Das wäre nicht meine erste Vermutung gewesen, aber das ließ ich mir nicht anmerken. »Haben Sie eine eigene Praxis?«

»Nein, ich bin in der Forschung. Zurzeit trage ich das Datenmaterial für die neueste Ausgabe des *DSM* zusammen.«

Das konnte ich mir schon besser vorstellen. Als Forscherin hatte Jennifer nichts mit Patienten zu tun. Sie erfasste die Daten, die mit darüber entschieden, wie man Patienten behandelte. Das *Diagnostic and Statistic Manual of Mental Health Disorders* ist eine Art Bibel für die Psychobranche. Psychologen, die als Zeugen für die Verteidigung auftraten, beriefen sich häufig darauf, wenn sie der Jury weismachen wollten, dass der Angeklagte nicht für eine Vergewaltigung, einen Mord oder die Verbrennung von einem Dutzend achtzigjähriger Frauen verantwortlich war. Ich liebte diese Zeugen, wie man eben jemanden liebt, der einem in aller Öffentlichkeit ans Bein pinkelt.

»Ich hatte immer den Eindruck, dass Sie und Jake sich nahestehen«, sagte ich.

Mein Eindruck rührte nicht von dem her, was er gesagt hatte, denn Jake hatte nie irgendwelche persönlichen Dinge erzählt. Es war eher die Art und Weise gewesen, wie er von seiner Schwester gesprochen hatte, die Wärme und die Zuneigung in seiner Stimme, wenn er ihren Namen genannt hatte.

»Das war auch so«, sagte Jennifer und betrachtete das Foto auf dem Kaminsims. »Während unserer Kindheit und Jugend in New York haben wir viel Zeit miteinander verbracht. Wir hatten sogar mal eine gemeinsame Wohnung im East Village, bevor die Gegend dann hip und teuer wurde.«

Gedankenverloren lächelte sie.

»Sind Sie mit der ganzen Familie hierhergezogen?«

Jennifer blinzelte, und ich merkte, dass meine Frage sie brutal auf den Boden der Tatsachen zurückholte.

»Nein. Jake und ich … Wir hatten die ewige Kälte satt und konnten uns beide vorstellen, nach Kalifornien zu gehen. Also haben wir unser Geld zusammengekratzt und sind zusammen hergekommen.«

Sie schaute zu Boden und schluckte. Ich hatte gewusst, dass dieses Treffen schmerzlich sein würde, aber jetzt schnürte sich meine Kehle auf unerträgliche Weise zusammen. Ich gab Jennifer einen Moment, um sich zu erholen, und fragte dann: »Wie lange ist das her?«

»Zehn Jahre. Er hat das Jurastudium durchgezogen, und ich habe ein Stipendium bekommen und Psychologie studiert. Wenn es zeitlich passte, sind wir zusammen essen gegangen. Allerdings hatten wir beide immer mehr Arbeit, und so haben wir uns immer seltener gesehen …« Sie verstummte erneut, um sich zu sammeln. »Seit er den Job bei der Staatsanwaltschaft hatte und ich meinen Beruf, haben wir uns vielleicht einmal im Monat getroffen.«

Ich sah, wie sie nach Erinnerungen kramte, und nickte, um sie zu ermuntern.

»Andererseits müssen Sie wissen, dass er immer für mich da war. Egal wie beschäftigt oder müde er sein mochte, er war immer da, wenn ich ihn brauchte.« Plötzlich verzerrten sich Jennifers Gesichtszüge, und es platzte aus ihr heraus. »Und er war garantiert kein kranker Kinderschänder! Mir ist egal, was die Leute behaupten, aber das ist eine abscheuliche Lüge!«

Sie schlug die Hände vors Gesicht, krümmte sich zusammen und schluchzte. Ich rückte näher und legte ihr den Arm um die Schulter. Sie lehnte sich an und weinte, als wäre es das erste Mal, dass irgendjemand sie tröstete. Vielleicht war es das auch.

Ich strich ihr übers Haar und streichelte sanft ihren Rücken.

»Ich weiß«, sagte ich. »Jake war nicht so.«

Zumindest hoffte ich das. Stärker denn je wollte ich sämtliche Zweifel ausrotten – meine und die der anderen. Ich erklärte Jennifer, dass ich an dem Fall dranbleiben würde, bis ich herausgefunden hätte, was tatsächlich passiert war. »Wissen Sie irgendetwas über sein Privatleben? Was hat er in seiner Freizeit gemacht?«

»Freizeit?« Jennifer lachte auf, freudlos. »Das war nichts für uns. Wie ich schon sagte, wir haben einmal im Monat zusammen gegessen. Wir sind essen gegangen, oder ich habe hier für uns gekocht.«

Sie merkte, dass ich zu der kleinen, praktisch unberührten Küche hinüberschaute, und fügte hinzu: »Aber meistens sind wir essen gegangen.«

Ich nickte. »Ich lebe in einem Hotel, und was ich daran besonders schätze, ist der Zimmerservice.«

»Das wäre wunderbar – kein Abwasch, nie«, sagte sie und lächelte. Es war ein hübsches Lächeln. Ich wollte ihr helfen, es zu behalten.

»Und Sie kennen keine Freunde oder Bekannte, mit denen er außerhalb des Büros zusammen war?«

Sie schüttelte den Kopf. »Ich glaube nicht, dass es Freunde in seinem Leben gab. In meinem gibt es jedenfalls keine«, sagte sie leise.

Die nackte Ehrlichkeit dieser Aussage verblüffte mich. Die beiden waren klassische Einzelgänger, die es kaum schafften, Kontakte zu pflegen – nicht einmal untereinander. Die einzige echte Bindung in ihrem Leben war die Arbeit. Und jetzt fühlte sich Jennifer nicht nur allein – sie *war* allein. Was sie empfinden musste, erlebte ich, als würde ich es selbst empfinden – vielleicht, weil ich ihr in vielerlei Hinsicht ähnelte.

Ich versuchte, noch ein paar Informationen zu bekommen, aber nach ein paar Minuten fruchtlosen Nachfragens gab ich mich geschlagen. Jennifer hatte mir alles gesagt, was sie zu sagen hatte, und versank nun in einer Trauer, die weit über den Schmerz über Jakes Tod hinausging.

Ich sagte ihr, dass ich mich bei ihr melden würde und dass sie mich jederzeit, wenn ihr danach sei, anrufen könne. Sie sagte, das würde sie tun. Ich glaubte ihr nicht, aber es war okay so. Ich würde mich bei ihr melden, bis sie merken würde, dass ich es ernst meinte – oder bis sie mich bitten würde, es sein zu lassen. An der Tür nahm ich sie in den Arm und kniff die Augen zusammen.

Als ich zum Wagen ging, beschloss ich, dafür zu sorgen, dass meine Mitarbeiter sich mit ihr zum Essen verabreden würden. Bei der Arbeit waren sie harte Knochen, aber für Jennifer würden sie sich von ihrer besten Seite zeigen. Ich bog links auf den Freeway ab und fuhr in mäßig schlimmem Verkehr ins Zentrum zurück. Erst als ich zur Ausfahrt Broadway kam, fiel mir auf, dass sie nicht ein einziges Mal ihre Eltern erwähnt hatte.

14

Ich stand an der Ampel an der Kreuzung Temple Street, Broadway und beobachtete die Mischung aus Mitarbeitern und Zeugen, die über den Zebrastreifen zum Gerichtsgebäude gingen. Die letzten Nachzügler waren eine schwangere Mutter und ihr kleiner Sohn, der sich jetzt bückte, um ein in der Sonne glänzendes Kaugummipapier aufzuheben. »*No, papi, es sucio*«, schimpfte sie, packte seine Hand und schleifte ihn in Richtung Bürgersteig.

Die Ampel sprang um, und ich fuhr über die Kreuzung. Als ich rechts in die Spring Street einbog und den Angestelltenparkplatz ansteuerte, tauchte das Erinnerungsfragment, das seit dem Treffen mit Jennifer in meinem Unterbewusstsein gelauert hatte, endlich aus der Versenkung auf. Ich bog in eine Parklücke und überließ mich der Erinnerung.

Damals war ich soeben aus dem Gerichtssaal zurückgekommen, wo ich mit den vier dämlichsten Verteidigern, die mir je untergekommen waren, über einen Beweisantrag gestritten hatte. Ich war direkt in Jakes Büro marschiert, um ein wenig Dampf abzulassen, aber er beugte sich über seinen Schreibtisch, den Kopf gesenkt, und sprach eindringlich in den Telefonhörer.

»Mach dir keine Sorgen«, sagte Jake. Sein Tonfall war sanft und beruhigend. »Ich kümmere mich darum, okay?«

Einen Moment lang hörte er zu. Irgendwann schaute er

auf, sah mich neben seinem Schreibtisch stehen und signalisierte ein ›Ich komme gleich vorbei‹. Dabei machte er eine Kopfbewegung in Richtung meines Büros.

Ich nickte und ging. Ein paar Minuten später erschien er und schüttelte den Kopf.

»Tut mir leid. Ich habe gerade mit dem Ermittler über den Mord von diesem Stalker gesprochen«, erklärte er. »Der Mann ist ziemlich neu und braucht ein wenig Unterstützung.«

»Kein Ding«, erwiderte ich.

Mir war bewusst gewesen, dass es eine Lüge war. Ich hatte nämlich die Telefonnummer auf dem Display seines Telefons erkannt.

Warum er gelogen hatte, war mir nicht klar gewesen, aber ich hatte es hingenommen. Es gab tausend unschuldige Gründe, warum Jake mit jemandem aus einer Jugendstrafanstalt telefonieren sollte, und ein paar dieser Gründe mochten nach Geheimhaltung verlangen. So konnte etwa ein jugendlicher Zeuge, der mit der Staatsanwaltschaft zusammenarbeitete, Gefahr laufen, dass sich seine Gang an ihm rächte. Ich hatte es zwar trotzdem merkwürdig gefunden, dass Jake mir nicht vertraute, aber vielleicht wollte er einfach auf Nummer sicher gehen.

Jetzt musste ich allerdings eine wesentlich ernsthaftere Möglichkeit in Betracht ziehen, und das war zutiefst verstörend. Hätte ich mich in Jake dermaßen irren können? Hätte ich eine derart abscheuliche Seite seines Charakters wirklich übersehen können? Mochte es noch so schwer sein, unauffällig an der Sache dranzubleiben, ich würde alles tun, um zu beweisen, dass dem nicht so war und der Anruf nichts zu bedeuten hatte.

Wütend und frustriert wandte ich meine Gedanken Kit

Chalmers zu. Möglicherweise war es etwas leichter, sich in seinem Leben umzuschauen, ohne sofort erwischt zu werden, aber das Risiko blieb bestehen. Außerdem war es ja nicht so, dass ich nichts anderes zu tun hatte. Was den Fall Densmore betraf, stand ich unter gewaltigem Druck, und meine restlichen Fälle waren immerhin auch noch da. Unvermittelt überkam mich das Gefühl, zu viel zu tun zu haben, und ich musste mich zwingen, mich zu entspannen und nachzudenken.

Ich schaute mich um, ob Polizisten in der Nähe waren, klappte dann mein Handy auf und rief Bailey an.

»Komm in mein Büro«, sagte ich. Sie legte auf, ohne sich die Mühe einer Antwort zu machen.

Ich trank in der Snackbar einen Kaffee. Als ich in mein Büro kam, war Bailey schon da, hatte die Füße auf den Tisch am Fenster gelegt und starrte auf die Straße hinab.

»Wieso hast du so lange gebraucht?«, fragte ich, als ich meine Tasche auf den Boden stellte und mich auf meinen Stuhl fallen ließ.

Bailey wandte mir den Kopf zu, ohne ihre Haltung zu verändern. »Hast du dich mit der Schwester getroffen?«

Ich nickte und erzählte ihr von der Begegnung. Begeistert war sie nicht. »Also bleiben sämtliche Möglichkeiten offen, und nichts kann ausgeschlossen werden. Fantastisch.«

Nun erzählte ich ihr von Jakes Telefonat mit der Jugendstrafanstalt.

Bailey hob eine Augenbraue und schwieg. »Telefonlisten können wir nicht einsehen, ohne aufzufallen«, sagte sie schließlich.

»Tja.«

»Könnte vollkommen harmlos sein«, fügte sie hinzu.

»Könnte.«

Einen Moment lang saßen wir schweigend da und dachten beide dasselbe: Nicht auszuschließen, dass der Anruf ein Indiz dafür war, dass Jake ein dubioses Interesse an Kindern vom Rande der Gesellschaft hatte. Da wir hier aber nicht weiterkamen, wechselte ich zu einem Thema, das sich hoffentlich als produktiver erweisen würde. »Du hast dich doch um Informationen über diesen Luis bemüht? Der Fall Densmore?«

»Klar. Ich musste ein paar Anfängern in den Hintern treten, aber«, Bailey wedelte mit ein paar Zetteln, »das ist ja mein geringstes Problem.«

Nicht nur, dass es ihr geringstes Problem war. Ich wusste nur zu gut, dass Bailey es genoss, diese Sesselfurzer herauszufordern.

Sie las vor: »Geschnappt wegen Marihuanabesitzes im Alter von zwölf. Festgenommen wegen Diebstahls mit vierzehn.« Bailey machte eine Kunstpause. »Keine Verurteilungen.«

»Tatsächlich?«, sagte ich ungläubig. Bailey nickte, ebenso verblüfft. Das Jugendgericht war so schnell mit Verurteilungen dabei, dass es bestenfalls eine Überraschung war, wenn jemand seinen Klauen entging.

»Letztes Jahr wurde er mit Kokain erwischt. Hat aber behauptet, dass jemand anders das Zeug in seinem Auto deponiert habe …«

Ich verzog das Gesicht angesichts dieser altbekannten Verteidigungsmasche. Bailey nickte zustimmend und fuhr dann fort. »Immerhin zu zwei Tagen Knast verurteilt, die aber mit der U-Haft bereits abgesessen waren.«

»Und niemand hat je einen Wangenabstrich gemacht, um an seine DNA heranzukommen?«, fragte ich.

Bailey zuckte mit den Achseln. »War alles Kleinkram.«

»Trotzdem«, sagte ich, reichlich ungehalten. Jeder Vergewaltiger hat mal klein angefangen. Wer wollte behaupten, dass es nicht eine Verhaftung wegen Kokainbesitzes sein konnte. »Ist er noch auf Bewährung?«, fragte ich.

Bailey las weiter. »Ja. Warte einen Moment.« Sie blätterte

in ihren Zetteln herum. Ich signalisierte, dass ich schnell zur Toilette gehen würde, und sie winkte mich fort.

Als ich zurückkam, steckte sie ihr Handy in die Jackentasche. »Wir haben eine Verabredung mit dem Bewährungshelfer. In«, sie schaute auf die Uhr, »einer halben Stunde.«

Ich nickte. Wenn wir sofort aufbrachen, konnten wir es gerade so schaffen. Das Problem war nur, dass sich mein Magen, nachdem mir nach meinem Treffen mit Jennifer der Appetit vergangen war, jetzt vollkommen hohl anfühlte. »Ich muss mir nur schnell in der Snackbar etwas zu essen holen.«

Außerdem rief ich Melia an: »Würden Sie Eric bitte sagen, dass ich im Fall Densmore nach Pasadena rausfahre?« Mir war wichtig, gar nicht erst den Verdacht aufkommen zu lassen, dass ich an Jakes Fall arbeiten könnte.

»Geht klar«, sagte Melia geistesabwesend.

Vermutlich stdierte sie gerade die Lebensläufe der Teilnehmer von *Hollywood Men*, einer beliebten Stripshow von Muskelmännern. »Gustavo geht gerne bei Sonnenuntergang am Strand spazieren …« Normalerweise wäre mir das egal, aber dieses Mal musste sie die Information parat haben, falls Vanderhorn wieder antanzen sollte.

»Melia, es ist wirklich wichtig, okay?«

Als sie schließlich so klang, als wäre sie halbwegs anwesend, bat ich sie, die Nachricht aufzuschreiben und mir das Ganze noch einmal vorzulesen. Nachdem ich den Namen Densmore zum dritten Mal buchstabiert hatte, ging ich davon aus, dass sie es kapiert hatte. Ich hoffte das Beste, nahm Aktentasche und Mantel, betastete die Manteltasche, um sicherzustellen, dass die Beretta noch da war, und signalisierte Bailey, dass es losgehen konnte.

Wir waren so schnell in Pasadena, dass ich kaum Zeit hatte, mein Hühnchen-Caesar-Wrap aufzuessen. Ich wischte mir den Mund ab, weil mir die Snackbar schließlich eine Serviette spendiert hatte, und kontrollierte im Spiegel, ob ich auch ja keine Krümel im Gesicht hatte. Als ich fertig war, hatte Bailey bereits geparkt.

Das unscheinbare Haus mit seinen Leichtbetonsteinen und der hässlichen grünen Farbe hätte ein beliebiges Amtsgebäude sein können. Bailey zeigte ihre Dienstmarke vor. Der gelangweilte Pförtner winkte uns durch und drückte auf den Summer für die Sicherheitstür.

Luis Revelos Bewährungshelfer war ein untersetzter Schwarzer mit einem offenen, freundlichen Gesicht. Er trug ein taubenblaues Poloshirt und eine Khakihose. Laut Schild auf seinem Schreibtisch hatten wir es mit einem gewissen Tyrone Jackson zu tun.

Er bedeutete uns, Platz zu nehmen, und schaute in Revelos Akte. Nachdem er sie in aller Ausführlichkeit studiert hatte, klappte er sie zu, kippte gefährlich mit seinem Stuhl nach hinten und sagte: »Luis hat mir keinerlei Schwierigkeiten bereitet. Keine neuen Anklagen, keine positiven Drogentests.« Er schaute erst mich und dann Bailey an. »Was kann ich also für Sie tun?«

»Wann haben Sie ihn zuletzt gesehen, Mr Jackson?«, fragte ich.

»Tyrone«, korrigierte er mich und blätterte zum Ende der Akte vor. »Wir hatten einen Termin am 24. Januar, aber meinen Unterlagen zufolge ist er nicht erschienen. Er sagte, er sei krank oder so was, daher hab ich ihm das durchgehen lassen.«

Ich schaute Bailey an. Der 24. Januar war der Tag nach der Vergewaltigung.

»Hat er sich irgendwann um einen neuen Termin bemüht?«

»Nein. Aber da es mit ihm keinen Ärger gab, bin ich davon ausgegangen, dass keine Dringlichkeit besteht.« Tyrone verwies auf einen meterhohen Stapel Akten hinter sich. »Es gibt genügend Härtefälle, die mich auf Trab halten. Da mache ich mir keine Sorgen um die Kids, die es schaffen, sauber zu bleiben.«

Mit dieser Logik hätte ich kein Problem, wenn Luis Revelo nicht zufällig der Hauptverdächtige in einem Vergewaltigungsfall wäre. Das machte ihn sehr wohl zu einem Härtefall. Andererseits hegte ich die Vermutung, dass Nullraff, sollte er Tyrone überhaupt kontaktiert haben, ihm nichts über den Fall Densmore erzählt hatte. Baileys nächste Frage zeigte, dass ich richtig lag.

»Hat Ihnen irgendjemand mitgeteilt, dass Revelo in Zusammenhang mit einer Vergewaltigung in den Palisades gesucht wird?«

Tyrone runzelte die Stirn. »Definitiv nicht.« Er machte eine Pause, bevor er weitersprach. »Eine solche Tat hätte ich ihm niemals zugetraut. Andererseits wäre es nicht die erste Überraschung, die ich erlebe.«

»Könnten Sie ihn unter dem Vorwand einbestellen, dass es sich um eine Routinegeschichte handelt?«, fragte Bailey.

Statt zu antworten, griff Tyrone zum Telefonhörer. Nach einem Zeitraum von etwa drei Klingeltönen fragte er nach Luis, in einem Spanisch mit deutlich englischem Akzent. Als er wieder auflegte, erklärte er: »Seine Mutter sagt, er schläft. Hat die ganze Nacht gearbeitet.« Er wandte sich an Bailey. »Haben Sie einen Haftbefehl?«

Sie schüttelte den Kopf. »Bislang liegt nicht genug gegen ihn vor.«

»Und deswegen brauchen Sie mich«, sagte Tyrone.

Bailey und ich nickten.

»Okay. Dann mal los«, sagte er, stand auf und klemmte sich Dienstmarke und Pistole hinter den Gürtel.

15

Luis Revelo lebte in der falschen Gegend, einem Arbeiterviertel in Sylmar. Die Kleinstadt lag im North San Fernando Valley, wurde vorwiegend von Hispanics bewohnt und war einst ruhig und respektabel gewesen. Dann hatten die Gangs Einzug gehalten und sie in ein Kriegsgebiet verwandelt. Die anständigen, arbeitsamen Armen jeglicher Couleur, die immer noch dort wohnten und so typisch waren für Sylmar, lebten jetzt im Belagerungszustand.

Wir erreichten einen »Hof«, auf dem nichts wuchs als Ersatzreifen, verstreutes Spielzeug und leere Bierflaschen. Der Lack am Tor war so stark abgeblättert, dass man nicht mehr erkennen konnte, welche Farbe er mal hatte. Links fehlte der Türrahmen ganz. Wir gingen den Eingangsweg hoch und kickten Gegenstände beiseite.

Eine kleine Frau mit einem langen, unordentlichen Zopf öffnete uns.

»Mrs Revelo?«, fragte Tyrone.

Sie sah alt genug aus, um Luis' Großmutter sein zu können, aber vermutlich war es seine Mutter. Das Alter kam schneller, wenn das Leben hart war.

»*Sí. Estás buscando a Luis?*«

Dass sie sofort wusste, zu wem wir wollten, zeigte, dass sie sich über ihren Sohn keine Illusionen machte.

»*Sí, yo estoy el oficial de …*«

»*Sí, sí, entiendo*«, schnitt ihm die Frau das Wort ab und

winkte uns herein. Sie zeigte auf einen Raum. »*El está durmiendo.*«

Tyrone bedeutete uns, am Eingang zu warten. Wir hatten keinen Haftbefehl und keinerlei rechtliche Befugnisse, ihn in seiner Wohnung festzunehmen. Tyrone ging direkt zur Tür und klopfte energisch. »Luis, hier ist dein Bewährungshelfer. Mach auf.«

Keine Antwort. Er klopfte noch einmal und rief diesmal lauter. Keine Antwort. »Luis. Ich komm jetzt rein!«

Plötzlich hörten wir das Geräusch von splitterndem Glas und ein lautes Plumpsen. Tyrone richtete seine Schulter gegen die Tür, und Bailey zog ihre .44, um ihm Rückendeckung zu geben. Ich steckte die Hand in die Manteltasche, entsicherte meine Beretta und rannte außen ums Haus herum. Als ich die Ecke erreichte, sah ich einen jungen Mann barfuß und in Muskelshirt und Jeans auf den Zaun hinten am Hof zulaufen. Ich feuerte in die Luft und rief: »Polizei.«

Das wusste er natürlich, sonst wäre er wohl kaum davongerannt. Den Bruchteil einer Sekunde zögerte ich, weil ich Zweifel hatte, ob ein Schuss gerechtfertigt war. Die Vergewaltigung konnten wir ihm nicht nachweisen, und wegen etwas anderem wurde er nicht gesucht, also war er kein Täter auf der Flucht. Mehr als diesen Moment des Zögerns hatte er nicht gebraucht. Luis, oder wer auch immer es war, hechtete über den Zaun und war verschwunden. Eine Sekunde später kamen Bailey und Tyrone aus der Hintertür gestürzt und liefen zum Zaun, aber es war zwecklos. Ich hielt Ausschau, ob sonst irgendjemand aus dem Haus aufgescheucht worden war, aber außer einem dünnen, billigen Vorhang, der aus einem offenen Schlafzimmerfenster flatterte, sah ich nichts.

»Mist!«, sagte Tyrone, dessen Brustkorb sich bei dem Versuch, wieder Luft zu bekommen, schwer hob und senkte. Bailey, die kaum außer Atem war, ließ ein paar deftigere Kommentare fallen.

Ich steckte meine Beretta .22 ein wenig zu energisch in die Tasche zurück. »Es ist meine Schuld«, sagte ich dann. »Ich hatte freie Schussbahn. Das hätte ich ausnutzen müssen.«

»Kein Fall für uneingeschränkten Schusswaffengebrauch«, sagte Bailey trocken.

Ganz zu schweigen von der Tatsache, dass ich keinen Waffenschein besaß.

Tyrone hatte sich vorgebeugt und auf die Knie gestützt, um seinen Atem unter Kontrolle zu bekommen. Jetzt richtete er sich auf. »Ich werde es in die Akte aufnehmen, dass er gegen die Bewährungsauflagen verstoßen hat, dann können Sie einen Haftbefehl beantragen.« Er wandte sich an mich. »Früher oder später bekommen wir ihn, keine Sorge.«

Ich war weniger besorgt, dass wir Revelo nicht bekommen würden. Es war vor allem das »oder später«, das mir Kopfzerbrechen bereitete. »Wir müssen es so darstellen, dass es nach einem Erfolg aussieht«, sagte ich. »Sonst wird Frank Densmore sofort bei Vanderhorn anrufen und ihm vorheulen, dass wir seinen Hauptverdächtigen haben entwischen lassen.«

»Da hätte er nicht ganz Unrecht«, bemerkte Tyrone und handelte sich einen stählernen Blick von Bailey ein. Er nahm die Hände hoch. »Ich mein ja bloß.« Wir machten uns auf den Weg zum Wagen. Tyrone zog sein Handy aus der Tasche, um die Geschichte mit dem Verstoß gegen die Bewährungsauflagen ins Rollen zu bringen.

Auf dem Weg zurück ins Gerichtsgebäude überlegten Bailey und ich, wie wir die Sache deichseln sollten. Noch bevor wir mein Büro erreicht hatten, rief ich Eric vom Handy aus an und erzählte ihm die Geschichte, damit er sie an Vanderhorn weiterleiten konnte.

»Wir waren schon auf dem Weg, um ihn uns zu schnappen,

aber irgendjemand hat ihm einen Tipp gegeben. Jetzt ist er spurlos verschwunden. Wir haben einen Haftbefehl beantragt, und dann käme er selbst gegen Kaution nicht mehr frei. Danach zu urteilen, wie er aus dem Fenster gesprungen ist, könnte es sich definitiv um unseren Vergewaltiger handeln. Sonst ist ihm unseres Wissens nämlich niemand auf der Spur. Letzte Zeile: Du kannst Vanderhorn mitteilen, dass der Fall vor Gericht geht, sobald wir ihn haben.«

»Wie bald dieses ›sobald‹ sein wird, kannst du mir aber nicht sagen?« Eric seufzte. »Okay, ich werde es weiterleiten. Wirst du mit Densmore sprechen?«

»Ich dachte, du überlässt es Vanderhorn, das zu tun. Es ist schließlich sein Kumpel. Außerdem kann er sich dann ausnahmsweise einmal nützlich fühlen«, antwortete ich.

Das Lächeln in Erics Stimme war nicht zu überhören, als er sagte: »Ich hätte nie geglaubt, dass du die Worte ›nützlich‹ und ›Vanderhorn‹ je in einem Atemzug nennen würdest.« Er machte eine Pause und fuhr dann ernster fort. »Vanderhorn wird zweifellos die Chance ergreifen, einem Unterstützer wie Densmore eine solche Nachricht zu überbringen. Er wird ihn heute noch anrufen. Sobald allerdings Densmore davon erfährt, wird er die Verhaftung für die nächsten Minuten erwarten. Mach dich also auf Dauerbeschuss gefasst, sollte es nicht dazu kommen.«

Ich hatte mein Handy soeben zugeklappt, da klingelte es in meiner Hand. Der voreingestellte Signalton – *FM* von Steely Dan – dudelte weiter, als ich auf die unbekannte Nummer starrte. In der Annahme, dass sich jemand verwählt hatte, meldete ich mich. Es war Graden Hales. Der kam mir gerade recht. Ich war müde und schlecht gelaunt, weil wir Revelo verloren hatten, und außerdem schaute Bailey mich an. Einen besseren Moment hätte er sich nicht aussuchen können.

»Mittlerweile müssten Sie Hunger haben«, sagte Graden gut gelaunt.

Mir fiel auf, dass er mich auf meinem Handy anrief, obwohl ich ihm die Nummer nie gegeben hatte. Das sollte mich nicht allzu sehr überraschen – immerhin war er Polizist. »Sie hätten mich auch im Büro anrufen können. Ich bin hier.«

»Ich wollte Sie aber damit beeindrucken, wie findig ich bin.«

Da ich meine Handynummer ständig an irgendwelche Verteidiger herausgab, musste ich zugeben, dass er mir nicht wirklich zu nahe trat. Trotzdem ärgerte es mich. »Eindruck haben Sie definitiv gemacht«, sagte ich trocken.

Die Pause am anderen Ende der Leitung ließ darauf schließen, dass er klug genug war zu erkennen, dass ich keine große Vorliebe für seine übernatürlichen Kräfte hegte.

Bailey hob eine Augenbraue, weil sie gemerkt hatte, dass es sich nicht um ein Dienstgespräch handelte. Ich konnte ihr nicht sagen, dass es Graden war, weil ich ihr nichts von Gradens Einladung erzählt hatte. Und die war wiederum etwas, das ich ihr nicht zwischen Tür und Angel unterjubeln konnte. Ich schaute sie an und formulierte ein stummes »Erzähl ich dir später«. Bailey nickte und verschwand.

Gradens Tonfall war nun versöhnlich. »Ich schlage Ihnen einen Deal vor. Sie gehen morgen mit mir essen, und ich besorge Ihnen eine Geheimnummer. Niemand wird sie je herausbekommen, nicht einmal ich.«

Schwer von Begriff war er nicht. Ich dachte an Baileys Warnung, dass er ein Frauenheld war, aber mit einem Mittagessen ging ich ja keine großartige Verpflichtung ein. Was hatte ich außerdem zu verlieren? Ich schaute in meinen Kalender. Er war vollgepackt mit Gerichtssitzungen zu meinen anderen Fällen. Ich hatte sie alle zusammengelegt, um sie in einem Abwasch zu erledigen.

»Morgen ist ein Albtraum. Wie wär's mit nächster Woche?«

Wir einigten uns auf Dienstag.

»Wäre Ihnen zwölf Uhr mittags recht?«, fragte er. »Ich hole Sie vor dem Gerichtsgebäude ab.«

Ich sagte zu. Kaum hatte ich den Hörer aufgelegt, wuchsen allerdings meine Bedenken. Wenn es nicht gerade Jurymitglieder betraf, war ich nicht gut darin, neue Freundschaften zu schließen. Erste Verabredungen machten mich immer nervös und unwirsch. Plötzlich kam mir aber die Idee, dass ich Graden ja nach Jakes Fall fragen könnte, und ich entspannte mich.

Den Rest des Tages nutzte ich, um mich auf meine Gerichtssitzungen vorzubereiten und zu entscheiden, in welchen Fällen ich mich auf Deals einlassen und in welchen ich auf schuldig in allen Anklagepunkten plädieren würde. Um fünf Uhr war ich mehr als bereit für andere Unternehmungen. Ich ging zu Tonis Büro.

»Wie wär's mit Charlie O's?«, fragte ich sie. Das Charlie O's war eine gemütliche, unprätentiöse Jazzkneipe, die wir gerne aufsuchten.

»Ich konvertiere zu der Gottheit, die dich herbeigeschickt hat, welche auch immer es sein mag«, sagte Toni, die mit überanstrengten Augen vor ihrem Computer hing. Jetzt lehnte sie sich zurück und stieß die Luft aus. »Allerdings hab ich keine Lust mehr zu fahren. Hast du etwas dagegen, wenn ich heute Nacht bei dir schlafe?«

Toni wohnte in einer kleinen, zweigeschossigen Zweizimmerwohnung am Ende einer der schmalen, windigen Straßen in Laurel Canyon. Selbst bei Tag war das eine gewaltige Strecke, daher blieb sie nach gemeinsamen Abenden oft bei mir. Und da Toni in etwa meine Kleidergröße hatte, musste sie für solche Gelegenheiten auch keinen Koffer packen. Okay, Toni war Toni, und so beklagte sie sich in regelmäßigen Abständen über das langweilige Angebot – sie war eher fürs Verspielte und betont Weibliche, zumal sie ein bisschen besser ausgestattet war als ich –, aber ich musste sie nur daran erinnern, dass sie ja auch die Sachen vom vorherigen Tag anziehen konnte. Genauso gut könnte ich sie auffordern, ein härenes Hemd und Fußketten anzulegen.

»Kein Problem«, sagte ich.

»Kommt Bailey auch?«, fragte sie. »Das Mädel habe ich seit Ewigkeiten nicht gesehen.«

»Seit exakt einem Tag, um genau zu sein«, antwortete ich. »Aber ich ruf sie sofort an.«

Bailey versprach, um halb acht am Hotel zu sein. In meinem Hotelzimmer schlüpfte ich in eine Jeans und steckte sie in kniehohe Motorradstiefel. Dazu zog ich die Harley-Davidson-Weste mit der Schnürung an der Seite an. Toni entdeckte eines meiner wenigen Paare Riemchensandalen und suchte sich eine Jeans aus, die gut zu dem rosafarbenen Kaschmirpullover passte, den sie nach der letzten Kneipentour bei mir gelassen hatte. Um 19:25 Uhr hatten wir letzte Hand angelegt und waren gerade rechtzeitig unten, um Bailey vorfahren zu sehen.

Das Charlie O's hatte nichts Protziges. Es war ziemlich klein, und die Decke war vom Rauch der Millionen Zigaretten aus der Zeit, als das Rauchen noch gestattet gewesen war, ziemlich vergilbt. An den holzgetäfelten Wänden hingen Porträts von Jazzgrößen: Miles Davis, Sonny Rollins, McCoy Tyner. Ein buntes Bild von der Fassade des Charlie O's, das eine ältere Cocktailkellnerin gemalt hatte, hing hinten an der Wand, direkt neben der Hintertür, wo die Stammgäste hereinkamen.

Es war ein toller Abend. Der Tenorsaxophonist Pete Christlieb spielte mit seinem Quartett, und ich freute mich auf meinen Martini.

»Darauf, dass wir die Woche überlebt haben«, sagte ich und hob vorsichtig mein Glas.

»Da schließ ich mich an«, sagte Toni pathetisch.

Wir stießen an und tranken. Der Martini war mit ziemlicher Sicherheit der beste, den ich je getrunken hatte. Dann ließen wir die Klänge auf uns wirken. Als die Musiker die erste Pause machten, bestellten Toni und ich einen zweiten Martini. Bailey als Fahrerin des Abends wechselte zu Mineralwasser mit Zitrone.

»Montag werde ich noch einmal persönlich bei den Nachbarn der Densmores anklopfen. Vielleicht kann ich ja noch irgendwelche Zeugen auftreiben«, sagte Bailey, nachdem die Kellnerin gegangen war.

»Du glaubst nicht, dass Luis unser Mann ist?«, fragte ich.

»Ich möchte sicherstellen, dass alle anderen Möglichkeiten ausgeschlossen werden können, wenn wir ihn finden. Dann können wir uns darauf berufen.«

Ich musterte Bailey, so gut das bei dem schummrigen Licht ging. Wenn sie bereitwillig die Mühsal einer Tour durch die Nachbarschaft auf sich nahm, stimmte irgendetwas nicht.

»Lass mich raten: Densmore hat deinen Captain angerufen«, sagte ich.

»Hat er«, bestätigte Bailey.

Ich seufzte, und wir griffen zu unseren Gläsern. Dann redeten wir den ganzen Abend nicht mehr über die Arbeit.

16

Ich hatte wie immer um halb acht aufstehen wollen und meinen Wecker entsprechend gestellt. Wie immer war das Leben nicht kooperativ. Das Telefon riss mich aus dem Tiefschlaf, und ich saß aufrecht im Bett, mit rasendem Herzen, zur barbarischen Zeit von halb fünf Uhr morgens. Ich riss den Hörer hoch, drückte auf den Sprechknopf und krächzte: »Hallo?«

»Rachel, hier ist Elan.«

Mein benommenes Hirn brachte es bis zur Frage: *Elan wer?*, da redete er auch schon weiter. »Vom Sicherheitsdienst des Hotels. Jemand hat Ihren Wagen demoliert.«

»Was?«, sagte ich, immer noch verwirrt. »Aber der steht doch in der Garage.«

»Ja, er steht in der Garage. Und Sie sollten sofort herunterkommen, denn ich werde gleich die Polizei rufen«, sagte er mit demonstrativer Geduld.

»Bin schon auf dem Weg«, sagte ich und knallte den Hörer auf. Ein Adrenalinstoß trieb mich in einer Art Zeitlupe zum Kleiderschrank. Mein Gehirn versuchte immer noch, sich vorzustellen, was passiert sein könnte, kam aber zu keinem Ergebnis. Schnell wusch ich mich, fuhr mir mit den Händen durchs Haar und schlüpfte in Jeans und Kapuzenjacke. Toni schlief friedlich auf dem Sofa, also schlich ich auf Zehenspitzen durch den Raum und rannte zum Aufzug.

Als ich zur Tiefgarage hinunterfuhr, versuchte ich mich daran zu erinnern, wo Rafi meinen Wagen immer parkte.

Wenigstens dieses Problem löste sich von selbst, denn ich musste nur dem Geheul der Alarmanlage folgen, die Fernbedienung griffbereit. Sobald mein kleiner Honda am anderen Ende der Garage in Sicht kam, drückte ich wie verrückt auf einen Knopf, bis das Getöse aufhörte. Die plötzliche Stille verwandelte die Luft in eine scheinbar undurchdringliche Masse. Das Echo meiner Schritte schien aus weiter Ferne zu kommen und ließ den sonderbaren Moment noch fremder und surrealer wirken.

Ich ging davon aus, dass irgendjemand meinen Wagen angefahren und dann Fahrerflucht begangen hatte, und mir graute bereits vor dem Schaden. Als ich mich bis auf zehn Meter genähert hatte, wünschte ich, es wäre ein Unfall mit Fahrerflucht gewesen. Über Motorhaube, Kofferraum, Türen und sogar das Dach zog sich in greller Farbe eine Inschrift mit einer unmissverständlichen Botschaft: »Lil' Loco« von den »Sylmar Sevens« war hier gewesen. Und nur für den Fall, dass ich meinen sollte, ein bisschen Farbe könnte das Problem beheben, hatte man das Wort *puta* – Hure – in die Fahrertür gekratzt, und zwar so tief, dass es bis zur Aluschicht durchgedrungen war.

Die Sylmar Sevens waren vermutlich Luis' Gang, und das war ihre Art mir mitzuteilen, dass ich die Finger von ihrem Kumpel lassen sollte. Außer Verwirrung und Wut spürte ich plötzlich ein Triumphgefühl. Offenbar hatten wir den Vergewaltiger tatsächlich gefunden. Densmore hatte Recht, verdammt. Ich wandte mich an Elan, der mit einer abgefahrenen Digitalkamera Aufnahmen machte.

»Danke, dass Sie erst mich angerufen haben«, sagte ich.

»Klar«, sagte er abwesend und fuhr fort, reihenweise Fotos von meinem Auto zu schießen.

»Sie müssen sich keine Mühe machen. Die Polizei wird sich schon darum kümmern«, sagte ich, als ich Baileys Nummer wählte.

Elan sah sich die Fotos an, die er soeben geschossen hatte, und es dauerte eine Weile, bis meine Worte zu ihm durchdrangen. Er schaute auf und sagte: »Die sind ja auch gar nicht für Sie.«

Ich blickte ihn an, die Hände in den Hüften, und wartete auf eine Erklärung, von der ich wusste, dass sie mir nicht gefallen würde. Ich wurde nicht enttäuscht.

»Das ist für einen Bildband. Ich fotografiere ... Szenen aus L.A. Mein Schwager ist Agent. Er meint, dass er mir vielleicht einen Verleger vermitteln kann.« Wieder ging er um mein Auto herum. Mir kam es so vor, als würde ein Perverser schlüpfrige Fotos von einem Kleinkind machen. Na ja, wenigstens wollte er nicht Regisseur werden.

Wenig später erschien Bailey mit einem Kriminaltechniker, der so verschlafen aus der Wäsche schaute, dass ich mich darauf einstellte, am Ende mit lauter Fotos von der Garagendecke dazustehen. Ich wandte ihm den Rücken zu und sagte leise zu Bailey: »Sichere dir Elans Fotos. Er hat unzählige gemacht.«

Bailey schlenderte zu ihm hinüber und ließ ihre Bomberjacke aufstehen, damit die Pistole an ihrer Hüfte zu sehen war. Vermutlich würden die Fotos in fünf Minuten auf ihrem Bildschirm sein. Zusammen mit einer von ihr unterzeichneten Vereinbarung, dass sie die Fotos nicht ohne Elans Genehmigung abdrucken dürfe.

Als der Kriminaltechniker fort war, studierte ich den Schaden an meinem nunmehr bunten Auto. »Sieht aus, als wäre es noch einigermaßen fahrtüchtig.«

»Sieht man mal von den aufgeschlitzten Reifen ab«, erklärte Bailey trocken. »Obwohl – bei deinem Fahrstil läuft es vermutlich auf dasselbe hinaus.«

In der ganzen Aufregung hatte ich gar nicht bemerkt, dass mein Auto eine Stufe tiefer lag als eigentlich vorgesehen. Bei genauerer Betrachtung erkannte nun auch ich, dass die Reifen hinüber waren. Die Farbe war eine Sache – das konnte ich vergleichsweise billig überpinseln lassen. Aber Reifen?

»Wo soll ich denn das Geld für vier neue Reifen herbekommen?«

»Nirgendwoher. Zumindest vorläufig nicht. Bis Luis Revelo hinter Schloss und Riegel sitzt und wir seine Gang unter Kontrolle haben, wirst du mit mir fahren.«

Ich öffnete den Mund, um zu protestieren, schloss ihn aber wieder, als ich begriff, was Bailey da gesagt hatte. Man hatte mein Auto demoliert, um mich zu warnen, Todesdrohung inklusive. Nach dem Adrenalinstoß von zuvor spürte ich jetzt die eiskalten Finger der Angst in meinen Eingeweiden wühlen. *Sie wissen, wo ich wohne,* dachte ich. *Sie wissen, was für ein Auto ich fahre.* Ich steckte die Hände in die Taschen, um zu verbergen, dass sie plötzlich zitterten. Unwillkürlich tastete meine Rechte nach dem Trost der Beretta. Als mir einfiel, dass ich sie im Zimmer gelassen hatte, überkam mich ein Gefühl von Schwäche und Verletzlichkeit – und das hasste ich wie die Pest. Normalerweise hätte ich mich dagegen gewehrt, mich von Bailey in meiner Autonomie einschränken zu lassen, aber nun klang das zugegebenermaßen nach einer verdammt guten Idee. Trotzdem wollte ich nicht, dass Bailey die Sache meldete, zumindest jetzt noch nicht.

»Tu mir einen Gefallen und melde es nicht sofort.«

»Warum?«, fragte Bailey erstaunt.

»Wenn meine Abteilung davon Wind bekommt, werden sie mich bewachen lassen«

»Und das wäre dann das Ende deiner Ermittlungen zu Jakes Fall«, vollendete Bailey meinen Gedanken. Sie dachte einen Moment nach und nickte schließlich. »Es wird nicht lange dauern, bis wir Revelo schnappen. Und wenn wir ihn erst einmal haben und sich die Sache herumspricht, werden sie dich sowieso in Ruhe lassen.«

»Genau«, antwortete ich. Gangmitglieder mochten nicht immer die Hellsten sein, aber sie waren auch nicht dumm. Der Fall Densmore würde für Wirbel sorgen, und sobald Revelo eingelocht sein würde, gäbe es keinen Grund mehr dafür, die Staatsanwältin weiter zu belästigen. Außerdem mussten sich die Sylmar Sevens um Drogengeschäfte und Autodiebstähle kümmern; sie konnten ihre Zeit nicht ewig mit wenig einträglichen Aktionen wie dieser hier verschwenden.

Ich sah Bailey gähnen. Nun, da die erste Aufregung sich gelegt hatte, spürte ich die Müdigkeit auch. Da Gähnen ansteckend war, legte ich schnell die Hand vor meinen weit aufgesperrten Kiefer.

»Willst du dich bei mir ein paar Stunden aufs Ohr hauen?«, fragte ich. »Toni hat sich auf dem Schlafsofa breitgemacht, aber wir können sie ein Stück zur Seite schubsen.«

Bailey nickte. Wir fuhren mit dem Aufzug hoch in mein Stockwerk, und als ich die Tür öffnete, schnarchte Toni immer noch ahnungslos vor sich hin. Bailey und ich lächelten uns an. »Gute Nacht«, flüsterte ich, betrat mein Schlafzimmer und schloss rasch die Tür.

Dann änderte ich die Bestellung fürs Frühstück. »Und bitte noch eine Extraportion Bacon«, sagte ich in den Hörer. Nach der ganzen Aufregung konnte ich mir das wohl ausnahmsweise erlauben.

17

»Wie um Himmels willen konnte ich das nur verschlafen?«, fragte Toni, als sie uns einen zweiten Kaffee einschenken wollte.

Bailey lehnte ab, ich nahm gerne an.

»Du würdest auch den Weltuntergang verschlafen. Erinnerst du dich noch an unseren Ausflug nach Las Vegas?«, fragte ich.

Toni warf mir einen strengen Blick zu. »Ich war müde, und wir hatten die ganze Nacht gezockt.«

Ich musste lachen bei der Erinnerung. »Das Paar im Nachbarzimmer war wirklich gut drauf«, erklärte ich Bailey. »Soweit ich es verstehen konnte, hatte der eine mehr verloren, als man vorher abgesprochen hatte. Eine Stunde lang haben sie sich angeschrien, dann haben sie angefangen, sich mit Sachen zu bewerfen. Bis sie schließlich richtig aufeinander losgegangen sind. In diesem Moment schien mir der angemessene Zeitpunkt eingetreten zu sein, um …«

»Schien mir der angemessene Zeitpunkt eingetreten zu sein?« Bailey runzelte die Stirn. »Ist es nicht ein bisschen früh für so hochtrabendes Gequatsche?«

»Sie lässt eben gerne die Juristin raushängen«, bemerkte Toni trocken.

»… der angemessene Zeitpunkt, um den Manager zu holen. Wie sich herausstellte, hatte der gesamte Hoteltrakt die Sache mitbekommen.« Ich machte eine Pause und schaute

Toni an. »Nur unsere Madame hier hat seelenruhig weitergeschlafen.«

Bailey kicherte, als Toni mich mit einem Bagel bewarf. Ich duckte mich gerade noch rechtzeitig, um zu hören, wie er hinter mir an die Wand flog, und nutzte die Gelegenheit, um mich mit meiner Gabel unauffällig an Baileys Avocado-Truthahn-Käse-Omelett heranzupirschen. Es war köstlich.

»Wo wir schon dabei sind, die Juristin raushängen zu lassen, Bailey«, sagte ich. »Da wir jetzt wohl einen Hauptverdächtigen für unsere Vergewaltigung haben, sollten wir alle anderen schnell auszuschließen versuchen.«

Bailey nickte. Selbst wenn wir mit ein bisschen Glück eine passende DNA-Probe bekommen sollten, konnten wir die Ermittlungen an dieser Stelle nicht abbrechen. Die Verteidigung würde es so aussehen lassen, als hätten wir uns auf den erstbesten Verdächtigen kapriziert und dabei möglicherweise den »wahren« Täter entwischen lassen.

»Von diesem zwielichtigen Sicherheitsmann habe ich noch kein richtiges Alibi«, sagte Bailey, merkte dann, dass ich meine Gabel wieder in Anschlag brachte, und zog ihren Teller vorsichtshalber weg. »Weißt du was? Du lässt mich mein Omelett verdammt noch mal alleine essen, dann verspreche ich dir auch, den Typen noch einmal unter die Lupe zu nehmen.«

»›Zwielichtig‹ und ›Sicherheitsmann‹ – ist das nicht dasselbe?«, fragte Toni.

»Irgendwie schon«, sagte ich und konzentrierte mich dabei auf ihren French Toast. Heimlich spießte ich ein Stück mit meiner Gabel auf.

»Wirst du dich je mit dem zufriedengeben, was du bestellt hast?«, fragte Toni in gespielter Empörung.

Ich ignorierte die rhetorische Frage. »Was ist mit dem Gärtner, der wegen Unzucht mit Minderjährigen vorbestraft ist?«, fragte ich Bailey.

»Ich prüfe noch sein Alibi«, antwortete sie. »Allerdings habe ich herausgefunden, dass die Sache mittlerweile als geringfügig eingestuft wird. Sie war sechzehn und ging auf die siebzehn zu, er war kaum achtzehn, blablabla. Ihr kennt diese Geschichten.«

Kannten wir. Manchmal steckte weniger dahinter, als es nach außen schien.

»Ich werde es aber weiterverfolgen, um auf Nummer sicher zu gehen«, sagte Bailey.

»Wie weit seid ihr denn in Jakes Fall?«, fragte Toni, legte ihre Serviette neben den Teller und holte Schminkspiegel und Wimpernzange aus der Tasche. Obwohl Samstag war und Toni vermutlich nichts Aufregenderes vorhatte als Wäschewaschen, würde sie wie immer perfekt aussehen. Meine Schmink-»Routine« hingegen bestand aus den Verrichtungen, für die ich gerade so die Geduld aufbrachte, daher war das Ergebnis stets offen.

»Was Jakes Leben angeht, bin ich in einer Sackgasse gelandet, deswegen hole ich jetzt Erkundigungen zu Kit ein. Den Anfang mache ich mit seinen Schulberichten«, antwortete ich. Da Bailey mich skeptisch ansah, fügte ich hinzu: »Was dagegen? Ich kenne da ein paar Leute ... Darf ich nicht ein bisschen herumtelefonieren?«

»Lass mich wissen, was du herausfindest«, sagte Bailey, legte ihre Serviette auf den Tisch und ging in Richtung Bad, wo ich eine Zahnbürste und einen Kamm für sie bereithielt.

Ich stülpte die Silberhaube über meinen Teller mit dem halb aufgegessenen Eiweiß-Omelett und trat vor den Spiegel im Wohnzimmer. Das Haar band ich zu einem Pferdeschwanz zusammen, dann wickelte ich mir einen dicken schwarzen Schal um den Hals und zog meinen warm gefütterten Trenchcoat an. Ganz in schwarz, war ich Rachel Knight, die sexy Spionin. Mit einem Klecks Sirup an der Wange, wie mir plötzlich auffiel.

Toni schlüpfte in eine meiner Jeans. »Rachel, hast du einen Mantel, den du mir leihen könntest?«, fragte sie. »Ich werde mir da draußen den Hintern abfrieren.«

Wolken waren aufgezogen, und es sah frisch aus. Ich gab ihr meinen Marinemantel. Bailey kam zurück, wirkte schrecklich munter und hielt mir die Tür auf, als ich den Servierwagen hinausschob. Dann verließen wir alle das Zimmer.

»Soll ich dich zum Büro bringen, Toni?«, fragte Bailey.

»Das wäre nett«, sagte Toni. Sie hatte ihren Wagen bei der Arbeit stehen lassen, als wir ins Charlie O's gegangen waren, und konnte im Gegensatz zu mir dem Spaziergang dorthin nichts abgewinnen. Möglicherweise lag das auch an meinen Riemchensandalen, die sie immer noch trug. Die Sachen von gestern hatte Toni in einen Wäschebeutel gesteckt und dann meinen neuen roten Pullover mit dem V-Ausschnitt angezogen.

»Der steht dir so gut, dass ich ihn fast nicht zurückmöchte«, sagte ich.

Toni warf die Haare zurück wie in der Shampooreklame. »Bloß keinen Neid, nur weil ich so attraktiv bin.« Dann lachte sie. »Dir wird der Pullover aber auch stehen. Es ist ein schönes Rot.«

Ich trat einen Schritt zurück und betrachtete sie. Das Rot war wirklich schön. Es gefiel mir, dass Toni so etwas sah.

Wir stiegen in den Aufzug, und Bailey fragte mich: »Wo willst *du* eigentlich hin?«

»Nicht weit«, sagte ich. »Nur in die Hall of Records.«

Die Hall of Records war ein moderner Wolkenkratzer, der Büros und die großen Landesarchive beherbergte.

»In die Hall of Records? An einem Samstag?«, fragte Toni.

Die Aufzugtür öffnete sich auf die Hotellobby, und wir begaben uns zum Ausgang. »Ich treffe mich mit Kevin«, sagte ich. »Das kann ich euch später erklären.« Ich wollte mein Vorhaben nicht gerne in der Öffentlichkeit diskutieren.

Eigentlich wäre ich lieber zu Fuß gegangen. Das hätte mir geholfen, einen klaren Kopf zu bekommen und meine Nerven zu beruhigen. Obwohl ich meine Smith & Wesson .357 in der Tasche hatte, war ich von den Ereignissen der letzten Nacht immer noch aufgewühlt, und so ließ ich mich von Bailey an der Ecke Temple Street, Broadway absetzen. Ich winkte den beiden nach und betrat die Hall of Records. Die mutmaßliche Todesdrohung – denn die Sylmar Sevens hatten mich sicher nicht zu einer Party einladen wollen – belastete mich mehr, als ich zugeben wollte. Andererseits meinten sie es natürlich nicht persönlich. Sie kannten mich ja nicht einmal. Mit ein bisschen Glück würde sich das aber bald ändern, und dann würden sie mich wirklich hassen. Das munterte mich auf, als ich mit dem Aufzug zu Kevins Büro hochfuhr.

Kevin Jerreau, mit dem ich gemeinsam bei der Staatsanwaltschaft angefangen hatte und der jetzt beim Jugendgericht arbeitete, hatte sich bereit erklärt, mich in seinem Büro zu empfangen. Für einen Staatsanwalt sah er erstaunlich gut aus, eher wie ein jugendlicher Surfer, und alle Frauen in unserer Ausbildungseinheit waren scharf auf ihn gewesen. Ich hatte mir immer ins Fäustchen gelacht, wenn ich sah, wie sie im Unterricht oder beim Essen unbedingt den Platz neben ihm ergattern wollten. Anscheinend hatten sie nicht gemerkt, was für mich offensichtlich war: Kevin war schwul. Wir waren uns auf den ersten Blick sympathisch gewesen. Bei der auch damals schon lausigen Bilanz meiner Beziehungen fand ich es entspannend, mit ihm meine Zeit zu verbringen. Kevin wiederum war froh, dass er es nicht mit einer weiteren schmachtenden Frau zu tun bekam, die er nur würde enttäuschen müssen. Er bekehrte mich zum Hip-Hop, weswegen ich ihn den heteromäßigsten Schwulen meines Lebens nannte. Im Gegenzug bekehrte ich ihn zum Jazz – was dazu führte, dass er sich mit einem Tenorsaxophonisten anfreundete.

Jetzt winkte er mich heran und nahm das Blatt, das ich ihm hinhielt. »Das ist der Knabe, mit dem man Jake gefunden hat?«, fragte er, als er sich von mir wegdrehte, um auf seiner Computertastatur herumzutippen.

»Ja. Und ich wurde auch schon abgemahnt, weil ich in der Sache herumschnüffele. Wenn du also …«

Kevin winkte ab. »Als du mich gebeten hast, ausgerechnet Samstag kommen zu dürfen, war mir schon alles klar.« Er blinzelte in den Bildschirm, seufzte dann und setzte seine Lesebrille auf. »Marsden High«, sagte er und schaute mich von der Seite her an. »Kennst du die Marsden High?«

Ich schüttelte den Kopf.

»Ziemlich üble Schule. Hohe Abbrecherquote.« Er wandte sich wieder dem Computer zu. »Dieser Typ war in der Mittelstufe. Hat immer nur gerade noch ausreichende Noten bekommen.« Kevin ließ die Seite weiter durchlaufen. »Oh, ich hab gelogen. In Kfz-Mechanik hatte er eine Drei. Bravo, Kit.«

»Irgendwelche Disziplinarmaßnahmen? Rausschmisse? Ich brauche irgendetwas, wo ich ansetzen kann.«

Kevin beugte sich vor. »Fünf Millionen Mal zu spät gekommen«, sagte er und scrollte weiter. »Und … eine Abmahnung wegen Schulschwänzerei.«

Bingo. Ich setzte mich auf. »Wann?«

»Vor zwei Monaten.«

»Sehr gut.« Nun kam das Entscheidende. »Hat er mit irgendjemandem zusammen geschwänzt?«

Kevin wandte sich wieder dem Bildschirm zu. »Mit zwei anderen Kids, beide von seiner Schule.« Meine nächste Frage bereits vorwegnehmend schrieb er die Namen auf einen

Block, der neben der Tastatur lag, riss den Zettel ab und reichte ihn mir.

»Du bist der Beste, Kev«, sagte ich, als ich das Papier überflog. Dann faltete ich den Zettel zusammen und steckte ihn in meine Manteltasche.

»Der bin ich, wenn auch aus ganz anderen Gründen.« Kevin lehnte sich zurück, faltete die Hände über dem Bauch und schaute mich nachdenklich an. »Warum hast du mich nicht danach gefragt?«

»Wonach?«

»Ob Jake schwul war.«

»Weil er, wenn er etwas mit Kit hatte, nicht schwul war, sondern pädophil«, antwortete ich rundheraus.

Kevin nickte mit einem traurigen Lächeln. »Danke.«

Wir wechselten einen Blick, und es berührte mich, wie schwer es immer noch war, in dieser Welt anders zu sein. Irgendwie hatte Kevin immer so gewirkt, als würde das alles an ihm abprallen.

18

Montagmorgen telefonierte ich mit dem Direktor der Marsden High. Dann rief ich Bailey an und fragte, ob sie mitkommen wolle.

»Gerade hatte ich noch gedacht, wie sehr ich die Schule vermisse«, antwortete sie und kündigte an, in zehn Minuten unten am Gerichtsgebäude zu sein.

Da es ungefähr so lange dauern konnte, bis man einen Aufzug ergatterte, nahm ich schnell einen Block und die Seite mit den Namen von Kits Mitschwänzern und machte mich auf den Weg.

Als ich die große Glastür aufschob und das Gebäude verließ, erkannte ich die Vorboten eines sonnigen, klaren Tages. Eine leicht stechende Kälte lag in der Luft, aber der Himmel war strahlend blau. Die Sonne wurde allmählich intensiver und kündete schon vom Frühling. Typisch L.A. – wir hatten bloß ein paar wenige kühlere Monate gehabt, aber die Stadt ließ selbst den leisesten Anflug eines Winters bereits in Vergessenheit geraten. Ich war froh, dass ich meinen dicken Schal zu Hause gelassen hatte.

Die Highschool lag in Sycamore, westlich vom Zentrum, in einer trostlosen Straße mit niedrigen Mieten. Die Betonbauten beherbergten Büros und familienbetriebene Lebensmittel- und Schnapsläden. Die Schule dagegen sah eher nach Ostküste aus: ein zweigeschossiger Ziegelsteinklotz mit einem breiten Zuweg, der zu zwei großen Glastüren führte. Eine war mit Sperrholzplatten vernagelt. Man würde zu Metall oder zu kugelsicherem Glas wechseln müssen. Alles in allem war es allerdings ein ehrfurchtgebietendes Gebäude, was durch den drei Meter hohen Zaun und das Metalltor noch verstärkt wurde. Bailey fuhr um die Schule herum und hielt nach einem Parkplatz Ausschau, aber die Straßen waren alle dicht. Vier Blocks weiter, neben einem unbebauten Grundstück, fanden wir schließlich eine Lücke. Die Luft war immer noch so kalt, dass unser Atem auf dem Fußweg zur Schule deutlich sichtbar war.

Zu dieser Tageszeit stand das Tor offen. Als ich hindurchtrat, hatte ich das Gefühl, ein Gefängnis zu betreten, und ich hegte keinerlei Zweifel daran, dass es den meisten Schülern allmorgendlich genauso ging. Ein Jugendlicher mit stacheligen, tiefschwarzen Haaren, Eyeliner und Piercings kam aus dem Gebäude gerannt. Hinter der offenen Tür sah ich bereits die Metalldetektoren. Ich zog meine Dienstmarke hervor, damit ich meine Waffe behalten durfte, und sah aus dem Augenwinkel, dass Bailey dasselbe tat. Es war beruhigend zu wissen, dass wir uns im Zweifelsfall den Weg hinaus freischießen konnten.

Wir betraten die riesige Vorhalle. »Schön hier«, sagte Bailey sarkastisch.

Ich antwortete mit einem grimmigen Lächeln. Das hier war vieles, aber schön war es nicht. Der Boden war mit braunem Linoleum bedeckt, die Wände hatten letztmals Farbe gesehen, als die Beatles noch auf Tour gegangen waren, und es roch nach Gummi, Schweiß und Desinfektionsmitteln. Vierzig Prozent der Haushaltsmittel von Kalifornien flossen angeblich in die Erziehung, aber der Anblick von Marsden High war kein Beweis dafür.

Juanita Esquivel, die Sekretärin des Direktors Colin Reilly, schaute uns über den Schildpattrahmen ihrer Brille hinweg an. »Kann ich Ihnen behilflich sein?«, fragte sie mit einer Stimme, die gleichzeitig streng und gelangweilt klang.

»Wir sind hier, um mit Direktor Reilly zu sprechen. Staatsanwältin Rachel Knight und Detective Bailey Keller.«

»Oh«, sagte die Sekretärin, als hätte sie soeben einen schimmeligen Joghurt im Kühlschrank entdeckt. »Nehmen Sie doch bitte Platz. Ich sage Bescheid, dass Sie hier sind.« Mit einem langen roten Fingernagel deutete sie auf unbequem wirkende Holzstühle, die neben der Tür an der Wand standen.

Ich blieb stehen, teils, um sie zu ärgern, teils aber auch, weil ich mir gar nicht ausmalen mochte, wer oder was diese Stühle zuletzt benutzt hatte. Bailey lehnte sich mit verschränkten Armen an die Wand. Ihrem Gesichtsausdruck nach zu schließen, würde Juanita gut daran tun, den Direktor schleunigst zu kontaktieren. Die Sekretärin schaute nervös zu ihr hinüber und ließ einen ausgeprägten Selbsterhaltungstrieb erkennen.

Fünf Minuten später saßen wir in dem winzigen und heruntergekommenen Büro, das der Direktor sein Eigen nannte. Minikakteen in Tontöpfen hinter dem Schreibtisch waren das einzige Zugeständnis an so etwas wie Inneneinrichtung. Was man dem Raum zugutehalten konnte, war, dass er perfekt zum Rest des Gebäudes passte.

»Nennen Sie mich bitte Colin«, sagte er, schüttelte uns die Hand und bot uns einen Platz an. Mit seinen schweren Knochen und den auf attraktive Weise grobschlächtigen Gesichtszügen erinnerte er mich an einen irischen Streifenpolizisten. Er wirkte wie jemand, der in der einen Tasche einen Knüppel und in der anderen eine Knarre versteckt hielt. Da er hier arbeitete, traf das vielleicht sogar zu. »Was kann ich für Sie tun?«

»Wir brauchen Hintergrundinformationen zu Kit Chalmers.« Ich machte eine Pause, um zu sehen, ob ihm der Name etwas sagte.

Es dauerte einen Moment, bis der Groschen fiel. »Der Junge, der umgebracht wurde. Traurige Geschichte.« Reillys Stimme brachte zum Ausdruck, dass Kit nicht der erste Schüler war, der einen gewaltsamen Tod erlitten hatte.

Zu gerne hätte ich ihn gefragt, ob das FBI ihn bereits aufgesucht hatte. Hatte es das allerdings nicht getan, wollte ich ihm keinen Grund geben, sich über unsere Anwesenheit hier zu wundern. Da er es nicht von sich aus ansprach, nahm ich an, dass sie nicht mit ihm in Kontakt getreten waren. Sofort fühlte ich mich überlegen und rebellisch gleichermaßen. Der Tag schien sich gut zu entwickeln.

»Wir wissen, dass er zwei Monate vor seinem Tod abgemahnt wurde, weil er die Schule geschwänzt hat. Wenn es ginge, würde ich gern mit den Jungen sprechen, mit denen er damals zusammen war«, sagte ich.

»Sind es Schüler der Marsden?«, fragte er. Ich nickte und nannte ihm die Namen. Er wandte sich seinem Computer zu.

»Sie sind noch an der Schule gemeldet. Die Anwesenheitslisten von heute habe ich noch nicht, daher kann ich Ihnen nicht sagen, ob sie da sind. Unseren Unterlagen zufolge haben sie damals, als sie die Abmahnung bekommen haben, beim Mini-Mart ein paar Blocks weiter rumgehangen und geraucht und geschnorrt«, sagte er trocken.

»An Details erinnern Sie sich vermutlich nicht?«

Er schüttelte den Kopf und lächelte sanft. »So etwas ist hier nicht gerade ein herausragendes Ereignis.«

»Haben Sie ein Jahrbuch, in das wir einen Blick werfen könnten?«

Er griff hinter sich in ein Metallregal und zog ein großes gebundenes Buch mit der Aufschrift MARSDEN HIGHSCHOOL heraus. Unter dem Namen befand sich das Bild von einem Marlin, einer Art Schwertfisch – Marsden Marlins, das hatte was. Er reichte Bailey das Buch. Sie schlug es auf und blätterte darin herum.

»Haben Sie etwas dagegen, wenn wir es mitnehmen?«, fragte ich.

»Nein. Bringen Sie es aber bitte wieder zurück. Es würde keinen guten Eindruck hinterlassen, wenn der Direktor kein Exemplar des Jahrbuchs mehr hätte.« Reilly schaute auf die Uhr. »Sonst noch was?«

»Haben Sie zufällig irgendetwas, das Kit hier zurückgelassen hat?« Das war ein Schuss ins Blaue, aber ich musste es einfach versuchen.

»Ich weiß, dass wir sein Schließfach ausgeräumt haben. Da war allerdings nichts drin außer ein paar Schulbücher und ein bisschen Gras«, sagte er. »Ich könnte aber seine Vertrauenslehrerin noch einmal fragen.«

»Das würde uns sicher weiterhelfen«, sagte ich.

Ich schaute mit Bailey ins Jahrbuch, als Reilly die Lehrerin anrief. Nachdem er wieder aufgelegt hatte, sagte er: »Sie hat sein Handy konfisziert, als er das letzte Mal in der Schule war.«

Ein Handy! So abhängig, wie die Kids heutzutage davon waren, wäre das der Hauptgewinn für uns, ein Fort Knox der Informationen. »Hat sie es noch?«

»Das werden wir gleich erfahren. Sie ist auf dem Weg hierher.«

Ms Wilder, die Vertrauenslehrerin, stand kaum eine Minute später in der Tür und sah mit ihren braunen Locken so jung aus, dass sie glatt für eine Schülerin durchgehen könnte. Ihre Hände waren leer. Mist.

Wir stellten uns einander vor, dann sagte sie: »Ich möchte Ihnen wirklich gerne helfen. Allerdings weiß ich nicht so genau …« Unsicher griff sie in die Tasche ihrer dicken Strickjacke und holte den heiligen Gral heraus: Kits Handy. Ich klammerte mich an die Armlehnen, um mich zu bremsen und es ihr nicht gewaltsam abzunehmen.

»Sie meinen, ob Sie uns das Handy zeigen sollten?«, fragte ich und listete innerlich die Gründe auf, warum sie es trotzdem tun sollte. Ihre Augen irrten durch den Raum, als sie die Angelegenheit bedachte. »Haben Ihre Bedenken mit dem Schutz der Privatsphäre zu tun?«

Dankbar sah sie mich an. »Ja. Irgendwie habe ich das Gefühl, dass ich … dass ich ihm diesen Respekt schuldig bin, verstehen Sie?«

Ich schenkte ihr meinen seriösesten »Da bin ich vollkommen Ihrer Meinung«-Blick und sagte: »Ja, das verstehe ich.« Sofort wurde meine Nase ein Stück länger. »Andererseits denke ich, dass Kit es selbst wollen würde, dass wir sein Handy bekommen, wenn wir auf diese Weise seinen Mörder finden können. Meinen Sie nicht?«

»Aber wir wissen doch längst, wer ihn getötet hat, oder etwa nicht?«, fragte sie stockend. Sie war eine vorsichtige Person. Klare Aussagen waren nicht ihre Stärke.

»Nicht unbedingt«, sagte ich und schaute sie an, als würde ich ihr die Geschichte wahnsinnig gerne erzählen. »Es gibt immer noch einige offene Fragen.«

»Oh.«

Ich spürte, dass Bailey innerlich würgte. Viel Geduld würde sie für diesen Eiertanz nicht mehr aufbringen. Das konnte ich ihr nicht verübeln, aber mir war auch klar, dass ein direkter Zugriff bei dieser Frau kontraproduktiv sein würde.

»Wäre Ihnen wohler bei der Sache, wenn wir uns das Handy einfach für eine Weile ausleihen würden, um ein paar von Kits Freunden ausfindig zu machen?«, fragte ich.

Sie runzelte die Stirn. »Nun, ich denke … das wäre wohl okay. Wie ich schon sagte, ich möchte Ihnen gerne behilflich sein. Es ist nur …«

»Okay, dann lassen Sie es uns so machen«, sagte ich und streckte die Hand aus.

Widerwillig legte sie das Handy hinein. Ich gab mir Mühe, mein Triumphgefühl unter Kontrolle zu halten.

Erleichtert, dass sie die Last los war, zog sie ein Taschentuch aus der Tasche und betupfte sich die Augen. »Wenn ich damals gewusst hätte, dass ich ihn zum letzten Mal sehe, hätte ich ihm wenigstens gesagt, für wie besonders ich ihn halte.«

»Inwiefern besonders?«, fragte ich.

Misstrauisch schaute sie mich an, als wollte ich mich über sie lustig machen. Da mein Gesichtsausdruck vollkommen neutral war, entspannte sie sich wieder. »Er war klug, und er war ein Träumer. Hätte er die Unterstützung einer Familie gehabt, wäre er sicher irgendwann aufs College gegangen und später vielleicht Schauspieler geworden. Er sah ziemlich gut aus.«

Ms. Wilder seufzte. Dann schaute sie auf die Uhr und erklärte, sie müsse ins Büro zurück. Da mir das Handy ein Loch in die Tasche brannte, verabschiedete ich mich schnell und bedankte mich bei Direktor Reilly. Es war fast Mittag, und als wir in den Flur hinaustraten, schlugen Wellen misstönender Teenagerstimmen über uns zusammen. Ich schaute in die Richtung, aus der sie kamen, und blickte dann Bailey an.

»Wollen wir?«, fragte ich.

19

Der Lärm führte uns zu einer Cafeteria von der Größe eines Football-Felds. Sie wurde von hunderten von Jugendlichen bevölkert, die das Angebot hinter den Glasscheiben der an den Saalwänden aufgestellten Servierwagen studierten. Kids mit Akne, bunten Haaren, Piercings, Tätowierungen, und dann noch ein paar von denen, die man zu meiner Zeit Streber genannt hätte.

Ich starrte in die Menge und fragte mich, wer Kits Freunde sein mochten. Aber selbst wenn ich gewusst hätte, wie sie aussehen, könnte ich genauso gut mit bewegten Figuren *Wo ist die Maus?* spielen. Dann kam mir eine Idee. Ich holte das Handy heraus, schaltete es an und hoffte, dass der Akku noch nicht ganz leer sein würde. Viel Saft war nicht mehr drauf, aber für das, was ich vorhatte, reichte es. Ich ließ die Liste der letzten Kontakte durchlaufen. Als ich die drei meistgewählten Nummern identifiziert hatte, stellte ich zu der ersten eine Verbindung her. Da man in dem Lärm kaum etwas hören konnte, blickte ich in den Saal und hielt nach einer bestimmten typischen Bewegung Ausschau. Vergeblich. Bailey schüttelte den Kopf. Offenbar hatte sie ebenfalls nichts bemerkt. Ich wählte die zweite Nummer und blickte wieder in den Raum. Diesmal sah ich, wie in einer Gruppe von Jungs ein Asiate mit Pferdeschwanz nach seinem Handy griff. Einer spontanen Eingebung folgend wählte ich die dritte Nummer.

Und hatte Glück. Neben dem Asiaten stand ein schwarzer

Junge mit altmodischem Afrolook und holte sein Handy heraus. »Ja?«, meldete er sich.

»Vermisst du Kit?«, fragte ich.

Ich sah, wie seine Gesichtszüge entgleisten, auch wenn ich mir da von meinem Standort aus nicht sicher sein konnte. Das Handy noch am Ohr, weil ich auf eine Antwort wartete, machte ich Bailey auf ihn aufmerksam. In einem großen Bogen begaben wir uns dorthin, um uns hinter ihm zu postieren. Aus der Nähe sah ich, dass er das Handy immer noch ans Ohr hielt, obwohl keine Worte aus seinem Mund kamen.

Schließlich fragte er: »Wer ist da?«

Als ich etwa drei Meter von ihm entfernt war, sagte ich: »Dreh dich um.«

Er tat es und entdeckte uns. Sofort zupfte er den asiatischen Jungen am T-Shirt. Beide wichen zurück. Bevor sie abhauen würden, rief ich: »Tut das nicht.« Da sie sich weiter zurückzogen, fügte ich hinzu: »Ich kenne eure Namen. Wir werden euch finden, wann immer wir wollen.«

Die Schüler, die nah genug waren, um uns zu hören, waren plötzlich still und schauten gespannt zu. Von Autoritäten ließen sich diese Kids nicht so ohne Weiteres einschüchtern. Wenn die beiden eine Schlägerei beginnen würden, wäre ihnen die Hilfe etlicher Freunde gewiss, und dies war kein Ort, an dem wir unsere Waffen ziehen könnten. »Wir sind nicht hier, um irgendjemandem was anzuhängen. Wir haben nur ein paar Fragen. Das ist alles.«

Die beiden blieben stehen und schauten mich und vor allem Bailey argwöhnisch an, ließen uns allerdings jetzt näher kommen. Die anderen Schüler wandten sich wieder ihren Gruppen zu, behielten uns aber unauffällig im Blick.

»Du bist Eddie«, sagte ich zu dem asiatischen Jungen. »Und du Dante«, sagte ich zu dem anderen. Mein Schwulenradar sagte mir, dass Eddie vom anderen Ufer war. Dante dagegen schien hetero zu sein. Klar zu erkennen war das nicht, da sie sich nicht anders kleideten als alle anderen in der wuselnden Masse hier auch. Es hatte eher etwas mit der Art zu tun, wie sie standen und sich bewegten.

Statt die Korrektheit der Namen zu bestätigen, schauten sie uns einfach nur ausdruckslos an. *Beweist uns das erst mal.* Waren Kids heutzutage wirklich so viel cooler? Oder galt das nur für diese beiden?

»Ist euch je zu Ohren gekommen, dass Kit etwas mit einem Staatsanwalt hatte?«, fragte ich.

Das provozierte endlich eine Reaktion. Beide schüttelten den Kopf, und Dante sagte: »Sie meinen den Typen, der ihn umgebracht hat, oder?«

»Richtig«, sagte ich und unterdrückte das Bedürfnis, Jake zu verteidigen. Dies war nicht der richtige Zeitpunkt dafür. »Habt ihr Kit je über einen Mann namens Jake reden hören?«

Wieder schüttelten sie, ohne zu zögern, den Kopf.

»Nein«, sagte Eddie.

»Nie«, schloss Dante sich an.

Sie schienen die Wahrheit zu sagen. Offenbar wussten sie wirklich nichts von irgendeinem Staatsanwalt oder von Jake.

»Wisst ihr, ob Kit irgendwelche Stammkunden hatte?« Die Wahrscheinlichkeit, dass sie eine solche Information – falls sie es überhaupt wussten – mit mir teilen würden, war eher gering. Aber was hatte ich schon zu verlieren? Aufmerksam beobachtete ich ihre Reaktion. Dante starrte schweigend zum Fenster, das auf die Straße hinausging. Eddie dagegen schüttelte den Kopf.

»Wenn, dann hat er sie mir gegenüber jedenfalls nicht erwähnt«, antwortete er, um dann in gespielt tuntenhaftem Tonfall hinzuzufügen: »Vermutlich wollte er keine Konkurrenz.«

»Das wäre auch meine Vermutung«, sagte ich.

Eddie lächelte flüchtig. Ich wandte mich seinem Freund zu. »Dante?«

Dante atmete aus und schüttelte den Kopf. Seine Augenbrauen runzelten sich leicht. »Ich kann mich nicht erinnern, dass er je über Stammkunden gesprochen hätte.«

Die Antwort wirkte ehrlich, daher ging ich zum nächsten Thema über. »Wann habt ihr Kit zum letzten Mal gesehen?«

Beide zuckten mit den Achseln.

»Ihr erinnert euch nicht? Ernsthaft? Ein Freund von euch wird ermordet, und ihr könnt euch nicht erinnern, wann ihr ihn zum letzten Mal gesehen habt?«

Dante schaute in der Cafeteria herum, und Eddie blickte aus dem Fenster, aber keiner beantwortete meine Frage. Fast konnte ich spüren, wie sie ihren Abgang planten. Aus irgendeinem Grund hatten beide gleichzeitig beschlossen, dass sie sich nun kooperativ genug gezeigt hatten. Bailey wirkte, als würde sie sich gerne einmischen und etwas mehr Überzeugungskraft ins Spiel bringen, aber wir hatten nichts, womit wir drohen konnten – zumindest jetzt noch nicht. Jetzt wäre es klüger, sich zurückzuziehen und den Eindruck zu hinterlassen, dass wir auf der Seite der Guten standen.

»Was auch immer ihr über Kit denkt, ihr wisst, dass das, was ihm angetan wurde, nicht richtig ist. Wenn ihr uns helft, wird es niemand erfahren. Ich verspreche euch, dass wir es für uns behalten.« Was sogar stimmte. Ich *musste* es für mich behalten, wenn ich meinen Job nicht verlieren wollte. Allerdings verspürte ich nicht das Bedürfnis, diesen Burschen das unter die Nase zu reiben. Ich gab ihnen meine Karte und bat sie, mich anzurufen. Dann drehte ich mich um und ging. Bailey schaute sie noch einmal streng an und folgte mir.

Über hundert Augenpaare beobachteten unseren Abgang. Wir verließen die Schule, und ich stieß einen Stoßseufzer aus, als wir die Straße erreichten. Die Bürgersteige waren noch vergleichsweise unbevölkert, wenn man mal von den kleinen Lebensmittel- und Schnapsläden absah, die eine Welt für sich waren. Schnell legten wir die vier Blocks zu Baileys Auto zurück und schwiegen, beide in Gedanken versunken. Meine galten meinen entschieden unerfreulichen Erinnerungen an die Highschool. Für Bailey galt offenbar dasselbe.

»Highschool ist echt beschissen«, meinte sie angewidert.

»Genau das habe ich auch gerade …«

In diesem Moment – wir waren nur noch wenige Schritte von Baileys Wagen entfernt – war plötzlich das Geräusch eines Schusses zu hören, der aus nächster Nähe abgegeben worden sein musste.

»Heilige Scheiße!«, rief Bailey.

Wir stürzten beide zu Boden. Ich sah, wie eine Kugel vom Bürgersteig abprallte und wenige Zentimeter vor meinem Gesicht einen Betonregen aufspritzen ließ. Der nächste Schuss zerriss mir beinahe das Trommelfell. Er war aus noch größerer Nähe abgegeben worden. Diesmal hörte ich die Kugel gegen den Hydranten vor mir knallen.

Alles schien in Zeitlupe abzulaufen, als wir unsere Waffen zogen und gleichzeitig hinter einem parkenden Wagen in Deckung gingen. Ich hielt meine Pistole vorgestreckt, obwohl ich nicht wusste, wohin ich zielen sollte. Meine Ohren dröhnten noch von dem Schuss. Rasch schaute ich mich in der Gegend um, aber es war nichts zu erkennen – wenn man mal von den Leuten absah, die während ihres Einkaufs vor Schreck fast aus den Latschen gekippt waren. Eine Grapefruit und zwei Avocados rollten aus einer Obsttüte, die jemand hatte fallen lassen, als er sich in Sicherheit gebracht hatte.

Wir gingen in die Hocke und lugten, die Pistole im Anschlag, durch die Autofenster hindurch. Immer noch nichts zu sehen. Bailey nickte zu ihrem Wagen hinüber und bedeutete mir, den Kopf unten zu behalten. *Was du nicht sagst,* dachte ich und verkniff mir die Bemerkung, dass ich eigentlich in hohen Sprüngen hinüberhüpfen wollte. Geduckt watschelten wir zu Baileys Wagen.

Vom Beifahrersitz aus krochen wir hinein, weil wir so in Deckung bleiben konnten. Sobald wir drin waren, beugte sich Bailey übers Steuer, warf den Motor an und schoss mit quietschenden Reifen los. Ich hing tief in meinem Sitz und versuchte, über das Armaturenbrett hinweg zu bestimmen, wo die Schüsse hergekommen waren. Leider kamen viele Orte in Frage – die Gasse zwischen der Tankstelle und dem koreanischen Akupunkturladen, ein Fenster über dem armenischen Lebensmittelgeschäft, unendlich viele geparkte Autos. Ich gab es auf und blieb tief in meinem Sitz versunken, während Bailey mit einem solchen Tempo durch die Straßen kachelte, dass mein Magen etliche Blocks zurückblieb.

Als der Adrenalinschub ein wenig abebbte, fragte ich mich endlich, wer das getan haben könnte. Der Angriff musste uns ganz gezielt gegolten haben. Bei einem zufälligen Zusammenstoß mit Mitgliedern einer Gang hätte es ein Vorgeplänkel gegeben, das übliche »Was wollt ihr denn hier?« und so. Außerdem würde man es wohl kaum auf zwei Frauen unseres Alters absehen. Die Unverfrorenheit des Angriffs hatte allerdings schon etwas von dem Gehabe einer Gang, was wiederum darauf schließen ließ, dass nur die Sylmar Sevens dahinterstecken konnten. Als Bailey uns aus der Gegend herausgebracht hatte und wieder so fuhr, dass Konversation nicht in eine lebensbedrohliche Angelegenheit ausarten würde, sagte ich: »Wenn du mich fragst, waren das die Sevens.«

Bailey, die immer noch ständig in den Rückspiegel schaute, nickte kurz. »Ziemlich weit weg von ihrem Revier.«

»Genau wie mein Hotel. Von den beiden Orten können sie überhaupt nur erfahren haben, indem sie uns vom Gerichtsgebäude aus gefolgt sind.«

»Stimmt«, bestätigte Bailey.

»Dabei habe ich aus allem, was ich in Erfahrung bringen konnte, nicht den Eindruck gewonnen, dass die Sylmar Sevens eine ganz große Nummer sind. Versteh mich nicht falsch, sie haben sicher genug auf dem Kerbholz. Trotzdem kann ich mir nicht vorstellen, dass Revelo wichtig genug ist, um diesen ganzen Aufstand zu rechtfertigen ... und das Risiko«, sagte ich.

Bailey bog nach rechts ab, in Richtung der Brücke, die uns über den Freeway ins Zentrum führen würde.

»Das Risiko hielt sich bislang in Grenzen. Wir haben schließlich niemanden geschnappt, oder?«, sagte sie trocken.

Da hatte sie nicht ganz Unrecht. »Na ja, möglich wär's. Vielleicht haben sie sich mit einer größeren Gang zusammengetan, und Revelo ist der neue Boss ...«

Ich beendete den Gedanken innerlich. Somit würden die Babygangster der neuen, schlagkräftigeren Sylmar Sevens ihren neuen Boss zu beeindrucken versuchen, indem sie die Staatsanwältin, die ihm Ärger machte, aus dem Weg schafften. Aus ihrer Sicht konnten sie dabei nur gewinnen. Wurden sie nicht geschnappt, waren sie Helden. Wurden sie geschnappt, waren sie erst recht Helden. Keine besonders tröstlichen Aussichten für mich.

»Wenn wir den Vorfall melden wollen, sollten wir besser zurückfahren und es sofort tun«, sagte Bailey, während sie weiter über den Broadway in Richtung Gerichtsgebäude fuhr.

Die Sirenen, die jetzt in der Ferne zu hören waren, aber schnell näher kamen, ließen darauf schließen, dass uns für unsere Entscheidung nicht viel Zeit blieb.

20

Eine leichte Entscheidung war es nicht. Zunächst ging ich davon aus, dass wir die Schießerei melden müssten. Je länger ich allerdings darüber nachdachte, desto logischer kam es mir vor, von einer zufälligen Schießerei im Zusammenhang mit Revierstreitigkeiten auszugehen. Schließlich war es eine bekannte Bandengegend, in der die Sylmar Sevens nichts zu bestellen hatten. Würden wir die Schießerei melden, hätte das außerdem die unerfreuliche Konsequenz, dass ich – wenn ich Glück hatte – rund um die Uhr bewacht werden würde, und das wäre definitiv das Aus für meine Arbeit an Jakes Fall. Wenn ich Pech hatte, würde man mich drankriegen, weil ich meine Nase in einen Fall gesteckt hatte, der ausdrücklich tabu für mich war. Und das war ein Feuerungsgrund.

Ich ließ Bailey an meinen Gedanken Anteil haben. »Zugegebenermaßen werden unsere Chancen, Jakes Fall zu lösen, deutlich schrumpfen, wenn wir tot sind. Wenn ich aber richtig liege und dies eine zufällige Schießerei war, dann verurteilen wir uns ohne Not zur Untätigkeit.«

Bailey passte das nicht, aber ich konnte sie schließlich überreden … unter einer Bedingung. »Du verlässt das Büro nicht mehr ohne mich. Nie. Und du gehst nie vor acht zur Arbeit.«

Damit konnte ich leben. Schließlich war ich ja nicht gerade als Frühaufsteher bekannt.

»Und wenn du rausgehst, trägst du eine kugelsichere Weste.«

Das brachte mich sofort auf den Teppich zurück. Diese Dinger hasste ich wie die Pest. Steif, heiß, unbequem. Und das Schlimmste war, dass man wie Frankenstein aussah. Ich öffnete den Mund zum Protest, aber Bailey hob die Hand. »Keine Widerrede, Knight.«

Als ich am nächsten Morgen meinen Kleiderschrank öffnete, schien mir allerdings nicht der richtige Tag zu sein, um mich in eine kugelsichere Weste zu quetschen. Ich war mit Graden Hales zum Mittagessen verabredet, was bedeutete, dass ich mich ohnehin schon zur Genüge mit Kleiderfragen beschäftigen musste. Über Körperschutz-Couture konnte ich mir da nicht auch noch Gedanken machen. Da ich für diese Dinge nicht viel Geduld aufbrachte, hatte ich in der Regel nach drei Minuten entschieden, was ich anzog. Heute ertappte ich mich jedoch dabei, wie ich ewig lange das Angebot in meinem Kleiderschrank studierte. Wie Dita von Teese musste ich nicht unbedingt aussehen, aber Gertrud vom Sicherheitsdienst sollte es auch nicht sein. Raffiniert, aber nicht obszön – in die Richtung sollte es gehen. Gar nicht so leicht, wie es sich anhört. Mein kobaltblauer Pullover schmeichelte mir, lag aber zu eng an. Meine gestärkte weiße Bluse mit den metallenen Manschettenknöpfen passte gut in den Gerichtssaal, war aber zu männlich und zu geschäftsmäßig. Schließlich entschied ich mich für einen anthrazitfarbenen Kaschmir-Rollkragenpullover, der dünn genug war, um in eine hochgeschnittene Wollhose zu passen. Dazu zog ich flache Stiefel an, denn im Zentrum ging man meistens zu Fuß zum Mittagessen, und ich wollte nicht auf hohen Hacken etliche Blocks entlanghumpeln. Jetzt musste ich mich nur noch für die Überbekleidung entscheiden.

Ich fragte mich, welche Jacke über die wuchtige Schutzweste passen würde, und trat auf den Balkon, um das Wetter zu prüfen. Es war frisch, aber der Himmel war von einem intensiven Blau, das nicht auf Wolken schließen ließ, und die Sonne war ein strahlender Diamant, der versprach, dass es nicht lange kalt bleiben würde. In der Luft, die wie gewaschen wirkte, war keinerlei Smog zu erkennen. An solchen Tagen dachte ich, dass es so in L.A. in den Dreißigern gewesen sein musste. Schließlich entschied ich mich für einen weiten cremefarbenen Blazer, musste dann aber die Beretta einstecken, weil die Taschen für die Smith & Wesson nicht groß genug waren. Für gewöhnlich hätte ich mich auf einen solchen Kompromiss nicht eingelassen, aber da ich die Weste trug, fühlte ich mich ohnehin schon bis an die Zähne bewaffnet. Außerdem würde ich den ganzen Tag mit Polizisten zusammen sein – und die waren ja mit größeren Kalibern ausgestattet.

Auf dem Weg zum Büro redete ich mir ein, dass ich ziemlich schnell ging und mit der aeroben Wirkung all die Gymnastikstunden, die ich in letzter Zeit verpasst hatte, locker aufholte. In meinen Bemühungen wurde ich allerdings entschieden von der steifen, schweren Weste behindert, die mir das Gefühl gab, an einem Gebäude hochzuklettern. Nach nur zwei Blocks war ich schon außer Atem. Wenn mich jetzt jemand erschießen wollte, wäre die Weste meine einzige Hoffnung, denn ich würde nicht weglaufen können. Während ich mich dahinschleppte, dachte ich noch einmal über die Schießerei nach und kam immer stärker zu der Überzeugung, dass es Zufall gewesen sein musste. Vermutlich würden wir nie erfahren, was für Munition auf uns abgefeuert worden war, aber ich war trotzdem froh, dass wir es nicht gemeldet hatten. Irgendjemand – vielleicht einer der Lehrer der Marsden High – musste es allerdings getan haben, den Sirenen nach zu urteilen.

Ich legte einen Schritt zu und hielt verstohlen nach überweiter Kleidung und Tätowierungen Ausschau. Selbst dem Mann, der an einem Karren Churros verkaufte, warf ich einen eindringlichen Blick zu. Seine Hose wirkte ziemlich geräumig. Er hatte mein Interesse bemerkt und schenkte mir etwas, das wohl einst ein sexy Lächeln gewesen war. Er sah aus wie neunzig, und an seinem Lächeln müsste er dringend arbeiten. Vermutlich war es eine Weile her, dass jemand die traurigen Überreste in seiner Hose begutachtet hatte.

Erleichtert atmete ich auf, als ich endlich die Tür zum Gerichtsgebäude aufschob. Ich rannte zum Aufzug. Plötzlich ließ mich ein vertrauter Anblick erstarren. Dieser dichte, grau melierte Schopf. Diese klangvolle Baritonstimme. Kein Zweifel. Es war Daniel Rose, mein Ex. Mein Herz klopfte langsam und kräftig, als ich ihn mit ein paar Staatsanwälten vor den Aufzügen plaudern sah. Mein Blickfeld verschwamm, und mir blieb der Atem weg. Schnell drehte ich mich um und mischte mich unter die Menschen beim Metalldetektor. Ausgerechnet heute musste ich Daniel über den Weg laufen. Seit unserer Trennung hatte ich nicht viele Dates gehabt, und mein letztes – eine Mini-Kaffeepause im Café des Ahmanson-Theater – lag bereits vier Monate zurück. Ich fühlte mich vom Schicksal überrumpelt. Vorsichtshalber wartete ich, bis sein Aufzug kam, und atmete erst wieder auf, als ich das *ping* hörte und die Tür zugehen sah. Mit schweren Beinen schleppte ich mich zum nächstgelegenen Fahrstuhl und drückte auf den Knopf. Als ich im achtzehnten Stock aus der Kabine trat, stieß ich auf Toni.

»Ach, du bist es!«, sagte sie. Dann blieb sie stehen und schaute mich an. »Was ist denn mit dir los? Alles okay?«

Ich nickte wortlos, da ich nicht vor der ganzen Welt in Tränen ausbrechen wollte. Toni zog mich in die Damentoilette auf der anderen Flurseite. Gott sei Dank hatten wir sie für uns.

»Ich habe gerade Daniel unten gesehen«, sagte ich leise.

Ich schluckte, da ich einen Kloß im Hals hatte.

»Oh Gott. Das tut mir leid.« Toni legte ihren Arm um mich und tätschelte mir den Rücken.

Ich überließ mich der Umarmung und genoss den Trost für einen Moment, dann entzog ich mich wieder. »Danke, Toni«, sagte ich. »Manchmal hab ich das Gefühl, ich komme nie über ihn hinweg, und ich bin es leid, mich so zu fühlen.«

»Du wirst dich so lange so fühlen, bis du tatsächlich über ihn hinweg bist. Du weißt, was ich meine, oder?«

»Nein, nicht wirklich.«

»Na, es tut so lange weh, bis es eben nicht mehr weh tut. Es dauert einfach eine Weile«, sagte sie sanft. »Wahrscheinlich wirst du immer irgendetwas fühlen, wenn du an Daniel denkst, schließlich ist er ein netter Typ. So ist das eben mit den netten Typen.«

Ich nickte.

»Außerdem hast du nie wirklich versucht, jemand anderen kennen zu lernen. Das hält die Wunde natürlich offen.« Toni schaute mich eindringlich an.

Ich erwiderte ihren Blick und schaute dann schnell weg. Mindestens sechs Monate lang hatten Toni und Bailey versucht, mich wieder ins Spiel zu bringen, aber bislang hatte ich es nicht über eine Tasse Kaffee hinausgeschafft. Von meinem Date mit Graden erzählte ich ihr lieber nichts, weil ich ernsthaft daran dachte, es abzusagen, was Toni mir wiederum sofort ausreden würde. Wahrscheinlich hatte ich ihr bislang noch nichts davon erzählt, weil ich tief in meinem Innern spürte, dass ich mich der Sache entziehen wollte.

Ich umarmte sie noch einmal.

Toni löste sich von mir, packte meine Schultern und sah mir in die Augen. »Geht es dir jetzt besser?«

Ich nickte. »Die Arbeit ruft«, sagte ich mit einem schuld bewussten Lächeln.

»Deine große Zuflucht«, stimmte sie zu. »Ich bin da, wenn du mich brauchst. Okay?«

»Ja.« Mir war allerdings klar, dass ich nicht darüber reden wollte. Das tat ich nie.

Toni schaute mich vielsagend an. Sie wusste das auch.

Wir gingen wieder in den Flur hinaus. Das *ping* vom Aufzug erklang, und Toni eilte hin. Sie trat in die Kabine und warf mir eine Kusshand zu. Ich lächelte und warf eine zurück. Dann tippte ich an der Etagentür den Sicherheitscode ein und begab mich zu meinem Büro. Als ich an Erics Vorzimmer vorbeikam, hob ich die Hand, um Melia zuzuwinken, aber die starrte in ihren Schoß, weil sie unter dem Tisch heimlich eines ihrer Klatschblätter las. Eric war also offenbar in einer Sitzung, denn sie war klug genug, sich nicht erwischen zu lassen.

Auf dem Weg zu meinem Büro versuchte ich, das Polizeisiegel an Jakes Tür nicht zu beachten. Das grellgelbe Absperrband war wie eine offene Wunde. Ein Teil von mir wünschte, man würde es endlich abnehmen, aber ein anderer Teil freute sich, dass man den Fall anscheinend noch nicht ad acta gelegt hatte.

Guter Dinge betrat ich mein Büro und hörte, dass es auf der internen Leitung klingelte. Rasch schlüpfte ich aus dem Blazer und machte mich, während ich den Hörer abnahm, an meiner kugelsicheren Weste zu schaffen. Es war Melia.

»Mark Baransky wegen des …« Melia verstummte, weil sie den Fall, den ihr Mark vor wenigen Sekunden genannt haben dürfte, schon wieder vergessen hatte. *Armes Ding*, dachte ich. *Es muss hart sein, sich dumme, alte Fallnamen zu merken, wenn man sich eigentlich auf so wichtige Dinge konzentrieren muss wie die Frage, welcher Promi die Tochter der Frau welchen anderen Promis vögelt.*

»Wegen des Falls Duncan. Ich weiß schon, Melia«, sagte

ich, schaltete auf die Leitung mit dem blinkenden Licht um und kickte die Weste unter den Schreibtisch. Dass ich sie trug, erfuhr besser niemand, sonst würde es Fragen geben.

»Hallo, Mark. Ist er endlich bereit zu einem Geständnis?« Sein Mandant, Ramon Duncan, hatte bei einem Einbruch einen Mann und seine Ehefrau umgebracht und sollte die Todesstrafe bekommen. Ich hatte dem Verteidiger allerdings gesagt, dass ich die hohen Tiere von der Staatsanwaltschaft vielleicht bereden könnte, auf lebenslänglich ohne Bewährung zu gehen, wenn sich sein Mandant in allen Anklagepunkten schuldig bekennen würde.

»Klar, aber er bittet trotzdem um die Todesstrafe. Er weiß, wie beschäftigt ihr alle seid, und möchte euch nicht mit einem Gerichtsverfahren belästigen.«

Anwälte sind Witzbolde. »Da bin ich aber froh, dass das endlich jemand begreift. Sag deinem Mandanten, dass ich einen Brief in seine Akte lege, in dem wir ihm für alle seine Tipps über die Arische Bruderschaft danken.« Die Erwähnung von Aussagen über die berüchtigte Gefängnisbande würde ihn innerhalb weniger Minuten das Leben kosten.

»Knight, du treibst es zu weit.« Er lachte, ein wenig verunsichert.

Ich stimmte nicht mit ein. Lass ihn sich winden. »Worum geht's also?«

»Ich wollte ein paar Anträge einbringen und ein paar Beweise anfechten. Allerdings habe ich eine Griechenlandreise geplant, daher werde ich es nicht bis zur nächsten Sitzung schaffen. Ich brauche mehr Zeit«, erklärte Mark.

»Lass mich sichergehen, dass ich dich richtig verstanden habe: Du möchtest, dass ich deinen Fall auf die lange Bank schiebe, damit du Urlaub machen kannst, um dann zurückzukommen und mir die Sache um die Ohren zu hauen.«

»So ungefähr. Das ist doch nur fair, oder? Falls du mal eine

Reise geplant haben solltest, werde ich dir auch einen Aufschub ermöglichen. Sind wir im Geschäft?«

Damit rieb er nur Salz in die Wunde. Nicht nur, dass ich gar keine Zeit hatte, irgendwohin zu fahren, ich könnte es mir auch gar nicht leisten – schon gar nicht nach Griechenland.

»Ich werde demnächst auf dein Angebot zurückkommen«, sagte ich sarkastisch.

Verteidiger mussten sich mit dem Schicksal abfinden, dass sie es mit Kriminellen zu tun hatten, aber ihr Gehalt war ein schönes Trostpflaster. »Du bist ein solcher Idiot, Mark. Was für ein Datum stellst du dir vor?«, fragte ich und schaute in meinen Kalender.

Danach raste der Morgen dahin. Ich hatte eine Menge Arbeit nachzuholen, und als ich alle wichtigen Anrufe getätigt und entgegengenommen hatte, war es bereits zwölf Uhr. Nach dem missratenen Start in den Tag hatte ich die Lust aufs Mittagessen verloren. Gerade begann ich zu hoffen, dass er mich versetzt hatte, als Lieutenant Graden Hales anrief.

»Wollen wir uns vor dem Gerichtsgebäude treffen?«, fragte er.

Mein »sicher« kam etwas frostiger daher als beabsichtigt. Ohne große Begeisterung legte ich Lipgloss und Lidschatten auf, versuchte anschließend vergeblich, etwas Fülle in mein Haar zu bringen, und warf schließlich den Blazer über. Auf die kugelsichere Weste glaubte ich verzichten zu können – immerhin hatte ich ein Date mit einem Polizisten. Ich schnappte mir meine Handtasche, und während ich zum Aufzug eilte, überlegte ich mir, wie ich die Sache so schnell wie möglich hinter mich bringen konnte.

21

Als ich hinaustrat, war weit und breit nichts von ihm zu sehen, also schaute ich auf die Uhr, ob ich die Fahrt mit dem Aufzug vielleicht ungewöhnlich schnell bewältigt hatte. Nein, es war schon Viertel nach zwölf. Vielleicht hatte er es aufgegeben? Ich spürte eher Erleichterung als Enttäuschung und wollte schon ins Gebäude zurückgehen, als jemand in einem neuen schwarzen BMW 750Li penetrant auf die Hupe drückte. Ich schaute in alle Richtungen, um zu sehen, wer da mal wieder schwer von Begriff war. Jetzt verließ der Wagen vor dem BMW den Halteplatz, und der BMW zog nach. Das Fenster auf der Beifahrerseite glitt herunter. Der Fahrer beugte sich herüber.

»Tut mir leid, ich hatte vergessen zu sagen, dass ich mit dem Auto komme«, entschuldigte sich Graden.

Und auch, mit *was* für einem Auto. Was machte ein Bulle mit einem Hunderttausenddollarwagen? Vielleicht gehörte er zu diesen Leuten, die in einer Absteige wohnen, um einen fetten Schlitten fahren zu können. Irgendwie hätte ich ihm das nicht zugetraut.

»Kein Problem, Lieutenant.« Ich stieg ein und fragte mich, auf was ich mich da eingelassen hatte.

Er schaute mich an und lächelte. »Wäre ›Graden‹ okay für Sie? Oder wenigstens ›Hales‹?«

»Ich denke, ›Graden‹ könnte ich schaffen.« Ich bat ihn nicht, mich Rachel zu nennen.

Er zog in den Verkehr hinaus. Ich schaute ihn von der Seite her an und bemerkte eine leichte Sonnenbräune, mitten im Winter. Was hatte das alles zu bedeuten? Außerdem trug er ein teuer aussehendes Sportsakko und ein weißes, oben offenes Hemd. Aus dem Ausschnitt schaute dezent das Brusthaar heraus. Kein Goldkettchen, immerhin. Ich ließ mich in den bequemen Ledersitz sinken. Die Straßen wimmelten von aggressiven Autofahrern und Fußgängern, die von den Bürgersteigen herabdrängten und sich durch das Verkehrschaos kämpften. Als Graden es aus dem Gewusel herausgeschafft hatte und sich Richtung Beaudry hielt, fragte ich: »Wohin fahren wir eigentlich?«

»PDC. Mir ist nach einer Bloody Mary. Klingt das gut?«

Das klang mehr als gut. Das Pacific Dining Car war ein alter Speisewagen der Eisenbahn, der in ein intimes Restaurant im Stile von Frank Sinatra und Dean Martin umgebaut worden war. Großartigen Hummer und Steak gab es dort, außerdem eine der besten Bars der Stadt, die unter anderem für ihre fantastischen Bloody Marys bekannt war. Das PDC war eines meiner Lieblingsrestaurants. Allerdings war es teuer, ausschließlich für besondere Anlässe geeignet. Graden fuhr vor und gab dem Mann vom Parkservice den Autoschlüssel.

Der Oberkellner, eine Art Fred Astaire in Flanellhose und marineblauem Jackett, begrüßte Graden mit Namen und führte uns zu einer ruhigen Nische im Barbereich. Die gesamte Wand hinter der Bar wurde eingenommen von Spirituosen aus praktisch allen Teilen der Welt. Die gezielte Beleuchtung ließ die Flaschen in der kühlen Dunkelheit wie Juwelen erstrahlen. Der Barkeeper in Hemdsärmeln und Schürze wiederum war von hinten beleuchtet, was ihn aussehen ließ, als wäre er direkt einem Gemälde der Fünfziger entsprungen. Sobald wir in der Nische Platz genommen hatten, entfaltete der Oberkellner die Leinenserviette, die zusammengefaltet auf dem Tisch gestanden hatte, und breitete sie geschickt auf meinem Schoß aus. Bei Graden tat er dasselbe. Jeder bekam eine Speisekarte ausgehändigt, und der Lieutenant bestellte sich, wie angekündigt, eine Bloody Mary. Obwohl ich normalerweise keinen Alkohol zum Lunch trinke, beschloss ich, mich in Unkosten zu stürzen und auch eine zu bestellen. Immerhin musste ich heute nicht vor Gericht und hatte den schwierigsten Teil meiner Arbeit bereits erledigt.

Smalltalk lag mir nicht, und ich hatte nicht die Absicht, das Gegenteil vorzutäuschen. Blieb nur die Arbeit als Gesprächsthema. Die Erfahrung hatte mich allerdings gelehrt, dass nicht jeder meine bedingungslose Hingabe daran teilte. Außerdem wollte ich dieses Gespräch ja eigentlich dazu nutzen, um etwas über Jakes Fall herauszufinden. Da sich Graden in dieser Sache so bedeckt gehalten hatte, war es wahrscheinlich besser, nichts zu überstürzen und den richtigen Moment abzupassen.

Graden kam mir zuvor. »Mir ist zu Ohren gekommen, dass Sie und Bailey im Fall Densmore eine heiße Spur verfolgen.«

Der Knoten, den ich im Magen hatte, ohne es selbst zu merken, löste sich auf. Immer schneller entwirrten sich die Fäden, und ich schloss mit dem Bericht über unsere Bemühungen, den Hauptverdächtigen Luis Revelo aufzuspüren.

»Hat man DNA-Spuren gesichert und überprüft, ob sie mit irgendeiner Person in der Datenbank übereinstimmen?«, fragte er.

»Ja. Kein Treffer. Das heißt aber nicht, dass Revelo nicht unser Mann ist. Aus irgendeinem Grund hat er es immer geschafft, dem DNA-Test zu entgehen.«

»Zu geringe Relevanz der Straftaten?«

Ich nickte. »Alles Kleinkram und meistens ein, zwei Jahre her. Entweder hat er sich gebessert oder …«

»… er ist besser geworden«, sagte er. »Einige dieser Gangmitglieder, die etwas zu sagen haben, sind clever. Sie behalten eine weiße Weste und lassen die kleinen Jungs die Drecksarbeit machen.«

»Darin ähneln sie unseren Politikern«, sagte ich.

Graden lachte. Der Kellner kam mit unseren Bloody Marys und nahm die Bestellung auf. Wir rührten um und probierten.

»Perfekt«, sagte ich. Gerade genug Tabasco und Gewürze, um dem Drink den nötigen Kick zu verleihen, aber nicht so viel, dass sämtliche Geschmacksnerven abgetötet würden.

Wir redeten nun über andere Fälle, und das Gespräch bewegte sich mühelos über vertrautes Terrain. Es hatte eine Leichtigkeit, die nicht nur mit unseren ähnlichen Berufen zu tun hatte. Woran das lag, wusste ich nicht. Ich wusste nur, dass dies das lustigste und unbeschwerteste Date war, das ich jemals hatte. Mein Vorhaben, aus Graden Informationen zu Jakes Fall herauszuquetschen, lauerte im hintersten Winkel meines Bewusstseins, aber ich wollte die Sache nicht forcieren. Möglicherweise würde ich nicht nur dieses Treffen ruinieren, sondern auch noch die Chance, dass er mir je vertrauen würde. Wenn es drauf ankam, konnte ich geduldig sein. Nachdem der Kellner unser Essen gebracht hatte – Graden hatte sich für Steak entschieden, ich mich für die gegrillte Forelle –, erzählte ich von dem Verteidiger, der mich um Aufschub des Verfahrens gebeten hatte, um nach Griechenland fahren zu können.

»Tolle Jahreszeit dafür«, erwiderte Graden versonnen. »Letztes Jahr war ich zehn Tage auf Kreta. Hat mir sehr gut gefallen.« Er wandte sich seinem Drink zu, so dass er meinen ungläubigen Blick nicht sehen konnte. Erst der neueste BMW, dann das Pacific Dining Car für ein gewöhnliches Mittagessen, jetzt Kreta. Was zum Teufel hatte das alles zu bedeuten?

Als er aufsah, bemerkte er meinen Gesichtsausdruck. »Ich vertreibe nebenher Dope«, sagte er grinsend.

»Ach so, na dann. Ich hatte schon die Befürchtung, du machst irgendetwas Unanständiges. Sicherheitsmann am Film-Set oder so.«

Er schmunzelte, und ich wartete auf eine Erklärung, die dann auch kam.

»Als Kind hatte ich ein Faible für Videospiele. Eigentlich würde das Wort ›Sucht‹ die Sache besser treffen. Irgendwann habe ich angefangen, meine eigenen Spiele zu entwerfen, nur so als Hobby. Hauptberuflich wollte ich so etwas nie machen«, sagte er.

»*Grand Theft Auto* hast du vermutlich nicht gespielt«, merkte ich an. In diesem Spiel wurde die Polizei immer von den Gangstern an der Nase herumgeführt.

»Das war schon nach meiner Zeit«, sagte er. »Schade eigentlich. Vielleicht wäre ich sonst kriminell geworden, und du würdest mich jetzt verfolgen.« Er lächelte.

»Möglicherweise hätte ich einen Deal für dich herausgeschlagen«, antwortete ich.

Graden lächelte noch breiter, dann fuhr er mit seinem Bericht fort. »Mein Bruder Devon ist ein Computerfreak, er arbeitet bei Hewlett-Packard. Schon als Jugendlicher hat er immer gewusst, was er will. Bei mir hat es etwas länger gedauert. Während ich mich mit ätzenden Jobs durchgeschlagen und herauszufinden versucht habe, was ich eigentlich will, habe ich mir ein paar Videospiele zurechtfantasiert. Als ich dann schon an der Polizeiakademie angefangen hatte, erfand ich *Code Three*.«

Ich nickte.

»Du hast davon gehört?«

»Hab ich«, antwortete ich. *Code Three* – im Polizeijargon hieß das so viel wie »dicht auf den Fersen« – war ein Bestseller.

Graden schien beeindruckt. »Ehrlich gesagt, war das nicht einmal mein Lieblingsspiel. Devon war sich allerdings sicher, dass es sich gut vermarkten ließe, weswegen er an seinen freien Tagen an dem Computerprogramm gebastelt hat. In der Zwischenzeit machte ich meinen Abschluss an der Akademie und verlor das Interesse an Videospielen. Ich sagte Devon, er solle die Geschichte vergessen, aber er blieb dran. Fünf Jahre später hatte er das Programm fertig und einen Käufer gefunden.«

»Und der Rest ist bekannt.«

Graden zuckte gleichgültig mit den Achseln. »So ziemlich.«

Ich nahm noch einen Schluck von meiner Bloody Mary und widmete mich meiner Forelle.

»Möchtest du noch eine?«, fragte Graden mit Blick auf mein nahezu leeres Glas.

Ich zögerte einen Moment, lehnte dann aber ab. »Danke, aber es könnte sein, dass ich mein Hirn heute noch brauche.«

Graden schloss sich mir an.

Was mich verblüffte, war sein gleichgültiges Verhältnis zu seinem Erfolg. »Ich nehme an, dieses Ding hat dich so reich gemacht, dass du den Dienst quittieren könntest.«

Graden nickte verhalten. »Schon möglich.«

»Warum tust du es dann nicht?«

Er legte seine Gabel hin und nahm einen Schluck Wasser, bevor er antwortete. »Es war reines Glück, und ich traue der Sache nicht. Irgendwann, vielleicht sogar schon morgen, werden die Kids beschließen, dass *Code Three* vollkommen uncool ist. Du wärst überrascht, wie schnell das Geld weg ist, wenn man es mit vollen Händen ausgibt und nie etwas einnimmt.« Graden nahm Messer und Gabel und schnitt ein Stück von seinem Steak ab. »Wenn es darum geht, seine Miete zahlen zu können, schätze ich kein Risiko.«

»Aber du bist doch Polizist«, bemerkte ich. »Das ist nicht gerade ein risikoarmer Beruf.«

»Aber er bringt regelmäßig Geld ein.«

Ich nickte, obwohl mich seine Logik nicht überzeugte. Nach allem, was ich wusste, warfen Videospiele gigantische Gewinne ab, besonders bei einem so gewaltigen Erfolg wie *Code Three*. Und doch reichte ihm das nicht an Sicherheit, so dass er an einem Job festhielt, in dem er permanent an Leib und Leben bedroht war. Das war ein ungewöhnliches Paradox, das aller Wahrscheinlichkeit nach von einer instabilen Kindheit herrührte. Vermutlich ein interessanter Fall.

Graden kaute an seinem Steak herum, aber irgendwann grinste er. »Außerdem hast du mich ja in Uniform gesehen. Wenn ich nicht schon eine tragen würde, würde ich mir selbst eine zulegen.«

Er lachte noch lauter, als ich es tat.

»Ich muss dir etwas gestehen«, sagte er dann.

»Ich bin ganz Ohr«, sagte ich, nur leicht alarmiert.

»Du wohnst im Biltmore, nicht wahr?«

Woher wusste er, wo ich wohne? Erst meine Handynummer, jetzt meine Adresse.

Graden bemerkte meine Reaktion und schaute mich nun seinerseits verwirrt an. »Ich habe dich doch nach Hause gebracht, erinnerst du dich?«

Richtig, an dem Abend, als Jake ermordet wurde. Ich lächelte verlegen. »Natürlich. Entschuldige.« Warum sollte ich mich außerdem darüber aufregen, dass Graden meine Adresse herausgefunden hat, wo es doch selbst den Mitgliedern einer Straßengang gelungen ist?

»Also, ich muss gestehen, dass ich mir beim besten Willen nicht vorstellen kann, wie sich eine unterbezahlte Staatsdienerin ein Luxushotel leisten kann.«

»Und wenn das mein kleines Geheimnis bleiben soll?«

»Das wäre aber gemein und würde irgendwie nicht zu dir passen.«

»Was macht dich da so sicher?«

Graden musterte mich. »Stimmt auch wieder«, sagte er sanft. »Also?«

Einen Moment lang dachte ich daran, ihn abblitzen zu lassen, aber da nichts dagegensprach, die Geschichte zu erzählen, lenkte ich ein. »Erinnerst du dich daran, dass letztes Jahr die Frau des Geschäftsführers vom Biltmore ermordet wurde?«

Graden kniff die Augen zusammen und kramte in seinem Gedächtnis. »Ein Fall für den Sheriff, oder?«

Ich nickte. »Es hatte irgendein Bonzentreffen gegeben, und der Geschäftsführer des Biltmore hatte beschlossen, seine Familie mit ins Hotel zu nehmen und Arbeit und Vergnügen miteinander zu verbinden. Da er abends noch in einem Meeting steckte, ging seine Frau alleine ins Konzert in der Disney Hall.«

»Und wurde von einem Meth-Freak in einer Tiefgarage ausgeraubt und umgebracht«, mischte Graden sich ein. »Ich wusste gar nicht, dass das dein Fall war.«

»Doch. Ich hatte sogar gerade eine Woche in dem Hotel gewohnt, als ich den Fall bekam. Ein verrückter Zufall.« Ich spürte, dass ihm die Frage auf der Zunge lag, warum ich im Biltmore gewohnt hatte. Tatsächlich hatte es mit meiner Mutter zu tun. Als man vor zwei Jahren ein Melanom bei ihr diagnostiziert hatte, war ich zu ihr ins Haus gezogen, um mich um sie zu kümmern. Als sie sechs Monate später starb, konnte ich mich zuerst nicht überwinden, wieder auszuziehen. Es war tröstlich, die Möbel zu sehen, die Bilder auf dem Kaminsims, ihr Geschirr – als wäre sie noch da. Als ich mich von Daniel trennte, änderte sich das plötzlich. Das Haus wurde zu einem Symbol des Verlusts, und was zuvor meine Zuflucht gewesen war, wirkte nun wie ein finsterer Ort, dem ich nur noch entfliehen wollte. Da ich über diese Dinge nicht reden mochte, fuhr ich schnell fort: »Jedenfalls ließ mich der Geschäftsführer während des Prozesses umsonst dort wohnen, damit ich nicht von einem Umzug abgelenkt werden würde. Als ich diesem Arschloch von einem Täter dann lebenslänglich ohne Bewährung verschafft habe, machte mir der Geschäftsführer ein Angebot, das ich nicht ablehnen konnte.«

»Und für wie lange gilt das Angebot?«, fragte Graden.

»In regelmäßigen Abständen biete ich ihm an, wieder auszuziehen, aber er erklärt mir ebenso regelmäßig, dass man ein Geschenk nicht ablehnen dürfe. Also füge ich mich seinen Anweisungen«, sagte ich.

»Was sicher nicht oft vorkommt bei dir«, sagte er.

Wer hätte gedacht, dass ein Polizist mich so glatt durchschauen würde? Der Gedanke brachte mich zurück zum Fall Densmore. »Weißt du eigentlich irgendetwas über die Sylmar Sevens?«, fragte ich ihn. Vielleicht würde er sich aus seinen Tagen bei der Streife daran erinnern.

Er runzelte die Stirn und dachte einen Moment nach, dann sagte er: »Eher ein kleiner Fisch unter den Gangs – auf Diebstahl und Dope-Dealerei spezialisiert.«

Ich nickte.

»Bist du eigentlich ein Fleischfresser?«, fragte Graden.

»Ist das ein Männercode für irgendetwas?«

»Erraten. Es ist ein Code für: ›Isst du Fleisch?‹«

»Aha. Ja klar.«

»Das hier musst du probieren.« Er spießte ein Stück Steak auf seine Gabel und hielt sie mir hin.

Einen winzigen Moment lang schreckte ich vor der Intimität dieser Geste zurück, aber dann nahm ich die Gabel. Das Steak war so zart, dass es praktisch im Mund zerschmolz. Der volle, runde Geschmack wurde von keiner Soße oder Marinade beeinträchtigt.

»Fantastisch, danke. Ist das ein Rib-Eye-Steak?«, fragte ich, als ich ihm die Gabel zurückgab.

Er nickte. »Es ist immer gut hier, aber diesmal ist es wirklich spektakulär. Was ist denn nun mit den Sylmar Sevens?«

»Ich habe mich gefragt, ob sie sich in letzter Zeit mit einer anderen Gang zusammengeschlossen haben und größer geworden sind.«

»Warum?«

Je länger ich darüber nachdachte, desto komischer kam mir irgendetwas an der Vergewaltigung vor. »Ist es nicht unklug, jemanden in den Palisades zu vergewaltigen, wo sie doch wissen, dass die Polizei dann ausrastet – zumal unser Verdächtiger von dem Opfer betreut wurde.«

»Vielleicht war es jemand anderes aus der Gang, der den starken Mann markieren wollte.«

»Kann sein. Vielleicht hat es auch jemand getan, der genau wusste, dass wir Revelo verdächtigen und aus dem Weg räumen würden. Jemand, der selbst gern der Boss werden will.« Meinen nächsten Gedanken, dass Revelos Getreue sich vielleicht zur Wehr setzten, indem sie mich einzuschüchtern versuchten, behielt ich lieber für mich.

»Und wenn die neue Gang groß genug wäre, könnte man den riskanten Schritt, ihr Anführer werden zu wollen, vielleicht tatsächlich wagen«, dachte Graden laut nach. »Ich kann versuchen, das für dich herauszubekommen.«

»Revelo ist immer noch untergetaucht. Es wäre toll, wenn wir alle Hintergrundinformationen hätten, wenn er uns ins Netz geht.«

Gradens Handy klingelte. Als er auf das Display schaute, blickte ich auch auf mein Handy. Halb drei, unglaublich. Wo war nur die Zeit geblieben?

Als er aufschaute, sagte ich schnell: »Ich muss zurück. Ich …«

Er winkte ab. »Kein Problem. Ich auch.«

Als der Kellner mit der Rechnung kam, griff ich zu meiner Tasche, aber Graden stoppte mich.

»Das geht auf mich.«

Ich wusste selbst nicht, wieso, aber ich wollte nicht, dass er die Rechnung übernahm. »Lass uns wenigstens teilen«, entgegnete ich.

Graden hielt inne und betrachtete meine entschlossene Miene. »Wie wär's, wenn du das nächste Mal zahlst?«

Dagegen konnte man wirklich nichts sagen.

22

Danke für das Essen«, sagte ich, als Graden vor dem Gerichtsgebäude vorfuhr.

»Ich ruf dich an«, sagte er.

Ich nickte und öffnete die Beifahrertür.

»Bald«, sagte er mit diesem trägen Lächeln.

Ich schenkte ihm meinerseits ein Lächeln, das ich für nonchalant hielt, und begab mich ins Gebäude. Es fühlte sich nicht schlecht an, wenn sich jemand für einen interessierte – war ja schon eine Weile her. Ich wünschte nur, ich hätte einen guten Anknüpfungspunkt gefunden, um mich nach Jake zu erkundigen. Das nächste Mal würde ich es auf jeden Fall versuchen, koste es, was es wolle.

Als ich auf meinem Weg hoch in den achtzehnten Stock inmitten der Massen die Luft anhielt, versuchte ich, Klarheit in meine Gedanken zu bekommen. Ich hatte mich mit Graden viel besser gefühlt als erwartet. Aus irgendeinem Grund war ich aber auch ein wenig beunruhigt. Vielleicht hätte ich noch länger darüber nachgedacht, wenn ich nicht bei meiner Rückkehr Toni auf meinem Richterstuhl vorgefunden hätte, die Füße auf dem Schreibtisch.

»Wo warst du? Ich wollte Sushi essen«, sagte Toni.

»Und da dachtest du, in meinem Schreibtisch würdest du fündig werden?«

Sie wirkte beschämt. »Es war so gemütlich hier. Der Stuhl ist der Hammer. Und als ich dann auch noch die Brezel gefunden habe …« Toni schaute sich in meinem Büro um. »Mann, hast du viele Fälle.«

»Du hast meine Brezel gegessen?«, fragte ich und stemmte eine Hand in die Hüfte.

»Um Gottes willen, als würde ich einen solchen Mist essen«, sagte Toni verächtlich. »Aber mal ernsthaft, wo warst du?«

»Ich war mit Graden im PDC.«

Schlagartig saß Toni kerzengerade und ließ die Füße zu Boden plumpsen. »Graden«, sagte sie. »Lieutenant Graden Hales? Ohne Scheiß?«

»Ja.«

Auf Tonis Gesicht lag plötzlich ein Lächeln. »Und? Wie war's? Weiß Bailey das?«

»Noch nicht, aber ich werde es ihr so bald wie möglich erzählen. Du musst also nicht befürchten, dass du ein Geheimnis lange für dich bewahren musst«, versicherte ich ihr.

»Und Graden?«, lockte mich Toni.

Ich dachte einen Moment nach und versuchte, mir Klarheit über meine Gefühle zu verschaffen. »Im Prinzip war es ganz nett.«

»Ganz nett?«, bemerkte Toni mit einem trockenen Lächeln. »Im Vergleich zu deinen anderen Dates ist das schon ein gewaltiger Fortschritt.« Sie schien zufrieden. »Ich glaub's nicht«, sagte sie, als sie aufstand.

»Wir waren nur mittagessen, Tone.«

Toni winkte ab, als sie zur Tür ging. »Ich weiß, ich weiß. Es ist trotzdem ein Fortschritt. Da bahnt sich was an.«

Da war ich mir nicht so sicher, also schwieg ich lieber.

»Verdammte Hacke«, sagte Toni und warf mir einen verzweifelten Blick zu. »Okay, es ist besser als gar nichts, einverstanden?«

Ich musste grinsen und nickte. »So ungefähr.«

»Du bist unerträglich, wenn du so gefühlsduselig wirst«, sagte Toni, wollte mein Büro verlassen, hielt dann aber noch einmal an. »Übrigens … Ich schulde dir eine Tüte Brezeln.« Sie ging zwei Schritte weiter, blieb dann wieder stehen und sagte über die Schulter: »Und eine Rolle Pfefferminzbonbons.« Dann schaute sie zur Tür und wackelte mit ihren Fingern hinter ihrem Kopf herum. »Bis später«, sang sie und verschwand.

Ich hörte meine Mailbox ab. Die üblichen Verteidiger, die um Deals und Aufschübe baten. Schnell ließ ich die Nachrichten durchlaufen, bis ich plötzlich auf eine von Olive Horner stieß, Kit Chalmers' letzter Pflegemutter. Ich war überrascht, von ihr zu hören. Kevin hatte mir ihren Namen genannt, und ich hatte ihr in den letzten Tagen ein paar Nachrichten hinterlassen, aber da ich keine Antwort bekommen hatte, hatte ich die Hoffnung schon aufgegeben. Jetzt nahm ich den Telefonhörer und tippte die Nummer ein. Beim vierten Klingeln meldete sich eine müde Frauenstimme. Im Hintergrund brüllten Kinder über den Lärm einer Nachmittags-Soap hinweg. Das Bild, das von diesen Geräuschen heraufbeschworen wurde, jagte mir einen Schauer über den Rücken.

»Ms Horner, hier ist Rachel Knight … von der Staatsanwaltschaft.«

»Können Sie mir helfen, das Geld vom Staat zu bekommen? Die schulden mir das Geld fürs Baby. Für drei Monate.«

Rätsel gelöst. Sie hatte sich auf meinen Anruf hin gemeldet, weil sie sich etwas davon versprach. »Tut mir leid, Ma'am, das ist eine andere Abteilung. Ich bin Staatsanwältin, daher beschäftige ich mich nur mit Straffällen. Ich hätte gerne wegen Kit mit Ihnen gesprochen.«

»Oh.« Sie schwieg einen Moment, um die unerwartete Wendung zu verdauen, dann sagte sie: »Die Feds haben aber schon mit mir geredet.«

Immerhin eine Person hatte das FBI also gefunden. Ich musste vorsichtig sein, damit Olive nicht misstrauisch wurde.

»Ich habe nur noch ein paar Fragen. Möglicherweise haben die Kollegen ein paar Dinge nicht abgeklärt. Wir würden kommen, wann immer es Ihnen recht ist. Es wird auch nur ein paar Minuten dauern«, erklärte ich in dem Versuch, offiziell und nicht verzweifelt zu klingen.

Olive schwieg, und ich konnte hören, wie im Hintergrund eine männliche Stimme die faszinierende Laufbahn einer Dentalhygienikerin anpries. Ich stellte mir vor, wie ich mich den ganzen Tag über geöffnete Münder beugte. Da blieb ich doch lieber Staatsanwältin.

»Na gut, okay. Ich weiß allerdings nicht, was ich Ihnen noch sagen soll. Ich meine …«

Sie unterbrach sich. Ich konnte mir schon vorstellen, was sie dachte. Nicht nur, dass sie bereits mit dem FBI gesprochen hatte. Kit war tot, und man konnte sowieso nichts mehr für ihn tun. Das zeugte weniger von Gefühlskälte als von Pragmatismus. In einem Leben voller Verpflichtungen, denen man nachkommen musste, ohne über die entsprechenden Mittel zu verfügen,war Trauer ein unerschwinglicher Luxus.

»Ich werde Sie wirklich nicht lange aufhalten. Versprochen.«

Olive schwieg immer noch, und ich lauschte auf das Dröhnen des Fernsehers und das schrille Geschrei der Kinder. Irgendwann seufzte sie. »Na gut, kommen Sie. Aber Sie müssen es vor sechs schaffen. Danach muss ich nämlich Abendessen machen. Sie wissen, wo ich wohne?«

Ich glich die Adresse ab und wählte dann Baileys Nummer. Gegen vier waren wir unterwegs, mitten in der Rushhour. Olive und ihre Zöglinge wohnten außerhalb von Silver Lake, etwa zehn Minuten Luftlinie vom Stadtzentrum entfernt. Jetzt würde es weitaus länger dauern. Wir krochen die Temple

Street entlang und nahmen dann Seitenstraßen, um nicht im aberwitzigen Pendlerverkehr auf der 101 Richtung Norden stecken zu bleiben.

Der Abendhimmel färbte sich bereits dunkelrot und grau, aber die letzten Sonnenstrahlen, die flach die Motorhauben streiften, erzeugten ein derart gleißendes Licht, dass die Sicht praktisch gegen null ging. Es war, als würde man in eine Nebelbank fahren. Mich hatte es schon immer gewundert, wie die Autofahrer in L.A. es schafften, zu diesen Zeiten Massenkarambolagen zu vermeiden.

Das Haus lag nur wenige Blocks von den Stadtaufwertungsmaßnahmen entfernt, die Silver Lake in ein Szeneviertel zu verwandeln versprochen hatten. Inzwischen, etwa zehn Jahre später, zeitigten die Bemühungen in einem kleinen Teil des Viertels Erfolg. Außerhalb dieser Enklave aber könnte die Gegend genauso gut zu irgendeinem Geringverdiener-Ghetto gehören. Die hübschen Läden, schicken Restaurants und aufwändig restaurierten Gebäude hörten jenseits einer unsichtbaren Grenze einfach auf und wichen winzigen, schäbigen Lehmziegelhäusern mit handtuchgroßen, verwahrlosten Höfen. Die größeren Mietshäuser waren seit ihrer Errichtung in den Sechzigern nicht mehr renoviert worden. Dazwischen wimmelte es von heruntergekommenen Lebensmittelläden, fensterlosen Bars, Stripteaselokalen mit grell gestrichenen Wänden und verblassten Türschildern, außerdem Schnapsläden, die keine Flasche für mehr als zehn Dollar im Angebot hatten.

Ich ließ mich in den Beifahrersitz sinken und stellte mir vor, wie es wäre, hier zu wohnen. Es war nicht gerecht, dass die Frank Densmores dieser Welt wie Könige lebten, die Olive Horners dagegen wie Bettler. Als wir vor dem verblassten gelben Haus im Ranchstil vorfuhren und die kaputten Dreiräder und die verwahrlosten Puppen auf dem kümmerlichen

Rasen liegen sahen, war meine Stimmung auf dem Tiefpunkt angelangt.

Ich folgte Bailey, der es offenbar genauso ging, durch das kleine Tor. Das Anklopfen überließ ich ihr und nahm mir gleichzeitig vor, so schnell wie möglich wieder von hier zu verschwinden.

In der Ferne hörte ich einen Fernseher und die künstliche Stimme einer Comicfigur. Eine Frau rief: »Eine Sekunde.« Schließlich erschien eine gelangweilte Teenagerin an der Tür, ein Baby achtlos auf die Hüfte gesetzt. Sobald sich die Tür geöffnet hatte, war das ferne Geräusch zu einem Getöse angeschwollen, und der Geruch von billigem Essen, das in schlechtem Fett gebraten worden war, hing schwer in der Luft. Das Baby zupfte an den langen, mausbraunen Haaren des Mädchens herum. Sie schien es gar nicht zu merken.

»Hallo. Ich bin Rachel Knight von der Staatsanwaltschaft. Eigentlich wollte ich mit Olive Horner sprechen. Dies hier ist Detective Bailey Keller.«

Das Mädchen hatte die Arme um das Baby geschlungen, weswegen ich ihm nicht die Hand schütteln konnte. Sie bat uns hereinzukommen und rief dann über die Schulter: »Mom!« Mit einer Kopfbewegung bedeutete sie uns, ins Wohnzimmer mit dem plärrenden Fernseher zu gehen. Irgendetwas hatte ich plötzlich unter der Sohle – Chipskrümel –, was mich unvermittelt in meine Jugend zurückversetzte. Seit ich zwölf gewesen war, hatte ich nicht mehr an Fritos gedacht. Wie nicht anders zu erwarten, quoll das Wohnzimmer über von Spielsachen, Kinderdecken und Kissen. Babyfläschchen und halbleere Saftbecher standen neben halb aufgegessenen Pop-Tarts, geöffneten Käsekräcker-Tüten und anderen Delikatessen aus der Welt der Fertignahrung.

Ich schaute mich nach einer Sitzgelegenheit um, fand mich aber schnell damit ab, stehen zu müssen. Schließlich kam

Olive. Sie war ein so farbloser Mensch, als hätte man sie zu oft und zu lange gewaschen. Ihre schlaffen Gesichtszüge zeugten von zu wenig Schlaf und zu vielen Sorgen für ihr junges Alter. Sie musterte mich von oben bis unten, warf dann einen Power Ranger und einen Stofftiger vom Sofa und winkte uns herbei.

»Tut mir leid, das mit dem Chaos«, sagte sie müde. »Ist nicht leicht, dagegen anzukommen.«

»Sie haben eine Menge am Hals, Ms Horner. Ich bin Ihnen sehr dankbar, dass Sie sich Zeit für uns nehmen konnten«, sagte ich.

»Nennen Sie mich ruhig Olive. Ich fühle mich sowieso schon wie eine alte Hexe, da muss ich mich nicht noch älter machen.« Sie fuhr sich durchs Haar, wodurch der graue Haaransatz sichtbar wurde.

»Wie viele Kinder haben Sie?«, fragte Bailey verständnisvoll.

»Zurzeit habe ich fünf. Vier zur Pflege, und die Große ist meine. Das Baby will man vielleicht zur Adoption freigeben. Er ist ein ganz Lieber, und ich würde ihn, ehrlich gesagt, vermissen.« Olive seufzte. »Aber da der Staat mit den Zahlungen hinterherhängt, würde ich mich freuen, wenn er ein anständiges Zuhause bekäme. Da könnte man ihm alles geben, was er braucht.«

Die Kämpfe ihres Lebens waren regelrecht greifbar in diesem Raum. Es deprimierte einen, Olive auch nur anzuschauen. Ich wusste nicht, was ich sagen sollte, außer »Das tut mir leid« oder so, aber das wäre sinnlos. Olive sah auch nicht aus, als wäre sie auf Mitleid erpicht. Das Einzige, was ich tun konnte, war, mich so schnell wie möglich wieder aus dem Staub zu machen.

»Wie lange hatten Sie Kit Chalmers?«, fragte ich.

Olive warf eine Plüschversion von Clifford, dem großen

roten Hund, auf den vollgepackten Couchtisch und setzte sich auf den mit einem Chenille-Überwurf bedeckten Schaukelstuhl uns gegenüber. Das Baby auf der Hüfte des Teenagers fand entweder die Haare plötzlich langweilig oder hatte Hunger und fing an zu schreien.

»Janzy, gib mir das Baby«, sagte Olive. Das Mädchen wirkte erleichtert, dass es die Last endlich loswurde, legte das Kind in Olives ausgestreckte Arme und trollte sich aus dem Zimmer.

Als Olive das Baby mit einem Fläschchen versorgt hatte, fuhr sie fort. »Er war schon fünfzehn und hatte diese Geschichte wegen Prostitution am Hals, als ich ihn bekam. Das CSSD hat ihn eine Herausforderung genannt. Ich konnte ihm das aber nicht übel nehmen – bei seinem Hintergrund.« Olive schüttelte traurig den Kopf.

Das CSSD – eine Kinderschutzbehörde – benutzte beschönigende Worte wie »Herausforderung«, damit die Kinder nicht stigmatisiert wurden. Das kam mir immer so vor, als würde man das Scheunentor schließen, nachdem die Tiere längst abgehauen waren. »Wissen Sie etwas über seine Mutter?«, fragte ich. Falls Kits Mutter noch irgendwo existierte, würde sie uns vielleicht weiterhelfen können.

»Von der Behörde habe ich nur erfahren, dass sie in ihrem Drogenrausch nichts auf die Reihe gekriegt hat. Kit ist seit dem Babyalter ständig zwischen verschiedenen Pflegeeltern hin und her gewechselt.« Olive klopfte dem Baby, das sich an das Fläschchen klammerte, beruhigend auf den Po und schaute es liebevoll an. Bei dem Anblick taten mir alle Kinder leid, deren Mutter sie nie so angesehen hatte. »Sie sind so klein und hilflos«, sagte sie sanft. »Man muss ihnen eine Orientierung bieten, sonst geraten sie auf die schiefe Bahn.« Schlagartig verhärtete sich Olives Gesichtsausdruck. »Das Einzige, worauf sich diese Meth-Junkies konzentrieren können, ist ihre Pfeife.«

»Wissen Sie, ob Kit noch Kontakt zu seiner Mutter hatte?«, fragte ich.

»Nicht dass ich wüsste. Auch nicht zu den letzten Pflegeeltern«, sagte Olive mit einem abfälligen Schnauben. »Was für ein Haufen nutzloser Gestalten. Sie haben ihn draußen rumlaufen lassen und nur die Schecks einkassiert. Hätte nichts dagegen, wenn man sie dafür drankriegen würde.« Sie schaute mich skeptisch an. »Ich nehme nicht an, dass Sie da was machen könnten, oder?«

Ich dachte einen Moment nach. »Möglicherweise schon. Auf jeden Fall werden wir uns das mal anschauen.«

»Ist Kit Ihres Wissens zum Zeitpunkt seines Todes noch anschaffen gegangen?«, fragte Bailey.

»Er hat gesagt, er würde im Target arbeiten, im Lager.«

»Aber Sie haben ihm nicht geglaubt.«

»Ich bin ja nicht von gestern. Ich habe versucht, ihm klarzumachen, dass er sich nicht so hängen lassen soll. Aber es war schon zu spät«, sagte sie und schüttelte langsam den Kopf. »Manchmal hören sie noch auf mich, wenn ich sie in dem Alter bekomme. Aber Kit – der war ein schwerer Fall. Er hat mir eine Menge Mist erzählt über seine Zukunftspläne, weil er nicht wollte, dass ich ihn rausschmeiße wie die anderen. Ich habe ihm gesagt, dass ich das nie machen würde, aber er hat mir nicht geglaubt. Wenn ich vielleicht ein bisschen mehr Zeit gehabt hätte …«

Sie runzelte die Stirn. Die Falten dort und um die Augen herum vertieften sich zu wahren Abgründen, ein Vorgeschmack auf das Apfelmännchengesicht, das sie bald schon haben würde.

»In welchem Target hat er denn angeblich gearbeitet?«, fragte ich.

»In dem, der den Santa Monica Boulevard runter liegt, in La Brea.«

Der Ort gehörte zu den Außenbezirken von Hollywood und wurde liebevoll BoysTown genannt, weil es eine vorwiegend schwule Gegend war.

»Kannten Sie irgendjemanden von seinen Freunden?«, fragte ich.

Olive dachte einen Moment nach. »Ich erinnere mich an ein paar Jungs, aber die sind nur ein paar Mal hier gewesen. Und ein Mädchen war da noch … hatte einen komischen Namen, Teecheetah oder so … Janzy! Hey, Süße, kannst du dich noch an das Mädchen erinnern, mit dem Kit immer zusammen war? Wie hieß sie noch?«

Janzy schlenderte herein, in der Hand einen Plastikbecher Jell-O. »Du musst nicht schreien, Mom, ich höre dich auch so.« Sie wandte sich an uns und sagte gelangweilt: »Ich denke, sie war so was wie seine Freundin.«

Das Baby hatte die Flasche ausgetrunken, und Olive legte es an die Schulter, damit es sein Bäuerchen machen konnte.

Janzy streckte die Arme aus. »Ich mach schon, Mom.« Olive reichte ihr das Baby, und Janzy legte es an die Schulter und klopfte ihm sanft auf den Rücken. »Sie heißt T'Chia – an ihren Nachnamen erinnere ich mich nicht, aber den können Sie leicht rausfinden. Sie arbeitet im Target in Santa Monica und ist ziemlich klein. Orange Haare, Stachelfrisur, gepiercte Nase, Spinnen-Tattoo am Hals.«

Anhand dieser Beschreibung würde man sie aus jeder Menge herauspicken können – nur in L.A. leider nicht. Immerhin arbeitete wirklich jemand im Target.

»Hat Kit je etwas über den Staatsanwalt gesagt, mit dem man ihn gefunden hat? Jake Pahlmeyer?«, fragte ich.

»Nein.« Olive schüttelte den Kopf. »Das mag aber nichts heißen. Der Junge hat mir nie viel erzählt, und was er mir erzählt hat, war größtenteils gelogen. Aber ich würde wirklich gerne wissen, was da passiert ist. Das klingt sicher furchtbar, aber ich muss zugeben, dass ich nicht besonders überrascht war. Kit hat das Unglück förmlich angezogen – man sah es ihm regelrecht an.«

Jetzt mischte Janzy sich in das Gespräch ein. »Nicht dass er böse war oder so. Er wollte es bloß irgendwie schaffen und seinen Platz in der Welt finden, aber das hat er nie hinbekommen. Irgendwie wollte er einfach nur normal sein, wusste aber nicht, wie. Wenn er nach Hause kam, brachte er den Kindern manchmal was mit und spielte mit ihnen. Irgendwann war er dann wieder verschwunden – und wir bekamen ihn tagelang nicht zu Gesicht.« Sie hielt inne und dachte nach. Als sie fortfuhr, klang ihre Stimme wütend. »Jedenfalls hat er das nicht verdient, was mit ihm passiert ist.« Sie hörte auf, dem Baby auf den Rücken zu klopfen, und wischte sich schnell eine Träne aus dem Gesicht. Dann warf sie die Haare zurück und verließ den Raum.

»Dem kann ich nur zustimmen«, sagte Olive. »Was auch immer für ein Mensch er war, und mir ist schon klar, dass er einiges auf dem Kerbholz hatte: In diesem Hotelzimmer zu sterben hat er nicht verdient.«

Wahrscheinlich hatte Olive Recht, in jeder Hinsicht.

23

Normalerweise lasse ich Zeugen meine Karte da, damit sie mich anrufen können, falls ihnen noch irgendetwas einfällt. Da aber weder ich noch Bailey überhaupt hier sein durften, sagte ich Olive lediglich, dass wir uns bei ihr melden würden. Als wir zum Wagen gingen, betete ich innerlich, dass sie uns nicht erwähnen würde, sollte das FBI noch einmal bei ihr aufkreuzen.

Wir zogen aus der Parklücke. »Target?«, fragte Bailey und schaute geradeaus.

»Ja.« Wir wussten nicht, wann T'Chia arbeitete, aber da wir ziemlich in der Nähe waren, konnten wir es einfach darauf ankommen lassen.

Wir hatten Glück, T'Chia Arendt hatte gerade Dienst. Als wir ihr erzählten, warum wir hier waren, erklärte sie sich bereit, ihre Pause dafür zu opfern, sich im Fastfoodbereich vorne im Laden mit uns zu unterhalten. Bailey und ich nahmen eines der kleinen, schmierigen Plastiktischchen in Beschlag und warteten. Die Pizza roch, als wäre sie schon seit Stunden fertig, aber ich bekam trotzdem Hunger. Die Forelle zum Mittagessen war köstlich, aber nicht sättigend gewesen. Und Pizza lässt mir immer das Wasser im Mund zusammenlaufen – selbst die pappige Version in den Vitrinen.

»Was sagen wir eigentlich, wenn uns irgendwelche Kollegen hier sehen?«, fragte Bailey.

Ich beobachtete gerade, was die Käufer an den Kassen so

alles im Einkaufswagen hatten, um herauszufinden, ob ich irgendetwas davon gebrauchen könnte. In der Vergangenheit hatte ich ein paar fantastische Schnäppchen in diesem Laden gemacht, und tatsächlich erregte jetzt eine bequem aussehende weiße Caprihose meine Aufmerksamkeit. Ich brauchte daher einen Moment, um mich zu sammeln.

»Wir sagen, dass wir von einem großen Sonderposten Büstenhalter gehört haben.«

»Gute Idee«, meinte Bailey trocken.

T'Chia kam herbeigeeilt und zog sich einen Stuhl heran. Janzys Beschreibung war perfekt. Nur knapp über eins fünfzig groß, wirkte T'Chia durchaus ein wenig rundlich. Ihre Haare waren an den Wurzeln schwarz und standen in orangefarbenen Stacheln vom Kopf ab. Das Spinnweben-Tattoo, komplett mit Bewohnerin, zog sich über ihren Nacken, um den sie eine Totenkopfkette trug. So weit, so gut – oder zumindest so stimmig. Vom Hals abwärts hatte sie allerdings eine ganz andere Staffage gewählt: ein rosafarbenes Bolerojäckchen aus T-Shirt-Stoff, ein kurzes Faltenröckchen und nur halb zugeschnürte Doc Martens. Ich bin entschieden der Meinung, dass Mode Individualität zum Ausdruck bringen soll, aber T'Chia schien mehrere Individuen gleichzeitig zu repräsentieren.

Ich bemühte mich um ein freundliches Lächeln und unterdrückte den Lachreiz, der sich meiner bemächtigte. »Danke, dass du dir die Zeit nimmst. Wir wissen das echt zu schätzen.«

T'Chia nickte höflich und kam direkt zur Sache. »Ich weiß nicht, ob man Ihnen das gesagt hat, aber Kit und ich haben uns voll geliebt. Die Leute reden so eine Scheiße ...« Unvermittelt unterbrach sie sich und riss die Augen auf, weil sie in unserer Gegenwart ein Fäkalwort benutzt hatte. Das hatte fast etwas Rührendes.

»Mach dir keine Gedanken wegen der ... Scheiße«, sagte

ich lächelnd. Was konnte ich cool sein. Sie nickte erleichtert. Wahrscheinlich wusste sie nicht, wie sie ohne diese Ausrutscher mehr als ein paar wenige Sätze formulieren sollte.

Nun legte sie los, und ihr Gesicht war plötzlich ernst. »Die Leute sagen, er war oberflächlich oder so, und ich weiß, dass er in einer ziemlichen Scheiße drinsteckte, aber tief in seinem Innern war er ein guter Mensch, wissen Sie? Niemand hat ihn so gut gekannt wie ich.«

Die Sätze wurden mit einem Maximum an Herzschmerz und Pathos hervorgebracht. Teenager können bekanntlich aus jeder Fliege einen Elefanten machen, aber wenn man in jemanden verknallt war, der unter rätselhaften Bedingungen umgebracht wurde, dann war das natürlich die Krönung aller Teenager-Tragödien. Nur noch zu toppen, wenn er sich auch noch in einen Vampir verwandeln würde.

»Wie lange wart ihr denn zusammen?«, fragte ich. Bei T'Chia klang es, als wären sie schon seit Sandkastentagen ein unzertrennliches Paar.

»Drei Monate.«

Drei Monate?

T'Chia merkte gar nicht, dass ihre Auskunft das Bekenntnis ewiger Liebe untergrub, und fuhr fort. »Aber wir waren vorher schon zwei Monate oft zusammen, seit das Schuljahr losging.«

Unvermittelt stand sie auf. »Ich geh mir mal was zu trinken holen. Wollen Sie auch was? Ich krieg Rabatt.«

Das Angebot war nett gemeint, aber wir lehnten trotzdem ab. Schlimm genug, dass wir mit Kits Freundin sprachen, da mussten wir uns nicht auch noch Vorteile erschleichen.

Im Nu war sie zurück, einen großen Plastikbecher in der Hand, und setzte sich wieder.

»Wart ihr auch manchmal nach der Schule zusammen?«, fragte ich.

»Ja, aber meistens hat er mich hier besucht. Viel Freizeit hatte ich nicht zwischen Schule und Arbeit.«

Das klang immer weniger nach Romeo und Julia und immer mehr nach Fagin, dem Boss der Diebe, und Oliver Twist – Kit schnorrte Getränke und Essen, und T'Chia konnte sich einbilden, einen Freund zu haben.

»Kennst du seine Freunde?«, fragte ich.

Sie zuckte mit den Achseln. »Er ist gar nicht mit so vielen Leuten zusammen gewesen. Mit Eddie und Dante vielleicht. Die hat er ein paar Mal mitgebracht.«

Die Kids, mit denen wir in der Cafeteria gesprochen hatten. Wir würden sie uns noch einmal vorknöpfen müssen. Wie es bislang schien, waren sie seine einzigen wirklichen Kontakte gewesen.

»Was ist mit dem Typen von der Staatsanwaltschaft, mit dem er gefunden wurde? Hat Kit je über den gesprochen?«, fragte ich. Jake »den Typen von der Staatsanwaltschaft« zu nennen kostete mich einige Überwindung, aber ich wollte nicht zu erkennen geben, dass mich die Sache persönlich betraf.

»Nein.« Sie schüttelte nachdenklich den Kopf. »Aber er hat mir mal erzählt, dass er jemand Wichtiges kennt, der ihm immer geholfen hat. Vielleicht war der das.«

Eine interessante Wendung und eventuell ein Hoffnungsschimmer. Wenn es sich dabei um Jake handelte, dann war er vielleicht einfach nur freundlich gewesen zu einem Kind, das ein hartes Leben hatte. Andererseits konnte es natürlich auch bedeuten, dass Jake *zu* freundlich gewesen war. Ich wappnete mich für die Antwort auf meine nächste Frage.

»Glaubst du, er könnte … irgendetwas mit dieser Person gehabt haben?«

T'Chia lief knallrot an und war plötzlich den Tränen nah. »Kit war nicht schwul! Diese Arschlöcher vom FBI sind mit derselben Masche gekommen, aber das stimmt nicht. Ich weiß, dass Kit in irgendeinem üblen Zeug drinsteckte – ich bin ja nicht blöd! Aber tief drinnen war er ein guter Mensch, und ich bin es verdammt noch mal leid, dass die Leute so eine Scheiße über ihn erzählen.«

»Ich wäre auch stinksauer, T'Chia«, sagte ich. Das meinte ich sogar ernst. Vor allem aber wollte ich, dass sie sich beruhigte. Sollte sie noch über irgendwelche Informationen verfügen, wollte ich ihr die so schnell wie möglich aus der Nase ziehen und dann verschwinden. Es machte mich nervös, dass ich in aller Öffentlichkeit mit ihr herumhockte.

»Hat Kit darüber gesprochen, dass er bald an Geld kommen würde? Hat er irgendeinen großen Coup erwähnt?«

»Nicht dass ich wüsste«, sagte sie. »Ich meine, er hat ständig darüber geredet, dass er irgendwann groß rauskommt, aber das war immer so nach dem Motto, was würde ich tun, wenn ich im Lotto gewinne und so.«

Ich konnte es ihren flackernden Augen ablesen, dass sie mehr wusste. Wenn ich jetzt allerdings Druck auf sie ausübte, würde ich riskieren, dass sie mich belog, um mich loszuwerden, und ich wusste nicht genug, um sie festnageln zu können. Ich würde mir mehr Informationen beschaffen müssen. Bis dahin sollte sie ruhig davon ausgehen, dass sie mich abgewimmelt hatte.

Früher oder später würde ich die Antwort erfahren. Egal wie sie lautete.

24

Als ich am nächsten Morgen aufwachte, fühlte ich mich wie neugeboren. Ich hatte den Tag mit einem ordentlichen Gymnastikprogramm und einem Teller gegrilltem Gemüse beschlossen und war dann früh ins Bett gefallen. Die gesunde Einlage hatte mir gutgetan, und ich steckte voller Energie. Wie schon oft schwor ich mir, es von nun an immer so zu machen – und bildete mir ein, es diesmal wirklich ernst zu meinen. Ich legte eine Herbie-Hancock-CD ein, um mich bei meinen morgendlichen Verrichtungen zu begleiten, und summte zu *Driftin'*, als ich mit meinem Kaffee vor dem Kleiderschrank stand und darüber nachdachte, was ich anziehen sollte.

Es stand nicht zu erwarten, dass ich irgendjemanden treffen würde, bei dem ich Eindruck schinden wollte – entschieden wehrte ich mich gegen die Vorstellung, dass ich mit »irgendjemandem« Graden meinen könnte –, und da ich auch nicht vor Gericht erscheinen musste, entschied ich mich für etwas Bequemes. Ein sonniger Tag, nur im Westen entdeckte ich ein paar Wolken, die sich schnell zusammenziehen konnten. Da Toni meinen neuen roten V-Pulli mittlerweile zurückgebracht hatte, zog ich ihn an, außerdem eine schwarze Wollgabardinehose und Stiefeletten mit halbhohen Absätzen. Und natürlich die verhasste Weste. Widerwillig streifte ich meine schwarze Lederjacke darüber. Und entschied mich plötzlich um. Da ich sie sowieso tragen musste, warum nicht das Beste draus machen? Ich zog die Jacke wieder aus, ging zum Spiegel und drehte mich hin und her. Dann kniff ich die Augen zusammen und legte meinen Kopf schräg. Aus diesem Winkel ließ mich die Weste echt heiß aussehen … wenn man auf flache, kantige Frauen stand. Alles eine Frage der Perspektive.

Herbie sang jetzt die letzten Töne des *Watermelon Man*. Ich zog meine Jacke wieder an, steckte die Smith & Wesson .357 in die Handtasche und machte mich auf den Weg zur Arbeit.

Eine Weile später nahm ich den Umweg durch die Flure, um Jakes Büro zu umgehen. Ich wusste, dass ich das irgendwann überwinden musste, aber der Zeitpunkt war noch nicht gekommen. Unterwegs sah ich, dass Tonis Tür offen stand. Es war ungewöhnlich, aber höchst willkommen, dass sie so früh schon im Büro war. Ich ging hin und warf einen Blick hinein. Toni war in eine Akte vertieft, also klopfte ich, um sie von meiner Anwesenheit in Kenntnis zu setzen.

Als sie hochschaute, fiel mir auf, dass sie absolut atemberaubend aussah – perfekt frisiert und zurechtgestylt in einer jadegrünen Bluse und einem engen, beigefarbenen Rock.

»Was ist denn mit dir los?«, fragte ich.

»Ich muss vor Gericht, wegen dieses Doppelmords, den ich von Jake übernommen habe.«

»Oh, musst du die Jury bilden? Sag Bescheid, wenn ich kommen und mir jemanden anschauen soll, falls du eine zweite Meinung brauchst.«

»Nein, nein, keine Jury. Heute geht es nur um die Anträge«, sagte Toni.

Ihr allzu beiläufiger Tonfall war für mich das letzte Indiz.

»Ist zufällig J.D. Morgan der Richter?«, fragte ich.

Toni hatte Mühe, ihren Gesichtsausdruck neutral zu halten. »Die Verteidigung möchte die Rechtsgültigkeit des Geständnisses anfechten«, sagte sie und wich meinen inquisitorischen Fragen aus. »Ich wollte dich diesbezüglich noch um einen Rat bitten.«

Ich zog eine Augenbraue hoch. »Mit Vergnügen. Warum sprechen wir nicht beim Abendessen darüber? Wir könnten ins Pace gehen. Auf meine Kosten.«

Das Pace, Tonis Lieblingsrestaurant, war ein kleines Restaurant in Laurel Canyon, das in eine Lücke hinter den Laden geklemmt worden war, wo Jim Morrison immer seine Lebensmittel gekauft hatte. Es war unspektakulär, aber geschmackvoll, ein beliebter Ort für die Hollywoodmeute, zumal Essen und Wein großartig waren.

Toni schaute mich streng an. »Und wenn es über J.D. und mich gar nichts zu erzählen gibt, zahlst du dann auch?«

»Soll das ein Witz sein?«, antwortete ich. »Du machst doch schon eine Riesengeschichte daraus, wenn ihr nur im Flur aneinander vorbeilauft.«

Das musste Toni mit einem reumütigen Lächeln zugeben.

Ihr niemals langweiliges Beziehungs-Auf-und-Ab mit Richter J.D. Morgan, das sich einer ausgeprägten Bindungsphobie verdankte, war für mich eine unerschöpfliche Quelle der Unterhaltung. Obwohl ich es ihr nicht verdenken konnte, dass sie sich von diesem Mann angezogen fühlte.

J.D. war exakt der Typ ›schnittige Schönheit‹: stahlgraues Haar, blaue Augen, die buchstäblich funkelten, und ein Wahnsinnskörper, der sich seinen Jahren bei der Polizei und seiner Liebe zum Amateurboxen verdankte. Vor Jahrzehnten war es für Polizisten nicht unüblich gewesen, in ein höheres Richteramt zu wechseln. Als sich die Polizei von L.A. dann den Ruf einhandelte, aus renitenten Cowboys zu bestehen, hielten sich die Politiker mit der Ernennung plötzlich zurück. Heute gibt es diese Spezies bei der Polizei nicht mehr. Trotzdem ist es ungefähr so schwer, einen ehemaligen Polizisten unter den Richtern zu finden, wie einen monogamen Mann unter den Politikern.

J.D. Morgan war allerdings der Typ, der von jedem beliebigen Politiker zu jedem beliebigen Zeitpunkt zum Richter bestellt worden wäre. Er war kein Intellektueller, besaß aber dank seiner Lebenserfahrung ein messerscharfes Urteilsvermögen. Außerdem war er der geborene Erzähler, der mit seinem Lachen alle ansteckte. Das sicherte ihm reihenweise Partyeinladungen aus den verschiedensten Milieus, von absoluten Hardcore-Cops bis hin zu Mitgliedern der Los Angeles Philharmonics.

Ich bin ihm erstmals begegnet, als er der zuständige Richter in meinem Brandstifter-Fall war. Damals wappnete ich mich für einen fiesen Schlagabtausch. Der Verteidiger, den wir nach einem Schneckengift Snarol nannten – man stelle sich das Gesicht einer stocksauren Schnecke vor, dann weiß man, wie er aussieht –, war bekannt für seinen Jähzorn und seine harschen persönlichen Attacken. Am Tag der Antragsformulierungen vor dem eigentlichen Prozess fragte Richter Morgan, welche Angelegenheiten wir klären müssten, bevor wir die Jury zusammenstellen. Natürlich sprang Snarol, dem schon Qualm aus den Ohren zischte, sofort auf.

»Die Staatsanwältin hat entscheidende Beweise zurückgehalten! Sie hat mir die Abschriften der Aussagen meines Klienten erst heute Morgen ausgehändigt«, schrie er und fuchtelte mit seinen Zetteln herum. »Das ist vollkommen unzulässig, und es ist meine vollste Absicht, die Sache vor ein Bundesgericht zu bringen.«

»Euer Ehren, ich habe dem Herrn Verteidiger diese Abschriften drei Mal gegeben. Heute war sogar schon das vierte Mal. Es gibt kein …«

J.D. hob die Hand, um mich zu unterbrechen. »Ms. Knight, ich habe die Empfangsbestätigungen gesehen. Mir ist bekannt, wann Sie die Dokumente überreicht haben.« Dann schaute er den Verteidiger an. Sein tiefer Bariton war entspannt, freundlich, aber bestimmt. »Herr Verteidiger, ich möchte, dass Sie mir ganz genau zuhören. In meinen Gerichtsverhandlungen werden keine Spielchen gespielt. Ich gebe Ihnen jetzt einen Rat, und ich hoffe in Ihrem eigenen Interesse, dass Sie ihn sich zu Herzen nehmen. Wenn Sie die Staatsanwältin in dieser Weise angehen, entnehme ich dem ausschließlich, dass Sie nichts vorzuweisen haben – weder juristische Argumente noch Beweise. Sollten Sie bei mir einen Antrag durchbringen wollen, denken Sie an meine Worte.« Es wirkte Wunder. Zum allerersten Mal benahm sich Snarol wie ein zivilisierter Mensch. J.D. gab oft zu, dass er kein großer Jurist war, aber er hatte einen Zen-mäßigen Sinn für Ausgewogenheit. Folglich liebten ihn die Anwälte beider Seiten, weil am Ende jeder einen fairen Prozess bekam.

Die Geschichte zwischen J.D. und Toni begann durch reinen Zufall. Ich stand kurz vor meinem Schlussplädoyer im Brandstifter-Fall, als mir auffiel, dass ich eine wichtige Akte vergessen hatte. Da die Jury in zehn Minuten zurückerwartet wurde, hatte ich nicht mehr die Zeit, in mein Büro hochzugehen und sie zu holen, also bat ich Toni, sie mir zu bringen. Im selben Moment, als sie den Gerichtssaal betrat und »Entschuldigung, Euer Ehren« sagte, sah ich das Feuer in seinen Augen aufflammen. Was folgte, waren ein paar intensive, leidenschaftliche Monate. Die beiden schienen perfekt zueinander zu passen. Ein wenig zu perfekt, wie sich herausstellte.

Sobald sich die Sache herumsprach, wurden sie ständig gefragt, wann es denn so weit sei. Innerhalb kürzester Zeit wichen sie schneller wieder voneinander zurück als russische Zirkusbären. Was sie nämlich unter anderem einte, war die Aversion gegen zu starke Bindungen. Andererseits konnten sie auch nicht voneinander lassen, so perfekt stimmte die

Chemie. Jedes Mal, wenn sich ihre Wege kreuzten, machten sie dort weiter, wo sie aufgehört hatten – bis einer von ihnen wieder in Panik geriet. Und obwohl sie sich jetzt, während der Prozess noch andauerte, nicht sehen durften, lief die Tatsache, dass Toni beruflich mit J.D. zu tun hatte, zielsicher darauf hinaus, dass sie hinterher wieder zusammenfinden würden.

Für einen Psychiater wäre diese Geschichte das gefundene Fressen – wenn denn einer der beiden einen konsultieren würde.

»Bestell J.D. alles Gute von mir«, sagte ich. Und während ich mich umdrehte, um zu gehen, fügte ich noch hinzu: »Von dir bekommt er das ja schon, wie ich sehe.«

Tonis Stift knallte an die Wand, als ich in den Flur trat.

Ich schloss meine Bürotür auf, stellte sie fest und setzte mich vor meinen Computer. Eine Menge E-Mails von irgendwelchen Verteidigern wartete auf mich, außerdem eine von Mister Kontrollfreak alias Superdaddy: FrankDensmore@DensmoreClinics.com. Erstaunlich, dass die Adresse nicht MasterOfTheUniverse.com lautete. Ich hatte ihm regelmäßig E-Mails geschickt, um ihn auf den neuesten Stand zu bringen – und um nicht persönlich mit ihm reden zu müssen. Trotzdem kostete es einige Mühe, ihm nicht unter die Nase zu reiben, wo er sich seine herablassenden und verschwiemelten Mitteilungen über unser Versagen hinstecken konnte.

Ich las gerade sein jüngstes Machwerk, als mein Handy klingelte.

»Bist du im Büro?«, fragte Bailey.

»Ja.«

»Bleib«, sagte sie und legte auf.

Ich versuchte, mich auf meine Aufgaben zu konzentrieren, während ich auf Bailey wartete – und scheiterte kläglich. Was war so dringend und so geheim, dass sie es nicht am Telefon sagen konnte? Glücklicherweise musste ich nicht lange auf die Antwort warten.

»Du wirst es nicht glauben«, begann sie, kaum dass sie mein Büro betreten hatte. »Letzte Nacht ist ein Notruf eingegangen, weil jemand in den Palisades einbrechen wollte.«

Ich schaute sie an und hob eine Augenbraue. Schon wieder die Palisades. An solche Zufälle glaubte ich nicht. Andererseits war ein Einbruch in einem Reichenviertel nicht gerade ungewöhnlich.

»In der Nähe von Susans Haus?«, fragte ich.

»So ziemlich. Wir haben den Täter geschnappt, als er sich bei Nachbarn im Garten verkriechen wollte.« Bailey machte eine Pause und schaute mich vielsagend an, um sicherzustellen, dass sie meine volle Aufmerksamkeit hatte. Hatte sie.

»Unser Täter ist ein Gangmitglied. Dreimal darfst du raten, zu welcher Gang er gehört.

»Sylmar Sevens«, sagte ich.

So viel zu Zufällen.

25

Ich ließ mich in meinen Stuhl zurückplumpsen. »Dass die Sevens in den Palisades zuschlagen, ergibt überhaupt keinen Sinn.« Ein derart gut bewachtes Viertel ist normalerweise nicht erste Wahl für eine Gang, schon gar nicht, wenn ihr Anführer wegen eines Verbrechens, das in derselben Gegend begangen wurde, ohnehin schon im Visier der Polizei ist. Je länger ich darüber nachdachte, desto mehr erschien es mir wie ein Selbstmordkommando, so kurz nach Susans Vergewaltigung in dieses Viertel zurückzukehren. Da könnte man Luis Revelo auch gleich ein Schild um den Hals hängen, auf dem steht: SCHULDIG.

Bailey hatte meine Reaktion beobachtet. »Genau das habe ich auch gedacht«, sagte sie.

»Hat schon jemand mit dem Jungen geredet?«, fragte ich.

»Man hat es versucht. Er macht dicht und verlangt einen Anwalt.«

»Hat er schon einen?«

»Noch nicht.«

Bis sich ein Anwalt einschalten und ihm etwas anderes empfehlen würde, wäre also kein Gespräch möglich. Da das Rätsel, was die Sylmar Sevens in den Palisades zu suchen hatten, vorerst ungelöst bleiben würde, wandte ich meine Aufmerksamkeit Jakes Fall zu. »Was hörst du so über unseren Doppelmord?«, fragte ich. »Hat man irgendwelche Spuren? Haare? Fasern?«

»Sie nennen es nicht Doppelmord.«

»Die können mich mal. Es ist kein Mord plus Selbstmord, solange ich es nicht sage.«

»Ich werde es das FBI wissen lassen«, sagte Bailey ungerührt. »Ansonsten habe ich keine Neuigkeiten. Sie halten alles unter Verschluss.« Bailey zögerte, dann schlich sich ein listiges Lächeln in ihr Gesicht. »Ich wüsste aber jemanden, den du fragen könntest.«

Schlagartig fiel mir ein, dass ich vergessen hatte, ihr von meinem Lunch mit Graden zu erzählen. Sosehr es mir auch widerstrebte, ihr nach dieser Anspielung eine Genugtuung zu verschaffen, konnte ich es doch nicht länger aufschieben. Es bestand sonst die Gefahr, dass sie es von jemand anderem erfuhr, und das würde sie sehr verletzen. Außerdem hatte sie mit ihrer Stichelei nur etwas nahegelegt, was ich ohnehin schon vorhatte: aus Graden Informationen herauszuquetschen.

»Ach, das hatte ich ganz vergessen«, begann ich. Als ich ihr alles erzählt hatte, schaute sie mich ungläubig an.

»Du hattest es vergessen?«

Ich zuckte mit den Achseln. »Wir hatten so viel zu tun.«

Bailey schüttelte den Kopf, lächelte aber. »Typisch. Aber ich will dir mal glauben.« Sie schaute eine Weile aus dem Fenster und sagte dann: »Es ist schwer, nicht zu scheißen, wo man isst.«

»Schönen Dank auch, Elizabeth Barrett Browning«, sagte ich trocken. »Mit dieser poetischen Anwandlung meinst du vermutlich, dass es nicht allzu clever ist, sich ausgerechnet mit dem Typen zu treffen, der die Ermittlungen zu Jakes Tod leitet.«

»Nein, ganz im Gegenteil. Der Fall wird ja nicht ewig dauern. Wo sollen wir bei unseren verrückten Arbeitszeiten schon jemanden kennen lernen, wenn nicht bei der Arbeit? Man ist praktisch gezwungen zu scheißen, wo man isst.«

»Jetzt ist mir doch glatt der Appetit vergangen.« Mit ihren Sprüchen wollte Bailey nur ihre Genugtuung darüber zum Ausdruck bringen, dass ich mich mit Graden getroffen hatte. Sie stießen mir trotzdem übel auf.

»Komm schon, das ist doch nur so eine Redensart. Man scheißt halt …«

»Stopp«, sagte ich und hob die Hand. »Ernsthaft. Ich würde gern bis nächste Woche wieder was essen können.«

Bailey zuckte mit den Achseln. Sie stand auf, um zu gehen, und schlug schließlich einen ernsten Ton an: »Du trägst doch deine Weste, oder?«

»Ja, Mutter.«

Ungerührt fuhr sie fort: »Ruf mich an, wenn ich dich irgendwohin fahren soll.«

Sie hätte mich nicht daran erinnern müssen. Erst heute Morgen hatte mich der Hotel-Manager angerufen und sich überaus behutsam erkundigt, wann ich etwas wegen meines Wagens zu unternehmen gedenke. Zugegeben, mein kleiner Accord war immer schon etwas abgefallen gegen all die Luxusschlitten in der Tiefgarage, aber jetzt, da er in eine mobile Hommage an das künstlerische Talent von Lil' Loco verwandelt worden war, stach er hervor wie Plastikschmuck aus einer Tiffany-Auslage. Ich schob die Sache vor mir her, aber irgendwann musste ich ihn wirklich reparieren lassen. Die Karosserie konnte ich nicht gerade aus der Portokasse bezahlen.

Das war aber nicht der einzige Grund, warum ich mich nicht darum kümmerte. Trotz meiner knallharten logischen Erwägungen, warum wir ganz zufällig in eine Schießerei geraten sein mussten, war mir die Vorstellung, dass da draußen vielleicht doch jemand auf mich schoss, nicht gerade angenehm. Und da ich mich nur äußerst ungern mit lebensbedrohlichen Gefahren und unlösbaren Problemen herumschlug, suchte mein Verstand nach Alternativen. So landete er wieder bei Jake.

Vielleicht war es an der Zeit, die Pädophilie-Geschichte nicht länger zu verdrängen, sondern direkt in Angriff zu nehmen. Ich dachte darüber nach, während ich aus dem Fenster starrte und zusah, wie sich die Bürgersteige mit den Nachmittagsheimkehrern füllten. Desiree, meine Lieblings-Transe, schritt in oberschenkelhohen Stiefeln, Lederminirock und einer langen blonden Lockenperücke selbstbewusst die Spring Street entlang, schaute stur geradeaus und nötigte alle, die ihr entgegenkamen, den Blick abzuwenden. Ich musste immer lächeln, wenn ich sie sah.

Als sich die Büroetage geleert hatte, hatte ich einen Plan. Ich setzte mich an meinen Computer und schrieb eine E-Mail an PedoAlert, eine Bürgerinitiative, die sich dem Kampf gegen Pädophilie und Kinderpornografie verschrieben hatte. Ihr Leiter war Clive Zorn, dem ich vor einigen Jahren im Zusammenhang mit den Ermittlungen zum Tod eines Kindes begegnet war. Die Sache war mir als ein Fall von Kindesmisshandlung übergeben worden; das Kindermädchen hatte man bereits verhaftet. Die Verletzungen deuteten allerdings nicht notwendigerweise auf Mord hin, und so bestand durchaus die Möglichkeit, dass die Jury dem Kindermädchen die Geschichte abkaufen würde, der zufolge das Kind die Treppe hinuntergefallen war und sich das Genick gebrochen hatte – ein Szenario, das zu einem vollständigen Freispruch geführt hätte.

Clive hatte mich angerufen, um mich darauf hinzuweisen, dass sexueller Missbrauch im Spiel sein könnte. Das Opfer wies keinerlei äußerliche Anzeichen für so etwas auf, und man hatte mich gewarnt, dass Clive und seine Leute sich profilieren wollten, indem sie in aufsehenerregenden Fällen ihre Missbrauchsvorwürfe erhoben und so mitmischen zu dürfen glaubten. Zunächst war ich also skeptisch, als Melia mir von seinem Anruf berichtete. Neugier und eine gewisse Paranoia – ich könnte ja irgendetwas übersehen haben – veranlassten mich dazu, ihn dennoch zurückzurufen. Als Clive sagte, dass er selbst gar nicht in Erscheinung treten und mir nur ein paar Tipps geben wolle, war ich überrascht. Mein Misstrauen blieb, aber ich hörte immerhin zu.

Eineinhalb Stunden später standen mir die Haare zu Berge. Ich hatte mehr über Anzeichen für Kindesmissbrauch gehört, als ich es mir je hätte träumen lassen. Sofort erteilte ich den Polizisten genaue Anweisungen für erneute Ermittlungen. Unter anderem fanden sie ein Versteck mit Kinderpornografie, in der auch das Opfer eine Rolle spielte. Vom Alter von zwei Jahren an aufwärts. Aufgenommen vom Kindermädchen. Auf einigen der Videos schüttelte und missbrauchte sie das Kind in einer Weise, die keinerlei äußere Spuren hinterließ. Ein zunächst unklarer Fall endete mit einer Mordanklage, die das Kindermädchen für fünfundzwanzig Jahre hinter Schloss und Riegel brachte.

Seither empfahl ich Clive Zorn jedem Staatsanwalt, der mir über den Weg lief, und vor der Presse hob ich ihn bei jeder sich bietenden Gelegenheit in den Himmel. Clive zeigte sich auf überschwängliche Weise dankbar, daher war ich mir sicher, dass er mir helfen würde. Wie nicht anders zu erwarten, klingelte wenige Minuten, nachdem ich auf »senden« geklickt hatte, mein Telefon. Ich ging sofort ran.

»Staatsanwaltschaft, Rachel Knight.«

»Ich würde gerne sagen, schön von dir zu hören, aber vermutlich geht es wieder um Pädophilie.« Clives überraschend sanfte Stimme hatte mehr als eine Zielperson bei den verdeckten Ermittlungen der Gruppe in die Irre geführt.

Ich erzählte ihm, was ich über Jakes Fall wusste.

»Und jetzt möchtest du wissen, was wir über dein Opfer herausfinden können, stimmt's?«

»Stimmt.«

»Ich brauche einen Abzug von Kits Foto – von dem, das in Jakes Tasche war.«

Ich atmete heftig aus. Das hatte ich befürchtet. »Kannst du auch auf Basis einer Beschreibung eine Recherche machen?«, fragte ich. Einen Abzug zu bekommen könnte sich als unmöglich herausstellen, aber vielleicht würde ich einen Blick auf das Foto werfen können.

»Versuchen kann ich das, klar. Aber deine Beschreibung einer kurzen Nase könnte sich von meiner deutlich unterscheiden. Und was für mich dunkelbraun aussieht, ist für dich vielleicht eher mittelbraun. Selbst wenn sich das Foto des Opfers im Internet befindet, könnte es also sein, dass ich es nicht erkenne.« Clive hob zu einer seiner länglichen, superpräzisen Erklärungen an. Das war die Kehrseite von Clive Zorn. Sie prädestinierte ihn zum Professor für Ingenieurwesen, konnte aber auch den Wunsch in dir auslösen, aus dem Fenster zu springen.

In seiner nervtötend unbeirrbaren Weise fuhr er fort. »Eines musst du nämlich wissen, Rachel. Auch wenn du unter meiner Anleitung die Suche selbst vornimmst, könnte es passieren, dass nicht einmal *du* dich gut genug an die Details erinnerst, um sein Foto im Internet wiederzuerkennen, vor allem wenn es sich um ein leicht verschwommenes Foto handelt. Und natürlich sind *meine* Chancen, einen Treffer auf Basis deiner Beschreibung zu erzielen, noch einmal wesentlich geringer.«

»Schon verstanden. Ich werde mich drum kümmern.«

Er wünschte mir viel Glück, wir verabschiedeten uns, und ich legte auf. Ich wusste, was ich zu tun hatte, und sosehr es mir auch widerstrebte, ich tat es.

Er meldete sich nach dem ersten Klingeln.

»Graden Hales.«

»Ich weiß«, sagte ich trocken. »Ich hab schließlich deine Nummer gewählt.«

»Kurze Frage«, antwortete er. »Wie oft bist du in der Schule rausgeflogen?«

»Nie. Meine Lehrer haben mich alle gemocht.« Es gelang mir, einigermaßen ernst zu bleiben.

»Vielleicht würden sie etwas ganz anderes behaupten.«

»Dann wär das gelogen.« Flunkern war nicht meine Stärke, daher kam ich lieber zur Sache. »Wie wär's mit einem Häppchen im The Cover?« Das war ein Bistro im Flüsterkneipenstil ohne Schild an der Tür. Es lag hinter einem schlichten alten Restaurant aus den Dreißigern, war dunkel und ruhig und ziemlich neu, weswegen es die werten Kollegen vom Gericht noch nicht für sich entdeckt hatten. Dort könnten wir ungestört reden.

»Klingt gut«, sagte er. »Wann?«

Als ich nicht antwortete, gelang es ihm mit einiger Mühe, seine Verblüffung zu überspielen.

»Du meinst, jetzt sofort?«

»Das ist ziemlich kurzfristig, ich weiß. Ehrlich gesagt wollte ich dich um einen Gefallen bitten. Kann sein, dass du damit ein Problem haben wirst, aber selbst wenn die Antwort nein lauten sollte, müssen wir ja trotzdem was essen, oder?«

Graden schwieg so lange, dass ich schon dachte, er hätte aufgelegt. »Okay, ich bin gespannt – und hungrig. In zehn Minuten unten. Ich hol dich ab.«

26

Das weiche Licht der kleinen Glaslampen, die von der Decke herabhingen, erzeugte eine vornehme, aber zugleich gemütliche Atmosphäre. Glücklicherweise war unter den Gästen kein einziges bekanntes Gesicht zu sehen. Wir bestellten beide Salat, aber während Graden Bœuf Bourguignon dazu nahm, begnügte ich mich mit dem üblichen Hühnchen. Nicht dass es nicht gut war, aber Gradens Essen sah eindeutig besser aus. Es fiel mir schwer, nicht ständig auf seinen Teller zu starren.

Eigentlich widerstrebte es mir, ihn nach Kits Foto zu fragen, daher ließ ich diverse Gelegenheiten ungenutzt verstreichen und die moralischen Skrupel in meinem Innern weiterrumoren. Als der Kellner irgendwann unsere Teller abräumte, dachte ich allerdings: Jetzt oder nie. Soeben wollte ich den Sprung ins kalte Wasser wagen, da legte Graden seine Serviette auf den Tisch und beugte sich vor.

»Okay, Knight. Du hast jetzt eine halbe Stunde lang mit dir gekämpft. Raus mit der Sprache.«

Ich wusste nicht, ob ich beeindruckt oder beleidigt sein sollte, dass er mich so leicht durchschaute. »Ich brauche das Foto, das man bei Jake gefunden hat. Das von Kit Chalmers.«

Graden wirkte bestürzt. Ich hatte gewusst, dass es viel von ihm verlangt sein würde, aber jetzt wurde mir klar, dass es vermutlich zu viel war. Mir war nicht wohl in meiner Haut.

»Wofür?«, fragte Graden schließlich.

Ich erzählte ihm von meinen Kontakten zu der Bürgerinitiative. »Wenn Clive das Foto im Internet finden kann – oder vielleicht andere, die so ähnlich sind –, kann ich vielleicht herausfinden, wer es gemacht hat, und andere Hypothesen in Betracht ziehen.«

»Nämlich?«

»Jeder denkt, Kit habe Jake erpresst. Zum Teil ist das vielleicht gar nicht so abwegig. Aber was, wenn Kit jemand anderen erpresst hat als Jake?« Ich wusste, dass die Theorie Schwachstellen hatte, und Graden stürzte sich sofort darauf.

»Warum war Jake dann in dem Zimmer mit ihm? Warum hatte Jake das Foto in der Tasche? Und wieso sollte Kit das Foto bei sich gehabt haben, wenn er bei Jake nur Schutz gesucht hat?«

»Natürlich habe ich nicht auf alle Fragen eine Antwort«, sagte ich kleinlaut.

»Nicht auf eine einzige, scheint mir.«

Ich nickte.

Graden fuhr fort. »Es macht mir wahrlich keinen Spaß, dich zu enttäuschen, aber ein Hotelangestellter konnte sich daran erinnern, dass Jake sich vor der Schießerei nach Kits Zimmernummer erkundigt hat.« Er sah mich vielsagend an.

Ich blickte auf den Tisch hinab. Das war keine erfreuliche Nachricht, aber es änderte auch nicht viel. Ich wollte einwenden, dass Jake, wenn er etwas im Schilde geführt hätte, dem Angestellten gegenüber doch nicht so offen gewesen wäre. Andererseits, wenn er sowieso davon ausgegangen ist, dass er bald tot sein würde, konnte ihm das natürlich auch egal sein.

»Und damit noch nicht genug.«

Gradens Tonfall ließ darauf schließen, dass die Dinge nicht besser wurden.

»Wir haben Jakes letzte Telefonate kontrolliert. Er hatte früher an jenem Tag einen Anruf von Kit bekommen.« Graden machte eine Pause. »Und das war nicht der einzige. Wir haben für die letzten zwei Jahre Gespräche zwischen Jake und Kit nachweisen können.«

»Viele?«

»Nicht viele, aber auch nicht wenige. Es scheint, dass sich alle paar Monate einer von ihnen gemeldet hat.«

Ich atmete langsam und versuchte, die Informationen zu verdauen. Ein unterschriebenes Geständnis war das noch nicht, aber es ging in die Richtung. Trübsinnig hockte ich da und wurde vom Gewicht der Fakten niedergedrückt.

»Tut mir leid, Rachel«, sagte Graden.

»Ist schon gut«, sagte ich und schüttelte den Kopf. »Ich muss das wissen. Wenn es die Wahrheit über Jake ist, dann muss ich mich irgendwie damit abfinden.« Ich dachte noch einmal über das Gehörte nach. »Noch bin ich allerdings nicht so weit.«

Graden nickte finster. »Verstehe. Ich wollte nur, dass du vorbereitet bist.«

Die Absicht wusste ich zu schätzen, wenn auch nicht die Unterstellung, die darin mitschwang, und so saßen wir einen Moment da und schwiegen. Nach einer Weile schaute er sich im Raum um und wandte sich dann wieder an mich. »Wenn ich das für dich tue, musst du sehr vorsichtig sein. Das Foto darf auf keinen Fall an die Öffentlichkeit gelangen.«

Das Engegefühl in meiner Brust ließ nach, und meine Schultern sackten herab, so mächtig war die Welle der Erleichterung, die über mir zusammenschwappte.

»Und du bist sicher, dass dieser Typ von der Initiative nicht mit dem Foto hausieren geht?«, fragte Graden.

»Ja klar«, sagte ich bestimmt. Ich musste Clive zu verstehen geben, dass er das Foto unter Verschluss halten musste, ohne ihm mitzuteilen, dass es auf illegale Weise in seine Hände gelangt war. Das war ein Drahtseilakt, bei dem die Gewichte entschieden zu stark in die eine Richtung zogen.

Graden schaute mich eindringlich an. »Ich hoffe in unser beider Interesse, dass du Recht hast«, sagte er schließlich.

Ich nickte mit so viel Zuversicht, wie ich nur aufbringen konnte, und gab dem Kellner, der untätig an der Bar herumstand, ein Zeichen. Sofort kam er mit den Dessertkarten. Die frühen Dinnergäste waren verschwunden, und das Restaurant war ruhig. Ich wusste, dass es sich nur um eine Verschnaufpause handelte, bevor die eigentlichen Massen aufkreuzen würden, aber im Moment waren außer unserem Tisch nur noch zwei andere besetzt.

Ich wandte mich an Graden. »Dessert? Die Crème brûlée soll ein Gedicht sein.«

»Lass uns teilen«, sagte er. »Ich bin schon ziemlich satt.«

Der Kellner nahm mir die Karte wieder ab. »Eine Crème brûlée, zwei Löffel, kommt sofort«, sagte er und ging.

»Ich möchte dich auch um einen Gefallen bitten«, sagte Graden.

»Ja?«

»Quäl dich beim nächsten Mal nicht so. Mir scheint, dass du nicht gerne um etwas bittest. Mir macht das aber nichts aus, vor allem nicht, wenn es um eine gute Sache geht. Wenn du also etwas willst, sag es einfach. Ich tu, was ich kann.«

Der Kellner brachte die Crème brûlée und legte uns zwei Löffel hin.

Wir durchstachen die perfekt karamellisierte Kruste und genossen den ersten Löffel. Die feste und doch cremige Masse darunter war gerade süß genug, um nichts Verzuckertes zu haben. Wir redeten kein Wort mehr, bis wir über den Boden der Schüssel schabten.

Nachdem ich schließlich gezahlt hatte, sagte Graden: »Du musst mir ein wenig Zeit geben, damit ich unbemerkt darankomme. Könnte ein paar Tage dauern. Wie kann ich es dir sicher zukommen lassen?«

»Bei mir. Wir können uns in der Bar treffen. Niemand, vor dem wir Angst haben müssten, würde je da aufkreuzen.«

»Ein Mädchen mit einer Bar daheim«, kommentierte Graden lächelnd. »Es gibt nur eine Sache, die das noch toppen könnte.«

»Lass mich raten. Zimmerservice?«

Er grinste und stand auf. »Sind wir alle so leicht zu durchschauen?«

»Nur die, die noch einen Funken Leben in sich haben.«

27

Am nächsten Tag betrat ich das Büro mit der Absicht, mich besinnungslos in die Arbeit zu stürzen. Ich wollte nicht darüber nachdenken, dass die Dinge mit Jake und Kit wahrscheinlich doch so lagen, wie es auf den ersten Blick schien. Mein Mittagessen bestand aus einem Truthahn-Wrap an meinem Schreibtisch, wo ich einen Fall nach dem anderen abarbeitete. Nach ein paar Stunden machte ich eine Verschnaufpause, um mich ein wenig zu strecken, und schaute aus dem Fenster. Der Parkwächter vom Parkplatz hinter dem Gerichtsgebäude war in seinem Kabuff eingeschlafen, und ich beglückwünschte mich dazu, dass ich nicht mit dem Wagen zur Arbeit fuhr. Nach dem Päuschen kehrte ich an den Schreibtisch zurück, fraß mich durch stapelweise Anträge der Verteidigung hindurch und entschied, welche ich schriftlich beantworten wollte. Ich saß immer noch über meinen Schreibtisch gebeugt, als ich Tonis Absätze über den Flur klappern hörte. Offenbar war sie erstaunlich früh aus dem Gericht heraus. Als ich allerdings auf die Uhr am Times Building schaute, sah ich, dass es schon Viertel vor fünf war. Die Zeit flog, wenn man in Verdrängungslaune war.

»Hey, Toni. Wie ist es gelaufen?«, rief ich.

Sie blieb in meiner Tür stehen und wirkte vollkommen aufgekratzt. *Es geht also wieder los,* dachte ich. *Die Toni-und-J.D.-Show.* Wär doch zu schön, wenn die beiden diesmal etwas daraus machen würden.

»Hast du jeden Antrag durchgebracht, oder hat er der Verteidigung auch ein, zwei Knochen hingeworfen?« Natürlich würde Richter Morgan niemals zulassen, dass seine Beziehung mit Toni sich auf seine Arbeit auswirkte, aber das sollte für mich kein Grund sein, sie nicht damit aufzuziehen.

Toni verdrehte nur die Augen. »Ich kann die Vorstrafe wegen des Angriffs mit tödlichen Waffen nicht geltend machen, aber das brauche ich auch nicht wirklich. Ansonsten sieht es ganz gut aus für mich … Schnell auf Holz klopfen«, sagte sie und klopfte gegen den Türrahmen.

Wir wussten beide, dass sich die Entwicklung eines Prozesses nicht vorhersagen ließ – ein paar falsche Worte vom falschen Zeugen zum richtigen Zeitpunkt, und ein klarer Fall konnte sich in eine Katastrophe verwandeln. Daher waren Anwälte vor Gericht notorisch abergläubisch. Ich konnte jetzt schon sagen, dass Toni morgen, wenn sie die Jury zusammenstellte, ihr marineblaues Glücksbringerkostüm tragen würde.

»Und wie läuft's bei dir?«, fragte sie.

»Ich bin gestern Abend mit Graden essen gewesen.«

Toni kam herein, schloss die Tür, stellte ihre Aktentasche ab und setzte sich. »Das Beste behält sie natürlich für sich.« Sie ließ ihre Schuhe zu Boden fallen und legte ihre Füße auf einen anderen Stuhl. »Okay, schieß los.«

Nachdem ich es ihr erzählt hatte, bedachte sie mich mit einem verschwörerischen Blick. »Also weiß er jetzt, dass du es faustdick hinter den Ohren hast. Und du weißt, dass er ein Herz hat.«

Ich nickte. »Bleibt zu hoffen, dass uns dieser Gefallen nicht beide ruiniert.«

»Gefährliche Sache, in einem FBI-Fall mit Beweisen herumzuspielen«, stimmte Toni zu. Dann schaute sie auf die Uhr. »Verdammt, ich muss los«, sagte sie, schlüpfte schnell in ihre Schuhe und stand auf.

»Wohin?«, fragte ich. Mit dem Richter durfte sich Toni während des Prozesses nicht treffen, und von anderen Dates war mir nichts bekannt.

»Letzte Woche habe ich in meinem Sportstudio einen Wasser-Aerobic-Kurs begonnen. In genau fünf Minuten geht's los«, sagte sie, nahm ihre Aktentasche und öffnete die Tür. »Ruf mich nachher an«, sagte sie. »Falls du nicht in Handschellen steckst.« Ihr Lachen hallte durch den Flur, als sie sich entfernte.

Ich musterte den Stapel auf meinem Schreibtisch. Zu bearbeiten war jetzt nur noch ein Antrag, das Geständnis eines Angeklagten nicht als Beweismittel zuzulassen. Ich konnte seine Schuld auch so beweisen, zumal es eh nicht zu meinen Stärken gehörte, Geständnisse nutzbar zu machen. Meist erwiesen sie sich als Trojanische Pferde, eine Mischung aus Eingeständnis und Rückzug, gespickt mit tausend »Ja, abers«. Wenn ein Angeklagter die Jury schon verschaukeln wollte, dann sollte er das im Zeugenstand tun, wo ich auch noch ein Wörtchen mitzureden hatte. Sollte der Richter das Geständnis also rauswerfen, wäre das ganz in meinem Sinne, daher entschied ich, eine vorformulierte Antwort dazuzulegen und die gewonnene Zeit für ein bisschen Gymnastik zu nutzen.

Draußen war die letzte Nachmittagssonne verschwunden, aber es lag noch etwas Licht in der Luft. Die Tage wurden schon wieder länger und griffen nach dem Frühling. Ich zog die verhasste Weste an, warf meine Jacke über und spürte das beruhigende Gewicht der .357, als ich die Handtasche über die Schulter warf. An der Tür blieb ich stehen, weil mir einfiel, dass ich ja Bailey anrufen müsste, damit sie mich abholt. Andererseits war es noch früh, und in den Straßen waren viele Menschen unterwegs. Ich beschloss, ihr heute Abend freizugeben. Als ich den Flur entlangging, dachte ich, dass ich unbedingt Toni fragen musste, wie dieser Wasser-Aerobic-Kurs war. Vielleicht wäre das eine nette Abwechslung zu meinen schnöden Verrichtungen im Metall-und-Spiegel-Kabinett.

Die letzten Nachzügler eilten in Richtung der Bushaltestellen und Parkplätze und warfen lange Schatten auf den Asphalt – ein Paralleluniversum von dürren Riesen, die gemächlich über die Laternenpfähle und die spärlich gesäten Bäume hinwegglitten. Ich behielt mein ziemlich forsches Tempo bei und merkte, dass der Abend schneller hereinbrach, als ich vermutet hatte.

Als ich den Pershing Square überquerte, sah ich aus dem Augenwinkel, dass mitten auf der Straße vor mir ein alter Lincoln anhielt. Ich hatte kaum Zeit zu registrieren, wie seltsam das war, als auch schon zwei dunkle Gestalten heraussprangen, in wenigen Schritten bei mir waren und mich am Arm packten. Instinktiv versuchte ich, mich loszureißen und einem der Angreifer auf den Spann zu treten, als sie mir plötzlich eine Decke über den Kopf warfen.

Schnell packten sie mich an Kopf und Füßen, hievten mich hoch und rannten zum Wagen. Ich trat um mich und versuchte zu schreien, aber die Decke erstickte jedes Geräusch. Dann wurde ich auf den Boden vor der Rückbank geworfen und landete mit dem Bauch hart auf der Barriere in der Mitte. Ich krümmte mich zusammen und schnappte vergeblich nach Luft. Panisch begann ich zu röcheln. Nun sprangen die Männer zu beiden Seiten auf die Rückbank. Die Türen knallten zu, und der Motor heulte auf. Mit quietschenden Reifen raste der Wagen los und ließ mein Gesicht gegen den Vordersitz knallen. In meinem Schmerz schnappte ich wieder nach Luft, abermals vergeblich. Meine Gedanken verschwammen. Obwohl ich mich gegen das wehrte, was mich erwartete, war es zu spät. Mein letzter Gedanke war, dass mich niemand finden würde, bis ich jenseits von Gut und Böse war. Dann wurde es schwarz um mich herum.

28

Als ich erwachte, hörte ich das Geräusch des Motors und hatte das Gefühl, durchs All zu rumpeln. Da ich nichts sah, geriet ich in Panik, weil ich dachte, ich sei blind. Dann fiel mir wieder ein, dass man mir eine Decke über den Kopf geworfen hatte. Ich blinzelte ein paar Mal, um mich zu vergewissern, dass meine Augen funktionierten. Wie lange ich bewusstlos gewesen war, wusste ich nicht, und auch nicht, in welche Richtung wir fuhren.

Außer mir waren mindestens noch drei Personen im Wagen, aber niemand sprach ein Wort. Meinen spärlichen Eindrücken nach zu urteilen, waren die beiden Idioten, die mich geschnappt hatten, von dunkler Hautfarbe. Mein Verstand assoziierte sofort Hispanics, dann Gangmitglieder, dann Sylmar Sevens. Wenn ich Recht hatte, worauf ich gut verzichten konnte, war ich so gut wie tot.

Ein Plan musste her. Hatte ich meine Pistole noch? Langsam, damit sie nicht sehen konnten, dass ich mich bewegte, reckte ich meine Hände. Sie waren nicht zusammengebunden. Gut. Vorsichtig bewegte ich meinen linken Fuß. Meine Füße waren auch frei. Noch besser. Meine Handtasche war allerdings futsch, was bedeutete, dass meine Pistole auch futsch war. Das war schlecht, ziemlich schlecht. Die Weste hatte ich noch an, aber das war kein großer Trost. Westen schützen nicht gegen Kopfschüsse. Ich kämpfte gegen das Gefühl der Mutlosigkeit an, bevor ich wieder von Panik überwältigt werden würde. *Konzentriere dich,* sagte ich mir. Um mich zu erschießen, mussten sie mich aus dem Auto herausholen. Niemand wollte eine solche Schweinerei in seinem Wagen, wenn es sich vermeiden ließ. Das würde mir einen kurzen Moment verschaffen, in dem ich mich vielleicht wehren könnte. Innerlich rekapitulierte ich die Kampftechniken, die mir mal ein Krav-Maga-Trainer beigebracht hatte, einer meiner Kurzzeitbekannten. Soeben war ich bei einem todsicheren Kniescheibenkiller angelangt, als mir auffiel, dass die Verkehrsgeräusche nachließen und die Straßen ruhiger wurden. Gleichzeitig registrierte ich den feuchten Geruch von Bäumen und Gras.

Das hatte zu meinem Unglück gerade noch gefehlt. Sofort fielen mir all die beliebten Stellen ein, wo man in der Umgebung von L.A. Leichen entsorgte, die über Monate hinweg nicht entdeckt wurden. Griffith Park lag am nächsten, was den frischen Geruch nach wuchernden Pflanzen und Natur erklären würde. Ich versuchte, mich nicht der Angst zu überlassen und mich weiterhin auf meinen bescheidenen Plan zu konzentrieren. Leider fuhr der Wagen jetzt auf Kies und hielt an. Keine Zeit mehr für Pläne. Ich zwang mich, langsam zu atmen, und fragte mich, was ich als Erstes tun sollte, wenn sie mich vom Boden hochhoben.

Der Typ, der an meinem Kopf saß, umschlang meinen Oberkörper so fest, dass meine Arme an den Seiten festklemmten, zog mich dann hoch und setzte mich auf die Rückbank. Die Decke lag immer noch über meinem Kopf, aber ich spürte, dass er mir eine Waffe in den Nacken drückte. Der andere Wichser packte meinen Ellbogen in einem Winkel, der bei einer unbedachten Bewegung sofort einen scheußlichen Bruch verursachen würde. So wartete ich auf den Schuss und spürte schon, wie er mir die Kehle zerriss. Mein Hirn war dumpf vor Angst, doch gleichzeitig hellwach und registrierte jeden

Geruch und jedes Geräusch. Schließlich sagte eine ruhige Stimme aus Richtung des Fahrersitzes: »Das reicht jetzt.«

Ich holte tief Luft, da es vielleicht mein letzter Atemzug war, und wappnete mich für die sengende Hitze einer Kugel. Stattdessen zog mir jemand die Decke vom Kopf.

Als sich meine Augen an das schwache Licht gewöhnt hatten, merkte ich, dass wir im MacArthur Park waren – nur ein paar Minuten vom Zentrum entfernt – und ich in das Gesicht unseres Hauptverdächtigen starrte: Luis Revelo.

29

Tut mir leid, dass es nicht anders ging«, sagte Luis Revelo sanft. »Wahrscheinlich glauben Sie mir nicht, aber das ist eigentlich nicht meine Art.«

Nachdem ich noch einen Moment zuvor gedacht hatte, ich würde das Zeitliche segnen, wurde ich plötzlich von einem wenig ratsamen Übermut ergriffen. »Im Gegensatz zu Vergewaltigung«, keifte ich mit rauer Stimme. »Die ist offenbar genau dein Ding.«

»Nein, Ma'am. Isses nich'. Ist es nicht«, korrigierte er sich, weil er offenbar um jeden Preis einen guten Eindruck hinterlassen wollte. »Ich wusste, dass Sie das so sehen würden, also musste ich mir was ausdenken, um Ihnen was mitzuteilen. Susan ist meine Freundin und mein Ticket raus. Sie hat mir geholfen bei meinem Abschluss, damit ich aufs College gehen kann, dann vier Jahre MBA. Kommt gar nicht in Frage, dass ich das verkack … versaue.«

»Also hast du eine Staatsanwältin entführt, um ihr das zu erklären?«

Er runzelte empört die Augenbrauen. »Was sollt ich denn machen? Zu den Bullen marschieren und denen erklären, dass ich das Mädchen nicht gefickt hab? Was denken Sie wohl, was die sagen? ›Oh, sorry, Mann. Na dann mal noch 'n schönen Tag‹? Sie wissen so gut wie ich, dass das nicht so läuft.«

Ich schaute ihn an und kniff die Augen zusammen. Er drehte sich jetzt vollständig zu mir um und fuhr fort.

»Die schmeißen mich erst ins Kittchen. Fragen tun sie dann später. Ich hock dann da rum und verrotte, während die langsam ihren Arsch in Bewegung setzen, um meine Geschichte zu checken. Inzwischen macht sich irgendjemand in meinem Revier breit. Oder ich werd abgestochen von irgend so einem Proleten im Knast.« Er machte eine Pause und gab mir die Gelegenheit, seine verzwickte Lage zu begreifen.

Ich sagte nichts dazu. Insgeheim aber dachte ich, dass er »verkackt noch mal« Recht hatte.

»Also schnapp ich mir doch besser Sie und versuch's Ihnen zu verklickern, weil ich hab schließlich nix zu verlieren«, sagte er und löste sich in seinem Bedürfnis, die Sache klarzustellen, von den Fesseln der Grammatik. »Solange ihr denkt, ich war das, tauch ich unter. Aber ist das ein Leben? Erst mal zieh ich also die Sache mit Ihnen durch. Klappt das nicht, geh ich in den Süden. Mindestens Baja. Ist billiger, das Leben da.«

Die Logik war nachvollziehbar. Was ich nicht verstand, war, warum ich ihm abnehmen sollte, dass er Susan Densmore nicht vergewaltigt hatte.

»Und ich soll dir einfach so glauben, dass du es nicht getan hast?«

»Nein.« Er runzelte die Stirn und dachte nach. »Was soll ich Ihrer Meinung nach tun?«

Da die Pistole in meinem Nacken nicht gerade die Kooperationsbereitschaft förderte, sagte ich: »Als Erstes könntest du deinen Kumpels sagen, dass sie mal halblang machen sollen.«

»Sorry«, sagte er. »Manny, nimm die Knarre weg.«

Manny, gegen den kein Deo anstinken könnte, ließ gehorsam die Waffe sinken. Keine schlechte Voraussetzung für Verhandlungen. Den Gestank seiner hyperaktiven Schweißdrüsen ignorierend bedachte ich meine Optionen. Diese Idioten hatten mich entführt und mir eine Heidenangst eingejagt, aber ich konnte Luis' Sicht der Dinge kaum in Frage stellen.

Und wenn er Susan wirklich nicht vergewaltigt hatte, wollte ich den Täter erst recht finden. Je länger ich darüber nachdachte, desto eher schien mir, dass ich von dieser eigentümlichen Zusammenarbeit nur profitieren konnte. Ungewöhnliche Zeiten verlangen nach ungewöhnlichen Maßnahmen. Ich war bereit, mich auf den Deal einzulassen.

»Du machst einen DNA-Test und gehst an den Lügendetektor«, sagte ich. »Wenn das Ergebnis in Ordnung ist, vergessen wir diese Geschichte hier.« Ich blickte die unangenehmen Typen zu meinen Seiten an. »Wenn nicht, gehört dein Arsch mir.«

»Und das ist eine saubere Sache? Ohne Scheiß?«

»Sehe ich aus, als wollte ich dich verarschen?«

Er musterte mich eindringlich, dann nickte er. »Okay.« Nach einer Pause fügte er hinzu: »Aber wenn alles in Ordnung ist, komm ich raus aus der Sache, oder?«

»Ich begleite dich höchstpersönlich hinaus«, versprach ich ihm.

»Abgemacht«, sagte er und langte zwischen den Vordersitzen hindurch, um mir die Hand zu geben.

»Nicht so schnell.« Ich schüttelte den Kopf. »Du hast mein Auto zu Klump schlagen lassen, das kostet mich vier neue Reifen. Außerdem haben deine Leute auf mich geschossen. Ich will die Arschlöcher, die das getan haben, oder du kannst unser kleines Arrangement vergessen.«

Luis starrte mich verwundert an, dann fixierte er meine Bewacher. Die zuckten mit den Achseln, schauten sich wechselseitig an und richteten den Blick dann wieder auf Luis. »Niemand hat irgendwelche Schüsse auf Sie abgegeben«, sagte er, um sich dann nach dem zu erkundigen, was ihm offenbar der dramatischere Schaden zu sein schien: »Kein Scheiß, die haben Ihre Karre demoliert?«

»Einer deiner *pendejos* hat mein Auto so übel zugerichtet,

dass es an eine verbeulte Suppendose erinnert. Dann ist mir und meiner Ermittlerin jemand zur Marsden High gefolgt und hat auf uns geschossen«, sagte ich und war plötzlich sauer.

Dieses Mal wirkte der Schock auf den Gesichtern der drei ziemlich überzeugend, das musste ich zugeben.

»Marsden High? Was hätten wir denn da wohl verloren?«, fragte Luis. Energisch schüttelte er den Kopf und beugte sich zu mir vor. »Verdammt, Ms Knight, Sie wissen doch, wie das läuft. Niemand ballert auf eine Staatsanwältin oder auf einen Bullen, bis ich den Befehl dazu gebe. Und das hab ich garantiert nicht gemacht«, sagte Luis aufgebracht. Abfällig schüttelte er den Kopf. »So ein Mist würde uns alle in die Scheiße reiten. Irgendein Schwachkopf vergreift sich an einem Bullen, und dann haben wir die rund um die Uhr am Hals und können die Geschäfte knicken.«

»Deine Gang geht Geschäften nach?«

Luis nickte ernst. »Ein paar *cabróns* da draußen machen bloß rum und handeln sich immer Ärger ein – für nix. Kriegen nix gebacken. Diese dämliche Scheiße ist nicht mein Ding. Bei mir geht's um Geld«, sagte er sachlich. »Und *familia*.«

Ich war mir nicht so sicher, ob nicht doch irgendwelche seiner Kumpels durchgedreht waren, aber wenn ich ihn bitten würde, das mit seinen Leuten zu klären, würde das für ihn einen Gesichtsverlust darstellen. Und wenn er sich in der Sache mit der Vergewaltigung nichts vorzuwerfen hatte, hätte es für die Sevens ohnehin keinen Grund gegeben, sich so weit aus dem Fenster zu hängen.

»Noch etwas«, sagte ich, denn ich hatte noch eine wichtige Sache mit ihm zu klären. Jetzt, da ich seine volle Aufmerksamkeit hatte, war der Moment günstig.

»Was?«, fragte er misstrauisch.

»Wir haben einen deiner Kollegen geschnappt. Er sitzt im Knast.«

Wieder starrte Luis seine Leute an. Wieder schauten sie ratlos zurück. Ich hatte den Eindruck, dass sie oft so schauten.

»Du hast nichts davon gehört?«

Luis schüttelte den Kopf. Sein Blick hatte sich verfinstert. »Von wem reden Sie?«

»Hector Amaya.«

Luis wandte sich an die beiden: »*Sabes algo?*«

Die schüttelten den Kopf und wirkten geschockt. »*Nada.*«

»Was soll er getan haben?«, fragte Luis.

»Diebstahl«, antwortete ich.

Er nickte. Seine Reaktion – oder vielmehr das Ausbleiben einer Reaktion – ließ darauf schließen, dass Diebstahl zum üblichen Berufsbild gehörte. Was ihn betraf, ging die Sache also in Ordnung. Zeit zu schauen, was er mit dem Rest der Information anfangen würde.

»Ungefähr drei Türen von Susans Haus entfernt«, fuhr ich fort.

Luis runzelte die Stirn und schien plötzlich auf hundertachtzig. »Was zum …?« Seine Nasenflügel bebten, als er den beiden Gangstern neben mir einen scharfen Blick zuwarf.

Diesmal konnte sich einer dazu überwinden, etwas zu sagen. »Ich hab nix darüber gehört, ich schwör's.«

»Ich auch nicht«, sagte Manny.

»Sieht nicht gut aus für dich«, sagte ich.

Luis nickte, und sein Zorn war spürbar. »Sieht scheiße aus«, stimmte er zu. »Ich hab aber nix damit zu tun.« Er sah meine skeptische Miene. »Sie glauben mir nicht, das merk ich. Wie soll ich das denn verdammt noch mal beweisen?«

Ich lehnte mich zurück und musterte Luis eine Weile. »Ich sag's dir. Hector macht dicht und wartet auf einen Anwalt. Bring ihn dazu, mit mir zu reden. Dann sehen wir weiter.«

Luis wandte sich ab, schaute zur Beifahrerseite hinaus und ließ seine Fingerknöchel knacken. Zum ersten Mal fiel mir auf, dass er über eins achtzig groß sein musste und ziemlich kräftig war. Das Krachen seiner Knochen ließ darauf schließen, dass er seine Finger nicht nur dazu benutzte, Schlösser zu knacken. Schließlich sagte er mit finsterer Miene: »Dann müssen Sie mich irgendwie reinbringen. Der wird nix sagen, bis er mich nicht selbst sieht. Und am Telefon kann er nix sagen.«

Ich nickte. Anrufe ins Gefängnis wurden systematisch mitgeschnitten und auch vor Gericht verwendet. Diese bittere Erfahrung hatte schon mehr als ein Angeklagter machen müssen.

Luis nickte ebenfalls, feierlich. »Er wird mit Ihnen reden. Darauf können Sie sich verlassen.«

Unvermittelt hatte ich Mitleid mit Hector. Jetzt verstand ich auch, warum er um einen Anwalt gebeten hatte. Wenn Luis die Wahrheit sagte und Hector die Sache auf eigene Faust durchgezogen hatte – und das auf ungenehmigtem Terrain –, dann hatte er einen Riesenärger am Hals. Das Beste wäre, er würde sich bedeckt halten, seine Strafe absitzen und hoffen, dass die entscheidenden Leute – also Luis Revelo – sich in der Zwischenzeit beruhigten. Redete er mit der Polizei, würde er als Verräter gelten, und das würde alles nur noch schlimmer machen. Dann müsste er nicht nur Angst haben, von den rivalisierenden Gangs im Knast umgelegt zu werden, sondern müsste auch noch seine eigenen Leute fürchten. Das wäre so gut wie ein Todesurteil.

»Du wirst nicht mit ihm alleine sein. Und glaub ja nicht, du könntest unter meiner Aufsicht eine Rechnung begleichen«, warnte ich ihn. Obwohl Luis nicht so dumm schien, Hector während eines Besuchs um die Ecke zu bringen, wollte ich kein Risiko eingehen.

Luis schaute mich an und seufzte. »Lady, bitte. Ich hab schon genug Ärger am Hals, auch ohne diesen Scheiß. Denken

Sie, ich kapier das nicht?« Er schüttelte den Kopf. »Aber wie wollen Sie das alles überhaupt anstellen, ohne dass die mich sofort einbuchten? Ich bin auf Bewährung. Besuche im Knast sind da nicht drin.«

Ich dachte einen Moment nach. »Hast du einen anständigen Anzug?«

Er wirkte beleidigt – als hätte ich ihn gefragt, ob er wisse, wie man ein Diamantarmband verhökert. Dann schaute er an sich herab und fragte: »Was glauben Sie wohl, was ich zu Beerdigungen anziehe?«

30

Mannys Schweißdrüsen hatten ihre Aktivitäten intensiviert, nachdem die Sache mit Hector zur Sprache gekommen war. Der Gestank erstickte mich schier, daher bat ich, auf der Fahrt zum Biltmore vorne sitzen zu dürfen. Luis fand es höchst amüsant, dass eine Staatsanwältin vorne sitzen wollte, und so waren alle zufrieden. Zehn Minuten später hielt er auf der gegenüberliegenden Seite vom Hotel und wandte sich an Manny: »Gib der Lady ihre Knarre zurück.«

Manny gab mir meine Handtasche und ließ mir dann mit einer routinierten Bewegung unterhalb des Autofensters die Pistole zukommen. »Schönes Teil«, sagte er und betrachtete sie gierig.

Ich warf ihm einen warnenden Blick zu, riss sie ihm aus der Hand und ließ sie schnell in meine Handtasche gleiten. Mit Luis einigte ich mich auf Zeit und Ort unseres nächsten Treffens, dann stieg ich aus, klopfte aufs Wagendach, und Luis düste davon.

Ich ging zum Hotel und hatte das Gefühl, dass sich der Boden unter meinen Füßen neigte. Angel, der Portier, lächelte, musterte mich dann aber eindringlich. »Alles okay, Rachel?«

»Alles okay. Ich bin nur ein bisschen müde«, sagte ich mechanisch.

Mein Körper begab sich in Richtung Bar, bevor mein Gehirn registrieren konnte, was er vorhatte. Muskelgedächtnis. Sobald mir klar wurde, wohin die Reise ging, dachte ich an

Drews warmes, herzliches Lächeln und einen kühlen Ketel One Martini, der über meine Zunge und dann meine Kehle hinab floss. Scheinbar schwerelos schwebte ich durch den Raum. Nachdem ich die letzten Schritte in der Lobby zurückgelegt hatte, freute ich mich über die Solidität der polierten Holztür unter meinen Fingern. Als ich hindurchtrat, verstummten die Geräusche hinter mir, als wäre ich durch eine Luftschleuse gegangen. Einen Moment lang genoss ich die Stille, dann hielt ich Ausschau nach Drew.

Erleichtert stellte ich fest, dass er da war. Er war mit jemandem an der Bar in ein Gespräch vertieft, registrierte aber die Bewegung an der Tür und schaute auf. Überrascht bemerkte ich, dass sich auf seinem Gesicht erst Schock und dann Ärger abzeichneten. Das Objekt seiner bisherigen Aufmerksamkeit drehte sich nun ebenfalls um. Bailey. Ihre schmalen, zusammengekniffenen Lippen ließen mich auf der Stelle erstarren.

In all der Verwirrung hatte ich glatt vergessen, dass sich der ganze Schlamassel nur ereignen konnte, weil ich mein Versprechen gebrochen hatte, das Büro nicht ohne Bailey zu verlassen. Ich hatte keine Vorstellung davon, wie lange ich vom Radar verschwunden war, aber an ihrer Miene konnte ich ablesen, dass es lange genug gewesen sein musste, um ihr den Abend zu verderben.

Für meinen Geschmack hätte ich diese Begegnung lieber aufgeschoben und zuerst mein Gleichgewicht zurückgewonnen, aber solange ich mich nicht umdrehte und wegrannte, hatte ich keine andere Wahl, als die Sache hinter mich zu bringen. Ich setzte mich auf einen Barhocker und hob die Hände. »Tut mir leid, ich habe einen Fehler gemacht. Mir ist etwas Verrücktes passiert. Aber lasst mich erst einen Martini trinken, bevor wir loslegen. Bitte.«

Meine Erscheinung oder mein Tonfall mussten ihnen klargemacht haben, dass es mir ernst war, denn Drew zog sofort los, um meinen Drink zuzubereiten. Bailey stieß Luft aus, ohne etwas zu sagen, und warf mir nur einen Seitenblick zu. Ich starrte vor mich hin und merkte, dass meine Hände zitterten. Da ich meiner Stimme nicht traute, schwieg ich ebenfalls. Drew brachte den Martini, und ich verwendete all meine Kraft darauf, mit meiner zitternden Hand das Glas hochzuheben. Flüssigkeit rann über meine Finger, bevor ich das Glas an den Mund bekam und mir einen langen Schluck genehmigen konnte. Nun entfaltete der Drink seine magische Wirkung, und als er durch meine Kehle rann, fühlte ich, wie sich in meiner Brust die vertraute Wärme ausbreitete und mir in den Kopf stieg.

Nachdem ich meine Nerven unter Kontrolle gebracht hatte, holte ich tief Luft und erzählte die Geschichte. Als ich fertig war, nahm Bailey ihren bislang unangerührten Patrón Silver on the rocks und kippte ihn in einem Zug hinunter. Drew schenkte sich einen Glenlivet ein und tat es ihr gleich.

Dann streckte er beide Hände aus und griff nach der meinen. »Versprich mir, dass du dich nie wieder wie eine Idiotin aufführst«, sagte er und schaute mir tief in die Augen.

Ich nickte wortlos, weil ich merkte, dass ich einen Kloß im Hals hatte.

»Herrgott«, sagte Bailey, blickte mich an, schluckte, blickte wieder weg und schüttelte den Kopf. Dann packte sie mich so fest an der Schulter, dass ich zusammenzuckte. »Ich möchte, dass du es sagst«, forderte sie und schaute mir in die Augen.

»Ich verspreche es.«

Sie musterte mich noch eine Weile, ließ dann meine Schulter los und schaute weg. Vielleicht stellte sie sich vor, wie es gewesen wäre, wenn ich frühzeitig den Abgang gemacht hätte. Oder sie dachte, dass mein Abgang nach allem, was ich ihr angetan hatte, keineswegs zu frühzeitig gewesen wäre.

Da ich nicht gerne im Mittelpunkt der Aufmerksamkeit

stand und diese ganze Geschichte schnell vergessen wollte, schlug ich einen anderen Ton an. »Der Vorteil ist, dass wir nun in den Sylmar Sevens kein persönliches Problem mehr sehen müssen. Außerdem kann Luis uns durchaus nützlich sein.«

»Zu irgendetwas nutze zu sein dürfte eine ganz neue Erfahrung für diese Nichtskönner darstellen«, entgegnete Bailey trocken. Ihr Blick verriet mir, dass sie genau wusste, warum ich das Thema gewechselt hatte. Offenbar ließ sie es mir aber durchgehen.

Dankbar bat ich Drew, uns noch eine Runde zu bringen.

Er tätschelte meine Hand und ging, um unsere Drinks zu machen.

Nun legte ich Bailey meinen Plan dar, Luis ins Gefängnis zu schmuggeln, um aus Hector Informationen herauszuquetschen.

Bailey dachte nach und sagte dann: »Wäre einen Versuch wert.«

»Dass wir die Sylmar Sevens nicht als unser Problem ansehen müssen, hat natürlich den Nachteil, dass wir nicht die geringste Ahnung haben, wer hinter uns her ist«, sagte ich und nahm aus der silbernen Etagere eine Handvoll Mandeln. Mein Magen hatte plötzlich gemerkt, dass ich doch noch nicht tot war, und meldete sich mit einem gewaltigen Knurren zurück.

»Nicht hinter *uns*, Knight. Hinter dir. Und was die Ahnung betrifft ...«, sagte Bailey und nahm ihrerseits ein paar Kalamata-Oliven vom untersten Tellerchen der Etagere. »Wir sollten bestellen. Ich sterbe vor Hunger.«

»Moment mal. Was war das mit der Ahnung?«, fragte ich.

Bailey hatte aber schon dem Kellner ein Zeichen gegeben. Sie bestellte ein Filet mignon und gedünsteten Broccoli. Ich nahm ein eigenes Filet und Spinatsalat.

Drew stellte uns unsere Drinks hin. Plötzlich machte sich die Andeutung eines Lächelns in seinen Mundwinkeln breit. »Hat sie dich wirklich dazu gezwungen, eine kugelsichere Weste zu tragen?«

Ich wandte mich an Bailey. »Musstest du ihm das erzählen?«

Sie zuckte nur mit den Achseln. Drew lachte leise in sich hinein, als er sich ans andere Ende der Bar begab, wo ein ungeduldiger Kellner auf ihn wartete.

»Du wolltest vorhin etwas über einen anderen Verdacht sagen.«

Bailey nickte. »Wir haben den Sicherheitsdienst in Susans Viertel überprüft. Soeben habe ich die Berichte bekommen. Von einem der Jungs, die in der Nacht Dienst hatten, fehlen drei Kontrollmeldungen.«

Wir hatten bereits registriert, dass der Sicherheitsdienst nach diesem Hightech-System arbeitete, bei dem die Wachpatrouillen an verschiedenen Kontrollstellen entlang der Strecke ihren elektronischen Code eingeben mussten. Die Geräte speicherten Datum und Zeit der Eingabe. Wenn ein Wachmann in der fraglichen Nacht drei Mal die Registrierung versäumt hatte, war das höchst verdächtig.

»War er für den ganzen Rest der Nacht verschwunden?«

»Weiß ich noch nicht. Aber die drei unterlassenen Kontrolleingaben liegen genau in der Zeit, in der Susan vergewaltigt wurde«, antwortete Bailey.

»Klingt interessant. Arbeitet er noch in dem Laden?«

»Soweit ich weiß.«

»Und das werden wir wann herausfinden?«

»Morgen. Wir werden ihm einen spontanen Besuch abstatten.«

Der Kellner näherte sich mit unserem Essen. Ich starrte gierig auf die Teller, von denen verführerischer Dampf aufstieg.

»Rachel«, sagte Bailey ernst.

Ich riss meine Augen vom Essen los und schaute sie an.

»Keine Alleingänge mehr.«

»Du musst das nicht noch einmal betonen, Bailey«, sagte ich. »Es tut mir wirklich leid.«

Bailey nickte. Ich meinte es so, und sie wusste das auch.

Der Duft des Filet mignon ließ uns beiden das Wasser im Mund zusammenlaufen. Plötzlich fühlten wir uns wie befreit und stürzten uns ohne weiteren Kommentar auf das Fleisch. Als ich irgendwann Luft holen musste, nahm ich noch einen Schluck von meinem Martini und konnte mich endlich genug entspannen, um mir vor Augen zu führen, wie unendlich anders ich mir den Ausgang dieser Nacht vor einer Stunde noch vorgestellt hatte. Das Filet mignon hätte nicht annähernd so gut geschmeckt, wenn ich am Grunde einer Schlucht gelegen hätte. Ich hob meinen Martini und trank darauf.

31

Am nächsten Morgen erinnerten mich meine schmerzenden Rippen daran, einen Racheplan gegen Manny und seinen grobschlächtigen Kumpel zu ersinnen. Vorsichtig rollte ich mich aus dem Bett und zog einen Bademantel über. Dann rief ich im Büro an und teilte Melia mit, dass ich im Fall Densmore unterwegs sein würde. Ich schenkte mir Kaffee ein und nahm ihn mit auf den Balkon, um den Tag auf mich wirken zu lassen. Der Himmel war grau und diesig, aber in der Luft lag das Versprechen von Sonne und Wärme. Ich atmete tief ein und genoss es wie nie zuvor. Nichts macht einem das Glück, noch am Leben zu sein, so bewusst wie die Begegnung mit dem Tod.

Ich schüttelte den morbiden Gedanken ab und wandte mich meinem dringlichsten Problem zu: der Garderobe. Mein Weg würde mich in ein Gefängnis und ins »Cottage« eines Sicherheitsmanns führen, also schloss ich Röcke und Kleider aus und entschied mich für einen leichten Anzug aus hellbrauner Wolle und eine cremefarbene Seidenbluse. Da ich mit Bailey zusammen sein würde, bräuchte ich auch die kugelsichere Weste nicht. Bei dem bloßen Gedanken fühlte ich mich schon leichter, und so beförderte ich sie mit einem Fußtritt in den Schrank. Dann packte ich vorsichtig den Rest meines Outfits in die Aktentasche und ging hinunter.

Bailey wartete bereits vor dem Hotel. Ich setzte mich auf den Beifahrersitz, und wir fuhren in Richtung Osten zum Gefängnis in der Bauchet Street. Unterwegs widmete ich mich der Vollendung meines Äußeren.

»Wie findest du mich?«, fragte ich, als ich fertig war.

Sie schaute mich an und wandte sich dann wieder der Straße zu. »Ich würde sagen, du siehst aus wie eine durchgeknallte Blondine«, erklärte sie und grinste. »Wie eine typische Verteidigerin eben.«

Mein Plan, Hector gemeinsam mit Luis zu besuchen, erforderte eine gewisse Verstellung, daher meine kunstvolle blonde Perücke und die Brille. Da ich nicht viel mit Gefängnissen zu tun hatte, ging ich davon aus, dass man mich nicht erkennen würde. Und sollte jemand auf die Idee kommen, im Register nachzuschauen, wer den kleinen Ganoven besucht hatte – etwas, das ich routinemäßig bei allen Verteidigern tat –, durfte auch mein Name dort nicht auftauchen. Hector Amaya hatte nach einem Anwalt verlangt. Niemand sonst durfte ihn jetzt befragen, daher war mein Besuch vollkommen indiskutabel. Ich konnte aber auch nicht einfach draußen bleiben und Luis alleine hineinschicken. Erstens würde er dann als mein Stellvertreter agieren, und das wäre nicht weniger schlimm, als gleich selbst reinzugehen. Zweitens wusste ich noch gar nicht, ob ich Luis überhaupt trauen konnte. Und drittens konnte Luis sicher einiges aus Hector herausholen, aber es war vielleicht nicht das, was ich brauchte. Wir mussten die Sache also zusammen durchziehen. Womit sich das Risiko nicht wirklich verringerte, denn den Anführer einer Gang einzuschleusen, um einen Nachwuchsgangster unter Druck zu setzen, war auch nicht gerade legitim. Tatsächlich würde ich, wenn man mich erwischen würde, direkt in der Zelle nebenan landen. Alles in allem war es eine verdammt abenteuerliche Mission, weshalb Bailey, die man hier viel eher erkennen könnte, draußen warten musste.

Das Los Angeles County Men's Central Jail in der Bauchet

Street lag weniger als acht Kilometer von den Bürohäusern im Zentrum entfernt, aber die überwältigende Monstrosität des Gebäudes – des größten Gefängnisses der Welt – zog im Umkreis einer Meile alles in den Bann seiner tiefen Trostlosigkeit. Wir holperten über längst nicht mehr genutzte Schienen und fuhren unter einer Hochstraße entlang. Als wir auf die Vignes Street kamen, ragte der Betonkoloss in seiner ganzen Pracht vor uns auf. Mit den Mauern und dem Stacheldraht drum herum war er ein Sinnbild für den Prozess der Entmenschlichung, der sich mit der Wegsperrung vollzog. Wie eine ewige Wolke hing das Gefühl der Hoffnungslosigkeit über dem Komplex. Auf der anderen Straßenseite wimmelte es von schäbigen, aber bunt angemalten oder grell beleuchteten Kautionsvermittlungsagenturen, die sich mit marktschreierischen Namen schmückten: »Kautionen für Knastis« und dergleichen mehr.

Wir fuhren am Gefängnis vorbei und sahen in der Seitenstraße, die ich vorgeschlagen hatte, Luis Revelo in seinem Wagen sitzen. Der Motor lief im Leerlauf. Luis hatte sich vorschriftsgemäß angezogen, wirkte aber hundeelend. Angesichts unseres letzten Treffens hielt sich mein Mitleid allerdings in Grenzen.

Ich nahm die Aktentasche, stieg aus und klopfte ans Beifahrerfenster. Irritiert schaute er mich an, bis ich sagte: »Ich bin's, Luis. Mach auf.«

Ein leises Lächeln schlich sich in sein Gesicht, als er die Verriegelung löste. Ich setzte mich auf den Beifahrersitz, schloss die Tür und begann, seine Requisiten auszupacken. Luis neigte den Kopf und musterte mich aus dem Augenwinkel. Dann sagte er: »Gut sehen Sie aus. Echt heiß.«

Ich starrte ihn an und reichte ihm dann einen Block, eine Akte und eine Brille. »Dein Name ist Enrique Vasquez, und du bist seit drei Jahren mein Rechtsanwaltsgehilfe.«

»Nur Gehilfe? Warum bin ich kein Anwalt?«

Wieder starrte ich ihn an. Er zuckte mit den Achseln. »Ich mein ja nur. Wo Sie sich schon all den Ärger einhandeln, wär das doch wohl auch noch drin.«

»Zieh einfach die Sache mit dem Gehilfen durch, und fang nicht an zu spinnen, okay?«

Ich öffnete die Tür. Wir stiegen aus und begaben uns in Richtung Gefängnis. Luis schaute besorgt zu seinem Wagen zurück.

»Was, wenn mit meiner Karre was passiert? Bei dem Gesocks hier weiß man nie«, sagte er.

»Keine Mätzchen, Luis«, sagte ich und ging voran. Widerwillig beschleunigte er den Schritt. Als wir uns den Toren der Unterwelt näherten, schaute ich mich um und sah, dass er hinter mir her schluffte, die Hände in Gangstermanier in die Taschen gesteckt.

»Nimm die Hände aus den Taschen, halte dich gerade und versuch, so zu tun, als würdest du tatsächlich arbeiten müssen.«

Beleidigt befolgte Luis meine Anweisungen, erwiderte aber: »Ich arbeite. Ich mache Arbeiten aller Art.«

»Sind wenigstens ein paar davon halblegal?«

Er schaute mich verletzt an. »Bald werden alle legal sein. Was glauben Sie, warum ich mit Susan lerne? Ich werd doch diesen Gangsterscheiß … diese Art von Arbeit«, korrigierte er sich selbst, »nicht ewig machen. Das ist doch kein Leben!«

Ich dachte, dass es nicht der Ironie entbehrte, ein solches Gespräch ausgerechnet auf der Treppe eines Knasts zu führen, zu dem wir uns in Kürze Zutritt erschleichen würden, um einen Insassen, der den fünften Zusatzartikel der Verfassung in Anspruch nahm, unter Druck zu setzen.

Auf dem Weg zur Anmeldung vermischten sich die Geräusche von klirrendem Metall und Stimmen, die von den kahlen Wänden widerhallten, mit dem Gestank von Schweiß, Desinfektionsmitteln und abgestandener Luft. Stets versuchte ich mich gegen die spezifischen Reize von Gefängnissen zu wappnen, aber es war zwecklos. Wie im Leichenschauhaus war hier alles eine Beleidigung für Augen, Ohren und Nase – und haftete einem Stunden später noch an. Instinktiv atmete ich flacher, um die Tentakel der üblen Ausdünstungen von meinem Organismus fernzuhalten.

Am Ständer mit den Besucherformularen blieb ich stehen, füllte eins aus und ging dann zur Anmeldung, wo hinter kugelsicherem Glas eine gelangweilte korpulente Frau saß. Den Nervenkitzel, der sich in einem Kribbeln am Rücken bemerkbar machte, versteckte ich hinter einer übertriebenen Demonstration ungeduldiger Arroganz.

»Beatrice Danziger für Hector Amaya«, sagte ich in das runde Metallgitter. »Dies ist mein Gehilfe, Enrique Vasquez. Ich brauche ein Anwaltssprechzimmer.« Mit der echten Bea war ich während des Jurastudiums eng befreundet gewesen. Sie war dann ins Familienrecht gegangen und ich zur Staatsanwaltschaft, daher trafen wir uns nicht mehr oft. Trotzdem waren wir gute Freundinnen geblieben. Als ich ihr am Abend zuvor gesagt hatte, dass ich ihren Ausweis bräuchte, hatte sie gelacht und bereitwillig ausgeholfen. Da sie nie irgendetwas mit Strafrecht zu tun gehabt hatte, bestand nicht die Gefahr, dass irgendjemand ihren Ausweis wiedererkennen würde, und mit der blonden Perücke konnte ich glatt für sie durchgehen. Glücklicherweise war Luis' Cousin Enrique nicht nur mit einer vergleichbaren Ähnlichkeit mit seinem Verwandten gesegnet, sondern darüber hinaus auch noch mit einem bemerkenswert tadellosen Führungszeugnis. Mein Herz klopfte, da ich nur allzu gut wusste, wie illegal das alles war, aber ich überspielte es, indem ich Beas Amtsausweis und ihren Führerschein aus dem Handgelenk in die Schublade warf, lässig und scheinbar genervt wegen der lästigen Formalitäten.

Die Frau zog die Lade zu sich heran, nahm die Papiere und studierte sie mit gerunzelter Stirn, während ich im Kreis herumschaute und insgeheim schon die Bilder vor Augen hatte, wie ich gegen die Wand gedrängt und in Handschellen gelegt wurde. Mit Hintergedanken dieser Art gelangweilt auszusehen, ist nicht ganz einfach, und ich spürte schon, wie meine Kopfhaut glühte. Nun musterte mich die Frau, dann blickte sie wieder in den Führerschein. Vermutlich konnte sie mein Herz klopfen hören.

»Sein Ausweis«, sagte sie, als sie meinen wieder in die Lade legte, und nickte zu Luis hinüber.

Ich brauchte einen Moment, bis das Blut seinen Weg in mein Gehirn zurückfand, dann bedeutete ich Luis mit einer Kopfbewegung, er möge ihr seinen Führerschein geben. Luis tat es, und aus irgendeinem Grund runzelte sie diesmal nicht die Stirn. Sie warf nur einen kurzen Blick darauf, legte den Führerschein wieder in die Lade und schob sie zurück. Innerlich empört darüber, dass sie ihn kaum überprüft hatte, bekam ich nicht mit, dass sie noch etwas sagte.

»Wie bitte?«

»Sie müssen warten. Die Anwaltssprechzimmer sind alle belegt.«

Ich nickte, legte meine Aktentasche und Luis' Akte und Block auf das Laufband vom Metalldetektor und stellte mich dann vors Tor. Als die Wachleute auf der anderen Seite mit unseren Sachen fertig waren und ihr Okay gaben, drückte die Frau auf den Türöffner.

Das Gefängnis war riesig, aber für Besucher nicht gut ausgestattet. Dass wir warten mussten, überraschte mich nicht, da ich wusste, dass es nur fünf Anwaltssprechzimmer gab. Wir lehnten an der Wand und beobachteten die Besucher, die einer neben dem anderen saßen und durch eine Glasscheibe mit den Insassen sprachen, die nebeneinander auf der anderen Seite saßen. Es ging größtenteils um banale Dinge – ob man Essen/Kleidung/Bücher/Bilder mitgebracht habe, wie es Mutter/Freundin/Frau/Kindern gehe und wie mies die Anwälte seien, die nie kämen und ohnehin nur verlangten, man solle sich schuldig bekennen, um eine Strafminderung zu erlangen.

Ich blendete das alles aus und dachte darüber nach, wie schwer Bailey und ich uns mit dieser Aktion getan hatten. Das Risiko lag nicht nur bei mir. Wenn herauskam, dass Hector Besuch von einer Staatsanwältin hatte, wäre er innerhalb von vierundzwanzig Stunden tot. Bei Verrat galt im Gangmilieu, dass man erst zustach, bevor man Fragen stellte. Wenn der Junge also nach diesem ganzen Aufwand mit nichts Interessantem herausrücken würde, wäre ich stinksauer. Mit bloßen Fäusten würde ich es notfalls aus ihm herausprügeln, das schwor ich mir.

Eine tiefe Männerstimme riss mich aus meinen Dirty-Harry-Träumen. »Anwalt für Hector Amaya?«

Ich gab Luis ein Zeichen, und wir gingen zu dem bulligen Polizisten, der neben den Anwaltszimmern stand.

»Er wird in Raum fünf gebracht«, sagte er, zeigte auf das letzte Zimmer und hielt uns die Tür auf.

»Danke«, sagte ich, als ich eintrat. Dann zog ich einen Stuhl heran.

»Noch einen Blick in Ihre Tasche, Ma'am.«

Interessant zu sehen, wie die Gegenseite lebte. Wäre ich als Staatsanwältin hierhergekommen, hätte er das nie getan. Ich gab ihm die Aktentasche, und er wühlte eine Weile darin herum, bevor er sie mir wiedergab.

»Wie lange brauchen Sie?«

»Ungefähr zehn Minuten, aber es könnte auch länger dauern.«

»Sie haben eine Stunde«, sagte er. Dann ging er und schloss die Tür hinter sich.

Ich betrachtete die Glaswände, die unsere kleine Insel der Stille einschlossen. Sie waren schmierig, als hätten sich die Ausdünstungen der letzten zehn Jahre darauf abgelagert. Die Luft in diesem Glaswürfel war noch abgestandener als draußen. Noch hatte ich keine Platzangst, aber wenn ich hinreichend viel Zeit in dieser Schmutzblase verbrachte, könnte das noch kommen. Ich legte meine Akte und den Block auf den verbeulten Metalltisch, der am Boden festgeschraubt war, und klopfte auf den Stuhl neben mir. »Setz dich, Luis, und entspann dich.« Luis stand herum und starrte auf die wartenden Besucher. Seine Miene war finster.

»Luis! Hallo! Du bist ein Rechtsanwaltsgehilfe, der einem Gespräch beiwohnen soll. Hier geht es nicht darum, unschönen Erinnerungen nachzuhängen.«

Langsam senkte Luis den Blick und setzte sich. Dabei murmelte er etwas vor sich hin.

»Was ist denn jetzt schon wieder los?«, fragte ich verärgert.

»Ich hab mich nur gefragt, wie es für Droopy hier ist. Das ist doch voll krass hier, und er ist doch noch ein kleiner Junge.«

Von allen Gangstern dieser Welt hatte ich ausgerechnet an Mr Sensibel geraten müssen. Droopy – Trauerkloß – war vermutlich Hectors Gangname, und ich fragte mich, ob die immer so wenig schmeichelhaft waren. Für mich würde ich doch eher so etwas wie Foxy bevorzugen. Was sicher Teil der Erklärung war, warum ich nie einer Gang angehört hatte.

Jetzt sah ich einen jungen, blassen und hageren Wärter jemanden in unsere Richtung führen. Der Häftling war so schmächtig, dass der Gefängnisoverall wie ein Fallschirm um ihn herumflatterte. Er sah aus wie zwölf. Seine Hände waren an seiner Taille festgebunden, und seine Füße waren zusammengekettet, so dass die beiden nur langsam vorankamen. Nun verstand ich allerdings den Spitznamen. Die Augenwinkel des Jungen hingen in einer Weise herab, die ihm einen ewig traurigen Ausdruck verlieh. Hector alias Droopy war tatsächlich ein kleiner Junge, wenn auch mit den langen drahtigen Armen des perfekten Einbrechers. Die bunten Tätowierungen, die sich daran entlangzogen, würden kurze Ärmel allerdings zu einem heiklen modischen Statement werden lassen.

Der Wärter schloss die Tür auf seiner Seite auf. Ich beobachtete, wie Hector den Raum betrat und sofort erkannte, wer bei mir war. Ihm fielen die Augen aus dem Kopf, und sein Gesicht wurde aschfahl. Ansonsten aber blieb er dankenswerterweise vollkommen cool und sagte keinen Ton, als der Wärter ihn auf den Stuhl setzte. Ich wartete, bis sich die Tür hinter dem Mann geschlossen und er draußen Platz genommen hatte. Dann richtete ich das Wort an Hector.

»Niemand wird je etwas anderes denken, als dass ich deine Anwältin bin. Und dies hier ist mein Gehilfe«, sagte ich und zeigte auf Luis. »In Wahrheit bin ich Staatsanwältin und befasse mich mit der Vergewaltigung, deren Opfer eine gute Bekannte von Luis ist. Zufällig wohnt sie fast genau dort, wo du neulich nachts geschnappt wurdest, was in uns allen den Eindruck erweckt, dass die Sylmar Sevens in der Gegend operieren. Das wiederum bestärkt uns in dem Verdacht, dass Luis der Vergewaltiger war.«

»Das ist dermaßen zum Kotzen, Mann«, sagte Luis mit drohender Stimme.

Hector schrumpfte buchstäblich auf seinem Stuhl zusammen und schaute auf den Tisch, weil er Luis, der ihn wütend musterte, nicht in die Augen blicken konnte. Luis lehnte sich vor und sagte in einem rauen Flüsterton: »Was hast du dir dabei gedacht, verdammt, so ein Ding durchzuziehen, ohne zu fragen? Hast du vergessen, wer der Boss ist?« Die ruhige, aber einschüchternde Eindringlichkeit, mit der er sprach, machte deutlich, warum er in dem Haufen namens Sylmar Sevens den Ton angab. Hector sackte noch weiter in sich zusammen. Hätte man ihn nicht festgebunden, würde er glatt zu Boden gleiten.

»Ich werd mir wohl was ausdenken müssen, um dich daran zu erinnern«, sagte Luis. »Und schau mich an, *pendejo*, wenn ich mit dir rede.« Hector gehorchte, soweit das mit gesenktem Kopf möglich war. »Ich kenne eine Menge Leute hier drin. Die können sich um dich kümmern. Oder auch nicht. Kapiert?«

Für mich war die Sache eine Gratwanderung. Ich musste zulassen, dass Luis seine Muskeln spielen ließ, um seinen Kumpel zum Reden zu bringen, aber ich durfte mich nicht eines Vergehens schuldig machen. Eine solche Anspielung war schon hart an der Grenze.

»Ich dulde keine Drohungen, Luis«, sagte ich leise und so wenig autoritär wie möglich. Außerdem sollte sich Luis auch dadurch Respekt verschaffen können, dass ich ihm Hectors Befragung überließ. »Er soll uns jetzt erzählen, warum er sich ausgerechnet dieses Viertel und dieses Haus ausgesucht hat.«

Luis betrachtete Hector wie ein Stück Scheiße, das an seinem Schuh klebte. »Los, erzähl's der Lady«, forderte er ihn auf.

Hector holte tief Luft, atmete dann aus und zuckte mit den Achseln. »Keine Ahnung. War eine beknackte Idee, aber ich wollte dir nicht schaden, Luis, das musst du mir glauben.«

Fast hätte er mir leidgetan. Andererseits war es mir ziemlich egal, ob er Luis reinlegen wollte oder nicht. »Warum hast du das Viertel gewählt? Und das Haus? Und erzähl mir nicht, deine Oma wohnt da«, sagte ich.

Hector schwieg und schluckte. Sein Adamsapfel hüpfte auf

und ab, bevor er sich irgendwann zu einer Antwort durchrang. »Ehrlich, das war bloß ein dummer Zufall. Ich bin nur so mit meinen Freunden rumgetourt, und da sind wir an dem Haus vorbeigekommen. Sah echt gut aus, und da dachte ich, da schlag ich zu.« Er machte eine Pause, holte Luft und schaute zwischen Luis und mir hin und her, um unsere Reaktion einzuschätzen.

Das war kompletter Blödsinn. Hector wirkte verängstigt, aber aus irgendeinem Grund wollte er nicht mit der Sprache heraus.

»*Pinche cabrón mentiroso*«, fuhr Luis ihn an. »Du machst mir diesen ganzen Ärger, und ich geb dir die Chance, das wiedergutzumachen. Und dann kommst du mir mit dieser Scheiße?«

Hectors Ketten verrieten ihn am deutlichsten. Er zitterte dermaßen, dass er rasselte wie ein Schlossgespenst. Luis starrte Hector unerbittlich an. Seine Miene wirkte fuchsteufelswild.

»Luis, ich weiß, ich hab kein Recht, um was zu bitten, aber wenn ich was sage, musst du hier drin für meinen Schutz sorgen, oder ich bin tot, Mann. Ich bin tot.« Hector hatte Tränen in den Augen, und seine ohnehin schon hohe Kinderstimme wurde noch höher. Das bereitete mir langsam wirklich Sorgen. In was hatte sich dieser tollpatschige Junge nur verstrickt?

Luis sagte gar nichts, sondern musterte ihn nur. Das Rasseln von Hectors Ketten verstärkte die Spannung, die in der Luft lag. Dann spielte Luis schließlich Gottvater und nickte langsam. »Du hast mein Wort«, sagte er sanft und lehnte sich zurück.

Hectors Brustkorb hob und senkte sich, und er begann zu schluchzen. Luis schaute weg, um ihm ein wenig Privatheit zu gönnen, und ich tat dasselbe. Als die Schluchzer sich legten und nur noch ein paar Schniefer zu hören waren, schaute ich wieder hin. Schließlich begann Hector zu reden.

»Da war dieser Typ, und der hat gesagt, da ist ein Haus von echt reichen Leuten, und die würden in der Nacht nicht da sein. Die Hintertür ist offen. Da gibt es Geld und Schmuck, und ich kann das Geld behalten.«

Hector unterbrach sich plötzlich und suchte Luis' Blick. Sein Anführer fuhr ihn mit geblähten Nüstern und rauer Stimme an. »Wieso denkst du nicht nach? Streng doch dein Hirn an! Irgend so ein *vato*, den du nicht mal kennst, erzählt dir was vom Pferd, und du sagst dir nicht: ›Hector, diese Scheiße ist zu schön, um wahr zu sein.‹? *Qué tonto estás!* Genau deswegen solltest du mich um Erlaubnis fragen.« Er tippte mit dem Finger an Hectors Stirn. »Weil du nix in der Birne hast.«

Hector senkte den Kopf wieder und nickte. »Ich hätte es wissen müssen. Aber ich hab gedacht, wenn ich das durchziehe, dann lässt du mich aufsteigen.«

Aufsteigen auf der Karriereleiter der Sylmar Sevens. Vermutlich war es immer gut, Erfolge vorweisen zu können.

»Stimmte es denn?«, fragte ich. »War die Hintertür offen?« Das war ein entscheidender Punkt.

»Ja, war sie. Aber ...«

»... die Leute waren zu Hause«, beendete ich den Satz für ihn. Entweder hatte dieser Typ die Tür selbst aufgemacht, weil er Zugang zu dem Haus hatte, oder er kannte die Gewohnheiten der Familie gut genug, um zu wissen, dass sie die Tür immer offen ließen. In jedem Fall hatte er die Opfer gekannt.

Hector nickte.

»Hat der Typ einen Namen?«, fragte ich.

»Seinen Namen weiß ich nicht.«

Natürlich nicht. Das wäre auch zu einfach. »Beschreib ihn«, sagte ich.

»Weiß. Ziemlich groß. Lange schwarze Haare, glatt zurückgekämmt und mit Pferdeschwanz.«

»Bart, Schnäuzer, Unterlippenbart?«

»Nein.«

»Tätowierungen?«, fragte ich.

Hector nickte und tippte sich links an den Hals, um zu zeigen, wo sie war. Wieder hörte ich die Ketten rasseln. Seine Reaktion auf meine Frage ließ mir schlagartig klar werden, wieso er eine solche Angst hatte.

»AB?«, fragte ich.

Wieder nickte Hector. Luis stöhnte auf und ließ sich zurückfallen. Die AB – die Arische Bruderschaft – war eine der ältesten, mächtigsten und brutalsten Gefängnisbanden Kaliforniens. Hector würde den Fischen gute Nacht sagen können, wenn herauskäme, dass er einen von ihnen verpfiffen hatte. Heutzutage waren sie allerdings nicht mehr so einflussreich wie die Sureños, ein hispanische Gefängnisbande, die auf die mexikanische Mafia zurückging. Sie würde sicherstellen, dass Hector nichts passierte, wenn Luis genug zu sagen hatte, und der Nachwuchsgangster und ich hofften beide, dass dem so war. Aber was für ein verrückter Zufall hatte ein hispanisches Gangmitglied auf einen Typen von der Arischen Bruderschaft treffen lassen, wo sich diese Spezies doch sonst aus dem Weg gingen?

»Wo bist du ihm begegnet?«, fragte ich.

Hector leckte sich die Lippen und schaute erst mich und dann Luis an. »Werden Sie ihn verhaften?«

»Wenn wir ihn finden. Aber dann wirst du längst in Sicherheit sein«, sagte ich zuversichtlicher, als vermutlich angebracht war. Bei Gefängnisbanden konnte man nie wirklich von Sicherheit reden. Bestenfalls von Glück.

Hector wirkte nicht vollkommen überzeugt, aber er hatte keine Wahl.

»Ich hab ihn am Oki-Dog getroffen«, sagte er.

Wenn es das war, woran ich dachte, handelte es sich um eine Imbissbude in Fairfax, wo sich – in den Worten von Jim Morrison – »alle Kreaturen« trafen: Punker, Gauner, Drogensüchtige, Möchtegernschauspieler und Highschool-Schüler, die auf cool machen wollten.

»Hast du ihn da öfter gesehen oder nur das eine Mal?«

Hector zuckte mit den Achseln. »Ich hab ihn ein paar Mal dort gesehen.«

Nachdem ich alles aus ihm herausgeholt hatte, was er mir über den Typen sagen konnte, wandte ich mich an Luis. »Hast du noch etwas?«

Luis schüttelte den Kopf. Wir standen auf, um dem Gefängniswärter ein Zeichen zu geben. Luis nahm seine Akte, hielt dann inne und schaute auf Hector hinab. »Du bist mein Kumpel, also kümmere ich mich um dich. Das kann aber schnell vorbei sein, wenn du noch mal Scheiße baust, *m'entiende?*«

Hector nickte stumm. Mir drängte sich die Frage auf, ob Luis wirklich die Macht hatte, ihn vor der Arischen Bruderschaft zu beschützen. Ich würde es herausfinden, sobald wir den Oki-Dog-Typen gefunden hatten. Die Antwort käme dann wie von selbst.

32

Luis und ich tauchten aus dem Gefängnis auf, blinzelten ins Sonnenlicht und begaben uns zu Baileys Wagen. Als wir aus der Parklücke fuhren, entledigte ich mich der Brille und der Perücke. Bailey brachte uns zu einer nahe gelegenen Klinik, wo sie Beziehungen hatte und wir Luis ohne weitere Nachfragen zu Wangenabstrich und Blutabnahme schicken konnten. Während der Fahrt erzählte ich ihr, was wir von Hector erfahren hatten. Kommentarlos nahm sie es zur Kenntnis. Die Zusammenarbeit mit Luis war ihr nicht geheuer, und so sagte sie in seiner Gegenwart nicht mehr als unbedingt nötig. Ich müsste vielleicht noch skeptischer sein als sie, aber aus irgendeinem Grund hatte ich das Gefühl, dass er tatsächlich mehr sein wollte als ein Gangster.

Als wir die Klinik wieder verließen, warf ich die Perücke in einen Abfalleimer, um alle Spuren zu beseitigen. Luis schien enttäuscht. »Die sah scharf aus, wenn Sie mich fragen. Aber egal.« Dann krempelte er seinen Ärmel herunter und fragte: »Machen wir jetzt also diesen Lügendetektorkram?«

Bailey und ich schauten uns an, als wir alle ins Auto stiegen. Luis unbemerkt auf die Wache zu bekommen und eine polygrafische Untersuchung zu machen, wäre ziemlich schwierig. Wenn man uns dabei ertappen würde, würde man ihn einlochen, egal was wir sagen mochten. Aus Hector würden wir dann, falls es denn nötig sein sollte, nichts mehr herausbekommen. Abgemacht war abgemacht. Ich hatte Luis versprochen, dass er nicht in den Knast musste, wenn er seinen Part erfüllte, und das hatte er getan. Außerdem war ich sowieso kein großer Fan von Lügendetektoren.

Bailey bog schnell links ab und fuhr zurück zur Bauchet Street. Luis zog an seinen Ärmelbündchen und zupfte seinen Kragen zurecht, dann schaute er aus dem Fenster.

»He, was soll das? Wieso fahren wir zurück zum Knast?«

Bailey fuhr weiter und sagte nichts.

Luis räusperte sich und versuchte es noch einmal. »Ich will ja nicht hetzen, aber würde es Ihnen was ausmachen, wenn wir die Geschichte gleich über die Bühne bringen könnten? Ich hab noch ein paar Dinge zu erledigen.«

Vielleicht hatte ich das Gefühl, ihm noch etwas heimzahlen zu müssen, jedenfalls beschloss ich, ihn zappeln zu lassen. Außerdem war ich neugierig. »Was hast du denn so Dringendes zu erledigen?«

»Muss mit den Kids aushelfen. Meiner Mutter geht's nicht gut.«

Ich drehte mich um und versuchte herauszufinden, ob er mich auf den Arm nehmen wollte, aber er schaute mit todernster Miene zurück.

»Den Lügendetektor schenken wir uns. Wir haben ja deine DNA, das reicht.«

Luis wurde knallrot und runzelte die Augenbrauen. »Was? Nein! Das ist nicht fair, Mann«, sagte er und schüttelte energisch den Kopf, um zu betonen, wie unfair das war. »Sie haben mir den Lügendetektor versprochen – was, wenn die mit der DNA Scheiße bauen? Ich traue denen nicht. Wollen Sie mich verarschen?« Er senkte den Blick und schüttelte weiterhin den Kopf, als wäre auf nichts in der Welt mehr Verlass. »Nachdem ich Ihnen da drinnen so geholfen hab …« Er nickte zum Gefängnis hinüber und schaute mich verletzt an.

Ein denkwürdiges Ereignis: ein Verbrecher, der um eine

polygrafische Untersuchung bettelt. Sollte ich noch Zweifel an seiner Unschuld gehabt haben, waren die nun definitiv behoben. Niemand konnte so eingebildet sein, dass er glaubte, einen Lügendetektor täuschen zu können.

»Nein, Luis, ich will dich nicht verarschen. Meiner Meinung nach wird die DNA beweisen, dass du es nicht getan hast, und wir sollten nicht noch mehr Zeit verschwenden – deine oder meine. Im Übrigen könntest du bitte mal weitersagen, dass die nicht *ständig* Scheiße bauen bei DNA-Untersuchungen. Es wäre aber gut, wenn du dich zu unserer Verfügung halten würdest. Vielleicht brauchen wir ja noch mal Hilfe mit Hector oder so. Mach also vorerst keine Urlaubspläne, ja?«

Luis sah mich an. »Urlaubspläne? Sehr witzig. Ich wette, Ihre Kumpels halten Sie für den absoluten Brüller.«

Bailey musste sichtlich ein Lächeln unterdrücken, als sie in eine leere Parklücke gegenüber von Luis' Auto fuhr. Mit zusammengekniffenen Augen starrte er durch die Fensterscheibe und suchte nach Anzeichen für eine Schändung seines Fahrzeugs. Schließlich deutete sein Gesichtsausdruck darauf hin, dass es das Schicksal, neben dem Höllentor zu parken, überstanden haben dürfte.

Luis hatte bereits einen Fuß auf dem Gehsteig, hielt dann aber noch einmal inne. »Hören Sie, stellen Sie auf jeden Fall sicher, dass Ihre DNA-Typen wissen, was sie tun, ja?«

Ich nickte. Er seufzte, stieg aus und rannte zu seinem Wagen. Bailey und ich sahen zu, wie er sich hinters Steuer klemmte, im Rückspiegel sein Haar richtete, den Motor hochjagte und davonschoss.

»Glaubst du, er hilft wirklich seiner Mutter?«, fragte Bailey.

»In den nächsten Stunden vielleicht. Aber danach …«

»Tja.«

Bailey fuhr auf den Freeway in Richtung Westen, wo uns das ultimative Kontrasterlebnis erwartete: aus dem Innern der Hölle in den Olymp von Pacific Palisades, denn wir mussten ja noch den säumigen Wachmann befragen. Ich ließ das Fenster herunter und hielt meinen Kopf in den Wind. Meine Haare wurden vollkommen zerzaust, aber das war mir egal. Seit wir das Gefängnis verlassen hatten, war jeder Atemzug von üblen Gerüchen kontaminiert gewesen, und jetzt wollte ich sie endlich loswerden. Ich hob mein Gesicht und sog das reinigende Kohlenmonoxid ein.

Als Bailey den Freeway verließ, unternahm ich einen halbherzigen Versuch, mein Haar zu glätten und mein Äußeres in Schuss zu bringen. Auf dem Sunset Boulevard hatte ich das Gefühl, dass ich die schlimmsten Ausdünstungen der Bauchet Street aus meinem Organismus vertrieben hatte.

Als wir vor dem Häuschen des Wachpersonals vorfuhren, war die obere Hälfte der Tür geöffnet, so dass wir einen Einblick in das topmoderne Überwachungssystem mit den Monitoren an den Wänden bekamen. Lückenlos waren sämtliche Straßen einzusehen, und immer wenn ein Fahrzeug aufs Gelände fuhr, wurden Zeit und Datum registriert. Selbst Nullraff hatte es geschafft, sich die Videobänder zu Gemüte zu führen, und so wussten wir bereits, dass in besagter Nacht keinerlei Aktivitäten in der Nähe von Susans Haus zu verzeichnen waren. Da der Vergewaltiger das Haus von hinten betreten hatte und die Bewohner noch nicht zulassen wollten, dass Big Brother seine Kameras direkt auf ihrem Grundstück aufstellte, war das allerdings keine große Überraschung.

»Hallo? LAPD«, sagte Bailey und hielt ihre Dienstmarke hoch.

Ein rundlicher, rotwangiger Wachmann in Hemdsärmeln, der sich vor der Monitorwand in seinem ergonomischen Stuhl in eine bequeme Rückenlage begeben hatte, erhob sich schwungvoll und kam mit einem verbindlichen Lächeln zur Tür.

»Was kann ich für Sie tun, Detective?«, fragte er. Seine Beflissenheit ließ darauf schließen, dass er einen ziemlich langweiligen Job hatte. Sein Namensschild verriet, wer er war: SICHERHEITSCHEF NORMAN CHERNOW.

Bailey bedachte Norman mit einem professionellen Lächeln. »Wir suchen Ihren Kollegen Pickelman. Wachmann Duane Pickelman.«

Er nickte demonstrativ. »Da kann ich Ihnen behilflich sein. Er sollte sich irgendwann in den nächsten Minuten von seiner Nachmittagsrunde zurückmelden.« Die unübersehbare Freude, der Bitte Genüge leisten zu können, hatte etwas Rührendes.

»Würden Sie gerne hier bei mir warten?«, fragte er und begann sofort, die Tür zu entriegeln.

»Nein danke, Sir, das ist nicht nötig«, sagte Bailey und zeigte auf den Wendeplatz hinter dem Wachhäuschen. »Wir fahren dort hinüber. Wenn Sie uns einfach ein Zeichen geben könnten, sobald er eintrifft, wäre das wahnsinnig nett von Ihnen.«

»Alles klar, Detective. Kein Problem. Wird erledigt«, sagte Norman, nickte wieder und lächelte breit.

Bailey fuhr den Wagen hinter das Wachhäuschen. Wir blieben sitzen und warteten.

»Alles klar, Detective«, zog ich sie auf. »Zeig ihm doch mal deine Pistole – das wird ihn überglücklich machen.«

Bailey warf mir einen Blick zu, der besagte, dass sie meinen Humor nicht zu schätzen wusste. Pech für sie.

Wir saßen da und beobachteten die Fahrzeuge, die durch das schwere, elektronisch gesteuerte Tor fuhren. Ein brandneuer Hummer verließ das Viertel, am Steuer ein Typ mit Akne, gepiercten Ohren und hochgegeltem Haarkamm. Er sprach in sein iPhone und wippte mit dem Kopf zu den schweren Bässen eines Gangsta-Rap-Songs, der aus beeindruckenden

Lautsprechern dröhnte. Dem Hummer folgte ein brandneues BMW-Cabrio, das von einer jungen Frau gefahren wurde. Ihre langen, pechschwarzen Haare flatterten hinter ihr her, und ihr Leder-Perlen-Armband glänzte in der Sonne, als sie an ihrem diamantbesetzten Handy eine erhitzte Diskussion führte. Ich fragte mich, ob Duane Pickelman vielleicht durchgedreht war, weil er jeden Tag die Kinder der Reichen an sich vorbeifahren sah und irgendwann das Maß voll gewesen war.

Ein Radfahrer in neongelbem Dress mit schwarzen Streifen und einem passenden gelb-schwarzen Helm kam die Steigung hochgeradelt und bog in die Straße ein, die zum Tor führte. Er winkte dem Wachmann zu. Norman winkte fröhlich zurück und drückte auf einen Knopf, um den Radler einzulassen. Der Mann fuhr ein paar Mal im Kreis herum, während er wartete, dass die Torflügel aufschwangen. Ich schaute genauer hin und klopfte Bailey dann auf den Arm. »Schau mal die radelnde Hummel da«, sagte ich. »Ist das nicht unser guter alter Freund Densmore?«

Bailey drehte sich um, nickte dann und kicherte. »Für seine Zwecke ist er perfekt ausgestattet, auch wenn es ziemlich dämlich aussieht. Aber alle Achtung«, sagte sie, nachdem sie ihn eine Weile beobachtet hatte. »Er ist gut in Form.«

Mag sein, aber trotzdem. Gelb-schwarzes Spandex? Die Torflügel kamen zum Stillstand, und Frank Densmore fuhr den Hügel hinauf. Ende der Vorstellung.

Kaum war er außer Sicht, fuhr eine perfekt gestylte, mit Botox aufgearbeitete und entschieden alterslose Frau mit ihrem Porsche-Cabrio durchs Tor. Auch sie hing am Handy – was taten diese Menschen, dass sie ihr Haus nicht verlassen konnten, ohne zu telefonieren? In der Parknische direkt hinter dem Tor hielt die Frau an, um ihr Gespräch mit gestenreichem Palaver zu beenden.

Erst jetzt winkte Normie aus seiner geteilten Tür heraus

und zeigte auf einen Pick-up mit Leuchtschild auf dem Dach: PALISADES SECURITY – 24-STUNDEN-PATROUILLE. Der Wagen kam zum Tor herausgefahren und parkte in der Nähe vom Wachhäuschen. Bailey war aus unserem Auto raus und hatte die Tür des Pick-ups erreicht, ehe der Mann auch nur einen Fuß hinausstrecken konnte.

Ich sah, wie sie dem Wachmann ihre Marke hinhielt, dann zurücktrat, um ihn aussteigen zu lassen, dabei aber die Tür blockierte, um jegliche Fluchtmanöver zu unterbinden. Ich stieg aus und wechselte auf den Rücksitz von Baileys Wagen.

Pickelman war etwa eins achtzig groß, dünn und schlaksig. Das weiße Uniformhemd und die schwarze Hose schlabberten an seinem Körper. Er wischte sich eine Strähne fettiges blondes Haar aus dem Gesicht und schaute Bailey nervös an, als sie auf ihren Wagen zeigte. Kurz schien er zu zögern, dann nickte er widerstrebend und ging mit ihr mit. Sie deutete auf den Beifahrersitz und blieb hinter ihm stehen, als er die Tür öffnete und einstieg. Dann begab sie sich zum Fahrersitz. Ich saß hinter unserem Gast, die Hand auf der Tasche mit der Waffe, falls er irgendeine extravagante Aktion starten sollte.

Bailey stellte mich vor. »Das ist Rachel Knight, die Staatsanwältin, die sich um diesen Fall kümmert.«

Da ich ihm weder die Hand geben noch meine Waffe loslassen wollte, nickte ich bloß.

Pickelman schaute über die Schulter und nickte ebenfalls, dann wandte er sich an Bailey. »Ich hab nichts gesehen in der Nacht.«

»Aber Sie hatten Dienst«, sagte sie.

»Viele hatten Dienst. Na und!« Eine gewisse Streitlust stahl sich in seine Stimme.

»Was heißt hier na und?«, fuhr ich ihn verärgert an.

»Warum fragen Sie nicht die anderen, die Dienst hatten?«

»Weil wir Sie fragen, Duane. Darf ich Duane sagen?« Ich

machte eine winzige Pause. »Okay, Duane. Ist Ihnen bei Ihrer Runde damals irgendetwas Ungewöhnliches aufgefallen?«

»Puh, also …« Er suchte nach Worten.

Seine Reaktion ließ darauf schließen, dass er sich über die versäumten Kontrollmeldungen im Klaren war. Nicht klar war ihm, ob wir auch davon wussten.

»Ich habe Sie nicht richtig verstanden, Duane. Ist in jener Nacht irgendetwas Ungewöhnliches passiert?«, versuchte ich es noch einmal.

»Nein. Nicht dass ich wüsste. Ich meine, das ist ja schon eine ganze Weile her.« Er geriet ins Stottern bei diesen Sätzen, die für seine Verhältnisse vor Informationen nur so strotzten.

»Es war aber doch eine besondere Nacht, Duane. In diesem Viertel werden nicht oft kleine Mädchen vergewaltigt, wie ich mir habe sagen lassen. Versuchen Sie also, sich zu erinnern. Haben Sie irgendjemanden auf der Straße zu Susans Haus gesehen? Irgendwelche unbekannten Autos?«, fragte ich in der Hoffnung, er möge anbeißen.

Duane Pickelman runzelte die Stirn und setzte sein »Denkergesicht« auf, das vermutlich nicht einmal seine Kindergärtnerin getäuscht hatte. Dann wechselte er zu seinem »Ach-so-ja«-Gesicht.

»Ach so, ja. Ich glaube, ich habe einen weißen Camaro gesehen. Also ich weiß, dass ich um diese Zeit herum einen gesehen habe, und ich dachte, komisch, der passt irgendwie nicht hierher.«

Man konnte sehen, wie stolz er auf seine Geistesgegenwart war.

»Wann war das? So ungefähr?«, fragte ich.

Duane verzog das Gesicht noch stärker und sah jetzt aus wie eine Kohlkopfpuppe von Mattel, nur nicht so niedlich.

»Eher später, so gegen Mitternacht vielleicht. Ich bin mir nicht sicher.«

»Erinnern Sie sich denn, wo Sie ihn gesehen haben?«

»Puh. Fragen Sie mich was Leichteres«, sagte er und schielte zu Bailey hinüber.

»Aber es war hier im Viertel, oder?«

»Ja, ja. Auf jeden Fall, es war hier«, sagte er erleichtert.

»Interessant, dass Sie sich daran erinnern, Duane«, sagte ich. »Wenn man den Unterlagen Glauben schenken darf, haben Sie damals nach elf Uhr sämtliche Kontrollmeldungen versäumt.«

Duane erbleichte so rasant, dass ich dachte, er würde in Ohnmacht fallen. Er öffnete den Mund, ohne dass etwas herauskam, dann folgte er irgendeiner klugen Eingebung und kniff ihn wieder zusammen.

»Möchten Sie erklären, warum Sie Ihre Kontrollmeldungen nicht gemacht haben, Duane? Jetzt haben Sie die Gelegenheit dazu.«

»Ich, ich weiß nicht. Kann mich nicht erinnern, dass ich sie versäumt habe.« Duanes Mitteilungsdrang war schon wieder erschöpft.

»Wie wär's, wenn ich Ihnen entgegenkomme?«, sagte ich. »Warum fahren Sie nicht mit uns mit und geben uns eine Speichel- und eine Blutprobe, damit wir Sie als Täter ausschließen können? Wenn Sie nichts mit der Sache zu tun haben und einfach nur den Dienst geschwänzt haben, ist mir das ehrlich gesagt egal. Ich werde es bestimmt niemandem sagen.«

Duane Pickelman setzte eine grimmige Miene auf und schien sich innerlich abzuschotten. Langsam schüttelte er den Kopf. »Nein, nein, das werde ich nicht tun. Kommt nicht in Frage.«

»Dann muss ich wohl annehmen, dass Sie das mit der

Vergewaltigung waren. Aber Sie haben das doch nicht getan, oder?«

»Ich habe nichts mit der Vergewaltigung zu tun. Einen Test mache ich trotzdem nicht«, sagte er und wirkte dabei so trotzig wie ein Kleinkind, das sich weigert, sein Mittagsschläfchen zu halten.

Das Szenario hätte ich mir nicht besser ausdenken können. Ich hatte nicht erwartet, dass er zustimmen würde, und ohne gerichtliche Verfügung konnte ich niemanden zwingen, eine DNA-Probe abzugeben. Zudem war ziemlich unklar, ob ich eine solche Verfügung überhaupt bekommen würde, solange der Verdächtige nicht in Haft saß – dieser dämliche vierte Zusatzartikel. Aber angesichts von Duanes Weigerung und der Tatsache, dass er nicht erklären konnte, warum er seine Kontrollmeldungen verpasst hatte, könnte ein Richter die Verfügung möglicherweise doch unterschreiben.

»Okay, kein Problem. Hören Sie, Duane. Sie bleiben besser in der Nähe, falls wir noch einmal mit Ihnen reden wollen. Wenn wir zurückkommen und feststellen müssen, dass Sie sich vom Acker gemacht haben, wirft das kein gutes Licht auf Sie. Und das wollen Sie doch ganz bestimmt nicht.«

Duane starrte vor sich hin, aber ich sah, dass seine Augen zur Seite wanderten und mich musterten. Seine Nasenflügel bebten, und auf seinen Wangen erschienen zwei rote Flecken. »Ich habe keinen Grund abzuhauen. Sie können mir nichts nachweisen.«

Ich nickte, bedachte ihn mit einem kühlen Lächeln und zeigte dann auf die Tür. »Das ist die richtige Einstellung! Danke, dass Sie sich die Zeit genommen haben. Einen schönen Tag noch.«

Duane ging nicht das Risiko ein, dass ich mich noch einmal umentscheiden würde. Er öffnete die Tür, sprang hinaus und lief zum Wachhäuschen. Ich fragte mich, was er Normie sagen würde.

Bevor ich mich wieder nach vorne setzte, zog ich ein Taschentuch aus Baileys Handschuhfach und wischte den Beifahrersitz ab. Dann fuhr Bailey los.

»Vielleicht ist es an der Zeit, dass du dich dazu herablässt, einen Waffenschein zu beantragen«, sagte sie mit einem demonstrativen Blick auf meine Handtasche, in der friedlich meine Smith & Wesson ruhte. »Lass deine rebellische Jugend endlich hinter dir.«

»Ist das der Dank dafür, dass ich dir den Rücken freihalte?«

»Wenn du jemanden erschießt, muss ich das Doppelte an Papierkram erledigen.«

Papierkram war der Albtraum aller Polizisten. Außerdem wäre es wirklich peinlich, wenn sich Bailey mit mir wegen illegalen Waffenbesitzes herumschlagen müsste, was durchaus möglich war, seit mich irgendjemand im Visier hatte. Und mit der Unterstützung von Bailey und Graden sollte eigentlich nichts schiefgehen.

»Na gut, dann beantrage ich eben den verdammten Waffenschein«, sagte ich und war jetzt schon schlecht gelaunt wegen des ganzen Papierkrams.

»Jeder normale Mensch würde das gerne tun«, sagte Bailey. Da sie allerdings wusste, dass mich das nicht beeindrucken würde, wechselte sie das Thema. »Glaubst du, Pickelman ist unser Mann?«

»Kann sein. Vielleicht weiß er zumindest, wer es war. Oder er hat sich etwas anderes zuschulden kommen lassen.«

»Schön, dass du die Möglichkeiten etwas einengen konntest«, erwiderte Bailey.

»Stets zu Diensten.«

33

Wir waren noch zwei Blocks vom Biltmore entfernt, als in meiner Handtasche mein Handy vibrierte. Geistesabwesend holte ich es heraus. »Ja?«

»Rachel?«

Gradens Stimme.

»Höchstselbst.«

»Ich ruf an, weil ich in der Gegend bin und dachte, ich sag mal Hallöchen.«

Sein betont neutraler Tonfall ließ mich aufmerken, zumal niemand von uns je »Hallöchen« sagen würde. Offensichtlich wollte er mich wissen lassen, dass er nicht ungestört reden konnte. Vielleicht standen ja die FBI-Klone Ted & Fred neben ihm.

»Kannst du in die Bar kommen?«, fragte er leise.

Eigentlich hätte ich gerne eine paar Minuten gehabt, um mich zu sammeln. Meine Haare waren immer noch eine Katastrophe, und ich hätte mir ums Verrecken gerne die Gefängnisatmosphäre vom Leib gewaschen. Da ich aber ahnte, warum er anrief, wollte ich das nicht aufschieben, nur um mich herauszuputzen. Ich würde damit leben müssen, dass er mein wahres Selbst erlebte.

»In fünf Minuten«, sagte ich und legte auf.

Ich klappte mein Handy zu und schnappte mir Aktentasche und Handtasche. Wenn ich rannte, konnte ich es vorher noch in mein Zimmer schaffen, mich einparfümieren und einmal mit dem Kamm durchs Haar gehen. Das war nicht viel, aber besser als gar nichts. Bailey musste begriffen haben, wer am Telefon war, denn nachdem sie an den Straßenrand gezogen war, musterte sie mich von oben bis unten und erklärte: »Wenn ich du wär, würde ich mal in den Spiegel schauen.«

Ich sprang aus dem Auto und sagte: »Ich ruf dich später an.«

Als ich zur Tür lief, schoss Bailey mit quietschenden Reifen davon. Soeben war wohl eine große Versammlung zu Ende gegangen, denn eine Gruppe von Anzugtypen bevölkerte den Eingang. Innerlich stöhnte ich genervt, als ich mich zwischen ihnen hindurchschlängelte. Dann lief ich durch die Lobby, drückte schnell auf den Knopf vom Aufzug und fixierte die Messingtür, um mich den Augen der Öffentlichkeit zu entziehen. Dummerweise reflektierten die Türen meine Gestalt in voller Pracht. Unter meinen Augen verschwamm die Wimperntusche, mein Haar hing in schlaffen, zotteligen Strähnen herab, und den Kragen meiner Bluse hatte ich mit wer weiß was vollgeschmiert. Etwas Essbares konnte es nicht sein, das sagte mir mein leerer Magen. Die Leuchtschrift über dem Aufzug zeigte gerade an, dass er im zweiten Stock hielt, als das Unvermeidliche passierte.

»Rachel, hallo!«, sagte Graden, als er neben mir auftauchte und meinen Arm berührte.

Ich unterdrückte das wilde Verlangen, sofort wegzurennen, und zwang mich dazu, mich umzudrehen und ihn cool anzulächeln. »Hallo.«

Er schaute mich an und musste sich offenbar ein Lächeln verkneifen. »Hattest du einen anstrengenden Tag?«

»Wie kommst du denn darauf?« Im Zweifelsfall ist Unverfrorenheit die beste Lösung.

Er grinste. »Ich nehme an, du wolltest dich noch schnell frisch machen, bevor ich eintreffe.«

Ich sah keinen Sinn darin, das Offensichtliche zu bestätigen, daher seufzte ich bloß.

»Mach ruhig«, sagte er. »Ich bestell schon mal die Drinks.«

Oben in meinem Zimmer rettete ich, was auf die Schnelle zu retten war, und setzte mich zehn Minuten später gegenüber von Graden in die Sitzecke, wo zwei eiskalte Martinis auf dem Tisch standen. Graden hatte seinen noch nicht angerührt.

Er nickte zu den Drinks hinüber. »Perfektes Timing. Sie sind eben gekommen. Ich wusste, dass du dich erfolgreich herrichten würdest, aber ich hätte nicht gedacht, dass es so schnell geht«, sagte er und bedachte mein gekämmtes Haar und meine frische Bluse mit einem anerkennenden Blick.

Bevor er mich nach meinem Tag fragen und zu einer Lüge zwingen würde, auf die ich nicht vorbereitet war, wechselte ich schnell das Thema. »Hast du immer noch die Feds am Hals?«

»Klar. Sie wollen die Meriten für die Klärung dieses Falls einheimsen, also müssen sie wohl oder übel bis zum Ende dableiben.«

»Arbeitet ihr denn noch zusammen, oder haben sie dich schon ausgebootet?«

»Im Moment brauchen sie mich noch. Wenn sie mich ausbooten und dann stecken bleiben, macht das keinen guten Eindruck. Wir spielen also ein kleines Spielchen. Sie horten alle Spielzeuge, erwarten aber von mir ständig neue Ideen.«

»Soll das heißen, du kannst nicht …?«

Graden entschlüpfte ein winziges Lächeln. »Nein, das soll heißen, dass du beeindruckt sein solltest, was für Hindernisse ich überwunden habe, um deinen Drachen zu töten.«

Irgendetwas berührte unter dem Tisch mein rechtes Knie. Als ich hinabschaute, sah ich einen kleinen braunen Umschlag. Es war ihm gelungen, an das Foto von Kit Chalmers heranzukommen. Ich nahm es und ließ es behutsam in meine Tasche gleiten.

»Du musst nicht so vorsichtig sein. Es wurde schon auf Fingerabdrücke hin untersucht«, versicherte Graden.

Dankbar schaute ich ihn an. »Alle Achtung, Graden. Dafür kann ich dir gar nicht genug danken. Ich weiß, wie riskant das war.«

»War es. Aber das ist es wert. Keine Ahnung, was die Feds den lieben langen Tag so machen, aber so viel kann ich dir verraten: Je länger ich sie beobachte, desto eher denke ich, dass es gut ist, wenn du dich selbst um die Sache kümmerst.«

Das war ernüchternd. Sollte ich gehofft haben, das FBI würde hinter die Fassade des Offensichtlichen schauen und vielleicht einen harmlosen Grund für Jakes Anwesenheit in diesem Motelzimmer finden, verrauchte diese Hoffnung just in diesem Moment. Alles hing jetzt von mir ab. Von mir und von Bailey.

»Ich tu, was ich kann, Rachel. Aber du musst aufpassen. Wenn man dich erwischt, kannst du froh sein, wenn du nur deinen Job verlierst.«

Arbeitsverbot, Verhaftung wegen Behinderung der Justiz – das waren meine geringsten Sorgen, nachdem man mein Auto demoliert, mich fast erschossen und dann auch noch gekidnappt hatte. Vermutlich war das aber nicht der geeignete Zeitpunkt, ihm das alles zu erzählen. Stattdessen sprach ich einen Toast aus.

»Auf meine Karriere in der Straußenzucht!«

Wir stießen vorsichtig an und nippten an unseren Martinis. Ich erzählte Graden, dass Luis Revelo wahrscheinlich nicht der Vergewaltiger war, wobei ich unseren Besuch in der Bauchet Street natürlich nicht erwähnte. Dann berichtete ich von Duane Pickelman, der sich durchaus als Kandidat für die Vergewaltigung erwiesen hatte.

»Ihr bleibt aber an ihm dran, oder?«, fragte Graden, als ich erzählte, dass Duane den DNA-Test verweigerte.

»So gut wir können. Während wir uns hier unterhalten, versucht Bailey, eine gerichtliche Verfügung zu bekommen.«

Graden nickte, sah aber nicht sehr zuversichtlich aus. Seine Zweifel waren berechtigt: Einen Richter dazu zu bringen, jemanden gegen seinen Willen zu einem DNA-Test zu zwingen, war nicht leicht, wenn die Person nicht in Haft saß. Die Verhaftung wiederum wollte ich nicht vornehmen, bevor ich mir nicht ganz sicher war, dass ich den richtigen Mann hatte. Die Verteidigung liebte es, all die Unschuldigen aufzuzählen, die wir verhaftet hatten und wieder freilassen mussten, bevor wir uns schließlich auf ihren Mandanten kapriziert hatten. Einen guten Eindruck machte das, gelinde gesagt, nicht.

Nun hechelten wir sämtliche guten und weniger guten Richter durch, was uns selbstverständlich auf Toni und J.D. brachte. Wir waren uns einig in unserer Bewunderung – für beide als Person und für beide zusammen als Paar.

»Er war auch als Polizist einer der Besten«, bemerkte Graden. »Ich wünschte, ich wüsste, was sein Problem ist.«

»Wie meinst du das?«

»Mit Toni. Ich weiß, dass er wirklich an ihr hängt, aber er bringt die Sache einfach nicht unter Dach und Fach.« Graden schüttelte verwundert den Kopf.

»Ich denke, sie haben beide Angst, sich zu binden.«

»Nun ja, das gilt vermutlich nur für eine Seite.«

Ich schaute Graden irritiert an.

»Meiner Meinung nach ist sie es, die Angst davor hat, sich zu binden. Er hat Angst, abgewiesen zu werden.«

»Bist du dir da sicher?«

Graden zuckte mit den Achseln. »Meiner Erfahrung nach

denken Frauen, dass Männer vor festen Bindungen zurückscheuen, während Männer in Wahrheit viel anhänglicher sind als Frauen.«

Die Unterhaltung hatte eine unerwartete – und unangenehme – Wendung genommen. Mein eigenes Unbehagen bei diesem Thema zwang mich dazu, die Möglichkeit in Betracht zu ziehen, dass er vielleicht Recht hatte. Wenn mich ein Mann um die Bestätigung bat, dass mich außer ihm niemand interessierte, bekam ich sofort Platzangst. Exakt dieser Moment hatte zum Ende von mehr als einer Beziehung geführt. Zumindest bis Daniel kam. Während ich vor mich hin grübelte, wartete Graden auf eine Reaktion.

»Stimmt schon, Singlefrauen sind angeblich sehr viel glücklicher als Singlemänner«, witzelte ich und kippte meinen Drink hinunter.

Graden registrierte mein Ausweichmanöver mit einem kleinen Lächeln. »Noch einen Martini?«

Ich schaute in mein Glas. »Der hier scheint leer zu sein.«

Nun wandten wir uns leichteren Themen zu, wobei ich unter anderem erwähnte, dass ich einen Waffenschein beantragen wollte. Gäste kamen und gingen, wir redeten und lachten, und irgendwann brachte Graden mich zum Fahrstuhl.

»Das mit dem Waffenschein kann ich übrigens nur begrüßen«, sagte er.

»Danke für den Vertrauensbeweis.«

»Ich vertraue vor allem auf meinen Instinkt, der mir sagt, dass du so oder so eine Waffe tragen wirst«, erwiderte Graden.

Ich lachte und bestätigte seine Vermutung, verspürte allerdings kein großes Bedürfnis, ihn darüber aufzuklären, dass ich längst eine Waffe in der Tasche hatte.

Der Aufzug klingelte. Nachdem sich die Tür geöffnet hatte, hielt ich meine Hand vor die Lichtschranke.

»Danke«, sagte ich, plötzlich ernst. »Für alles.«

Er schaute mir einen Moment lang in die Augen. »Jederzeit gerne«, erwiderte er sanft.

Zurück in meinem Zimmer war ich mir nicht sicher, ob ich von diesem Blick oder von den Martinis benommen war. Ich schaute ein wenig fern, duschte und fiel dann ins Bett. Irgendwo in weiter Ferne erstrahlte die Aussicht auf eine ernsthafte Beziehung mit Graden. Ob etwas daraus werden würde – ob ich es überhaupt wollte –, war unklar. Zu müde, um diese Frage eingehend zu erörtern, schloss ich die Augen und war innerhalb weniger Minuten eingeschlafen.

34

Als ich am nächsten Morgen erwachte, war ich untypisch schnell fit und hatte das Gefühl, dringend etwas erledigen zu müssen. Was war das nur? Ich stand auf, ging ins Bad und spritzte mir kaltes Wasser ins Gesicht.

Plötzlich fiel es mir wieder ein. Schnell zog ich Jeans und Pullover an, schnappte mir Laptop und Handtasche und lief zum Aufzug. Im zweiten Stock stieg ich wieder aus und ging direkt ins Büro der Hotelverwaltung.

»Zoey, hast du etwas dagegen, wenn ich mal kurz deinen Scanner benutze?«, fragte ich.

Zoey war nicht gerade die Person, die man in der Verwaltung eines Luxushotels erwarten würde. Sie ist in den Sechzigern geboren, und als sie alt genug war, um einer zu werden, waren die Hippies längst museumsreif. Davon unbeirrt, trug Zoey farbige Omabrillen und weite, bunte Röcke, dazu Sandalen und Perlen. Stets schien ihr Haar in eine Weihrauchwolke gehüllt. Sie ging auch nicht normal, sondern glitt wie ein murmelnder Bach dahin. Alles an ihr war sanft, und doch leitete sie die Verwaltung mit der Präzision einer Schweizer Uhr. Ihre Erscheinung beruhte auf einer Sinnestäuschung: Sie bewegte sich in Überschallgeschwindigkeit und schien doch still zu stehen.

Jetzt schaute sie über den Rand ihrer Omabrille hinweg. »Klar, mach nur. Soll ich dir helfen?«

»Lieb von dir, aber ich weiß, wie's geht.«

Ich ging zum Scanner und stellte alles ein. Dann legte ich

Kits Foto auf die Platte, klappte den Deckel zu und schloss meinen Computer an. Innerhalb weniger Sekunden hatte ich das Bild übertragen, steckte das Foto wieder in meine Handtasche und stöpselte den Computer aus.

Zoey telefonierte, daher dankte ich ihr stumm. Sie winkte, und ich kehrte auf mein Zimmer zurück. Rasch öffnete ich meinen Laptop, schrieb eine Mail an Clive und fügte das Foto als Anhang hinzu.

Ich wollte das Foto wieder in das Reißverschlussfach meiner Handtasche stecken, als ich plötzlich innehielt und es noch einmal betrachtete. Kit schien nicht zu posen – die Kamera schien ihn vielmehr in einem unbeobachteten Moment erwischt zu haben. Trotz all der coolen Tattoos und Piercings hatte Kit den Blick eines verlorenen Kindes. Mein Herz zog sich zusammen. Am Jugendgericht hatte ich diesen Blick bei vielen Kindern gesehen, Wesen, die zufällig auf die Welt gekommen und dann wie Unkraut sich selbst überlassen worden waren. Eine elterliche Bezugsperson, für die sie wichtig genug waren, um ein paar Regeln mitzubekommen, fanden sie bestenfalls in vereinzelten Richtern oder Bewährungshelfern. Noch einmal betrachtete ich das Foto und konzentrierte mich nun auf den Hintergrund, um nach Hinweisen zu suchen, wo es aufgenommen worden sein könnte. Viel war nicht zu erkennen. Kein Tisch, keine Stühle, keine Möbel. Dann entdeckte ich plötzlich eine vertikale schwarze Linie. Ich nahm das Foto näher heran. Was war das? Befand es sich an der Wand hinter Kit, oder war es einfach nur ein Fehler in der Kamera? Nicht auszumachen. Ich beschloss, es später durch eine Lupe zu betrachten, und ging duschen.

Als ich mich gerade abgetrocknet hatte, klingelte das Telefon.

»Alltagskleidung, bitte«, sagte Bailey. Die Verkehrsgeräusche verrieten, dass sie bereits im Wagen saß.

Ich zog meine Jeans wieder an, dazu ein langärmeliges T-Shirt und einen schweren Zopfpulli. Make-up und Frisur widmete ich mich nur flüchtig, um noch schnell meine E-Mails zu kontrollieren. Clive hatte geschrieben, dass er das Foto bekommen hatte und sich melden würde, wenn er etwas fand. Ausnahmsweise war ich voller Begeisterung für unser Computerzeitalter. Ich schloss meinen Laptop, steckte ihn in die Computertasche, nahm meine Handtasche und hatte schon einen Fuß in der Tür, als mir einfiel, dass ich meine gerechte Strafe vergessen hatte. Zwar würde ich mit Bailey zusammen sein, aber wenn ich Alltagskleidung anziehen sollte, würden wir uns offenbar im Freien aufhalten. Also ging ich wieder zurück, holte die kugelsichere Weste aus dem Schrank und zog mürrisch meinen schweren Pullover aus. Nachdem ich die Weste zugeschnürt und mich wieder angezogen hatte, stapfte ich aus dem Zimmer und fühlte mich wie ein Kind, das statt Sneakers steife Anzugschuhe tragen muss.

»Ich kann es nicht glauben, dass ich den ganzen verdammten Tag lang dieses Ding tragen soll«, sagte ich, als ich zu Bailey ins Auto stieg.

Sie schaute mich nur an. »So war's ausgemacht, Knight.«

Beleidigt wollte ich meine Arme vor der Brust verschränken, aber die Weste war zu dick, und so rutschten sie wieder auseinander. Aus dem Augenwinkel sah ich Bailey grinsen.

Auf der Fairfax Avenue fuhren wir in Richtung Süden. Als wir den Beverly Boulevard überquerten, kam das berühmte Oki-Dog in Sicht. Es war erst halb elf, und die Tische draußen waren noch nicht besetzt. Als Bailey auf dem öffentlichen Parkplatz auf der anderen Straßenseite hielt, wunderte ich mich über die Beliebtheit dieser unscheinbaren Imbissbude. Mit ihren Gitterfenstern und den schäbigen Anschlägen, auf denen die Gesundheitskiller des Tages verzeichnet waren, hatte sie wahrhaftig nichts Einladendes. Aus irgendeinem

Grund aber zog das Oki-Dog eine Menge begeisterter Kunden an. Und wenn Hector Amaya die Wahrheit sagte, hatte ihn einer von ihnen auf den Diebstahl in Susans Viertel angesetzt. Sobald wir wussten, wer dieser Typ war, würden wir auch herausfinden, warum er es getan hatte. Möglicherweise hatte das Ganze nichts mit der Vergewaltigung zu tun, aber wenn doch, waren wir einen großen Schritt weiter.

Da buchstäblich niemand da war, beschlossen Bailey und ich, bei Canter's vorbeizugehen und etwas zu essen. Das Deli erlebte Höhen und Tiefen auf der Beliebtheitsskala, hatte aber stets köstliche Speisen im Angebot. Ich schrieb jede Vorsicht in den Wind und bestellte einen Lachs-Bagel mit Frischkäse und Kapern, während Bailey sich für Fischfilet im Brötchen entschied.

»Haben wir die Ergebnisse zu Revelo schon?«, fragte ich.

Sie schüttelte den Kopf. »Die kommen aber bald. Und wir wissen ja, dass sie ihn entlasten werden.«

»Ich habe Graden gegenüber schon erwähnt, dass wir Revelo praktisch nicht mehr in Betracht ziehen. Worauf ich mich wirklich freue, ist, wenn ich Densmore von seinem Irrtum in Kenntnis setzen kann.«

Bailey grinste zufrieden. »Köstlich.« Nach einem kurzen Zögern fragte sie: »Was hast du Graden erzählt, worauf sich unsere Erkenntnisse stützen?«

»So wie ich es auch Densmore und Vanderhorn gegenüber darstellen werde. Ich behaupte einfach, dass wir Revelo zufällig aufgetrieben haben und er sich einverstanden erklärt hat, einen DNA-Test zu machen.«

Bailey nickte anerkennend.

Als wir zum Oki-Dog zurückkamen, begann es langsam, sich zu füllen. Bailey und ich suchten uns strategisch geschickte Plätze am Rande des Geschehens, von wo aus wir die Menge überblicken und nach dem Typen von der Arischen

Bruderschaft Ausschau halten konnten. Obwohl wir keinen Hunger hatten, machte uns der Geruch von Frittiertem wahnsinnig. Ich holte mir eine große Diät-Cola, um mich irgendwie zu beschäftigen, und nippte langsam daran, um nicht irgendwann zum Klo rennen zu müssen. Drei Stunden, zwei weitere Becher und eine platzende Blase später war von unserem Mann immer noch nichts zu sehen. Genervt schaute ich Bailey an.

»Ich könnte mit ein paar Kollegen reden, die hier im Revier arbeiten. Vielleicht können sie die Augen ein wenig offen halten«, schlug sie vor.

Wir wussten beide, dass die Erfolgsaussichten eher gering wären. Die Streifenpolizisten hatten schließlich ihre eigene Arbeit zu tun. Etwas Besseres fiel mir allerdings auch nicht ein. Ich wollte mich schon nach meiner Tasche bücken, als ich jemanden bemerkte, der mir bekannt vorkam. Er war groß, schmal und schwarz, trug Afrolook und stand mit einer Gruppe Teenager neben der Tür. Ich schaute Bailey an und deutete mit dem Kopf in seine Richtung. Sie nickte. Leise standen wir auf, gingen um die Bude herum und tauchten direkt hinter ihm auf.

»Hey, Dante«, sagte ich direkt in sein Ohr. »Alles klar?«

35

Der Junge sprang buchstäblich in die Höhe, als er meine Stimme hörte. Für den Fall, dass er denken sollte, er könne einfach abhauen, trat Bailey von vorne an ihn heran. »Hallo, Dante«, sagte sie. Dann wandte sie sich an die anderen. »Hättet ihr was dagegen, wenn wir uns euren Freund eine Sekunde ausborgen?«

Dante, der klarstellen wollte, dass er kein Spitzel war, fragte schnell: »Ist es wieder wegen Kit?«

»So ist es. Wir wollten dir nur mitteilen, was wir von der Sache halten, und deine Meinung einholen«, antwortete ich und ermöglichte es ihm, ohne Gesichtsverlust aus der Sache rauszukommen.

Er hatte keine Wahl, nickte aber verständig, als hätte er eine, und begleitete uns zu unserem Tisch.

Als wir uns setzten, fiel mir auf, dass er furchtbar abgemagert aussah. Könnte mit Drogen zu tun haben, aber das bezweifelte ich. »Möchtest du was essen, Dante? Bist eingeladen.«

Er schaute mich eine Sekunde lang an, sagte aber schon im nächsten Moment: »Ja klar. Ich nehme zwei Oki-Dogs, einen Cheeseburger und Pommes.«

»Zu trinken?«

»Oh, Dr. Pepper wär super, danke.«

Während Bailey die Fressalien holte, versuchte ich, mit ihm ins Gespräch zu kommen. »Hast du auf der Straße was über Kit gehört? Vielleicht, was er vorhatte, kurz bevor er starb?«

»Nein«, sagte Dante, rieb sich die Hände an seiner Jeans und schaute ungeduldig zur Bude hinüber.

»Wo wohnst du, Dante? Wo lebt deine Familie?« Die Frage konnte ich mir erlauben, denn egal, wo es war – dieser Junge wohnte ganz offensichtlich nicht dort.

»Dad« – er zuckte mit den Achseln – »keine Ahnung. Nie von gehört. Mom lebt unten in Jordan Downs, mit meiner Großmutter.«

Seine Mutter lebte also im Herzen des Ghettos von Watts, eine ziemlich harte, ziemlich arme Gegend. Ich betrachtete seine saubere, aber zerschlissene Jeans, das tausendfach gewaschene T-Shirt und die gepflegten, aber abgelaufenen Turnschuhe. Offenbar kümmerte er sich seit geraumer Zeit um sich selbst, und das mit leidlich wenig Geld. Wenn ich zu lange darüber nachdenken würde, würde mein Herz direkt vor seinen Augen brechen, daher schaute ich mich lieber unter den Oki-Dog-Kunden um. Es war der übliche zusammengewürfelte Haufen, von den Emos mit ihren schwarz lackierten Fingernägeln und den weißen Gesichtern bis hin zu ein paar Eliteschülern, die von den Rossmore-Villen herüberspaziert waren, um sich unters gemeine Volk zu mischen. Cool sahen sie aus in ihren Lacoste-Shirts und den ordentlich gebügelten Khakihosen.

Bailey kam zurück, die Arme voller Essen, während aus ihrer Tasche eine Dose Dr. Pepper herausschaute. Es wirkte, als hätte sie das Doppelte des Verlangten besorgt, aber dann sah ich, dass die Portionen einfach so riesig waren. Kein Wunder, dass die Kids auf diesen Schuppen standen – große Portionen, kleine Preise, und durchaus genießbar, dem Geruch nach zu urteilen. Dante langte zu, und wir lehnten uns zurück, um ihn in Ruhe essen zu lassen. Als er fertig war, wischte er sich wohlerzogen mit einer Serviette den Mund ab. »Danke, Leute. Wirklich«, sagte er.

»War uns ein Vergnügen, Dante«, sagte ich. »Was dagegen, wenn ich dir ein paar allgemeine Fragen über Kit stelle?«

Dante schaute mich irritiert an. »Hab ich nix gegen, aber ich dachte, die hätten gesagt, dass es dieser Typ war, dieser Staatsanwalt. Jake. Ich meine, worüber sollen wir denn da noch reden?«

Das war eine berechtigte Frage, und sie verdiente eine ehrliche Antwort. »Ich glaube, dass Jake es vielleicht nicht war.«

Dante dachte einen Moment nach. »Echt? Verstehen Sie mich nicht falsch. An Ihrer Stelle würde ich auch nicht wollen, dass mein Kumpel wegen so einem Mist beschuldigt wird, aber manchmal muss man den Tatsachen doch ins Auge schauen, oder?«

Die Weisheit der Götter aus dem Mund eines Sechzehnjährigen. Ich nickte. »Da hast du Recht. Und wenn sich herausstellt, dass Jake es getan hat, dann ist es eben so. Wenn ich aber Recht behalten sollte, dann läuft der Typ, der es getan hat, noch irgendwo frei rum.« Ich machte eine Pause, damit das sacken konnte. »Und in diesem Fall hättest du sicher nichts dagegen, mir dabei zu helfen, ihn zu kriegen, oder?«

Dante schaute weg und schluckte. Kits Tod hatte ihn getroffen, wo es am meisten wehtat – in seiner eigenen Verletzlichkeit. »Wenn Sie Recht haben, soll er mit dem Arsch auf den Grill«, sagte er leise.

Ich nickte. »Kit ist auf den Strich gegangen, stimmt's?«

Dante holte tief Luft, und ich sah, wie er eine mentale Kehrtwendung vollzog. Er schaute auf den Tisch und nickte.

»Hatte er Stammkunden?«, fragte ich.

Dante schüttelte den Kopf. »Hat er mir nie von erzählt.«

»Kennst du irgendwelche Freier von ihm?«

Wieder schüttelte er den Kopf.

»Hat er je für Pornos posiert?«

Dante zuckte mit den Achseln. »Wir nehmen alles, was wir kriegen können. Porno ist leicht verdientes Geld.«

»Kannst du dich erinnern, für wen er das gemacht hat?«

»Nein, hab ich nie gewusst. Wir haben manchmal zusammen rumgehangen, Sie wissen schon, gleicher Hintergrund und so. Ansonsten waren wir nicht sehr eng miteinander befreundet. Außerdem weiß ich nicht mal, für wen ich selbst posiert hab. Das ist nichts, worüber man lange nachdenken will, und ich hab es auch nie regelmäßig für irgendjemanden gemacht.«

Ich nickte. An seiner Stelle würde ich auch nicht allzu viel darüber nachdenken wollen. »Würdest du jemanden wiedererkennen, für den du posiert hast, wenn ich dir ein Foto gebe oder ihn dir beschreibe?«

Dante zuckte mit den Achseln. »Kann sein. Schwer zu sagen, bevor ich nicht was zu sehen krieg.«

Noch hatte ich nichts in der Hand, aber ich hoffte, dass Clive mit irgendetwas aufwarten würde. Plötzlich kam mir aber noch eine andere Idee.

»Vielleicht bekomme ich bald ein paar Bilder oder Beschreibungen, aber ich wollte dich noch um einen anderen Gefallen bitten. Darf ich ein Foto von dir machen?«

Er schaute mich misstrauisch an. »Wofür?«

»Das könnte mir helfen herauszufinden, wer von Kit Fotos gemacht hat. Für dich wird das keine unangenehmen Konsequenzen haben, keine Sorge, Dante.«

Er runzelte die Stirn, legte den Kopf zurück und schaute mich von oben herab an. Nachdem er eine Weile nachgedacht hatte, gab er widerstrebend sein Okay. Ich zog mein Handy aus der Tasche und machte ein Foto von ihm. Zur Sicherheit ließ ich meine Kontakte durchlaufen und drückte auf Verbinden. Dantes Handy klingelte.

Ich lächelte ihn an. »Kleiner Test.«

Er schaute weg, um mich plötzlich mit ernster Miene wieder anzusehen. »Ich hab nix gegen Schwule, das müssen Sie mir glauben. Jeder soll – ach egal. Aber ich möchte, dass Sie wissen, dass ich nicht schwul bin. Ich brauche nur das Geld.«

»Ist angekommen, Dante«, sagte ich ruhig. »Was ist mit Kit? Denkst du, er war schwul?«

»Er hat oft mit Eddie rumgehangen, aber das mag nichts heißen. Ich weiß es einfach nicht so genau.« Er neigte den Kopf. »Wieso?«

»Könnte helfen, wenn es um Motive und mögliche Verdächtige geht«, antwortete ich. »Dachtest du, es interessiert mich persönlich?«

Dante nickte.

Ich schüttelte den Kopf. »Ist mir vollkommen schnuppe.«

36

Wenn die Kollegen unseren Mann nicht finden, müssen wir selbst nach ihm suchen«, sagte Bailey, als sie die Fairfax Avenue entlangfuhr und sich dem Freeway näherte, der uns zurück ins Zentrum bringen würde.

Ich nickte. Wir fuhren jetzt an der Fairfax Highschool vorbei. Angesichts ihres trostlosen Äußeren würde man nie auf die Idee kommen, dass diese Schule Genies wie James Ellroy und Larry Gelbart hervorgebracht hatte – und Slash.

»Hallo? Erde an Knight«, sagte Bailey und störte meine Tagträume, wie es wäre, mit solchen Typen zur Schule zu gehen.

»Was denn? Ich bin doch hier.«

»Ich wollte nur sagen: Wenn wir ständig in der Gegend herumlaufen und tatsächlich jemand hinter uns her ist, wer auch immer …« Bailey unterbrach sich mitten im Satz, um ein Auto zu überholen, das im Schneckentempo vor uns herkroch. »Wir stellen die ideale Zielscheibe dar.«

Wie wahr. In meinem Kopf bildete sich bereits ein Plan, nur dass ich noch einen Moment brauchte, um herauszufinden, ob er mir gefiel. In der Zwischenzeit fragte ich: »Haben deine Kollegen an der Stelle, wo man auf uns geschossen hat, Munition gefunden?«

»Im Bericht steht etwas von zwei Kugeln. Keine Hülsen.«

»Also vermutlich ein Revolver«, stellte ich fest. »Kaliber?«

»Achtunddreißig, sagen die Waffenexperten. Sechs links.«

Sechs Züge und Felder mit Linksdrall. Das reduzierte die Auswahl an Waffen, die benutzt worden sein konnten. »Ein Colt also?«

»Vermutlich.«

»Was ist mit der gerichtlichen Verfügung für Pickelmans kostbare Körpersäfte?«, fragte ich.

»Keine Chance.« Bailey seufzte. »Wär alles kein Problem, wenn wir ihn einlochen würden, aber das wäre ...« Bailey beließ es dabei.

Innerlich beendete ich den Satz: » ... ein riskanter Zug, sollte er nicht der Richtige sein.« Dann grübelte ich weiter darüber nach, ob es einen Weg gab, unsere beiden drängendsten Probleme mit einem Schlag zu lösen. »Vielleicht sollten wir eine Geschichte lancieren, dass wir den Vergewaltiger geschnappt haben – ohne Beschreibung. Dann wird Pickelman nicht auf die Idee kommen, sich vom Acker zu machen, während wir uns noch um die gerichtliche Verfügung bemühen. Und wer auch immer uns verfolgt, wird sich vielleicht beruhigen und uns in Frieden lassen. Das einzige Problem ist ...«

»... er könnte sich so sicher fühlen, dass er es gleich noch mal tut.«

Ich nickte.

Wir verfielen wieder in Schweigen und suchten nach anderen Lösungen. Der Freeway war erstaunlich leer, und so rasten wir schon bald auf die in der Ferne auftauchenden Wolkenkratzer der Innenstadt zu. Es war fast fünf. Die Sonne stand niedrig am Himmel. Um mich herum breitete sich die Dämmerung aus.

»Da wir uns allerdings ziemlich sicher sind, dass es nicht Luis war, kann der Vergewaltiger sich sowieso ein anderes Opfer suchen«, bemerkte Bailey irgendwann.

Stimmte auch wieder. »Hattest du nicht gesagt, dass wir die Ergebnisse des DNA-Tests bald bekommen?«

»Vielleicht gegen Ende des Tages, vorausgesetzt, unser Techniker ist einer dieser Typen, die auch samstags arbeiten – ansonsten Montag.«

Ich seufzte. »Okay. Ich werde also meine Kontakte zur *Times* spielen lassen. Montag soll die Geschichte online rauskommen, am Tag darauf dann in der gedruckten Ausgabe. Außerdem werde ich wohl Frank Densmore anrufen müssen, um ihn über unser Vorgehen zu informieren.«

Die Idee, Densmore alles erzählen zu müssen, gefiel mir nicht besonders. Andererseits war es sicher ein großer Spaß, mit Informationen aufzuwarten, die ihn niederschmettern dürften.

»Bailey, in der Hoffnung, dass ausnahmsweise auch wir einmal Glück haben – würde es dir etwas ausmachen, jetzt sofort im Labor anzurufen? Es ist ja praktisch schon gegen Ende des Tages.«

Bailey lächelte verständnisvoll. Sie reichte mir ihr Handy und nannte mir die Nummer des Technikers, der die Tests durchführte. Wie nicht anders zu erwarten, meldete sich eine hohe asiatische Stimme. »Labor – Fukai am Apparat.«

»Einen Moment bitte. Ich gebe Ihnen Bailey Keller.« Ich reichte Bailey das Handy zurück.

»Haben Sie die Ergebnisse von Revelo?«, fragte sie.

Ich wartete, während sie quälende anderthalb Minuten lang wortlos zuhörte. Obwohl ich sie unentwegt anstarrte, fixierte sie stur die Straße. Ihrer Miene war nichts zu entnehmen. Schließlich klappte sie ihr Handy wieder zu. »Und?«, fragte ich ungeduldig.

Sie warf mir einen Seitenblick zu. »Revelo war es nicht.«

»Wusst ich's doch!«, sagte ich und boxte in die Luft. Es würde ein gutes Gefühl sein, diesem selbstgerechten Egomanen mitzuteilen, dass er sich in Luis geirrt hatte. Als Erstes jedoch sollte es die Person erfahren, für die es am wichtigsten war.

Ich holte mein eigenes Handy heraus, suchte die Nummer und drückte die Verbindungstaste. »Susan? Hier ist Rachel Knight. Hast du eine Sekunde?« Ich erzählte ihr die Neuigkeiten.

Susans Antwort gehörte zu jenen, die einem klarmachten, dass die langen Abende und Wochenenden in diesem Job jede Sekunde wert waren. Nach einem kurzen Schweigen stieß sie hörbar Luft aus, jubelte dann vollkommen untypisch und erklärte triumphierend: »Ich wusste es! Ich wusste es einfach! Ich habe versucht, ihm das zu erklären, aber er hat nicht zugehört. Und jetzt? Sie sind sich doch sicher, oder?«

Er, damit war wohl Densmore gemeint. »Ja, es kann gar keinen Zweifel geben. Du hattest vollkommen Recht, und ich bin froh, dir das sagen zu können.«

Das würde ihr ein Stück weit die Kontrolle über ihr Leben wiedergeben, ganz abgesehen von dem Gefühl, dass sie sich offenbar doch auf ihr Urteilsvermögen verlassen konnte. Das war für jeden wichtig, aber für ein Vergewaltigungsopfer war es noch entscheidender. Die wiedererwachte Fröhlichkeit in ihrer Stimme zu hören war, als würde man hinter einer finsteren Wolke die Sonne hervorkommen sehen.

»Werden Sie es meinem Vater sagen?«, fragte sie.

»Sobald ich aufgelegt habe«, versprach ich.

»Oh, okay«, sagte Susan schnell, um die Sache nicht hinauszuzögern. »Dann sollten Sie es tun. Danke noch mal! Und Dank auch an Bailey, okay? Ach, und richten Sie Luis einen Gruß aus.«

Da ich selbst darauf brannte, den Anruf zu erledigen, versprach ich, dass wir uns melden würden, und beendete das Gespräch. »Und nun«, erklärte ich Bailey aufgekratzt, »spiele ich als Zugabe *Gib's dem Arschloch.*«

Letztlich war es wie so oft im Leben: Sehnsüchtig erwartete Momente sind selten so großartig, wie man es sich ausmalt.

Nachdem ich Densmore mitgeteilt hatte, dass wir Luis Revelo aufgrund eines DNA-Tests ausschließen konnten, brummelte er irgendetwas vor sich hin und erkundigte sich dann sofort, ob wir Maßnahmen gegen den Wachmann ergriffen hätten. Zwischen meiner Antwort und seiner nächsten Anweisung verging keine Sekunde. Ich klappte das Handy zu und warf es heftiger als beabsichtigt in meine Tasche. Bailey bedachte mich mit einem wissenden Blick.

»Hattest du nicht deine Leute ausgesandt, um verdächtige Nachbarn und Bedienstete aus den Bäumen zu schütteln?«, fragte ich sie.

»Ja.«

»Und ist jemand rausgefallen?«

»Ein Pool-Wärter, ein Gärtner und ein Junge, dessen Familie in der Gegend wohnte, bis die Zeiten härter wurden. Offenbar hatten er und Susan sich beim Mittagessen gestritten, weil er eine Freundin von ihr angeschwindelt hat.«

»Und?«

»Der Pool-Wärter hat eine Beinprothese – er könnte nicht einmal auf eine Leiter klettern, wenn es um Leben und Tod ginge. Der Gärtner hat ein wasserdichtes Alibi. An dem Jungen sind wir noch dran, aber ich sehe ihn nicht als den Täter.«

»Du siehst ihn nicht als den Täter«, ahmte ich trocken ihren Polizeijargon nach.

Bailey warf mir einen Seitenblick zu. »Nein. Dabei hat er nicht einmal ein Alibi. Er hat geschlafen, sagt er. Ausgerechnet.«

Wenn wir keine gerichtliche Verfügung für Pickelman bekamen, bekamen wir erst recht keine für einen Jungen, der sich nicht einmal die Mühe gab, sich ein überzeugendes Alibi auszudenken.

»Na ja, immerhin können wir morgen zum Oki-Dog zurück. Der Hamburger roch fantastisch«, sagte ich und dachte schon einmal über das Gymnastikprogramm nach, mit dem ich ein solches Mittagessen wettmachen könnte.

Aber wie es so schön heißt: Der Mensch denkt, und Gott lacht.

37

Am nächsten Morgen klingelte um halb sieben mein Telefon. Ich griff zum Hörer und schaute aufs Display, um zu sehen, wen ich zu verfluchen hatte. Bailey.

»Pickelman ist gestern Abend nicht zur Schicht erschienen.«

»Und das hat man dir jetzt erst mitgeteilt?«

»Der Sicherheitschef hat es selbst gerade erst erfahren. Wir müssen hin und mit ihm sprechen, damit wir den Mann auftreiben können.« Sie legte auf.

Ich stöhnte und quälte mich aus dem Bett. Eine schnelle Dusche später und ohne Zeit für Make-up schlüpfte ich in Jeans, ein weißes Thermo-Shirt, meine treue kugelsichere Weste – ausnahmsweise hatte ich nichts dagegen, sie anzuziehen, weil es so früh am Morgen noch frisch war – und einen dicken Mantel. Bailey wartete bereits in der Zufahrt direkt vor dem Eingang. Sie zeigte auf den Pappbecher Kaffee in dem Getränkehalter auf der Beifahrerseite und sagte: »Verwandele dich erst einmal in einen Menschen.« Ich nickte, nahm den Deckel ab, damit der Dampf entweichen konnte, blies dann in den Kaffee und trank den ersten, brühend heißen Schluck. Fünf Schlucke später rollten wir zusammen mit dem Rest von Los Angeles über den Freeway.

»Er ist letzte Nacht gar nicht erschienen?«, fragte ich.

»Er hat sich nicht einmal gemeldet, um irgendwelche Gründe zu nennen.«

Normie, der Sicherheitschef, entschuldigte sich beflissentlich und versorgte uns bereitwillig mit allen bekannten Telefonnummern und Adressen von Duane Pickelman. Bailey bat über Funk um Verstärkung an seine zuletzt genannte Adresse.

Sie lag in Koreatown. Ein heruntergekommenes zweistöckiges Haus mit Außenfluren, die auf die Straße hinabsahen. Neben dem Müllcontainer am Ende einer Parkfläche stand einladend ein altes Sofa. Als wir die Straße entlangfuhren, flatterte eine Schar Krähen auf, die sich am Inhalt einer Fastfood-Verpackung gütlich getan hatte. Ich versuchte, kein schlechtes Omen darin zu sehen. Die Verstärkung traf ein, als wir vor dem Eingang zu Apartment A hielten. An der Tür klebten ein Autosticker für einen lokalen Radiosender und ein paar Blumenabziehbilder. Duanes Dekorationsideen ließen etwas zu wünschen übrig.

Vier auf attraktive Weise bullige Polizisten tauschten sich kurz mit Bailey aus, dann liefen zwei auf die Rückseite des Gebäudes, während die anderen beiden ihre angeblich nichttödlichen LED-Taschenlampen schwangen und an die Tür klopften. Bailey und ich hielten unsere Waffen gesenkt, aber in Bereitschaft – für alle Fälle –, und blieben im Hintergrund.

»Mr Pickelman. Polizei! Öffnen Sie bitte die Tür!«

Nachdem ein paar Sekunden ohne eine Reaktion vergangen waren, klopften sie noch einmal. Ich trat näher und hörte das Geräusch von Schritten und leisen Stimmen. Bailey nickte, und einer der Polizisten klopfte noch einmal. »Polizei!«

Als wieder keine Reaktion kam, trat einer der Männer zur Seite, die Waffe im Anschlag, während der andere seine Schulter gegen die Tür rammte, sich dann zurückzog und der Tür einen eindrucksvollen Fußtritt verpasste. Als sie aufflog, erklang aus dem Innern der Wohnung schrilles Mädchengeschrei.

Bailey und ich sahen uns an. Das war nicht gerade das,

was wir erwartet hatten. Der Polizist, der die Tür aufgetreten hatte, zog seine Waffe und gab seinem Partner ein Zeichen. Ich trat zurück, als sie sich gegenseitig Deckung gaben und in die Wohnung eindrangen. Kurze Zeit später kamen langsam zwei Teenager-Mädchen in T-Shirts und knielangen Schlafanzughosen mit Bärenmuster heraus. Sie wirkten geduckt und hielten ihre Hände erhoben und ihre Köpfe gesenkt, als wollten sie sich vor Schlägen schützen. Die beiden Polizisten von hinten durchsuchten die Wohnung und stellten sicher, dass nicht irgendwo noch ein Mensch mit bösen Absichten lauerte. Das andere Team kümmerte sich um die Mädchen und führte sie am Ellbogen in unsere Richtung.

Nun erkannte ich, dass eines der Mädchen sicher schon auf die zwanzig zuging, während das andere um die sechzehn sein dürfte. Beide waren aschfahl. Als sie in die kalte Morgenluft hinausgetreten waren, hatte die Jüngere unkontrolliert zu weinen angefangen.

»Denkst du, dass du jetzt alleine zurechtkommst?«, fragte einer der Polizisten in einer Mischung aus Sarkasmus und Erheiterung.

»Ja, sieht so aus«, sagte Bailey. »Das andere Team durchsucht die Wohnung?«

»Sind schon dabei. Ich und mein Partner müssen los.«

»Kein Problem. Danke, Red.«

»Hey, Red!«, rief ich, als sie sich zum Gehen wandten. »Football-Star?«

»Klar, New Orleans Saints.« Er lächelte, tippte sich an einen imaginären Hut und stieg mit seinem Kollegen in den Streifenwagen.

Nun kam das zweite Team heraus und hob den Daumen. Da die Wohnung ab sofort wieder zur Verfügung stand, wandte ich mich an die Mädchen, die in ihren dünnen Schlafanzügen bibberten.

»Wollen wir das drinnen erledigen?«, fragte ich.

Wir versammelten uns um einen billigen Couchtisch in Holzoptik. Die Mädchen setzten sich auf ein ramponiertes Sofa, das schlimmer aussah als das neben dem Müllcontainer, und Bailey und ich nahmen auf Klappstühlen Platz.

»Wie heißt ihr?«, fragte Bailey und holte ihr kleines Notizbuch und einen Stift heraus.

»Amy Pickelman«, sagte das Mädchen, das jünger wirkte. Die Ähnlichkeit war offensichtlich, jetzt, da ich es wusste. Sie war blass, dünn und schlaksig, wenngleich kleiner als Duane. Ihr Haar hing in denselben schmutzig blonden Strähnen herab.

»Deandra Scorper«, sagte die etwa Zwanzigjährige. Sie war ein wenig stämmig, aber durchaus hübsch mit ihren blauen Augen und dem welligen braunen Haar.

Einen Moment lang betrachtete ich die beiden, dann wandte ich mich an Amy. »Könnte ich deinen Personalausweis sehen, Amy?«

Sie wirkte ertappt. »Oh. Ich weiß gar nicht, wo ich ihn habe.«

Ich wartete darauf, dass sie es von selbst zugab. Da sie es nicht tat, übernahm ich das für sie. »Du bist von zu Hause weggelaufen«, sagte ich sanft.

Nach einem kurzen Schweigen erklärte Deandra, die unverkennbar einen gewissen Einfluss auf sie hatte: »Gib's auf, Amy. Das ist doch mehr als offensichtlich.« Deandra wandte sich an mich. »Sie kann eine Weile hierbleiben, bis ihre Mutter kommt und sie abholt. Sie lebt in Phoenix.«

Amy bedachte Deandra mit einem Blick, der Menschen in Stein verwandeln konnte. »Ich hab diesen Scheißort so satt!«, rief sie. »Und mein Stiefvater lässt mich nichts machen, überhaupt nichts! Ich geh nicht zurück!«

Ich wandte mich an das ältere der beiden Mädchen. »Wann hast du Duane zuletzt gesehen?«

»Gestern, kurz bevor ich zur Arbeit gegangen bin.«

»Wo arbeitest du?«, erkundigte ich mich aus keinem anderen Grund, als dass es die logische Reaktion auf diese Auskunft war.

»T.G.I. Friday's. Als Kellnerin. Er hat mich angerufen, als ich wieder zu Hause war. Angeblich hatte er einen wichtigen Job zu erledigen. Er sei bald zurück, und ich solle mir keine Sorgen machen.« Sie hielt inne und schaute uns an. »Ich nehme an, das war gelogen.«

»Wir haben ihm vor ein paar Tagen gesagt, er soll die Stadt nicht verlassen«, antwortete ich und überließ die Schlussfolgerung ihr.

»Scheiße. Wie soll ich denn die ganze Miete alleine bezahlen? Wo ich mich doch auch noch um die da kümmern soll?«, sagte sie und nickte zu Amy hinüber.

»Hat er dich auf deinem Handy angerufen?«, fragte ich.

»Ja«, sagte Deandra, zog ihre Handtasche unter dem Couchtisch hervor und reichte mir das Handy.

Ich suchte die Liste mit den Anrufen vom vorangegangenen Abend. »Erinnerst du dich, wann du nach Hause gekommen bist?«

»Halb elf. Gegen elf hat er angerufen.«

Da war er auch schon, der letzte Anruf des Abends. Ich steuerte mit dem Cursor die Nummer an und drückte auf Verbinden. Duanes Stimme erklang und forderte mich auf, eine Nachricht zu hinterlassen. Ich unterbrach die Verbindung und reichte Bailey das Handy, damit sie die Nummer aufschrieb.

»Hast du eine Idee, wo er sein könnte?«

»Ich würde es Ihnen sagen, wenn ich es wüsste.«

Das glaubte ich ihr sogar. Bailey und ich schauten uns an. Hier hatten wir nichts mehr verloren. Bailey rief die Streifenpolizisten, die sich im Hintergrund gehalten hatten.

»Die hier«, sie zeigte auf Amy, »fährt mit euch mit. Sie ist von zu Hause weggelaufen und wird euch jetzt gleich den Namen und die Telefonnummer ihrer Mama verraten.« Bailey schaute Amy direkt in die Augen.

Amy schien sich dem Befehl widersetzen zu wollen. Es dauerte allerdings nur ein paar Sekunden, bis sie unter Baileys Blick nachgab und den Polizisten kleinlaut die Informationen nannte.

»Danke, Deandra«, sagte ich, als Bailey und ich aufstanden. Ich gab ihr meine Karte. »Ruf mich an, falls du etwas hörst.«

»Darauf können Sie sich verlassen.«

Als wir aufbrachen, hörte ich, wie einer der Polizisten mit Amys Mutter telefonierte. Sollte Amy je gedacht haben, sie sei übel dran, dann würde sie ihr Leben ab sofort wirklich hassen.

38

Auf der Fahrt zurück ins Zentrum machten sich die Folgen des frühen Aufstehens bemerkbar. An meinen Augenlidern schien Blei zu kleben, und mein Kopf kippte immer wieder nach vorn. Da ich aber ein schlechtes Gewissen hätte, wenn ich schliefe und Bailey fahren ließe, hielt ich mich wach, indem ich mich auf unseren nächsten Schritt konzentrierte.

»Hast du zufällig einen Freund, der Pickelmans Handy orten könnte?«, fragte ich matt.

»Ich werde sofort ein paar Anrufe tätigen, wenn wir zurück sind«, sagte sie und unterdrückte ein Gähnen.

Für mich als Nachteule war es immer ein Problem, wenn ich früh aus dem Bett musste. Bailey dagegen war Frühaufsteherin und gähnte offenbar aus einem ganz anderen Grund. »Ziemlich hart, tagsüber arbeiten zu müssen, wenn man mit einem Barmann ausgeht«, sagte ich, um zu schauen, wie sie reagierte.

Bailey warf mir einen Blick zu und konzentrierte sich dann wieder auf die Straße. Ein leichtes Lächeln lag auf ihren Lippen. »Das ist es aber wert.«

Offenbar lief die Bailey-&-Drew-Connection bestens. Ich freute mich und war beeindruckt.

Wir verließen den Freeway und bogen in die Hotelzufahrt ein. Von dort begaben wir uns schnurstracks auf mein Zimmer, riefen den Zimmerservice an und versorgten uns mit Kaffee, Obst und erlesenen Backwaren. Bailey hängte sich sofort ans Telefon, während ich meinen Kaffee mit kalorienfreiem Süßstoff und zweiprozentiger Milch präparierte. Schnell stürzte ich eine halbe Tasse hinunter und versuchte, den Verlockungen des Schokoladenmuffins, den Bailey in einer Anwandlung von Grausamkeit bestellt und auf dem Tisch zwischen uns platziert hatte, zu widerstehen. Nichts ist verhängnisvoller für meine Essdisziplin als Übermüdung.

»Okay«, sagte sie und klappte ihr Handy zu. »Die Sache läuft. Hoffen wir, dass die Technik ranklotzt. Wenn er das Handy wegschmeißt, stehen wir dumm da.«

Bailey brach einen Batzen von ihrem Muffin ab und kaute. Ich saß davor wie ein Hund beim Metzger. »Hier, probier mal«, sagte sie und hielt mir die andere Hälfte unter die Nase.

»Ich hasse dich«, sagte ich und klammerte mich an meinen abscheulich gesunden Apfel.

Bailey, die Sadistin, legte ihre Füße auf den Couchtisch, lehnte sich zurück und knabberte genüsslich an ihrem Muffin herum.

Irgendwann klingelte ihr Handy. Sie sah auf die Nummer und schaute mich dann erstaunt an. »Die Zentrale«, sagte sie.

Ich war ebenso erstaunt. Die Zentrale ruft normalerweise keine Ermittler an, sondern die Streife.

»Keller«, meldete sie sich und hörte dann einen Moment zu. Plötzlich stellte sie die Füße auf den Boden und saß kerzengerade. »Sagen Sie noch mal die Adresse.« Sie nahm Notizbuch und Stift und notierte etwas, dann bedankte sie sich und beendete das Gespräch.

»Was sagen wir immer?«, fragte sie mich.

»Spann mich nicht auf die Folter, sondern erzähl mir verdammt noch mal, was los ist.«

»Nein. ›Mehr Glück als Verstand‹ sagen wir immer.«

Das stimmte.

»Und?«, fragte ich.

»Wir haben Pickelman.«

Sofort stürzten wir zur Tür hinaus, und Bailey rief zum zweiten Mal an diesem Tag Verstärkung. Als wir auf den Freeway zurückfuhren, erklärte sie mir, was passiert war.

»Nachdem ich heute Morgen gehört hatte, dass er auf und davon ist, habe ich bei der Zentrale die Nachricht hinterlassen, dass ich ihn suche. Soeben hat offenbar jemand die 911 angerufen und sich erkundigt, ob eine Belohnung auf Pickelman ausgesetzt sei.«

»Warum sollte das jemand denken?«, unterbrach ich sie. Ich hatte meinen Kontakt bei der *L.A. Times* aktiviert und die Geschichte lanciert, dass wir den Vergewaltiger festgenommen hätten. Die Online-Story konnte den Anrufer also nicht dazu bewogen haben, die 911 zu wählen.

»Pickelman wird wohl dem Mann, bei dem er untergekommen ist, erzählt haben, dass er sich vor der Polizei versteckt. Der Typ wird vielleicht nicht einmal etwas über die Vergewaltigung wissen. Möglicherweise hat er sich einfach gedacht, dass er unseren Freund ans Messer liefert und die Knete kassiert. Also ruft er bei der Polizei an und erkundigt sich nach einer Belohnung, und die Dame in der Zentrale, die cleverer ist als dieser Idiot, hält ihn lange genug hin, bis sie ihn lokalisiert hat. Dann erklärt sie ihm, dass seine Belohnung darin bestehe, dass er nicht für die Beherbergung eines Kriminellen und die Behinderung der Justiz belangt wird, wenn er sofort Pickelmans Aufenthaltsort verrät. Und wenn er sicherstellt, dass er dort bleibt.«

»Die Dame von der Zentrale ist es, die eine Belohnung verdient. Ist es noch weit?«

»Wir sind schon da«, antwortete Bailey, als sie in Boyle Heights den Freeway verließ.

Ich drückte uns die Daumen und versuchte, nicht davon auszugehen, dass wir Pickelman finden würden, um nicht das

Gegenteil heraufzubeschwören. Es war aber ein gutes Zeichen, dass er in der Nähe war.

Die Verstärkung war schon da und parkte vor dem Gebäude, von dem ich annahm, dass es unser Ziel war. Es war ein eingeschossiges, im Ranchstil gehaltenes Apartmenthaus in Hufeisenform – ein großes, rosafarbenes Hufeisen, das schon fünfzig Jahre, seit man es in dieser unglückseligen Farbe angepinselt hatte, vor sich hin rottete. Die Vordertüren der Apartments öffneten sich alle auf das Innere des Hufeisens, wo sich Unkraut, diverse Lebensmittelverpackungen und leere Flaschen breitmachten.

Bailey bedeutete den Kollegen, uns zu folgen, als wir zu der Tür mit der Nummer 9 in der Mitte des Hufeisens gingen. Einer der Polizisten klopfte an, was irgendwo im Innern der Wohnung einen lauten Schrei auslöste.

Ohne auf eine Antwort zu warten, traten zwei der Polizisten zurück und sprangen gegen die Tür. Sie gab nach, als wäre sie aus Sperrholz. Nachdem die beiden praktisch ins Innere geflogen waren, zogen sie ihre Waffen und rannten weiter, Bailey und ich hinterher. Wir eilten durch ein fast leeres Wohnzimmer und dann durch einen Flur, der so eng war, dass wir hintereinander bleiben mussten, immer dem wütenden Geschrei von männlichen Stimmen folgend. Als wir das Schlafzimmer auf der Rückseite der Wohnung erreichten, sah ich Pickelman auf einem ungemachten Doppelbett stehen, von wo aus er aus dem Fenster zu klettern versuchte. Zwei junge Männer – einer weiß und mit einem schütteren, unregelmäßigen Bart, der andere indianischer Herkunft, dem Aussehen und den langen schwarzen Haaren nach zu urteilen – hielten Pickelman an Beinen und Hosenboden fest und versuchten, ihn wieder ins Zimmer zu ziehen.

Der weiße Typ rief uns entgegen: »Helfen Sie uns doch, verdammt!«

Ich hätte schwören können, dass einer der Polizisten in sich hineinlachte, als sie zu zweit hingingen und Pickelman vom Fensterbrett pflückten. Der wehrte sich, trat um sich und schaffte es schließlich, mit dem Kopf eines Polizisten zusammenzuknallen. Jetzt war das Maß voll – die Uniformierten machten Ernst, warfen ihn mit dem Gesicht nach unten zu Boden, drehten ihm die Arme auf den Rücken und legten ihm Handschellen an. Einen Moment lang genoss ich ein Gefühl der Hochstimmung.

»Das ist ein solches Schwein, Mann. Er hat alles vollgekotzt und sich wie ein Verrückter aufgeführt. Holen Sie ihn bloß raus hier, diese beschissene Nervensäge!«, brüllte der weiße Mann heiser. »Ich hab ihn nur hierbleiben lassen, weil ich dachte, ihr seid hinter ihm her und es gibt eine Belohnung oder so.«

Kurz fragte ich mich, was er mit »oder so« im Sinn haben könnte. Dann betrachtete ich Pickelman. Er schien auf dem letzten Loch zu pfeifen, und das nicht nur, weil man ihn ein wenig herumgeschubst hatte. Um so blass und so krank auszusehen, brauchte es schon eine Weile.

Ich bückte mich und drehte sein Gesicht zu mir hin. »Was ist los mit Ihnen, Duane? Sie sehen beschissen aus.«

Duane atmete schwer und versuchte, sein Gesicht wegzudrehen. Da er von einem Polizisten am Boden festgehalten wurde und Handschellen trug, bemühte er sich vergeblich.

»Kommen Sie, Pickelman, Sie sind sowieso dran. Wir buchten Sie ein, weil Sie sich der Festnahme widersetzt haben, dann kriegen wir Ihre DNA, und dann sind Sie geliefert. Sie können mir also auch gleich sagen, warum Sie so hundeelend aussehen.«

Pickelman schnaubte und greinte: »Ich war das nicht mit der Vergewaltigung! Ich bin weggerannt, weil ich meinen Job nicht verlieren wollte. Wenn ich den DNA-Test gemacht hätte, wär rausgekommen, dass ich Crank nehme. Also musste ich weg, um auf Entzug zu gehen und einen sauberen Test abliefern zu können.«

Jetzt wurde uns einiges klar. Pickelman war auf Crystal Meth. Für meinen Geschmack war das zu überzeugend, um wahr zu sein, aber dummerweise musste ich zugeben, dass die Leidensgeschichte einen Anschein von Wahrheit hatte. Sein blasses, schweißgebadetes Gesicht unterstrich diesen Eindruck noch zusätzlich.

»Nehmt ihn mit«, sagte Bailey zu den Polizisten. »Wahrscheinlich steht er noch unter Drogeneinfluss, also locht ihn dafür ein. Stellt sicher, dass ein Wangenabstrich gemacht wird. Ich bringe ihn später selbst ins Labor.«

Wir wussten allerdings beide, dass der Test seine Unschuld beweisen würde.

Bailey fuhr uns ins Zentrum zurück. Ich schaute aus dem Fenster und beobachtete die anderen Autos, zu müde und zu frustriert zum Denken. Was ich brauchte, waren ein Vergewaltiger hinter Schloss und Riegel, ein Kandidat für den Mord an Jake und Kit und eine Dusche.

Vorerst würde ich mich mit Letzterem begnügen müssen.

39

Die nächsten drei Tage hingen wir am Oki-Dog herum. Wir suchten uns einen Platz abseits des bunten Haufens und hielten so unauffällig wie möglich nach dem Typen von der Arischen Bruderschaft Ausschau. Dabei schmiedeten wir Pläne, wie wir ihn, sollten wir ihn endlich haben, ausquetschen würden. Vorerst jedoch waren das Einzige, was hier gequetscht wurde, meine Eingeweide. Meine Jeans wurde von Tag zu Tag enger, und wenn wir den Typen nicht bald bekämen, würde ich mir eine komplett neue Garderobe zulegen müssen.

Am späten Morgen des vierten Tages war keine Wolke am Himmel zu sehen. Bailey und ich trugen große Sonnenbrillen, um unsere Augen zu verbergen.

»Hier ist dein Waffenschein«, sagte Bailey. Sie schob mir eine eingeschweißte Karte hin, und ich steckte sie in die Tasche. Erstmals in meinem Leben trug ich meine Waffe vollkommen legal. Es fühlte sich kein bisschen anders an.

»Mir gefällt unsere Hypothese, dass der Typ von der Arischen Bruderschaft irgendwie mit der Vergewaltigung in Verbindung steht und deshalb den Sylmar Sevens den Diebstahl in Susans Viertel unterjubeln wollte«, sagte ich leise.

Bailey nickte, ohne mich anzuschauen.

»Aber selbst wenn wir ihn erwischen«, fuhr ich fort, »heißt das nicht, dass wir irgendetwas aus ihm herausbekommen. Leider verfüge ich nicht über Kontakte zu dieser Szene, die ihn gesprächiger machen könnten. Du hast nicht zufällig ein paar Skinheads unter deinen Kumpels?«

Bailey schaute mich an. »Klar, Mazza und ich haben immer zusammen Billard gespielt. Ich klingele mal schnell durch.«

Mazza war eine große Nummer in einem bedeutenden Skinhead-Clan. Seit ein paar Jahren saß er im härtesten Hochsicherheitstrakt des Landes – ohne Hofgang. Baileys Angebot war also vermutlich nicht ganz ernst gemeint.

Plötzlich klingelte mein Handy in meiner Sweatshirt-Tasche. Ich klappte es auf und flüsterte leise: »Ja?«

»Bist du in einer Bibliothek?«, fragte Graden.

»Nein. Bailey und ich sind sozusagen auf Observation. Was gibt's?«

Für einen kurzen Moment war ich abgelenkt, weil eine Möwe im Tiefflug hereinschoss, um einem angebissenen Oki-Dog, den jemand auf den Mülleimerdeckel gelegt hatte, den Garaus zu machen.

»Die Feds haben für heute Schluss gemacht. Spektakuläre Festnahme in einer Drogengeschichte an der Grenze. Ich dachte, du würdest vielleicht gerne kommen und dir anschauen, was wir im Motel gefunden haben.«

Plötzlich war ich das reinste Energiebündel. »Wann?«

»Das heißt wohl ja«, antwortete Graden belustigt. »Ich ruf dich an, wenn es so aussieht, als würde es ruhiger hier.«

»Klingt perfekt«, sagte ich, und wir legten auf.

Als ich mein Handy zuklappte, zog Bailey eine Augenbraue hoch. »Immer gut, wenn man Beziehungen nach ganz oben hat, was?«

Ich nickte. Aus dem Augenwinkel sah ich, dass sich eine Gruppe magerer Jungen und Mädchen mit strubbeligen Haaren, engen Jeans und kurzen T-Shirts an einem Tisch am Bürgersteig niedergelassen hatte. Einer der Jungen trat zurück und stellte seinen Fuß auf einen Stuhl, um seinen rot-grünen

Converse zuzubinden, und nun sah ich auch einen älteren Mann mit dunkler Sonnenbrille inmitten der Gruppe sitzen. Ein schwarzer Schnurrbart wucherte über seinem Mund mit den herabhängenden Mundwinkeln. Sein Haar – zu schwarz, um natürlich zu sein – war zu einem Pferdeschwanz zusammengebunden. Er wirkte knallhart, und zwar nicht nur wegen seines schwarzen langärmeligen Shirts und der Lederweste. Trotz seiner Zurückhaltung schien er Dominanz auszustrahlen, was sich vor allem darin zeigte, wie sich die Teenager in seiner Gegenwart verhielten.

Ich beobachtete, wie er sich zu dem Mädchen zu seiner Rechten hinüberbeugte und ihr ein zerdrücktes Päckchen Zigaretten hinhielt. Das Mädchen nahm eine, und als der Mann näher rückte, um ihr Feuer zu geben, beschlich mich ein merkwürdiges Gefühl. Langsam nahm ich mein Handy aus der Tasche, schrumpfte auf meinem Stuhl zusammen und schoss ein Foto von ihm. Bevor ich ein zweites machen konnte, war ein Junge mit Wuschelkopf in die Lücke gerückt und blockierte die Sicht. Nachdem ich noch eine Weile hinübergeschaut hatte, wandte ich mich an Bailey und merkte, dass sie die Gruppe auch im Visier hatte, obwohl sie ihr Gesicht nach links gerichtet hielt.

»Hast du ihn?«, fragte sie leise.

»Ich denk schon«, antwortete ich und hielt mein Handy unter den Tisch, um mir das Bild anzuschauen. Abgesehen von dem Schnurrbart traf die Beschreibung von Hector Amaya zu. »Glaubst du, er ist es?«

»Möglich«, antwortete Bailey. »Ich kann allerdings seinen Nacken nicht sehen.«

»Wollen wir näher rangehen?«, fragte ich. Wenn er eine Tätowierung hatte, konnten wir zuschlagen. Würden wir den Mann jetzt verhaften, würden wir Hector Amaya allerdings dazu bringen müssen, mit seiner Geschichte herauszurücken.

Aber das war ein Problem, mit dem ich mich später beschäftigen würde.

»Lass uns lieber warten. Ich möchte vor den Kids keine Szene veranstalten.«

Ich nickte. Dann fiel mir ein, dass wir noch eine andere Möglichkeit hatten. Rasch drückte ich eine Kurzwahltaste.

»Ja?«, krächzte Luis.

Noch nicht mal Mittag – zu früh für den Boss der Sylmar Sevens, um viele Worte zu machen. Ich mochte gar nicht darüber nachdenken, was ihn die ganze Nacht auf den Beinen gehalten hatte. »Luis, aufwachen, es ist dringend. Hat Hector ein Handy? Ich habe ein Foto, das er sich anschauen muss. Vor fünf Minuten am besten. Kannst du das organisieren?«

Gefängnisinsassen durften kein Handy haben, aber beeindruckend viele schafften es trotzdem, sich eins zu besorgen.

Luis gähnte lautstark, dann sagte er: »Schicken Sie das Bild. Ich kümmere mich drum.«

»Ich meine es ernst, Luis. Es ist eilig.«

»Okay, okay. Schicken Sie es einfach, ja?«

»Sofort.« Ich schickte ihm das Foto.

»Aufgepasst«, sagte Bailey leise und stand langsam auf.

Ich sah, dass unsere Zielperson sich erhoben hatte und mit einem blonden Mädchen sprach, das hinter ihm stand. Er war weniger als eins achtzig groß und von mittlerer Statur. Bailey und ich würden es vermutlich mit ihm aufnehmen können – besonders wenn er keine Waffe hatte. Eine Bestätigung von Hector hatten wir zwar noch nicht, aber ich hatte so eine Ahnung und war geneigt, mich darauf zu verlassen. Ich stand auch auf. Gemächlich gingen wir an den Tischen vorbei und bemühten uns, unauffällig zu wirken. Zum zweiten Mal, seit man sie mir aufgenötigt hatte, war ich froh, meine Weste zu tragen. Ich steckte meine Hand in die Manteltasche und legte sie um die Smith & Wesson – für alle Fälle.

Wir waren keine drei Meter mehr von dem Tisch entfernt, als einer der Jungen etwas zu der Zielperson sagte und in unsere Richtung nickte. Der Mann schaute über die Schulter, und für einen kurzen Moment trafen sich unsere Blicke. Plötzlich bildete die gesamte Gruppe einen Kreis um ihn. Nunmehr unter Zugzwang, stürzten wir zwischen zwei Tischen durch und bemühten uns gar nicht mehr um Unauffälligkeit. Als wir die Gruppe erreichten, war der Mann fort. Hastig schaute ich mich um. Er war nach rechts entkommen und lief über den Parkplatz in Richtung der Tankstelle nebenan.

Unter Einsatz sämtlicher Gliedmaßen rannten Bailey und ich los und nahmen die Verfolgung auf. Die kugelsichere Weste drückte mir auf die Brust und hinderte mich am Atmen. Gerne hätte ich Verstärkung gerufen, aber dazu blieb keine Zeit. Der Mann hatte die Tankstelle erreicht und verschwand nun in der Werkstatt. Wenn wir jetzt nicht irgendwo Deckung suchten, wären wir die perfekte Zielscheibe. Ich wies Bailey im Rennen darauf hin, und sie zeigte auf die beiden Seiten der Werkstatt.

Ich raste zum hinteren Ende und blieb erst an der Seitenwand wieder stehen. Meine Waffe hielt ich zu Boden gerichtet, während ich versuchte, nach dem wahnsinnigen Sprint wieder Luft zu bekommen. Auf der anderen Seite zwischen Büro und Werkstatt stand Bailey und hielt ihre Waffe an der Seite gesenkt. Männerstimmen waren zu hören, aber keine klang außer Atem oder gehetzt. Verwirrt wagte ich einen Blick ins Innere der Werkstatt. Zwei Männer in Overalls beugten sich über den Motor eines alten Mercedes. Kein Pferdeschwanz, keine schwarze Weste. Bailey und ich wechselten über die Distanz hinweg einen Blick.

Ich schaute mich auf dem Gelände um. Eine Frau betankte einen neuen roten Corolla, und ein Mann im weißen T-Shirt mit Motorradhelm schraubte den Deckel auf seinen Tank.

Dann blickte ich wieder in die Werkstatt. Soeben wurde eine Hebebühne mit einem Auto darauf hochgefahren, und man sah deutlich, dass irgendetwas vom Fenster herabhing. Schnell hielt ich den Mechanikern meine Dienstmarke hin und brüllte: »Polizei!« Das entsprach nicht ganz der Wahrheit, aber für technische Details war jetzt keine Zeit. »Holen Sie das Auto runter.«

Der kleinere und kahlere der beiden Männer starrte auf meine Waffe und drückte dann schnell auf einen Knopf. Als der Wagen fast wieder am Boden war, sah ich, was da baumelte: eine Lederweste. In diesem Moment wurde ein Motor hochgejagt, und ich schaute gerade noch rechtzeitig zu den Zapfsäulen, um das Motorrad davonrasen zu sehen. Ich rannte los und knallte beinahe in einen jungen Mann mit dicken schwarzen Ringen in den Ohrläppchen. Er war aus dem Büro hinter mir gestürzt und brüllte dem Motorrad ein »Hey!« hinterher.

Ich lief zum Bürgersteig, um festzustellen, in welche Richtung es fuhr, und im nächsten Moment gesellte sich auch Bailey zu mir. Während wir beobachteten, wie das Motorrad in Richtung Fairfax verschwand, steckte ich meine Waffe wieder ein.

»Der Typ hat meine Maschine geklaut!«, schimpfte der junge Mann.

Ich hielt ihm mein Handy hin. »Rufen Sie die Polizei.«

Verblüfft schaute er zwischen mir und Bailey hin und her, dann nahm er es und bedankte sich.

»Scheiße«, sagte Bailey und brachte damit den harmlosesten meiner Gedanken auf den Punkt. Ich lehnte mich an eine Zapfsäule. Bailey starrte weiterhin in die Richtung, in die das Motorrad verschwunden war, grimmig, die Hände in die Hüften gestemmt. Der Typ mit den Ringen in den Ohren gab mir das Handy zurück und schob dann kopfschüttelnd ab.

»Er ist im selben Moment verschwunden, als er uns gesehen hat.«

Bailey nickte.

»Mindestens eine von uns muss er erkannt haben«, sagte ich.

Sie nickte wieder. »Offensichtlich.«

»Es sei denn, er rennt immer davon, wenn er Frauen begegnet.«

»Oder er hat uns für Polizisten gehalten.«

Ich blickte Bailey an. »Nicht sehr wahrscheinlich.«

Sie musterte mich von oben bis unten. »Stimmt.«

»Jede Wette, dass er es war, der mein Auto verschandelt und auf uns geschossen hat.«

Bailey dachte einen Moment nach. »Klingt logisch.«

»Und weißt du noch was?«, fragte ich.

»Was denn?«

»Das bedeutet, dass unsere Taktik aufgeht«, erklärte ich. »Nachdem die Geschichte in der *Times* war, hat er sich gleich sicher gefühlt und ist aus seinem Loch hervorgekrochen.«

Bailey nickte.

»Immerhin etwas«, sagte ich.

Bailey nickte wieder.

»Weißt du was – dein ewiges Gequatsche geht mir wirklich manchmal auf die Nerven«, sagte ich.

In diesem Moment klingelte mein Handy. Ich holte es heraus und schaute auf die Nummer.

»Ja, Luis?«, meldete ich mich.

»Hector sagt, das ist der Typ.«

40

Das war also der Typ. Wann oder ob die Polizei ihn wegen des Motorraddiebstahls schnappen würde, war vollkommen unklar. Solche Delikte genossen nicht gerade oberste Priorität. Und dass er jemanden zum Diebstahl in den Palisades angestiftet hatte, konnte ich der Polizei ja schlecht erzählen, da ich es nur wegen meines heimlichen und höchst illegalen Besuchs bei Hector Amaya wusste. Für Hector hatte die Sache sogar ihr Gutes, da er seine Geschichte nun nicht mehr öffentlich ausbreiten musste. Den Kerl von der Arischen Bruderschaft könnten wir jetzt einfach wegen Fahrzeugdiebstahls drankriegen. Sollten wir ihn denn jemals finden.

»Könntest du herausbekommen, wer dieser Typ ist, ohne dass es jemand merkt?«, fragte ich Bailey.

Sie nickte. »Sobald ich dich abgesetzt habe.«

Ich war aber zu ungeduldig. Jetzt, da wir uns der Sache näherten, wollte ich nicht einfach warten, ich wollte etwas tun. Als Bailey mich am Biltmore rausließ, beschloss ich daher, das Foto sofort an Clive zu mailen. Wenn ich Recht hatte und der Typ irgendetwas mit Susans Vergewaltigung zu tun hatte, könnte er in irgendeiner Datenbank über Kinderschänder auftauchen, und Clive kannte Mittel und Wege, darauf zuzugreifen.

Als ich mich einloggte, fand ich überraschenderweise meinerseits eine Mail von Clive vor. »Im Anhang die gewünschten Fotos, die Ähnlichkeit haben mit dem von unserem Opfer.

Lass es mich wissen, wenn ich sonst noch etwas für dich tun kann.«

Ich schickte Clive das Foto des Typen von der Arischen Bruderschaft und bat ihn herauszufinden, ob er irgendwo erfasst war. Anschließend öffnete ich den Anhang von Clives Mail. Sieben Fotos von Knaben, alle etwa in Kits Alter. Bei genauerem Hinsehen war zu erkennen, dass sie alle dem gleichen Umfeld entstammen mussten: die Lichtverhältnisse, die Größe des offenbar unmöblierten Raums – und die vertikale schwarze Linie. Ich konzentrierte mich vollkommen auf dieses Detail, bis mir plötzlich eines der Gesichter ins Auge sprang: Dante.

Ich spürte einen Adrenalinstoß, wie es immer geschah, wenn sich die Puzzleteilchen zu einem großen Ganzen zusammenzufügen begannen. Wenn Dante dieses Foto zu sehen bekam, würde das vielleicht seiner Erinnerung, wer es wo gemacht hatte, auf die Sprünge helfen. Ich wählte seine Nummer und schritt nervös auf und ab, weil ich wollte, dass er abnahm. Stattdessen meldete sich seine Mailbox. Frustriert hinterließ ich eine Nachricht, dass er mich sofort anrufen solle. Dann wandte ich mich wieder den Fotos zu, um noch einmal das Detail im Hintergrund zu betrachten. Da war es, Bild für Bild. Ich kramte Kits Foto hervor, um sicherzugehen – tatsächlich, Irrtum ausgeschlossen.

Ich holte meine Lupe, um sie besser erkennen zu können, und studierte auf jedem Foto jeden einzelnen Millimeter der Linie, immer und immer wieder. Leider fehlten irgendwelche Details, um sie identifizieren zu können. Die Fotos waren erstaunlich grobkörnig und unprofessionell. Was auch immer es war, die Linie musste Teil des Raums sein, nicht einfach nur ein zufälliger Schatten oder ein beweglicher Gegenstand. Mit ein bisschen Glück würde Dante mir sagen können, wo das war.

Ich wünschte, ich hätte das Original von Kits Foto behalten, aber ich hatte es über Bailey zurückgeschickt, weil ich nicht das Risiko eingehen wollte, Graden in Schwierigkeiten zu bringen. Während ich noch auf und ab lief, dudelte mein Handy den Refrain von *Love Street* von den Doors. Ich hatte den Klingelton in einem Anfall von Langeweile im Oki-Dog heruntergeladen, aber jetzt musste ich zugeben, dass er ein wenig daneben war.

Es war Dante. Da ich auf eine Antwort brannte, kam ich direkt zum Punkt.

»Ich habe ein Foto von dir im Netz gefunden. Das werde ich dir jetzt sofort schicken. Du musst mir sagen, an was du dich erinnerst«, sagte ich.

Dante schnaubte, dann herrschte einen Moment Schweigen in der Leitung. »Schicken Sie es.«

Ich kündigte an, dass er es innerhalb von fünf Sekunden haben würde, und legte auf. Zwanzig Sekunden später klingelte mein Handy.

»An dieses Foto kann ich mich überhaupt nicht erinnern. Es sieht auch irgendwie komisch aus. Nicht so wie das Zeug, das wir sonst so machen«, sagte Dante und klang ratlos. Ich hatte mir mehr erhofft, obwohl ich auch nicht allzu erstaunt war. Schließlich hatte er mich ja vorgewarnt, dass er die Shootings aus seinem Gedächtnis gelöscht hatte. Dass es sich um ein ungewöhnliches Foto handelte, war immerhin ein interessantes Detail. Noch konnte ich nichts damit anfangen, aber das würde sich vielleicht ändern. Ich sagte ihm, dass ich mich melden würde, und wir legten auf.

Dann fiel mir wieder ein, dass mir T'Chia, Kits Freundin, kürzlich eine SMS geschickt hatte. Sie hatte beschlossen, reinen Tisch zu machen und mir doch die Wahrheit zu erzählen: Nicht lange vor seinem Tod habe Kit damit geprahlt, dass er bald das große Geld machen werde, aber in der Annahme, dass es irgendetwas mit Drogen zu tun haben müsse, habe sie lieber nicht nachgefragt.

Eine gewaltige Enthüllung war das nicht. Da man in Jakes Tasche ein Nacktfoto von Kit gefunden hatte, hatte der Verdacht auf Erpressung von Beginn an nahegelegen. Die Frage war nur, wen Kit erpressen wollte.

Wieder lief ich auf und ab und trat schließlich auf den Balkon hinaus. Die Sonne war fast verschwunden, aber es lag immer noch Licht in der Luft und glänzte wie die Schleppe eines Königs, der aus dem Saal schreitet. Der Himmel über dem Horizont färbte sich purpurrot und bläulich-lila und legte sich über den Schimmer, bis er irgendwann die letzten Sonnenstrahlen verschlungen haben würde.

Alles in allem war es kein schlechter Tag gewesen. Der Kerl von der Arischen Bruderschaft war uns an der Tankstelle zwar durch die Lappen gegangen, und ich konnte nicht sagen, ob er der Vergewaltiger war, aber er musste derjenige sein, der mein Auto ramponiert und auf uns geschossen hatte. Jetzt wusste er allerdings, dass wir ihm auf der Spur waren. Mehr Sicherheit würde ich bis zu seiner Inhaftierung nicht bekommen.

Wieder dudelte mein Handy *Love Street*. Einen Moment lang genoss ich es, dann nahm ich ab.

»Mir ist nie aufgefallen, wie überfüllt dieser Ort ist«, sagte Graden ohne Einleitung.

»Was für ein Ort?«

»Der Raum, wo die Beweismittel lagern. Wenn das nächste Mal ein Verteidiger über all den Mist klagt, den wir zu erledigen vergessen, dann führe ich ihn dorthin«, erklärte er trocken. »Egal. Ist dir immer noch danach, dir anzuschauen, was wir hier herumliegen haben?«

Ich hatte kaum aufgelegt, da war ich schon zur Tür raus und auf der Straße. Während ich in forschem Tempo zum Polizeigebäude schritt, fragte ich mich, ob ich mein Glück überstrapazieren würde, wenn ich Graden darum bat, einen Blick auf das Foto von dem Typen der Arischen Bruderschaft zu werfen. Vielleicht könnte er ja etwas über ihn herausfinden.

Seine Tür war geöffnet. Er stand neben seinem Schreibtisch an einem Konferenztisch, auf dem lauter Tütchen mit Etiketten zur Klassifizierung der darin enthaltenen Gegenstände verstreut waren. Ich klopfte an den Türrahmen. Er schaute auf und winkte mich herein.

»Das ist doch ein wunderschöner Abend, um die Beweismittel in einem Mordfall zu sichten, meinst du nicht auch?«, fragte er.

»Kann ein Abend je ungeeignet für so etwas sein?«

»In jedem Fall wird er es werden, wenn dich jemand hier sieht, also mach besser die Tür zu.«

Ich tat, was er sagte, und trat dann an den Tisch.

»Im Wesentlichen hat man den gesamten Teppichboden herausgeholt und jede Fluse, jedes Steinchen und jede Münze aufgesammelt. Und natürlich hat man jede Oberfläche nach DNA abgesucht und Fingerabdrücke sichergestellt«, sagte Graden und betrachtete die Gegenstände auf dem Tisch.

»Und?«, fragte ich.

»Fingerabdrücke und DNA haben nichts ergeben.«

»Schade«, sagte ich enttäuscht.

Graden nickte. »Außerdem haben wir im gesamten Hotel an die Türen geklopft und nach Zeugen gesucht.«

»Vermutlich ein großer Spaß«, sagte ich trocken.

»Der Junkie vom anderen Ende des Flurs meint, er habe unmittelbar nach den Schüssen einen Mann aus dem Motel gehen sehen, aber an die Größe oder die Statur kann er sich nicht erinnern. ›Nicht groß und nicht klein‹ war er angeblich. Haarfarbe oder Frisur konnte er auch nicht erkennen. Nicht einmal, aus welchem Zimmer er gekommen ist«, sagte Graden kopfschüttelnd.

»Eine Festnahme steht also kurz bevor.«

»So ist es«, sagte Graden. »Die Beweise sind geradezu erdrückend.« Er zeigte auf ein paar Plastiktüten in einer Schachtel an der Tischecke. »Das hat man alles auf dem Teppich gefunden.«

Eins nach dem anderen sah ich mir alles an. Münzen, ein Feuerzeug, ein paar Zigarettenkippen, abgebrannte Streichhölzer, ein einzelner billiger Ohrring. Nichts Aufregendes. »Viel ist das nicht«, sagte ich und seufzte.

»Ich weiß«, stimmte Graden zu. Er öffnete eine Schublade, holte etwas heraus, das wie eine Tüte M&Ms aussah, und hielt sie mir hin. »Lust auf ein Trostpflaster? Vermutlich wird das für heute dein Abendessen sein.«

Ich betrachtete die Tüte. »Sieht irgendwie anders aus«, sagte ich und schüttete mir ein paar Kugeln in die Hand.

»Neueste Produktlinie. Liegt noch nicht in den Regalen.«

Ich schaute Graden an. »Das ist eine Gratisprobe, oder? Du wirst mit so einem Zeug versorgt, weil du der Videospiel-King bist.«

»Erraten«, bekannte er.

»Das ist schamlose Selbstbereicherung«, sagte ich.

»Was mich nicht trifft, weil ich sowieso schamlos bin.« Graden grinste. »Sie sind aber ziemlich gut, oder?«

Ich nickte, obwohl ich eher das Gegenteil dachte. Sie sollten nach Kokosnuss schmecken, schmeckten aber vor allem nach Seife. Ich gab ihm die Tüte zurück, wandte mich wieder dem Tisch zu und betrachtete noch ein paar der Beweismitteltütchen. »Was ist das denn?«, fragte ich und hielt einen Beutel mit einem runden glänzenden Ding hoch.

»Ich vermute, das gehört zur Ausstattung einer Nutte«, antwortete er.

Würde passen.

»Und was ist damit?«, fragte ich und zeigte auf die Zigarettenkippen. »Keine DNA?«

»Nicht viel. Und was wir haben, stimmt nicht mit der von Jake oder Kit oder von sonst wem in der Datenbank überein.«

Ich seufzte deprimiert. »Was ist mit dem Bad? Hat man da etwas gefunden?«

»Nichts, wovon du gerne hören würdest«, sagte Graden. »Aber ich habe etwas für dich, das dich garantiert umhaut.«

Ich warf ihm einen Seitenblick zu. »Vorsicht. Ich habe jetzt einen Waffenschein.«

»Wenn du schießt, wirst du es nicht mehr hören können«, sagte er und bedachte mich seinerseits mit einem warnenden Blick. »Ich habe zufällig einen Kumpel, der ein erfahrener Ballistiker ist. Vor ein paar Jahren haben wir bei einem großen Bandenmord zusammengearbeitet, vielleicht hast du davon gehört. Ein paar Gangster wollten der Konkurrenz etwas heimzahlen und haben sich in der Wohnung geirrt. Sie haben einen kleinen Jungen erwischt, der in seiner Wiege schlief.«

Ich erinnerte mich. Ein herzzerreißender Fall, für den sich sogar die Täter geschämt hatten. »Wenn ich mich recht entsinne, hat dein Experte dafür gesorgt, dass der Fall als Mord behandelt wird, oder?«

Graden nickte. »Die Verteidigung konnte ihm nichts entgegensetzen. Er ist über jeden Zweifel erhaben. Neulich habe ich ihm die Obduktionsberichte von Jake und Kit und die Polizeiberichte vom Tatort zukommen lassen und ihn gebeten, mir zu sagen, was er von der Mord-Selbstmord-Theorie des FBI hält.«

»Und?«, fragte ich und hielt die Luft an.

»Eintrittswunde und Wundkanal in Jakes Kopf sprechen dagegen, behauptet er. Es ist gar nicht möglich, dass Jake sich selbst umgebracht hat.«

Lautstark stieß ich den Atem wieder aus, als mich die Erleichterung übermannte. »Und wenn Jake von jemand anderem erschossen wurde, dann ist es auch weniger plausibel, dass Jake Kit getötet hat. Was es wiederum weniger wahrscheinlich aussehen lässt, dass Jake von Kit erpresst wurde.« Ich hielt inne, um mir die Bedeutung dieser Information bewusst zu machen. »Würde dein Bekannter das zu Protokoll geben?«

Graden nickte. »Wir können auf ihn zählen.«

Schwer ließ ich mich auf einen Stuhl plumpsen und hatte mich doch nie leichter gefühlt. »Danke.« Ich sah ihn ernst an. »Wirklich.«

»Nein, ich muss mich bei dir bedanken. Wenn du mich nicht genötigt hättest, genauer hinzusehen, hätte ich das wahrscheinlich nie herausgefunden. Und wer weiß, was die Feds getan hätten. Danke also, dass du uns alle davor bewahrt hast, einen großen Fehler zu begehen.«

»Sosehr es mir auch widerstrebt, das zu sagen: Kit könnte Jake trotzdem erpresst haben. Es könnte nur einfach eine dritte Person involviert gewesen sein.«

»Ausschließen können wir das nicht. Aber die Mord-Selbstmord-Theorie über den Haufen zu werfen ist schon mal kein schlechter Start.«

Das war immerhin richtig.

»Jetzt könnte ich glatt noch welche von diesen komischen Schokokugeln gebrauchen«, sagte ich.

Graden schüttete mir ein paar in die Hand, nahm sich dann selbst welche, schloss seine Hand und hielt sie mir hin. Mit M&M-gefüllten Fäusten stießen wir an.

»Auf einen ziemlich guten Tag«, sagte er.

»Dem habe ich nichts hinzuzufügen.« Ich stopfte die Kugeln in den Mund und dachte, dass sie so schlecht auch wieder nicht schmeckten.

41

Graden ließ mich am Biltmore raus. In der Hoffnung, dass die Welle guter Nachrichten anhielt, eilte ich auf mein Zimmer, um nachzuschauen, ob ich eine Antwort von Clive Zorn hatte. Nichts. Sofort überkam mich das Gefühl, dass sich unsere Verdachtsperson immer weiter unserem Zugriff entzog. Ungeduldig schaute ich auf die Uhr. Es war kurz nach neun, nicht zu spät, um Bailey anzurufen.

»Hast du irgendetwas über unseren Verdächtigen herausgefunden?«, fragte ich.

»Noch nicht«, antwortete sie.

Ich schwieg, während ich über unser weiteres Vorgehen nachdachte. »Möglicherweise taucht dieser Trottel gar nicht in der Datenbank auf. Bevor wir noch mehr Zeit verlieren, sollten wir das Foto vielleicht überall herumzeigen und hoffen, dass ihn jemand erkennt. Könnten wir nicht in Densmores Gesundheitszentren gehen? Wenn es stimmt, dass er etwas mit der Vergewaltigung zu tun hat, würde ich gerne herausfinden, wie er auf Susan gekommen ist.«

»Ich hol dich sofort morgen früh ab«, sagte Bailey. »Punkt halb acht.«

Ich legte auf und nahm eine heiße Dusche, um meine Nerven zu beruhigen. Da das nicht half, öffnete ich eine Flasche Pinot noir. Schon besser. Schließlich begab ich mich mit meinem Weinglas und einem Mystery-Thriller ins Bett und war, ehe ich mich's versah, eingeschlafen.

Am nächsten Morgen wachte ich mit Beklemmungen auf. Fast wäre ich panisch geworden, als ich plötzlich merkte, dass das Buch auf meinem Gesicht lag. Ich schob es aufs Bett und stand auf, um noch eine dampfende Dusche zu nehmen. Nachdem ich mich flüchtig geföhnt und geschminkt hatte, zog ich eine bequeme Wollhose und einen Rollkragenpulli an. Es würde ein langer Tag werden.

»Hast du die Adressen von Densmores Kliniken? Entschuldigung: von seinen Gesundheitszentren?«, fragte ich Bailey, als ich mich anschnallte. Ich reichte ihr einen Becher mit Kaffee, den ich im Hotelcafé erstanden hatte.

»Nein.«

»Na großartig. Dann fahren wir also einfach in der Gegend herum und hoffen, dass eine auftaucht?« Morgens bin ich nicht in Topform. Bailey weiß das und nutzt meine Schwäche gern aus.

»Sei nicht albern, Knight. Niemand würde das tun«, sagte sie todernst.

Na, was hatte ich gesagt?

Da ich mich nicht provozieren lassen wollte, verschränkte ich die Arme und wartete auf eine Antwort, während wir uns durch den morgendlichen Stoßverkehr in Richtung Freeway schoben.

»Wir fahren zur Hauptverwaltung in Beverly Hills. Die Verwaltungsleiterin wird uns die Liste geben.«

»Hättest du mir das nicht gleich sagen können?«, beschwerte ich mich. Die Antwort war zu offensichtlich, daher bemühte sich Bailey erst gar nicht. Schweigend fuhren wir weiter.

Das Beverly Hills Children's Health Center lag an einer baumbestandenen Straße, die man fantasievollerweise Elm Street – Ulmenstraße – genannt hatte. Die Häuser hier waren hübsch und gepflegt, hatten aber mit den luxuriösen Villen im Norden, für welche L.A. berühmt war, nichts gemein.

Als wir das einstöckige Gebäude betraten, warteten dort nur wenige Kinder. Zwei saßen auf dem Schoß ihrer Mütter, eins lag auf dem Boden und malte ein Malbuch aus. Keines sah besonders krank aus, aber Kinder waren ja auch hart im Nehmen.

Bailey und ich gingen zu dem kleinen Empfangsbereich. Eine junge Frau mit blondem Pferdeschwanz und rosafarbenen Lippen schaute auf. »Was kann ich für Sie tun?«, fragte sie.

Bailey zog ihre Dienstmarke heraus. »Wir suchen die Verwaltungsleiterin, Evelyn Durrell.«

Das Mädchen riss die Augen auf, als es die Dienstmarke sah. »Ich geh schnell und sage ihr Bescheid.« Schon hatte sie sich erhoben und verschwand in der Klinik. Was Dienstmarken doch alles ausrichten können.

Sekunden später war das Pferdeschwanzmädchen wieder da. Die Frau, die sie im Schlepptau hatte, war mittlerer Statur und sicher so groß wie Bailey. Sie hatte kurze braune Haare und trug eine Noppenstrickjacke und eine weite Hose. Ihre Brille hatte sie auf den Kopf geschoben. Sie kam an den Empfangstresen, drückte auf den Türöffner und bedeutete uns hindurchzutreten. Dann streckte sie uns die Hand hin.

»Evelyn Durrell.«

Sie war der kurz angebundene Typ. Ihre Bewegungen waren effizient und ohne jede Anmut.

»Bailey Keller«, sagte Bailey, als sie ihr die Hand schüttelte.

»Rachel Knight«, sagte ich. Ihr Händedruck war fest, ihre Hand kalt. Bei genauerer Betrachtung sah ich, dass ihr Haar, das sie hinters Ohr geschoben hatte, an den Wurzeln grau war. Das Make-up war sparsam, aber gekonnt. Es betonte ihre haselnussbraunen Augen – das Schönste an ihr – und korrigierte die dünnen, zusammengekniffenen Lippen. Sie wirkte exakt wie die Verwaltungsleiterin, die sie war – nachdem sie vermutlich als Krankenschwester angefangen hatte.

Evelyn kam gleich zur Sache.

»Sie brauchen eine Liste der Kliniken von Dr. Densmore?«

Wir nickten. Evelyn schob ihre Brille auf die Nase und hielt uns einen Zettel hin. Dann deutete sie mit einem Bleistift auf den ersten Eintrag.

»Mit unserer hier hat er sechs: Palisades, Brentwood, Sherman Oaks, Calabasas und Hollywood – in Hollywood ist er allerdings schon eine Weile nicht mehr gewesen.« Sie reichte uns die Liste. »Kann ich sonst noch etwas für Sie tun?«

»Sie können uns verraten, wo sich Dr. Densmore heute aufhält«, sagte Bailey.

»Im Palisades Center, denke ich.« Evelyn schaute uns über die Brille hinweg an. »Wär's das?«

»Nur noch eine Kleinigkeit«, sagte Bailey. »Haben Sie diesen Mann in einer der Kliniken schon einmal gesehen?«

Sie hielt ihr das Foto von dem Typen der Arischen Bruderschaft hin. Evelyn nahm es und betrachtete es einen Moment, dann gab sie es zurück.

»Nein, nicht dass ich wüsste«, sagte sie langsam. »Warum? Glauben Sie, dass es der Mann ist, der Susan vergewaltigt hat?«, fragte sie, plötzlich alarmiert.

»Das wissen wir noch nicht. Es ist nur eine von verschiedenen Spuren, denen wir nachgehen«, antwortete ich.

»Hätten Sie etwas dagegen, wenn ich das Mädchen an der Rezeption frage?«, erkundigte sich Bailey.

»Machen Sie nur«, erwiderte Evelyn. »Sie zeigen das Foto aber nicht den Eltern der Patienten, oder?«

»Nein, das wird nicht nötig sein«, versicherte Bailey.

Ich dankte Evelyn für ihre Hilfe, während Bailey zu der jungen Frau ging. Als ich mich dazugesellte, waren ihre Augen noch größer geworden. Sie schüttelte den Kopf. »Den Mann habe ich noch nie gesehen«, sagte sie.

Und auch sonst noch nie jemanden von diesem Schlag,

könnte ich wetten. Wir verabschiedeten uns und fuhren zum Brentwood Health Center, wo wir die gleichen Ergebnisse erzielten.

»Von hier aus könnten wir gut die Palisades erreichen«, sagte Bailey.

»Könnten wir«, stimmte ich zu.

Sie kehrte auf den Sunset Boulevard zurück und wählte die Panoramastrecke. Ich schaute aus dem Fenster und sah schöne Menschen, tolle Autos und herrliche Palmen an mir vorbeiziehen. Genau dort, wo Evelyn es beschrieben hatte, fanden wir schließlich das Palisades Health Center. Und genau, wie Evelyn gesagt hatte, war Densmore dort. Diese Evelyn war eine gut organisierte Frau.

Bailey zeigte das Foto von dem Verdächtigen herum, aber niemand erkannte ihn. Densmore war in einer Sitzung und würde auch in nächster Zeit nicht herauskommen, daher hinterließen wir eine Nachricht, dass wir später zurückkehren würden. In der Zwischenzeit fuhren wir zu seiner streng bewachten Wohnanlage. Jetzt, da wir ein Foto hatten, würden sich die Wachmänner vielleicht an den Mann erinnern.

Glücklicherweise stand Polizeifan Norman Chernow am Tor des Wachhäuschens.

»Was kann ich für Sie tun, Detective?«, fragte er aufgekratzt und lächelte Bailey an.

War ich etwa niemand? Ich hatte doch auch eine Dienstmarke! Vielleicht hätte ich sie vorzeigen sollen. Und meine Waffe gleich dazu.

»Haben Sie diesen Mann schon einmal hier in der Gegend gesehen?«, fragte Bailey und gab ihm das Foto.

Norman hielt es sich dicht ans Gesicht und blinzelte. »Nein, kommt mir nicht bekannt vor. Soll ich die anderen Wachleute fragen?«

»Ist schon okay, Norm. Ich mach das schon«, erklärte Bailey diplomatisch.

Es war mindestens ebenso wichtig, die Reaktion der Leute zu sehen, wie zu hören, was sie zu sagen hatten. Wenn jemand zusammenzuckte und dann nichts zu wissen vorgab, musste man nachbohren. Wir fragten also die beiden Männer im Wachhäuschen. Leider zuckten sie nicht einmal mit der Wimper, als sie erklärten, ihn nie gesehen zu haben.

»Haben Sie etwas dagegen, wenn wir hochfahren und in der Anlage herumfragen?«, erkundigte sich Bailey, als wir wieder bei Norman waren.

»Absolut nicht, Detective«, sagte Norman und beugte sich mit verschwörerischer Miene vor. »Um ehrlich zu sein, diese Typen da sind nicht vom gleichen Schlag wie wir«, sagte er und nickte ins Wachhäuschen hinein. »Überarbeiten tun die sich bestimmt nicht, falls Sie verstehen, was ich meine.«

Da gab es nicht viel zu verstehen. Bailey versicherte, dass sie wusste, was er meinte, und Norman öffnete das Tor. Wir fuhren hindurch und den Hügel hoch.

»Und jetzt, Detective?«, fragte ich sarkastisch. »Sollen wir etwa überall Klinkenputzen gehen?«

»Höre ich da einen Anflug von Eifersucht heraus?«, fragte Bailey mit einem überlegenen Grinsen.

»Nein«, log ich. »Wenn er aber sehen würde, dass meine Dienstmarke größer ist als deine, hieße es sicher: ›Detective wer?‹«

Wir fuhren vor dem Haus der Densmores vor. »Aber mal ernsthaft, wir können nicht an jede Tür klopfen«, sagte ich, als wir ausstiegen. »Wie stellst du dir das also vor?«

»Lass uns bei Susan und ihrer Mutter anfangen. Die sind bestimmt zu Hause«, sagte Bailey. »Wenn wir mit denen fertig sind, werde ich einen Plan haben.«

42

Bailey klingelte.

Dieses Mal kam Janet selbst an die Tür. Das Dienstmädchen musste seinen freien Tag haben. Wir tauschten die üblichen Höflichkeiten aus, dann führte Janet uns herein.

Ohne große Erklärungen hielten wir ihr das Foto hin. Sie nahm es und runzelte die Stirn. »Den Mann habe ich noch nie gesehen, und ich bin mir sicher, dass ich mich an ihn erinnern würde.« Als sie Bailey das Foto zurückgab, wirkte sie erstaunt. »Was um alles in der Welt könnte er wohl hier in der Gegend zu suchen haben?«, fragte sie. Als sie ihre eigenen Worte hörte, schaute sie plötzlich zu Boden. Wenn wir ihr das Foto zeigten, war wohl mehr als klar, was er in der Gegend gesucht hatte. »Ich werde Susan rufen.« Sie holte ihr Handy aus der Khakihose und tippte eine Nummer ein.

Zunächst dachte ich, dass Susan vielleicht nicht daheim war. Dann fiel mir wieder ein, wie groß das Haus war. Da konnte man nicht einfach rufen und erwarten, dass man gehört wurde.

Sekunden später erschien Susan in einer ausgeblichenen, zerschlissenen Jeans und einem grauen T-Shirt mit Reißverschlusstasche auf der Brust. Diese heruntergekommene Aufmachung kostete sicher ein paar hundert Dollar. Susan selbst sah allerdings nach vielen Millionen aus. Obwohl ich bei unserem Telefonat den Überschwang in ihrer Stimme gehört hatte, wurde mir jetzt erst klar, wie viel ihr die Nachricht von Luis' Unschuld bedeutete. Außerdem war ich mir ziemlich sicher, dass die Lockerheit und das entspannte Lächeln nicht nur eine Rückkehr zur »alten« Susan waren. Es war die Geburt einer neuen, selbstbewussteren Susan. Einer, die hatte beweisen können, dass sie Recht hatte, und jetzt zudem wusste, dass auch Daddy nicht unfehlbar war. Vielleicht hatte diese Tragödie also doch ihr Gutes gehabt.

»Hallo, Susan«, sagte ich. »Wie geht es dir?«

»Gut«, sagte sie so heiter, wie ich sie noch nie erlebt hatte.

Ich fragte sie nach der Schule, und wir unterhielten uns einen Moment. Dann kam ich zum Punkt. »Wir verfolgen eine andere Spur. Würde es dir etwas ausmachen, dir ein Foto anzuschauen und uns zu sagen, ob du den Mann schon einmal gesehen hast?«

Susan schwieg einen Moment, dann hob sie das Kinn. »Es macht mir nichts aus«, sagte sie. Ihre tapfere Miene erfüllte mich mit Stolz und Traurigkeit gleichermaßen.

Bailey reichte ihr das Foto. Ich sah, dass sie tief Luft holte, bevor sie es sich anschaute. Nachdem sie einen Blick darauf geworfen hatte, blinzelte sie und runzelte die Augenbrauen. »Nein«, sagte sie und schaute es sich noch einmal an. Dann schüttelte sie den Kopf und gab Bailey das Foto zurück. »Den Mann habe ich noch nie gesehen.«

Bailey und ich wechselten einen schnellen Blick. Kein Zweifel, die beiden hatten den Mann noch nie gesehen. Ich konnte nicht behaupten, dass mich das überraschte.

Wir versprachen, sie über die weiteren Entwicklungen auf dem Laufenden zu halten, und kehrten zum Wagen zurück.

»Was nun?«, fragte ich Bailey.

Sie zuckte mit den Achseln. »Wir schauen uns ein wenig um, würde ich sagen.«

»Aha. Das ist also dein Plan.«

»Hast du einen besseren?«

Ich dachte einen Moment nach und schaute die Straße entlang. Bailey stand neben der Fahrertür und hielt den Autoschlüssel in der Hand. Über die Motorhaube hinweg sagte ich: »Wenn unser Verdächtiger sich hier in der Gegend herumgetrieben hat, würde ihn da nicht jemand, der viel draußen ist, am ehesten gesehen haben?«

»Schon. Aber damit meinst du hoffentlich nicht unsere beiden Genies im Wachhäuschen«, sagte sie bissig.

»Die Jungs schieben überall im Viertel Dienst. Ich dachte eher, wir schauen, wer in der Nähe der Densmores so herumläuft.«

»In der Hoffnung auf ein wenig Glück?«, erkundigte sich Bailey spöttisch.

»Hast du eine bessere Idee?«

Wir gingen die Straße entlang und trafen drei Gärtner, die mein gebrochenes Spanisch hinreichend gut entschlüsseln konnten, um zu verstehen, dass sie uns sagen sollten, ob sie den Mann auf dem Foto erkannten. Sie schüttelten den Kopf. Kein Glück. Zwei Kindermädchen, die zusammen mit ihren Schützlingen spazieren gingen: »Nein, nein, nicht hier sehen.« Drei weitere Dienstmädchen, die Hunde ausführten. Die Dienstmädchen waren froh, eine Pause machen zu können, die Hunde weniger. Trotzdem – wieder nichts.

Plötzlich entdeckte ich eine durchtrainierte junge Frau in Spandex-Hose und dazugehörigem bauchfreien Top. Sie lief rückwärts vor einem sehnigen älteren Herrn her und trieb ihn an, »das Tempo zu halten« und »die Armarbeit nicht zu vergessen«. Ihre Sonnenbräune war perfekt und ihre Figur exakt von der Sorte, für die Bikinis gemacht sind. Am liebsten hätte ich ihr ein Bein gestellt. Ich schaute Bailey an. Sie nickte, und wir begaben uns in ihre Richtung. Der Schirm der Basketballmütze und die Sonnenbrille verbargen ihr Gesicht, daher wusste ich nicht, ob sie uns kommen sah. Falls ja, störte es sie nicht weiter. Sie brüllte ihre Kommandos, als wären sie und der alte Mann allein auf der Welt.

»Entschuldigen Sie, Ma'am«, sagte Bailey mit ihrer Polizistenstimme. Damit gewann sie die Aufmerksamkeit der Frau, die nun das Tempo verlangsamte und uns verärgert anschaute.

Bailey zog ihre Dienstmarke hervor. »Polizei von Los Angeles. Wir ermitteln in Zusammenhang mit einem Verbrechen. Dürften wir Ihre Zeit einen Moment beanspruchen?«

Der Gesichtsausdruck der Frau wechselte von Ärger zu Verblüffung, aber immerhin hielt sie an. Der Mann warf uns einen dankbaren Blick zu. Er beugte sich vor, stützte die Hände auf die Oberschenkel und nutzte die Gelegenheit, um Luft zu schöpfen.

»Können Sie uns sagen, ob Sie diese Person schon einmal hier in der Gegend gesehen haben?« Bailey gab zunächst dem Mann das Foto.

Schnaufend warf er einen Blick darauf. Seine Mundwinkel senkten sich, dann schüttelte er den Kopf. »Nein.« Er gab Bailey das Foto zurück. »Hat es mit dem Mädchen zu tun, das vergewaltigt wurde?«

Bailey ignorierte die Frage und reichte das Foto der Trainerin.

Sie nahm es und schob ihre Sonnenbrille hoch, um es besser erkennen zu können. Zunächst runzelte sie die Stirn, dann nickte sie. »Ja, der kommt mir bekannt vor. Den hab ich hier schon gesehen, obwohl ich nicht weiß, zu wem er gegangen ist. Ich hab noch gedacht, dass er irgendwie nicht hierherpasst, falls Sie wissen, was ich meine.«

Taten wir. Bailey nahm die Daten der Trainerin auf. Sie hieß Miley Barone und war nebenbei auch als Lebensberaterin tätig. Hätte man sich ja denken können.

»Wie oft haben Sie ihn gesehen?«, fragte ich.

»Nicht oft. Drei, vier Mal?«, sagte Miley. »Ich bin häufig hier, aber ich arbeite überall im Viertel, deswegen habe ich ihn vielleicht nicht immer bemerkt.«

»Wann haben Sie ihn zum letzten Mal gesehen?«, fragte ich.

»Vor zwei, drei Wochen vielleicht. Ich glaube, ich habe mit Sookie Tuckman gearbeitet.«

Vor zwei, drei Wochen. Kurz vor der Vergewaltigung vermutlich.

»Wo wohnt Ms Tuckman?«, fragte ich.

»Briar Court, zwei Blocks von hier.« Sie zeigte in Richtung der Adresse.

Bailey und ich wechselten einen Blick. Das war nur einen Block vom Haus der Densmores entfernt.

Bailey bat Miley, eine Liste ihrer Kunden in der Gegend zu erstellen, und versprach, niemandem zu verraten, dass wir die Informationen von ihr hatten. Der Trainerin schien nicht bewusst zu sein, dass der alte Mann das größere Problem sein könnte, aber ich verzichtete darauf, es ihr unter die Nase zu reiben. Wir dankten ihr und ihrem Kunden und verabschiedeten uns. Als Miley bellte: »Los, Marsch!«, schaute uns der Mann wehmütig an und setzte sich mit verbissener Miene wieder in Trab.

Wir warteten, bis wir im Auto waren, und klatschten dann ab.

»Wessen Idee war es noch gleich, einfach so in der Gegend herumzulaufen?«

»Meine«, antwortete Bailey und fuhr los.

Ich schaute sie an. »Sag das noch mal, und es setzt was.«

»Nur zu, Knight. Wir werden ja sehen, wer dabei den Kürzeren zieht.« Bailey grinste. Sie war mir mindestens um acht Zentimeter und etliche Muskeln überlegen.

»Aber ich werde das Element der Überraschung auf meiner Seite haben, du Fliegengewicht.«

Wir lachten und erreichten nach wenigen Minuten das Palisades Health Center for Children. Dieses Mal erwartete uns Densmore bereits, wie uns erklärt wurde, und zwar ungeduldig. Die Angestellte am Empfang drückte uns die Tür auf, und eine Krankenschwester begleitete uns zu seinem Büro hinter den Sprechzimmern. Densmore stand neben seinem Schreibtisch. Durch das Fenster hinter ihm sah man das Spätnachmittagslicht verblassen.

»Ich muss gleich noch in eine andere Sitzung, und wenn man Ihre bisherige Erfolgsbilanz betrachtet, wird es sich wohl wieder um eine Sackgasse handeln. Beeilen Sie sich also«, sagte Densmore gereizt.

»Ich weiß nicht, ob Ihre Verwaltungsleiterin Evelyn Durrell Ihnen mitgeteilt hat, dass …«, begann ich.

Densmore schnitt mir das Wort ab. »Falls Sie es nicht bemerkt haben sollten, ich war den ganzen Tag in irgendwelchen Sitzungen. Niemand hatte Gelegenheit, mir irgendetwas mitzuteilen. Was gibt's also?«

»Wir haben Grund zur Annahme, dass dieser Mann irgendetwas mit dem Übergriff zu tun haben könnte. Daher würden wir gerne wissen, ob Sie ihn kennen«, sagte ich. Bailey hielt ihm das Foto von dem Typen der Arischen Bruderschaft hin.

Densmore nahm es und betrachtete es. Sein Kiefer verkrampfte sich, dann schüttelte er den Kopf. »Nein. Wollen Sie behaupten, dass er der Vergewaltiger war? Oder ein Komplize?« Densmores Stimme war angespannt, fast wütend. Ich konnte es ihm nicht verübeln. Ich wäre auch ziemlich sauer, wenn ich Grund zu der Annahme hätte, dass ich das Foto jenes Mannes in der Hand hielt, der meine Tochter vergewaltigt hatte.

Bailey nahm das Foto wieder an sich.

»Das wissen wir noch nicht«, antwortete ich. »Sobald wir wissen, wer er ist, können wir feststellen, ob sich seine DNA in unserer Datenbank befindet.«

Frank Densmore nickte knapp, dann schaute er auf die Uhr und räusperte sich. »Rufen Sie mich an, wenn Sie etwas haben. Meine nächste Sitzung hätte längst beginnen sollen.« Er nahm Jacke und Schlüssel und scheuchte uns zur Tür. Die Hand bereits an der Klinke, hielt ich noch einmal inne.

»Dr. Densmore, wir machen uns Gedanken, warum sich dieser Mann ausgerechnet Susan ausgesucht haben könnte«, sagte ich.

»Woher zum Teufel soll ich das wissen?«, fuhr er dazwischen. »Wäre es nicht Ihre Aufgabe, das herauszufinden?«

»Wir können keine Wunder vollbringen, Dr. Densmore«, erwiderte ich und war nun eiskalt. »Sie behaupten, Sie hätten weder persönliche Feinde noch Probleme mit Familien von Patienten. Also müssen wir mit dem arbeiten, was wir haben.«

»Dann müssen Sie eben härter arbeiten«, schnappte er.

Die einzige Antwort, die mir in den Sinn kam, würde mir üblen Ärger mit Vanderhorn einbrocken, daher öffnete ich lieber die Tür und verließ das Zimmer.

»So viel dazu«, sagte Bailey, als wir uns anschnallten.

»Ich nehme an, nach zwei Pleiten wäre es auch zu viel verlangt, bei dem guten alten Frankie auf ein wenig Entgegenkommen zu hoffen«, sagte ich.

»Dieser Typ würde uns auch dann nicht entgegenkommen, wenn wir gleich am ersten Tag jemanden verhaftet hätten«, grollte Bailey.

Da hatte sie wiederum Recht. Die Erinnerung an die beiden Fehlgriffe brachte mich aber auf eine Idee.

»Ist Pickelman noch in Haft?«, fragte ich.

»Sehr wahrscheinlich«, antwortete Bailey. »Möchtest du ihm einen Besuch abstatten?«

»Ja. Könntest du uns jetzt sofort einen Termin verschaffen? Es liegt eh auf dem Weg.« Man hatte Pickelman ins Bezirksgefängnis in der Bauchet Street gebracht.

»Ist so gut wie erledigt«, sagte Bailey und holte ihr Handy heraus.

»Stell sicher, dass er nicht auf seinen Anwalt wartet und sonst für niemanden zu sprechen ist«, erinnerte ich sie.

Bailey nickte. Während sie Pickelman aufzuspüren versuchte, fragte ich mich, ob wir es bei der Anmeldung mit der Frau zu tun bekommen würden, die bei meinem Treffen mit Hector Amaya Dienst gehabt hatte. Es war zwar unwahrscheinlich, dass sie mich ohne die Blondinenkluft erkennen würde, aber angenehm war die Vorstellung trotzdem nicht.

43

Dafür, dass es Viertel nach fünf war und damit absoluter Stoßverkehr, kamen wir gut voran. Sobald wir das Gefängnis betraten und uns dem Kasten aus kugelsicherem Glas näherten, versteckte ich mich hinter Baileys Schulter. Ich versuchte, einen Blick auf die Person darin zu werfen, konnte sie aber nicht gut erkennen. Also lauschte ich auf die Stimme, die durch das Mikrofon mit den Leuten vor uns sprach, aber der Klang war zu gedämpft. Ich wusste, dass ich praktisch nichts zu befürchten hatte, aber allein die Möglichkeit … Allmählich begann meine Kopfhaut zu glühen.

Das Tor summte, und die Leute vor uns gingen hindurch. Bailey trat vor. Ich simulierte Interesse an irgendetwas, das auf dem Boden lag, als ich ihr folgte.

»Ausweis, bitte«, sagte die Person.

Es klang wie ein Mann. Ermutigt hob ich den Kopf weit genug, um genauer hinschauen zu können, und mein Herz sackte in die Hose. Das war kein Mann, das war sie. Was für ein dämlicher Zufall. Hatte die Frau denn nie frei? Jetzt war es zu spät für einen Rückzieher. Ich trat vor und legte meinen Ausweis in die Lade. Dieses Mal beschloss ich, forsch zu sein und ihr direkt in die Augen zu schauen. Sollte sie es nur wagen, mich wiederzuerkennen!

Die Frau betrachtete meinen Ausweis. »Sind Sie mit ihr hier?«, fragte sie und zeigte auf Bailey, die soeben durchs Tor getreten war.

»Ja«, sagte ich. Gelangweilt drückte die Frau noch einmal auf den Türöffner.

Ich genoss die Ironie, dass ich mich erleichtert fühlte, weil ich in ein Gefängnis *hinein*durfte, und folgte Bailey, die von einem Mitarbeiter zu einem Anwaltssprechzimmer begleitet wurde. Liebenswürdig unterhielt sie sich mit dem Mann, der nicht im Traum auf die Idee kommen würde, unsere Taschen zu durchsuchen. Am Sprechzimmer öffnete er die Tür. »Hier, bitte sehr. Er wird in einer Sekunde da sein. Sollten Sie etwas brauchen, geben Sie mir bitte Bescheid.«

Kein Vergleich mit meinem letzten Besuch hier – selbst das mit der Sekunde stimmte.

Das Orange der Bezirksgefängniskluft stand Duane Pickelman nicht besonders, trotzdem sah er viel besser aus als bei unserem letzten Zusammentreffen.

»Hallo, Duane. Wie gefällt's Ihnen hier?«, fragte ich.

»Beschissen«, antwortete er.

»Ich hab gehört, Sie haben einen Deal geschlossen. Sechs Monate und ein Entzugsprogramm«, sagte Bailey.

»Ja«, antwortete Duane mürrisch.

Dieser Pickelman war wahrlich ein Mann der großen Worte.

»Wir haben ein paar Fragen, Duane. Bevor wir aber dazu kommen, muss ich Ihnen Ihre Rechte vorlesen, Sie kennen ja das Prozedere«, sagte Bailey. Sie brachte es hinter sich und fragte ihn dann, ob er auf seine Rechte verzichten und mit uns sprechen würde.

»Kommt drauf an«, sagte Duane vorsichtig. »Was springt für mich dabei raus?«

»Ein besseres Reha-Programm. Vielleicht Hafturlaub, um arbeiten gehen zu können«, sagte ich.

Duane nickte verständig. »Schießen Sie los.«

»Verraten Sie uns doch bitte, ob Sie diesen Mann kennen«, sagte ich. Bailey hielt das Foto hoch, so dass er es sehen konnte.

Duanes Augen wurden riesig, sein Unterkiefer klappte herab. »Ist das …?«, fragte er. Seine Stimme wurde schrill vor Angst, als er zu begreifen begann. »I-ich wusste nicht … Sie müssen mir glauben!«

Ich nickte, da ich mir zusammenreimen konnte, was passiert war. »Er hat Sie dafür bezahlt, dass Sie ihn in die Anlage reinlassen, nicht wahr?«

Pickelman schnappte nach Luft, schaffte es aber zu nicken.

»Aber Sie wussten nicht, was er dort eigentlich wollte«, fuhr ich fort.

»N-nein, bestimmt nicht.« Er starrte zu Boden und schüttelte den Kopf, während er zwei und zwei zusammenzählte – sogar ohne die Finger zu benutzen. »I-ich hätte es nie getan, wenn ich gewusst hätte, dass er dem Mädchen wehtut.« Duane schaute zu uns auf. »Bitte, Sie müssen mir glauben!«, sagte er ängstlich.

Das tat ich sogar. Er war ein jämmerlicher Junkie, und das bisschen Hirn, mit dem er geboren worden war, hatte sich längst in Nichts aufgelöst. Aber er wirkte nicht so skrupellos, als würde er jemandem die Vergewaltigung einer Fünfzehnjährigen ermöglichen. Trotzdem musste ich ein paar Details aus ihm herausholen.

»In der Nacht der Vergewaltigung hat er Sie also dafür bezahlt, Ihren Kontrollgang zu unterlassen?«

Duane schüttelte den Kopf. »Nein, er hat nie was gesagt von wegen Kontrollen verpassen.« Er seufzte und machte eine Pause, bevor er fortfuhr. »Aber er hat mir echt gutes Zeug gegeben.« Das ergab Sinn. Der Mann hatte Duane nie gesagt, dass er seinen Job vernachlässigen sollte, sondern ihm einfach eine schöne Ladung Crystal Meth verpasst und der Natur ihren Lauf gelassen. Duane schaute auf seine Hände hinab. Ich hätte schwören können, dass er sich schämte.

»Ich war total high. Echt, ich bin geflogen.« Duane hielt inne und wurde von seinen Erinnerungen fortgetragen. Die Scham war schon wieder vergessen. Er wirkte regelrecht benebelt.

»Wissen Sie seinen Namen, Duane?«, fragte ich und hielt die Luft an.

Er dachte einen Moment nach. »Ich glaube, Carl irgendwas.«

»Denken Sie scharf nach, Duane. Wir brauchen seinen Nachnamen«, sagte ich angespannt.

Es war schmerzhaft zu sehen, wie er sich anstrengte.

Schließlich schüttelte er den Kopf. »Nein, ich glaube nicht, dass er ihn genannt hat«, sagte er.

Ich schaute Bailey an, und sie nickte. Das war alles, was wir aus Pickelman herausbekommen würden. Wir standen auf und gaben dem Wärter ein Zeichen, dass er ihn abholen konnte.

»Danke, Duane«, sagte ich.

»Werden Sie was für mich rausschlagen? Freigang zum Arbeiten vielleicht?«, fragte er.

»Wir tun, was wir können«, sagte Bailey.

Der Wärter kam und nahm Pickelman mit. Bailey und ich verließen das Gefängnis.

»Nah dran«, sagte ich, als ich mich auf den Beifahrersitz fallen ließ. Wir hatten etwas erfahren, aber es war nicht genug.

»Keine Sorge«, sagte Bailey, die meine Erregung spürte. »Ich finde diesen Typen. Die Tattoos von der Arischen Bruderschaft hat er ja nicht beim Kirchgang bekommen. Es ist nur eine Frage der Zeit, bis wir einen Namen haben.«

Als sie vor dem Biltmore vorfuhr, fragte ich: »Kommst du mit rein auf einen Drink? Oder zum Essen?«

»Danke, aber ich muss ins Büro zurück und mich noch um ein paar andere Fälle kümmern.«

»Ruf mich sofort an, falls du etwas hörst«, bat ich. Bailey salutierte, und ich stieg aus und begab mich zum Aufzug.

Auf meinem Zimmer legte ich Mantel und Handtasche ab und studierte die Speisekarte vom Zimmerservice. Kurzgebratener Ahi-Thunfisch und gegrillte Zucchini, das klang gut. Ich öffnete eine Flasche kühlen Pinot grigio, um das Ganze abzurunden, und trank schon mal ein Glas, bevor das Essen kam. Eine ausgiebige Dusche später lag ich im Bett, zu müde, um auch nur so zu tun, als würde ich noch lesen. Ich schaltete die Nachttischlampe aus und fiel in einen tiefen Schlaf.

44

Um acht Uhr morgens weckte mich mein Zimmertelefon. Das schrille Klingeln hielt an. Ich nahm ab, weil ich dachte, dass es nur Bailey sein konnte. Nur meine engsten Freunde riefen mich auf diesem Telefon an, und das auch nur, wenn sie mich wecken wollten.

»Eine gute Nachricht und eine schlechte Nachricht«, sagte Bailey.

»Die gute.«

»Ich habe einen Namen zu unserem Verdächtigen: Carl Stayner. Er hat in Florida mal wegen Diebstahls gesessen.«

»Perfekt! Hat Fukai seine DNA mit der vom Tatort abgeglichen?«, fragte ich begeistert.

»Das ist die schlechte Nachricht«, sagte Bailey. »Stayner ist nicht drin.«

»Was meinst du damit? Wie kann es sein, dass er nicht in der Datenbank ist?«, fragte ich verzweifelt. Wie schaffte es dieses Arschloch, uns ständig durch die Lappen zu gehen?

»Keine Ahnung«, sagte Bailey und klang so wütend, wie ich mich fühlte.

»Okay, gib mir alles, was du über ihn weißt. Ich werde es herausfinden«, sagte ich.

Sie übermittelte mir ihre Informationen, und ich rief die Staatsanwaltschaft des Miami-Dade County an, wo er verurteilt worden war. Nachdem man mich ein paar Mal weiterverbunden hatte, bekam ich den Staatsanwalt an die Leitung, der sich damals um den Fall gekümmert hatte, ein Mann namens Fred Goins. Ich stellte mich vor und fragte, ob es ihm etwas ausmachen würde, einen Blick auf das Foto zu werfen und mir zu sagen, ob es sich um dieselbe Person handelte.

»Kein Problem. Bleiben Sie dran, während ich den Rechner hochfahre. Und wenn ich schon einmal dabei bin, kann ich Ihnen auch ein Foto von meinem Übeltäter schicken.«

Das Wort »Übeltäter« sprach er mit vier langen Silben aus.

Kurz darauf schauten wir beide auf ein Foto.

»Volltreffer. Da haben wir denselben Typen, klare Sache«, sagte Fred und schlürfte irgendein Getränk.

Dem konnte ich nur zustimmen. Freds Foto zeigte einen Mann, der etwas schwerer war und etwas kürzere Haare hatte, aber es konnte kein Zweifel daran bestehen, dass es unser Mann war.

»Was ist denn passiert, Fred, dass er nicht in der Datenbank ist?«

Fred stöhnte und sagte verächtlich: »Da können Sie sich bei Richter Harmlos bedanken. Eigentlich heißt er Lettingail, aber Sie verstehen schon.«

Durchaus.

»Stayners Anwalt war der Ansicht, dass sein Mandant ja nur ein Dieb war und kein Gewaltverbrecher und man ihn daher auch nicht in die Datenbank aufnehmen müsse. Richter Harmlos schloss sich der Meinung an, dass ihm die unwürdige Prozedur eines Wangenabstrichs nicht zuzumuten sei.«

Wie schon der »Übeltäter« verließ auch das »unwürdig« seine Zunge mit einem merkwürdig genüsslichen Zynismus.

»Sie machen Scherze«, sagte ich.

»Willkommen in meiner Welt«, erwiderte Fred. »Ich habe eine Party geschmissen, als ich mit diesem Gericht nichts mehr zu tun hatte.«

»Das glaube ich gern. Glückwunsch, dass Sie da raus sind, und danke für Ihre Hilfe, Fred. Sie sind ein Schatz.«

»Schnappen Sie ihn sich, Rachel. Es tut mir leid, dass ich nicht mehr für Sie tun kann.«

Mir tat es auch leid, und ich dachte über mein weiteres Vorgehen nach. Vermutlich sollte ich mich erst einmal anziehen. Der Tag hatte bewölkt, kalt und windig begonnen, aber ich war mir nicht sicher, ob ich drinnen oder draußen sein würde. Wenn es sich vermeiden ließ, würde ich die verdammte Weste lieber nicht tragen. Was lag also heute an? Ich hatte keine DNA, aber ich hatte Fotos von Stayner, und wir hatten noch nicht alle Kliniken von Densmore aufgesucht. Demnach würde ich mich wohl bevorzugt draußen aufhalten. Ich kramte bequeme Kleidung aus der Kommode.

Dann klappte ich mein Handy auf, um Baileys Nummer zu wählen, als es in meiner Hand klingelte. Ich nahm das Gespräch an.

»Spektakuläre Neuigkeiten«, sagte Bailey ungewöhnlich aufgekratzt.

»Ich höre.«

»Wir haben Stayner.«

Ich klammerte mich an das Handy, als könnte es wegfliegen. »Wie? Wo?«

»Erzähl ich dir, wenn ich dich abhole. In zehn Minuten unten.«

»Besser in drei«, sagte ich, aber ich redete ins Leere. Bailey hatte schon aufgelegt.

45

Ich wartete bereits volle fünf Minuten, als Bailey in die Zufahrt schoss und eine Vollbremsung machte. Rasch sprang ich in den Wagen und riss noch an meinem Sicherheitsgurt, als sie sich in die Kurve legte und, ohne großartig auf den Verkehr zu achten, direkt in die Figueroa Street zog. Dort trat sie sofort aufs Gaspedal und düste über den Highway 101 in Richtung Norden. Sie war vollkommen darauf konzentriert, in Bullenmanier zwischen den Autos hin und her zu flitzen, daher schien es unklug – oder vielmehr selbstmörderisch –, sie mit Fragen abzulenken. Schweigend hockte ich da und tröstete mich damit, dass ich es ja bald erfahren würde.

Als wir durchs San Fernando Valley fuhren und in Las Virgenes den Highway verließen, erkundigte ich mich vorsichtig, wohin wir überhaupt unterwegs waren. Nachdem wir dann links abgebogen waren, wurde mir aber klar, dass es sich nur um den Malibu Canyon handeln konnte. In Haarnadelkurven schraubte sich die schmale Straße die wilden Santa Monica Mountains hoch, was Bailey mit mindestens Tempo hundert bewältigte. Ich hielt den Atem an und klammerte mich ans Armaturenbrett. Da ich mich sowieso nur noch dafür interessierte, wie ich das Ganze überleben sollte, war meine Neugier vorerst verflogen. Schweigend rasten wir den Berg hinauf.

Auf der Höhe des Canyons angekommen, fuhren wir durch den Tunnel dort und begannen auf der anderen Seite mit der Abfahrt nach Malibu. Plötzlich sah ich die Blinklichter von

Polizei, Feuerwehr und einem Krankenwagen. Mit Hilfe ihrer Dienstmarke bahnte uns Bailey einen Weg durch die Absperrungen und zog auf den rechten Seitenstreifen. Wir stiegen aus, überquerten die Straße und begaben uns zum äußersten Straßenrand, wo sich etliche Personen am Abgrund der Schlucht versammelt hatten.

Ich schaute die Böschung hinab. Ungefähr dreißig Meter unter uns lag zwischen Felsen und Sträuchern ein alter schwarzer Cadillac Escalade. Der Kühlergrill war an den Stamm eines dicken gedrungenen Baums geknallt. Die gesamte Front des Wagens hatte sich bei dem Aufprall wie ein Akkordeon zusammengeschoben, und ein Ast hatte sich durch die Windschutzscheibe gebohrt. Die Fahrertür war von der Rettungsmannschaft aufgehebelt worden. Neben der Öffnung stand eine Trage. Während ich noch hinunterschaute, hoben zwei Sanitäter einen Körper aus dem Wagen. Von seinem Hals hing ein langer, dünner Ast herab.

»Jetzt dürfte es nicht mehr schwer sein, eine DNA-Probe von ihm zu bekommen«, sagte ich zu Bailey.

»Ihn zu verhören dürfte allerdings ungleich komplizierter geworden sein«, antwortete sie.

Wir stiegen in die Schlucht hinab, um zu erkunden, was es dort zu sehen gab. Auf dem Weg begegneten wir den Sanitätern, die schrecklich schnauften, als sie die Trage den Berg hochschleppten. Ich beneidete sie nicht um ihre Aufgabe, aber das tat ich auch sonst nicht. Der Anblick des Astes, der aus Carl Stayners Hals herausragte, war grauenhaft. »Alkoholeinfluss?«, fragte ich einen der Sanitäter. Stayner wäre nicht der Erste gewesen, der im betrunkenen Zustand eine Kurve falsch eingeschätzt hatte und in diesem Canyon gelandet war.

»Glaub ich nicht. Zumindest rieche ich nichts«, antwortete er.

Ich nickte und beeilte mich, Bailey einzuholen, die sich dem

Wrack näherte. Die Polizisten, die sich um das Auto drängten, machten ihr bereitwillig Platz. Dies war Baileys Fall. Sie waren nur da, um zu beobachten und zu helfen. Als ich die Öffnung erreichte, wo die Fahrertür gewesen war, fiel mir auf, dass erstaunlich wenig Blut zu sehen war, vermutlich weil der Ast das Herz und alle anderen Körperfunktionen abrupt zum Stillstand gebracht hatte.

Bailey zog Latexhandschuhe über.

»Hast du noch ein Paar?«, fragte ich.

Sie betastete ihre Taschen, während sie bereits ins Auto schaute, und sagte dann: »Nein. Aber ich darf sowieso nichts anfassen, bevor nicht die Spurensicherung da war.«

Ich nickte und spähte Bailey über die Schulter.

»Siehst du das da?«, fragte ich und zeigte auf etwas vor dem Beifahrersitz, das wie ein altmodischer Hotelschlüssel aussah.

Bailey beugte sich vor und las den Namen. »Surf Motel.«

Surf Motel, das kannte ich. Der wenig originelle Name war noch das Beste daran. Es bestand aus einer baufälligen Reihe miteinander verbundener Gebäude, die sich an die Felsen am Pacific Coast Highway klammerten und eine atemberaubende Sicht auf den Pazifik boten. Die Tage, die man seine besseren nennen könnte, lagen mehr als vierzig Jahre zurück. Inzwischen war es ein Schandfleck, der aus unerklärlichen Gründen ein Grundstück in erstklassiger Lage in der Nähe einer der besten Wohngegenden des Landes besetzte. Ich hatte mich immer schon gefragt, ob es noch in Betrieb war. Jetzt hatte ich die Antwort.

Wir wandten uns wieder dem Auto zu. Die Rücksitze waren aus der Verankerung genommen und an den Seiten festgemacht worden, um eine große Ladefläche zu schaffen. Ich spähte hinein und sah eine Red-Bull-Dose und ein paar andere kleinere Gegenstände, aber wegen der abgedunkelten Scheiben konnte ich sie nicht deutlich erkennen.

Ich verrenkte noch meinen Hals, als sich ein Fotograf und drei Kriminaltechniker mit ellbogenlangen Handschuhen und Haarnetzen näherten.

»Würde es Ihnen etwas ausmachen beiseitezutreten, Ma'am«, sagte eine junge hispanische Frau, deren Haarnetz unter dem Gewicht ihres schwarzen Haars schwer herabhing.

Es machte mir etwas aus, aber ich trat trotzdem beiseite und schaute aus der Distanz von wenigen Schritten zu, wie Bailey mit dem Ältesten der Gruppe verhandelte, einem beleibten, rotgesichtigen Mann mit kleiner Nase und schmalen Augen. Sie wollte ihn dazu bewegen, gleich im Anschluss mit uns zum Surf Motel zu fahren.

Die beiden jüngeren Techniker standen da und warteten, während der Fotograf das Auto aus sämtlichen Perspektiven fotografierte. Ich folgte ihm um den Wagen herum. Als er zum Kotflügel auf der hinteren Beifahrerseite gelangte, beugte ich mich vor und sagte: »Haben Sie das gesehen?« Ich zeigte auf etwas in der Mitte, das wie eine Beule aussah.

Der Fotograf, ein Mann von gut dreißig Jahren mit einem Feuerwerk an Sommersprossen im Gesicht und einer Hornbrille, die seine braunen Augen stark vergrößerte, wirkte genervt. Dann schaute er aber doch genauer hin und machte ein paar Fotos von dem Kotflügel.

»Natürlich kann man nicht wissen, wo das herrührt«, sagte er. »Der Schaden wirkt ziemlich alt für meinen Geschmack.«

»Andererseits kann man gar nicht genug Bilder haben, oder?« Ich lächelte gewinnend.

Er schüttelte den Kopf, seufzte und schoss noch ein paar Fotos. Ich merkte deutlich, wie sehr er meine Begleitung schätzte.

Bailey war jetzt mit dem älteren Techniker fertig, und ich teilte ihr mit, was ich gesehen hatte. Sie ging um das Auto herum und schaute sich den Kotflügel an. »Die Beule ist alt. Wahrscheinlich hat sie nichts mit dem Ganzen zu tun.« Dann wandte sie sich an den Fotografen und sagte: »Andererseits können ein paar zusätzliche Fotos nie schaden.«

Ich genoss meinen Moment des Triumphs.

»Ich wünschte, Dorian wäre hier«, sagte ich.

Bailey nickte. »Aber Ben ist okay«, sagte sie und zeigte zu dem Dickwanst hinüber. »Er wird ein bisschen müde, aber er ist gründlich und übersieht nicht viel.«

Soeben hatte der Gegenstand unserer Aufmerksamkeit die Heckklappe des Escalade geöffnet. Ich trat näher, um besser sehen zu können. Die Ladefläche war sauberer, als ich erwartet hatte: ein paar McDonalds-Tüten, eine Dose Red Bull, eine halbvolle Schachtel Camel, ein Feuerzeug, Kaugummis und eine Packung Kondome.

»Kondome«, sagte ich zu Bailey.

Am Ort der Vergewaltigung hatte man Spuren eines Gleitmittels gefunden, wie es normalerweise für Kondome verwendet wurde.

Sie nickte. »So weit, so gut.«

Der Fotograf begab sich in Stellung und fing an, Fotos vom Inneren des Fahrzeugs zu machen.

»Wollen wir uns oben noch mal umschauen, wo er falsch abgebogen ist?«, fragte ich.

Wir kletterten den Hügel wieder hoch, was nicht ganz einfach war. Er war steil, und die losen Steine und die Erde boten keinen Halt. Wir bewegten uns langsam und zogen uns an den Büschen hoch.

Die Polizei hatte einen großen Bereich abgesperrt, wo die Reifenspuren zeigten, wie der Wagen von der Straße abgekommen und über die Kante gegangen war.

»Haben Sie etwas gefunden?«, fragte Bailey einen der Männer von der Spurensicherung.

»Ein paar interessante Abdrücke in der Erde dahinten«, sagte er und zeigte auf eine Stelle direkt neben der Straße.

»Interessant inwiefern? Bremsspuren?«, fragte sie.

»Nein. Eher ein paar komische Löcher«, sagte der Techniker. Dann zuckte er mit den Achseln. »Hat vielleicht nichts zu bedeuten. Die Erde ist sehr locker hier oben, da gibt es keine guten Abdrücke.«

Bailey und ich schauten uns die Stelle an. Ich wusste nicht, was ich von den winzigen Dellen halten sollte, und Bailey schüttelte ebenfalls den Kopf. »Lass uns zum Surf Motel fahren«, sagte ich.

Hier gab es nichts mehr für uns zu tun, und ich wollte unbedingt Stayners Motelzimmer sehen.

Bailey nickte und wandte sich an den Kriminaltechniker. »Holen Sie Ben hoch.«

46

Von den Wolken, die über dem Zentrum von L.A. gehangen hatten, war hier nichts zu sehen, und die Abfahrt nach Malibu hinunter bot einen spektakulären Blick auf den glitzernden Ozean. Eine Weile verlor ich mich in dem überwältigenden Panorama, bis ich vom Anblick des Surf-Motels in all seiner heruntergekommenen Pracht wieder auf den Boden der Tatsachen zurückgeholt wurde.

Alle zehn Wohneinheiten der flachen Anlage hatten Fenster zum Ozean und Türen zum Pacific Coast Highway hinaus. Auf dem unbefestigten Streifen zwischen Motel und Straße konnte man bequem parken. Am anderen Ende des Motels sah ich einen alten VW Käfer vor der Tür stehen, rechts daneben parkte ein Harley Davidson Chopper. Den Besitzern dieser Fahrzeuge wollte ich nicht unbedingt begegnen.

Bailey und der Streifenwagen hinter uns hielten vor dem Schild mit der Aufschrift BÜRO. Wir stiegen aus und gingen zu der halbverrotteten Tür. Salzluft war Gift für Farbe, aber es sah nicht danach aus, als hätte sich jemand auch nur ansatzweise Mühe gegeben, den Schaden zu beheben. Das Holz lag großflächig blank, und die Farbreste, die noch an der Tür klebten, blätterten allmählich ab. Bailey fasste an den Knauf. Die Tür war offen.

Das Büro war eher ein winziger Vorraum, den man einfach an die übrigen Zimmer drangeklatscht hatte. Würde sich das Motel im Zentrum befinden, wäre es vermutlich die Art

Etablissement, die man stundenweise vermietet – nicht ganz unähnlich dem, wo Jake und Kit gefunden worden waren. Das schien mein neues Betätigungsfeld zu sein. Wir näherten uns dem kleinen Tresen, und Bailey drückte auf die altmodische Klingel. Statt eines Klingelns ertönte ein dumpfes Brummen. Ein Typ in den Zwanzigern mit nacktem Oberkörper, Bermudashorts und struppigem Haar kam barfuß angeschlappt und kratzte sich den Bauch. Sein Gähnen klang ebenfalls wie ein dumpfes Brummen.

Bailey zückte ihre Dienstmarke. »Wir ermitteln in einem Vergewaltigungsfall und haben Grund zur Annahme, dass der Täter hier gewohnt hat.«

Der junge Mann schien weder von Bailey noch von dem Uniformierten hinter ihr beeindruckt zu sein. »Müssen Sie da nicht einen Durchsuchungsbefehl oder so was haben, Mann? Ich meine, was, wenn der Typ uns verklagt?«

»Wir haben soeben aus dem Canyon gekratzt, was noch von ihm übrig ist«, sagte Bailey. »Eher unwahrscheinlich, dass der noch jemanden verklagt.«

Er nickte vor sich hin und blinzelte dann wieder in Baileys Richtung. »Was für ein Zimmer?«, fragte er.

»Haben Sie ein Zimmer an einen gewissen Carl Stayner vermietet?«

Er schlug ein schmuddeliges Buch mit linierten Seiten auf und ließ seinen schmutzigen Fingernagel über die Einträge gleiten. »Nein.«

Das war zu erwarten.

»Er hat einen schwarzen Escalade gefahren«, sagte ich.

»Und sah so aus«, ergänzte Bailey und hielt Stayners Polizeifoto hoch.

Der Typ fuhr sich mit der Hand durchs verfilzte Haar, als er das Foto betrachtete. »Ach so, Nummer zehn«, sagte er und nahm den Hauptschlüssel aus der Schublade. »Aber richten

Sie kein verdammtes Chaos an, ich krieg echt Ärger mit dem Besitzer.«

Bailey nahm den Schlüssel und versprach, nichts dergleichen zu tun, dann betrat sie den Betonweg, der zu Zimmer zehn führte.

Die Nummer war verrostet und hing schief an der Tür, nur noch mit einer einzigen Schraube befestigt. Ich wäre enttäuscht gewesen, wenn es nicht so gewesen wäre. Die zerschlissenen Vorhänge an der Tür waren zurückgezogen und gaben den Blick auf den ekelhaft zugemüllten Raum frei. Als Bailey die Tür öffnete, wurden wir von trägen Wellen von Schweiß-, Fäkalien- und Schmutzwäschegestank umfangen.

Sie machte Platz, um zunächst den Fotografen eintreten zu lassen. Der stülpte sich Papiermanschetten über die Schuhe, ging langsam durchs Zimmer und fotografierte es aus allen Winkeln, um die Szenerie festzuhalten, bevor irgendetwas verändert wurde. Dann nahm er das Ganze auch noch auf Video auf. Als er fertig war und ins Bad ging, zogen wir ebenfalls Manschetten über die Schuhe und traten ein.

Der hässliche graue Chenillebezug auf dem durchhängenden, ungemachten Bett war beiseitegeschlagen und mit Kleidern, einer leeren Pizzaschachtel und losen Zigaretten übersät. Eine Zigarettenschachtel war nicht zu sehen, daher wusste ich nicht, was für eine Marke es war. Ich rief dem Fotografen zu: »Haben Sie die Zigaretten auf dem Bett fotografiert?«

Das Klicken der Kamera im Badezimmer verstummte, und das Stöhnen war deutlich zu vernehmen. »Ja, hab ich«, antwortete der Fotograf mit einer müden, gelangweilten Stimme.

Ich schaute mich im Raum um. Das Fenster an der rückwärtigen Wand hätte freien Blick aufs Meer und auf Catalina Island bieten sollen, aber hinter dem Schmutz, der sich über Jahre hinweg auf der Scheibe angesammelt hatte, konnte man die Aussicht nur vage erahnen. Ich blickte zur Tür zurück und entdeckte neben dem Wandschrank einen prall gefüllten Leinenkoffer.

»Sieht aus, als wäre Stayner auf dem Sprung gewesen«, sagte ich zu Bailey.

Sie nickte und winkte mich zum Nachttisch herüber. Ich bemerkte eine sonderbare Beule im Teppich zwischen Bett, Wand und Nachttisch. Wir sahen uns an, und Bailey rief den Fotografen herbei. »Fotografieren Sie das.«

Es war schon auffällig, dass er es nicht wagte, sie ärgerlich anzusehen, sondern sofort seine Fotos schoss.

»Ben, wir brauchen dich hier«, sagte sie.

Ben betrachtete die Stelle, holte dann seine Ausrüstung, zog sich andere Handschuhe an und kniete sich auf den schmutzverkrusteten Teppich. Ich beobachtete, wie er nach einem losen Ende suchte, und war zum zweiten Mal an diesem Tag froh, dass ich die Strapazen eines Jurastudiums auf mich genommen hatte.

Der Teppich löste sich ohne jede Anstrengung. Ich beugte mich vor. Die Beule waren eine Pistole und ein Bündel Geldscheine. Sofort schoss mir ein Gedanke durch den Kopf.

»Was für eine Pistole ist das?«, fragte ich.

Ben schob einen Bleistift in den Abzugsbügel und hob sie hoch. Auf Waffen Fingerabdrücke sicherzustellen war immer kompliziert, aber es wäre zu dumm, sich die Chancen von vornherein zu vermasseln. »Colt. Vermutlich Kaliber achtunddreißig«, antwortete er.

Ich schaute Bailey an. »Seltsamer Zufall.«

»Wenn du sie eingetütet und gekennzeichnet hast, gib sie mir bitte, Ben«, sagte sie.

Es war also vermutlich der gleiche Waffentyp und das gleiche Kaliber, mit denen man auf uns geschossen hatte. Ich wollte, dass es *unsere* Waffe war, aber Colt .38 waren nicht gerade selten. Und selbst wenn es dieselbe Waffe war, hieß das noch lange nicht, dass Stayner sie abgefeuert hatte. Es könnte auch ein Komplize von ihm gewesen sein.

Nun wandte sich Bailey dem Koffer zu und sagte zu Ben: »Schau dir erst den da an. Den Rest vom Boden kannst du später untersuchen. Ich wette, unter dem Teppich finden wir sowieso nichts mehr.«

Wieder war erst der Fotograf an der Reihe. Dann nahm sich Ben den Inhalt vor, Stück für Stück. Ich ekelte und langweilte mich zunehmend beim Anblick der Unterwäsche dieses Herrn, bis Ben plötzlich die Reißverschlusstasche im Koffer öffnete. Und eine blonde Männerperücke hervorzog.

47

Bailey und ich warfen uns einen langen Blick zu.

»Dorian hat die blonden Kunsthaare von Susans Bett noch nicht einer von Susans Puppen zuordnen können, oder?«, fragte ich.

»Nein.«

»Ich wette, jetzt hat sie, was sie braucht«, bemerkte ich.

»Ja«, antwortete Bailey.

»Gehe ich recht in der Annahme, dass die Perücke wichtig ist?«, fragte Ben.

»Ja«, sagten wir beide gleichzeitig.

Wir schauten zu, wie er sie vorsichtig in eine Tüte legte und ein Schildchen ausfüllte. Dann rief ich Dorian an, um ihr zu sagen, dass wir eine Perücke für sie hätten.

»Passt bloß auf, dass sie richtig eingetütet wird. Wie ich euch kenne, spielt ihr gerade Frisbee damit«, brummte sie.

»Frisbee? Mit einer Perücke? Das wäre doch Quatsch, Dorian. Sie würde doch gar nicht richtig fliegen.« Ich wartete auf ihre Reaktion, aber es kam nichts. »Sie ist schon in der Tüte, keine Sorge«, sagte ich.

Dorian legte kommentarlos auf. Ich wandte mich an Bailey.

»In der Annahme, dass er die Perücke nicht für unseren Vergewaltiger aufbewahrt hat …«

»Was nicht wahrscheinlich ist.«

»Und in der Annahme, dass die Perücke mit den Haaren übereinstimmt …«

»Was sehr wahrscheinlich ist.«

»Können wir nun davon ausgehen, dass Stayner unser Vergewaltiger ist.«

»Ja«, stimmte Bailey zu.

»Ich werde die Anrufe erledigen.« Als Erstes wählte ich die Nummer von Fukai im kriminaltechnischen Labor und bat ihn, sich so schnell wie möglich im Leichenschauhaus eine DNA-Probe von Stayner zu besorgen und sie mit den Analyseergebnissen von der Vergewaltigung abzugleichen. Dann wählte ich die Nummer der Abteilung zur Identifizierung von Feuerwaffen und verkündete ganz allgemein, dass wir eine Pistole vorbeischicken würden, damit man sie mit den Spuren von der Schießerei in der Nähe der Marsden Highschool abgleicht. Da Bailey nie einen Bericht verfasst hatte, in dem wir als das Ziel benannt wurden, sah ich keinen Grund, es jetzt zu erwähnen.

Als ich fertig war, merkte ich, dass der Fotograf gegangen war. Ben war im Bad verschwunden. »Wo sind die Fingerabdruckspezialisten?«, fragte ich.

»Auf dem Weg«, antwortete Bailey.

Ich nickte und dachte dann über unser weiteres Vorgehen nach.

Die Beweise zum Vergewaltigungsfall verdichteten sich, aber es gab noch eine Menge offener Fragen. Ganz abgesehen von einem Todesfall zu einem verdächtigen Zeitpunkt.

»Wir wissen immer noch nicht, wie dieser Typ auf Susan gekommen ist«, sagte ich. »Und mir gefällt auch nicht, dass er ausgerechnet in dem Moment stirbt, als wir anfangen, sein Foto herumzuzeigen.«

»Ja, das kommt mir auch komisch vor«, sagte Bailey.

»Was, wenn wir mal davon ausgingen, dass Stayners Unfall gar kein Unfall war.«

»Dann würden wir vermutlich Verdächtige en masse finden«, erwiderte sie. »Sicher hatten viele Leute einen Grund, diesen Mistkerl umzubringen.«

»Rache für Susans Vergewaltigung wäre ein gutes Motiv – was dann vor allem für Mom und Dad gelten würde.«

Bailey nickte. »Aber wie sollten sie auf ihn gekommen sein?«, fragte sie. »Uns ist nichts über eine Verbindung zwischen ihnen bekannt.«

»Ich weiß«, seufzte ich.

»Genauso gut könnte es Rache für eine andere Vergewaltigung gewesen sein«, überlegte Bailey. »Vielleicht war Susan nicht sein erstes Opfer.«

Ich nickte. »Oder ein anderer Scheißkerl hatte noch eine Rechnung mit ihm offen.«

Die ganze Zeit war ich auf und ab geschritten, aber jetzt wurden meine Kreise in dem kleinen Raum zu eng, um noch beruhigend zu wirken. Ich machte mich selbst krank damit. »Lass uns hier verschwinden«, sagte ich.

Wir gingen in Richtung Pacific Coast Highway, und ich atmete die reinigende Seeluft ein. Dann begann ich wieder, auf und ab zu laufen, und versuchte mich nicht vom glitzernden Meer ablenken zu lassen. »Wenn unser Killer ein wütender Kumpan ist, könnten wir seine Fingerabdrücke im Wagen wiederfinden«, sagte ich. »Die nehmen doch Fingerabdrücke, oder?«

»Zentimeter für Zentimeter«, antwortete sie.

Plötzlich kam mir noch eine Idee. Ich blieb stehen und schaute Bailey an. »Was ist mit einem gewissen Gangmitglied? Einem, das Stayner reingelegt hat, um ihm die Vergewaltigung anzuhängen?«

Bailey erwiderte meinen Blick. »Luis Revelo«, sagte sie und nickte. »Da könnte was dran sein.«

Ich zog mein Handy aus der Tasche, suchte seine Nummer und drückte die Verbindungstaste.

»Frag ihn, ob er sich sofort mit uns treffen kann«, sagte Bailey.

Ich nickte, und wir gingen zum Wagen.

»Señorita Knight«, sagte Luis. »Was gibt's?«

»Du musst dich mit mir an der West Side treffen«, antwortete ich.

»Wieso?«

»Das sag ich dir, wenn wir uns sehen.«

»Okay«, sagte Luis. »Wann?«

»Jetzt.«

Einen Moment herrschte Stille, dann sagte er langsam: »Hört sich gut an.« Seine Stimme klang ungewöhnlich warm. »Ich bin allerdings ein wenig beschäftigt im Moment. Wie wär's ein bisschen später? Sagen wir heute Abend?«

Ich zögerte, irritiert von seinem Tonfall. »Nein. Jetzt. Komm zum Du-par's«, sagte ich und nannte ihm die Adresse. Das altmodische Restaurant im Diner-Stil in West Hollywood lag auf halber Strecke zwischen Luis' Revier und Malibu.

»Essen wir zu Mittag?«, fragte er.

»Klar«, antwortete ich, da ich ihm die wahren Gründe für unser Treffen nicht verraten wollte.

»Cool«, antwortete Luis und legte auf.

»Erledigt«, teilte ich Bailey mit.

Wir stiegen in den Wagen, und sie fuhr über den Canyon zurück in Richtung Freeway.

»Mir ist nach einem köstlichen Chicken Pie«, sagte Bailey mit einem sadistischen Grinsen.

Ich warf ihr einen eisigen Blick zu. »Warum nicht gleich die Folter mit Pancakes?« Das Du-par's war berühmt für seine himmlischen Pfannkuchen.

»Gute Idee«, sagte sie. »Pancakes sind noch besser.«

Den Rest der Fahrt verbrachte ich damit, einen Racheplan zu ersinnen.

48

Bailey hatte bereits die Hälfte ihrer butter- und sirupgetränkten Pancakes verputzt, als Luis sich in unserer Sitzecke niederließ. Mit zusammengekniffenen Augen musterte er Bailey, dann schaute er mich an.

»Ich dachte, wir sind alleine«, sagte Luis.

»Warum?«, fragte ich.

»Weil Sie, als Sie angerufen haben, was von ›mit *mir* treffen‹ gesagt haben«, antwortete er.

Plötzlich wurde mir klar, warum seine Stimme am Telefon so warm geklungen hatte.

»Luis, du hast doch nicht ernsthaft daran gedacht, mit einer Staatsanwältin anzubandeln?«, sagte ich und versuchte, ernst zu bleiben.

Er schaute mich verschmitzt an. »Warum nicht? Wär nicht das erste Mal, dass ich mich unters Volk mische.«

Das war nicht die Haltung von jemandem, der soeben einen Mord begangen – oder in Auftrag gegeben – hatte.

»Würde es dir etwas ausmachen, uns zu sagen, wo du letzte Nacht warst?«, fragte ich ihn und beobachtete seine Reaktion.

Luis schaute erst Bailey und dann mich an, leicht irritiert. »Bei meiner *tia*«, antwortete er schließlich. »Zum *quinceañera* meiner Nichte.«

Er ließ nicht die geringste Spur von Angst oder Nervosität erkennen. Besorgnis vielleicht und ganz sicher Neugier – aber keine Nervosität.

»Von wann bis wann?«, fragte Bailey.

Ihr Tonfall verriet, dass sie Luis' Verhalten ebenfalls registriert hatte.

Er zuckte mit den Achseln. »Irgendwann ab sechs. Ich hab beim Vorbereiten geholfen.«

»Und bis wann warst du da?«

»Bis zum frühen Morgen, Mann. Das war schließlich eine Party«, sagte Luis genervt. »Es gibt ein Dutzend Freunde und sicher fünfzig Leute von *mi familia,* die Ihnen bestätigen können, dass ich die ganze Nacht da war.«

Ich sah ihm an, dass er beleidigt war, weil wir ihn mit diesen Fragen behelligten. Und ich hatte keinerlei Zweifel daran, dass er eine zehnseitige – im Zweifelsfall gefälschte – Liste von Zeugen vorlegen könnte, die mit hunderprozentiger Sicherheit bestätigen würden, dass er die ganze Zeit mit ihnen zusammen gewesen war. Sein Alibi war für mich daher weniger wichtig als sein höfliches Benehmen, das nicht dem Verhalten eines Mörders entsprach. Luis mochte gerissen sein, aber so gerissen war er dann auch wieder nicht.

»Wollen Sie mir vielleicht verraten, worum es geht?«, fragte er.

Ich sah keinen Grund, warum ich das nicht tun sollte, also erzählte ich es ihm.

Luis lehnte sich zurück und schaute uns mit einem ungläubigen Lächeln an. »Sie wollen sich über mich lustig machen, oder?«, schnaubte er. »Keine Chance, verdammt.« Energisch schüttelte er den Kopf. »Das ergibt doch echt keinen Sinn.«

Luis war so erstaunt über unsere Annahme, er könnte Stayner umgebracht haben, dass es ihm die Sprache verschlug. Aber ich wusste, was er meinte. In der Welt der Gangs bedeutete Rache, dass man eine Botschaft aussendet, und mit einem zufälligen Unfalltod würde man das bestimmt nicht tun.

»Verstehen Sie mich nicht falsch. Ich hätte nix dagegen,

diesem *pendejo* eins auszuwischen«, sagte Luis mit harter Stimme. »Aber nachdem Hector euch auf seine Spur gebracht hat, wusste ich doch, dass ihr ihm hinterherschnüffelt. Ich wär ein verdammter Idiot, wenn ich ausgerechnet jetzt was unternehmen würde.«

Ausgerechnet jetzt. Die Formulierung war nicht gerade dazu angetan, Vertrauen zu Luis zu fassen, aber letztlich war er natürlich der Anführer einer Gang und nicht der Osterhase. Ich blickte Bailey an, die sich wieder ihren Pancakes zugewandt hatte – ein deutliches Signal.

»Okay, Luis«, sagte ich. »Du kannst wieder gehen.«

Er wollte aufstehen und unsere Sitzecke verlassen, als mir einfiel, dass ich noch eine Nachricht für ihn hatte.

»Übrigens hat mich Susan gebeten, dir Grüße auszurichten«, sagte ich. »Offenbar hofft sie, dass du die Idee mit dem Schulabschluss noch nicht aufgegeben hast.«

»Wie geht es ihr? Ich wollte sie schon anrufen«, sagte Luis.

»Es geht ihr mit jedem Tag besser«, antwortete ich. »Und ich bin mir sicher, dass sie sich freuen würde, von dir zu hören.«

Luis nickte still vor sich hin. »Ja, ich bin irgendwie raus, nach allem – *allem* –, was so passiert ist«, sagte er ernst. »Ich muss wieder ran an die Bücher.«

Luis rutschte zur Kante der Sitzecke vor, hielt dann inne und lehnte sich mit einem trägen Lächeln noch einmal zu mir herüber. »Sollten Sie je die netteren Dinge des Lebens erkunden wollen, rufen Sie einfach an. *M'entiende?*«

Ich hob eine Augenbraue. »Warum packst du nicht einfach aus, und dann schauen wir mal, ob wir dich überhaupt hier weglassen?«, fragte ich.

Luis stand auf. »War doch nur ein Scherz«, sagte er beleidigt. »Wissen Sie, was Ihr Problem ist? Sie haben keinen Sinn für Humor.«

Ich hatte eine Menge Probleme im Moment, aber mangelnder Sinn für Humor gehörte nicht dazu. Luis verließ das Restaurant. Als ich ihm hinterherschaute, erinnerte ich mich an ein anderes Puzzlesteinchen, das ich noch nicht im Gesamtbild unterbringen konnte. Ich nahm meine bislang unbenutzte Gabel und wandte mich an Bailey. »Wir sind immer davon ausgegangen, dass der Vergewaltiger Luis die Geschichte in die Schuhe schieben wollte«, sagte ich und spießte ein Stück mittlerweile kalten Pfannkuchen auf. Er war immer noch köstlich.

»Richtig.« Bailey nickte.

»Woher wusste Stayner aber eigentlich, dass Susan jemandem Nachhilfe gibt, der den perfekten Kandidaten für ein solches Ablenkungsmanöver darstellen würde?«

»Tja«, sagte sie mit einem gereizten Seufzer. »Irgendwie muss er in Densmores Nähe gelangt sein, um zu wissen, was er wusste. Irgendwelche klugen Ideen?«

Erneut hob ich meine Gabel, und Bailey schob mir den Teller hin. Ich genoss den süßen, buttrigen Bissen, bevor ich meine Gabel schließlich widerwillig niederlegte und mit klugen Ideen aufzuwarten versuchte.

»Wir waren noch nicht in allen Gesundheitszentren von Densmore«, dachte ich laut.

Wieder nickte Bailey.

»Etwas Klügeres fällt mir im Moment nicht ein«, sagte ich.

49

In Rekordzeit erreichten wir das Calabasas Children's Health Center, ein im spanischen Stil gehaltenes, ziegelgedecktes Gebäude mit einem wunderschönen Innenhof. Es war eine kleine Einrichtung, und die wenigen Leute, die dort arbeiteten, waren allesamt anwesend. Niemand von ihnen erkannte den Mann vom Foto. Und niemand von ihnen bot Anlass zur Annahme, dass er log.

Wir fuhren weiter in Richtung Osten zum Health Center am Ventura Boulevard in Sherman Oaks. Die Klinik lag im dritten Stock eines großen, dunklen Bürogebäudes, aber sie war ebenso kinderfreundlich und frisch renoviert wie alle anderen auch. Die Angestellten dort kannten Stayner ebenfalls nicht.

In Richtung Südosten ging es weiter zu unserer nächsten Station, dem Hollywood Center. Wenn die Menschen Hollywood hören, denken sie an Sterne im Bürgersteig, Blitzlichter von Paparazzi, Swimmingpools und Stars. Was sie nicht wissen, ist, dass Hollywood auch heruntergekommene Wohnungen, schäbige Hotels, bucklige Bürgersteige und vollgepisste Ecken kennt. Hier treffen Obdachlose, Ausreißer und Drogensüchtige aufeinander, nicht immer in reinster Harmonie. Die Yucca Street Clinic befand sich in diesem Teil von Hollywood.

Hinter dem kleinen, eingeschossigen Gebäude, in dem die Klinik lag, befand sich ein Parkplatz: NUR FÜR PERSONAL.

Bailey fuhr hinauf und hielt an. Auf dem Weg um die Klinik herum betrachtete ich die Umgebung. Es war später Nachmittag, und ein Gutteil der Bewohner der Gegend hing draußen herum – am Bordstein, auf den Stufen eines kleinen, schmuddeligen Schnapsladens und an den Straßenecken.

Wir betraten das Wartezimmer und schauten uns um. Überraschenderweise war es fast leer. Die einzigen Patienten waren ein viel zu dünnes, tätowiertes Mädchen, das lustlos in einer alten Ausgabe von *People* blätterte, und ein junger Hispanic, der sich über seine schlampig bandagierte Hand beugte. Hinter dem Empfangstresen saß niemand. Eine halbhohe Tür daneben führte zu einem Flur und vermutlich zu den Sprechzimmern. Wahrscheinlich war sie aus Sicherheitsgründen eingebaut worden.

»Hallo?«, rief Bailey.

»Einen Moment!«, antwortete eine weibliche Stimme. Wenig später erschien eine Frau in Schwesternkluft. Sie hatte schulterlanges, schwarzes, drahtiges Haar. Um ihren Hals hing an einer Kette ihre Brille.

»Sind Sie die Polizisten?«, fragte sie und wirkte überrascht.

»Meine Kollegin schon«, sagte ich mit Blick auf Bailey. »Ich bin Staatsanwältin Rachel Knight.«

»Sheila Houghton«, sagte die Frau. »Sehr erfreut.«

Sie warf einen Blick ins Wartezimmer, dann schaute sie uns wieder an. »Es ist so schrecklich, was mit Susan passiert ist«, sagte sie leise. »Ich hoffe, Sie erwischen das Monster bald.«

Bailey erklärte, dass wir das auch hofften, und kam zur Sache. Sie hielt der Frau das Foto von Stayner hin. »Haben Sie diesen Mann hier schon einmal gesehen?«, fragte sie.

Sheila legte ihr Klemmbrett hin, setzte die Brille auf und betrachtete es. »Ja«, sagte sie und nahm die Brille wieder ab. »Er hat eine Menge Teenager vorbeigebracht. Meist Ausreißer«, antwortete sie. »Carl noch was, glaube ich.«

Ich nickte neutral, um mir nicht anmerken zu lassen, dass sie ins Schwarze getroffen hatte. »Waren es eher Mädchen oder eher Jungs?«

»Beides. Aber mehr Jungen. Er hat gesagt, dass er in einem der Ausreißerheime arbeite.« Sie runzelte die Augenbrauen. »Ich kann mich leider nicht erinnern, in welchem.«

Das tat nichts zur Sache. Wahrscheinlich war es ohnehin gelogen. Ich glaubte zu wissen, warum Stayner Kinder in die Klinik gebracht hatte, und das hatte mit einem Ausreißerheim wenig zu tun.

»Wann haben Sie ihn zum letzten Mal gesehen?«, fragte ich.

»Keine Ahnung.« Sheila dachte einen Moment nach. »Es ist noch nicht lange her – ein paar Wochen vielleicht?«

Also irgendwann vor der Vergewaltigung vermutlich.

»Würde es Ihnen etwas ausmachen, Sheila, wenn ich mich ein wenig umschauen würde?«, fragte ich. Eigentlich war ich weniger daran interessiert, die Klinik zu sehen, als kurz mit Bailey alleine sprechen zu können. Die Erfahrung hatte mich gelehrt, dass es besser war, beim Austausch von Gedanken nicht zu viele Zeugen zu haben. Zeugen redeten gern – und das vor allem mit den falschen Leuten.

»Tun Sie das«, sagte Sheila. Dann drehte sie sich zum Wartebereich um. »Mr Flores?«, rief sie. »Kommen Sie bitte. Wir wollen uns Ihre Hand mal anschauen.«

Die Türen zu den Sprechzimmern standen offen. Als ich am ersten vorbeikam, warf ich einen Blick hinein. Eine junge hispanische Frau mit einer ziemlich großen Wickeltasche über der Schulter schnallte ein Kleinkind in einen Buggy. Sie schaute auf und lächelte mich kurz an. Ich erwiderte das Lächeln, als sie den Wagen aus dem Raum schob. Die Klinik war sauber, aber nicht so schick und modern wie die anderen Gesundheitszentren. Die Einrichtung wirkte fast altmodisch: eine alte Waage in der Ecke, eine Größenmesslatte an der

Wand neben dem Schreibtisch und ein paar ramponierte Holzspielzeuge in einer Tonne neben der Tür. Selbst das unvermeidliche Kinderposter – Thomas, die kleine Lokomotive – stammte aus grauer Vorzeit.

Sprechzimmer zwei war leer, ebenso der dritte Raum. Ansonsten sahen sie alle gleich aus: sauber, aber alt und ohne jeden Schnickschnack. Als ich die Räume betrachtete, nistete sich plötzlich ein vager Gedanke in meinem Gehirn ein, aber ich konnte ihn nicht greifen. Außerdem hörte ich, wie sich Sheila näherte, und sah sie mit Mr Flores auf Sprechzimmer zwei zusteuern. So kam ich wieder davon ab. Schnell zog ich Bailey in Raum drei.

»Ich vermute, dass Stayner der Zuhälter der Kids war und sie zur Untersuchung hierhergebracht hat«, sagte ich.

»Ja«, stimmte Bailey zu. »Und möglicherweise hat eines der Kinder beschlossen, dass es dieses Jobangebot nicht länger goutiert.«

Ich nickte. »Wenn es aber ein Kind war, dann sinkt die Wahrscheinlichkeit, dass wir seine Fingerabdrücke in der Datenbank haben.«

Bailey seufzte. »Genau.«

»Sehr gut«, sagte ich. »Perfekt.«

Wir gingen hinaus und winkten Sheila, die gerade in Raum zwei Mr Flores' Hand einbandagierte, noch einmal zu.

Bailey lenkte den Wagen in den beinahe stehenden Verkehr auf dem Hollywood Boulevard.

»Also stehen wir wieder mit einer guten und einer schlechten Nachricht da«, sagte ich. »Die schlechte Nachricht: Die Liste der Verdächtigen ist auf die Dicke eines Telefonbuchs angeschwollen. Die gute Nachricht: Immerhin können wir Luis und Schwester Sheila ausschließen.«

»Dann hätten wir es ja fast geschafft«, sagte Bailey sarkastisch.

Da es nichts Erfreuliches zu sagen gab, sagten wir lieber gar nichts. Nach einer Weile brach Bailey das Schweigen. »Nach Hause?«

»Was sonst?«, sagte ich düster. »Ist dir nach einem Drink?«

»Eher nach zehn.«

Nicht dass es uns etwas ausgemacht hätte, wenn Stayner umgebracht worden wäre – ein großer Verlust für die Menschheit war sein Tod nicht. Er ließ uns aber mit einer Menge offener Fragen zurück. Die einzige Person, die sie beantworten konnte, war sein Mörder. Und der war vielleicht mit jeder vergehenden Minute schwerer zu fassen.

Ich beobachtete, wie die Wolkenkratzer näher kamen. Die Lichter der Büros glänzten wie Glühwürmchen in der Dunkelheit.

50

Bailey und ich betraten die Bar des Biltmore in düsterer Stimmung. Wir waren nicht wir selbst – und erst recht niemand Besseres. Drew schenkte uns Martinis ein.

»Wie läuft's, Ladys?«, fragte er.

»Beschissen«, sagte Bailey und pickte die Olive aus ihrem Martini, als wäre sie ihr absichtlich in die Quere gekommen. Dann genehmigte sie sich einen ausgiebigen Schluck.

Drew zog eine Augenbraue hoch und schaute mich an. »Mieser Tag?«

Ich verdrehte die Augen, nahm mein Glas und dachte darüber nach, den Martini auf ex runterzukippen. Mit Müh und Not beherrschte ich mich und trank nur einen großen Schluck.

Bailey trommelte abwesend mit den Fingern auf dem Tresen herum.

»Gibt es irgendetwas, das ich für euch tun kann?«, fragte Drew.

»Du hast es längst getan«, sagte sie knapp und nickte zu ihrem Drink hinüber. Dann nahm sie noch einen Schluck und trommelte wieder mit den Fingern herum.

»Okay«, sagte Drew und nickte zum anderen Ende des Tresens hinüber. »Ich bin dahinten, wenn ihr mich braucht.«

»Kluger Zug, Obi-Wan«, bestärkte ich ihn.

»Bin eben ein Überlebenskünstler«, sagte Drew sanft. Er begab sich zur Servicetheke, wo ein Kellner zu entziffern versuchte, was er selbst auf einen Zettel geschrieben hatte. Als ich mich wieder Bailey zuwandte, ging sie die E-Mails auf ihrem Handy durch.

»Irgendeine Nachricht zu den Fingerabdrücken?«, fragte ich.

»Montagmorgen werden sie uns als Allererstes die Ergebnisse mitteilen«, erwiderte sie stirnrunzelnd.

»Was sagt der Coroner?«

Sie scrollte weiter. »Ebenfalls Montag irgendwann. Bislang nur vorläufige Befunde.« Dann steckte sie das Handy in die Tasche und wandte sich wieder ihrem Drink zu.

»Es könnte natürlich auch sein, Bailey, dass Stayner selbst den Abhang hinuntergestürzt ist«, sagte ich. »Solche Unfälle passieren.«

»Genauso wie Zufälle«, sagte sie bissig. »Und wir wissen ja beide, was du von denen hältst.«

Stimmt. Ich war drauf und dran, mit der Plattitüde aufzuwarten, dass die Dinge schon anders ausschauten, wenn man eine Nacht drüber geschlafen hatte, aber dann kam mir in den Sinn, dass wir wohl kaum gut schlafen würden. Schweigend tranken wir unseren Martini, als wäre es Medizin, und das traf vermutlich auch zu. Nach einer weiteren Dosis waren wir bereit, es damit bewenden zu lassen.

»Du fährst jetzt aber nicht mehr heim, oder?«, fragte ich.

»Doch«, antwortete sie.

Drew, der in der Nähe gestanden hatte, beugte sich vor. »Nein, ganz sicher nicht«, sagte er. »Entweder bleibst du bei ihr, oder du wartest auf mich.«

»Bleib bei mir«, sagte ich schnell. Wenn Bailey in ihrer gegenwärtigen Stimmung auf Drew warten würde, würde nichts Gutes dabei herauskommen.

»Okay«, sagte Bailey resigniert. Drew tätschelte ihre Hand, und sie lächelte ihn müde an.

»Ruf mich morgen an«, sagte er.

Bailey nickte, und wir gingen auf mein Zimmer. Ich half ihr, das Schlafsofa zu machen, und nahm dann eine lange, heiße Dusche. Wie müde ich tatsächlich war, merkte ich, als ich ins Bett ging. In dem Moment, in dem mein Kopf aufs Kissen sank, erschlaffte mein gesamter Körper, und ich war fort. Das ist es, was zu viele Verdächtige und zu wenige Beweise mit einem anrichten können. Das und ein paar Martinis zu viel.

Der Sonntag verlief ereignislos. Bailey war bereits aufgebrochen, bevor ich überhaupt wach wurde. Als ich Montagmorgen um halb acht aufstand, hatte ich den Großteil des Schlafs nachgeholt. Ich duschte und kämmte mich, dann schaute ich nach dem Wetter. Der Himmel war blau, die Sonne schien, die Luft war angenehm. Mittlere Temperaturen. Das war hoffentlich ein gutes Omen. Was der Tag bringen würde, wusste ich nicht. Ich wusste nur, dass ich nicht vor Gericht erscheinen musste, also entschied ich mich für eine sportliche Hose und einen Pullover.

Musste ich die Weste noch tragen? Wer auch immer Stayner umgebracht hatte – vorausgesetzt, es war nicht doch ein Unfall gewesen –, lief immer noch frei herum. Vermutlich war die Person aber nicht so blöd, mich ebenfalls umzulegen. Millionen andere von meiner Sorte würden nachrücken. Daher gelangte ich zu dem Schluss, dass meine Beretta mich ausreichend schützen würde, und ließ die Weste im Schrank.

Ich fühlte mich gut, wenngleich ein wenig nackt. Außerdem konnte ich mich um einiges schneller fortbewegen. Bald schon stieg ich die Stufen zum Gerichtsgebäude hoch. Als ich das Gebäude betreten hatte, klingelte mein Handy.

»Wo bist du?«, fragte Bailey.

»Ich nähere mich dem Aufzug.«

»Bin in zehn Minuten da«, sagte sie und legte auf.

Neun Minuten später marschierte sie in mein Büro. Ich

reichte ihr den Kaffee, den ich ihr aus der Snackbar mitgebracht hatte.

»Danke«, sagte sie und setzte sich vor meinen Schreibtisch.

»Und?«

»Fingerabdrücke sind größtenteils abgeglichen«, antwortete Bailey. »Fast alle sind von Stayner.«

»Fast?«

Sie nickte. »An einem Gegenstand nicht. Die Techniker haben ein ganzes Set von deutlichen, aber nicht identifizierbaren Abdrücken darauf gefunden.«

»Nicht identifizierbar?«, wiederholte ich. »Du meinst, es gibt keine Entsprechung in der Datenbank?«

»Genau das meine ich.«

Das schloss Luis endgültig aus – und vermutlich auch den ein oder anderen Kumpan von Stayner.

»Wo wurden die Abdrücke gefunden?«, fragte ich.

»Auf einer Packung Quench Gum«, antwortete Bailey.

Ich runzelte die Stirn, weil es nicht gerade das war, was ich erwartet hatte. Immerhin besser als nichts. »Das ist jedenfalls ein Anhaltspunkt«, sagte ich. »Und wenn wir in der Datenbank keine Entsprechung finden, müssen wir wohl vorerst davon ausgehen, dass derjenige, der die Fingerabdrücke auf dem Kaugummi hinterlassen hat, kein Krimineller ist.«

»Vorerst«, stimmte sie zu. »Wenn wir jedoch Kriminelle ausschließen, dann scheint mir als Tatmotiv eines besonders plausibel zu sein, und das wäre …«

»Susans Vergewaltigung«, beendete ich den Satz. »Und die einzigen Nichtkriminellen, die wir kennen und die ein Motiv hätten, Stayner wegen Susans Vergewaltigung umzubringen, sind Susan …«

»Ich würde einfach mal dreist behaupten, dass wir das Mädchen ausschließen können«, unterbrach mich Bailey.

»Gewagtes Manöver, aber okay«, sagte ich. »Bleiben Mommy und Daddy.«

»Vertrackte Geschichte«, sagte Bailey. »Wir brauchen mehr als eine Ahnung, bevor wir uns an ihre Fersen heften. Die rennen zu meinem Captain ...«

»... und zu Vanderhorn ...«

»... ehe wir überhaupt den Mund aufmachen können«, endete Bailey.

Ich dachte einen Moment nach. »Werden Fingerabdrücke von Ärzten nicht elektronisch erfasst? Besonders wenn sie mit Kindern zu tun haben?«

Bailey legte den Kopf schräg. »Keine Ahnung«, sagte sie. »Das kann ich aber schnell herausfinden.«

Sie tätigte ein paar Telefonate, während ich nervös wartete.

»Du hast ins Schwarze getroffen, Knight«, sagte sie anerkennend. »Während wir hier noch herumreden, checken sie Densmores Fingerabdrücke. Innerhalb der nächsten Stunde sollten wir das Ergebnis haben.«

»Und Densmore wird es nie erfahren.«

51

Es war eine verdammt anstrengende Stunde. Bailey wollte das Büro nicht verlassen, weil sie Angst hatte, in ein Funkloch zu geraten und den Anruf zu verpassen. Ich hingegen wollte das Büro unbedingt verlassen, weil ich mich bewegen musste und mein Büro zu klein war, um auch nur winzige Runden darin zu drehen. Gleichzeitig hatte ich das Gefühl, dass ich dabei sein sollte, wenn der Anruf kam. Wie festgenagelt saß ich auf meinem Schreibtischstuhl und wartete.

Eine Stunde und zwanzig Minuten später klingelte Baileys Handy. Sie lauschte und sagte ein paar Mal: »Mhm, mhm«, dann sagte sie: »Danke«, und legte auf. Mit ausdrucksloser Miene schaute sie mich an.

»Spann mich nicht auf die Folter«, warnte ich sie.

Da sie nicht der Typ war, der sich einschüchtern ließ, wartete sie ein Weilchen, bevor sie schließlich sagte: »Auf dem Kaugummi sind Densmores Fingerabdrücke.«

»Großartig!«, rief ich.

Bailey lachte, und wir standen auf und klatschten ab.

»Das passt irgendwie, oder?«, sagte ich. »Quench Gum ist nicht gerade Stayners Stil.«

Bailey nickte. »Im selben Moment, als du gefragt hast, ob nicht Densmores Fingerabdrücke im System sein müssten, fiel mir ein, was ich kaue, wenn ich Fahrrad fahre.«

Richtig, Densmore war ja Radfahrer. »Gesagt hast du aber nichts«, merkte ich an.

Bailey zuckte mit den Achseln. »Mir schien es besser zu warten, bis wir die Fingerabdrücke haben«, sagte sie. »Man soll den Tag schließlich nicht vor dem Abend loben.«

Nach unserer üblen Laune neulich abends konnte ich ihr das nicht verdenken. »Alles schön und gut«, sagte ich dann, nachdem ich mir den Stand der Dinge vor Augen geführt hatte. »Aber es reicht noch nicht aus, um einen Haftbefehl zu erwirken. Densmore könnte problemlos behaupten, dass Stayner das Kaugummi in der Klinik gefunden hat.«

»Oder vor dem Haus der Densmores«, sagte Bailey. »Jetzt weiß er ja, dass Stayner sich da rumgetrieben hat.«

»Wenn wir unsere Theorie aber mal weiterverfolgen, dass Densmore unser Mörder ist …«

»Wofür einiges spricht.«

»Dann bedeutet das ja wohl, dass Densmore lügt, wenn er behauptet, Stayner nicht zu kennen«, schloss ich.

Bailey nickte. »Sonst hätte er nicht wissen können, wo er ihn findet.«

»Nicht auszuschließen, dass Densmore ihm höchstpersönlich Zugang zu seinem Haus und seiner Familie verschafft hat.«

Wir erwogen diesen unerquicklichen Gedanken, bis Bailey die Millionenfrage stellte. »Aber warum?«

Ich schüttelte den Kopf. »Wir wissen nicht einmal genug, um eine Vermutung zu wagen. Erst müssen wir Stayners Mörder dingfest machen, dann sehen wir weiter.«

»Wie wahr.« Bailey verschränkte die Arme und lehnte sich zurück. »Die Tatsache, dass Stayners Fingerabdrücke nicht auf dem Kaugummi sind, ist durchaus hilfreich«, sagte sie.

»Stimmt«, sagte ich. »Aber das reicht nicht.« Eine Person hinterlässt nicht notwendigerweise Fingerabdrücke auf allem, was sie anfasst. Das Fehlen von Fingerabdrücken ist demnach nur von eingeschränktem Wert.

»Stimmt auch wieder«, sagte Bailey. »Wir brauchen also mehr Informationen über Densmore.«

»Wenn du auf den König schießt, solltest du besser treffen.«

Schweigend saßen wir da und dachten nach.

»Was ist mit dem Coroner? Hast du von dem schon etwas gehört?«, fragte ich.

Bailey schüttelte den Kopf. »Könnte nicht schaden, ihn ein wenig in den Hintern zu treten.« Sie tippte eine Nummer in ihr Handy.

»Falls du den Coroner nicht erreichst, rufe ich Scott an und erkundige mich, ob er etwas weiß«, sagte ich.

Bailey nickte.

Ich schaute zum Fenster hinaus, während sie telefonierte. Der Himmel war so stechend blau, dass es schon unwirklich schien, und die strahlende Sonne ließ selbst den Rasen ums Rathaus herum einladend wirken. In der hintersten Ecke pinkelte ein Mann mit freiem Oberkörper heimlich gegen einen mächtigen Ahorn, und sofort wirkte der Rasen weniger einladend.

Bailey gestikulierte wild, um meine Aufmerksamkeit auf sich zu lenken. Erleichtert wandte ich mich vom Fenster ab. Sie hielt die Sprechmuschel zu, und ihre Miene war bedeutungsschwanger. »Ich bin noch im Gespräch. Der Assistent meint, man habe die Todesursache gefunden«, sagte sie. »Angeblich ein Herzinfarkt.«

Ich runzelte die Stirn. »Kommt der Coroner selbst ans Telefon?«

»Das werden wir gleich wissen.« Einen Moment später nickte sie mir zu und sagte: »Ja. Hallo, Dr. Loujian.« Dann schwieg sie wieder. »Genau, Carl Stayner.«

Während Bailey zuhörte, bedachte ich unsere Möglichkeiten, jetzt da Densmore ein potentieller Verdächtiger war. Ich deutete aufs Handy und flüsterte: »Frag ihn …«

Sie schaute mich an. »Bleiben Sie noch einen Moment dran, Doc. Die Staatsanwältin hat eine Frage.« Sie reichte mir den Hörer.

»Dr. Loujian, danke, dass Sie sich die Zeit nehmen«, sagte ich. »Ist das ein vorläufiges Ergebnis oder ein endgültiges?«

»Im Moment ist es vorläufig«, antwortete er mit seiner eigentümlich hohen Stimme, die noch eigentümlicher wirkte, wenn man den Mann dazu sah: Er war gute eins achtzig groß.

»Stand seine körperliche Konstitution in Einklang mit einem Herzinfarkt?«, fragte ich.

Der Arzt dachte einen Moment nach. »Sagen wir mal, es ist nicht ganz unstimmig. Sein Herz war nicht sehr gesund. Andererseits war es nicht so krank wie seine Leber. Die war wirklich bemerkenswert. Sah aus, als würde sie auf eigene Faust aus ihm herauskriechen wollen.« Er kicherte über den makabren Witz. Nicht alle Coroner haben einen kranken Humor, aber es gab genug Fälle, die das Klischee bestätigten.

Ich rang mir ein höfliches Lachen ab, aber es blieb mir in der Kehle stecken. »Wenn jemand einer Person ein Medikament verabreichen wollte, das die Ursache ihres Todes wie einen Herzinfarkt aussehen ließe, welches Medikament würde man da nehmen?«, fragte ich.

»Da kämen etliche Substanzen in Frage«, antwortete er. »Es würde eine Weile dauern, die alle zu testen.«

Ich dachte nach. Stayner war innerhalb weniger Stunden, nachdem ich Densmore das Foto gezeigt hatte, umgebracht worden. Wenn Densmore es war, musste er die Substanz griffbereit gehabt haben. »Ich denke an etwas, das sich ein Arzt ziemlich schnell verschaffen könnte.«

»Das sollte die Auswahl einschränken«, sagte er. »Ich werde eine erneute toxische Analyse anordnen. Dann sehen wir ja, ob etwas dabei herauskommt.«

»Das wäre großartig«, sagte ich. »Wie lange dauert das?«

»So lange, wie es eben dauert«, antwortete er.

Es herrschte Schweigen, während ich darüber nachdachte, wie ich ihn höflich dazu drängen könnte, einen Zahn zuzulegen. Bevor mir die Erleuchtung kam, seufzte er und sagte: »Ich werde mich ranhalten, aber ich kann nichts versprechen.«

»Danke, Dr. Loujian. Ich weiß das wirklich zu schätzen.« In der sicheren Überzeugung, mein Glück damit überzustrapazieren, trug ich noch eine Bitte vor. »Würde es Ihnen etwas ausmachen, mir Ihren vorläufigen Bericht zu faxen?«

»Ms Knight, Sie wissen, dass ich das nicht darf.«

»Ich werde den Bericht niemandem zeigen, das verspreche ich Ihnen«, sagte ich. »Sie können mir vertrauen, Dr. Loujian. Fragen Sie Scott, wir kennen uns schon ewig.« Ich hielt es nicht für hilfreich hinzuzufügen, dass Scott unter anderem deshalb für mich bürgen konnte, weil niemand dahintergekommen war, dass er Jakes Obduktionsbericht für mich entwendet hatte.

»Okay, einverstanden«, sagte der Coroner nach einer Weile. »Sie müssen ihn aber unter Verschluss halten. Und wenn ich den endgültigen Bericht schreibe, müssen Sie den vorläufigen vernichten.«

»Versprochen«, sagte ich.

»Also los, stellen Sie sich neben Ihr Faxgerät, und lassen Sie sich von niemandem erwischen«, sagte der Coroner. »Und wegen der anderen Geschichte melde ich mich so bald wie möglich.«

Ich bat Bailey, zum Faxgerät in Melias Büro mitzukommen. Auf dem Weg erzählte ich ihr, was der Coroner gesagt hatte.

»Solche toxischen Analysen können eine Weile dauern«, sagte sie finster.

»Ich weiß.« Als wir den Vorraum zu Erics Büro betraten, sah ich erleichtert, dass Melia nicht da war. Das Letzte, was ich jetzt gebrauchen konnte, waren ihre indiskreten, neugierigen

Fragen. »Er sucht nach ziemlich speziellen Substanzen. Das dürfte die Sache beschleunigen.«

Innerhalb weniger Sekunden blinkte das Faxgerät auf und spuckte die Seiten des vorläufigen Obduktionsberichts aus. Sobald sie herauskamen, nahm ich sie an mich. Dann kehrten wir in mein Büro zurück, wo ich mich in meinen gewaltigen Richterstuhl plumpsen ließ und zu lesen anfing.

»Appetit auf einen Snack?«, fragte Bailey.

Sofort erwachte mein Magen mit einem unmissverständlichen Knurren zum Leben und erinnerte mich daran, dass ich nicht gefrühstückt hatte. Die Uhr am Times Building zeigte bereits zehn Uhr an.

»Ich sterbe vor Hunger«, antwortete ich und griff nach meiner Handtasche, aber Bailey stoppte mich. »Ich geh schon.«

Misstrauisch blickte ich sie an. »Aber keine Bagels und keine Muffins. Den Stress vertrage ich jetzt nicht.«

Sie tat so, als wäre sie eingeschnappt, und ging zur Tür. »Du unterschätzt mich, Knight.«

»Ernsthaft, Keller«, sagte ich. »Ich hab Hunger, und ich bin bewaffnet. Versuch nicht, mich reinzulegen.«

Bailey zog eine Augenbraue hoch und verließ mein Büro.

Ich holte eine Handvoll Minibrezeln aus der untersten Schublade, um den schlimmsten Hunger zu stillen, und griff wieder nach dem Obduktionsbericht.

Stayner und Densmore. Die Hollywood Clinic als Verbindungsglied zwischen ihnen. Das Dreieck ging mir im Kopf herum, während ich die Beschreibung von Stayners Zustand überflog. »Ein wohlgenährter Erwachsener, Gewicht 189 Pfund, gemäß meiner Messung 1,78 Meter groß.« Ich hielt inne. *Gemäß meiner Messung*. Irgendetwas ging mir durch den Kopf. Ich versuchte, dem Phantomgedanken Gestalt zu verleihen, aber er entzog sich mir. Verzweifelt stöhnte ich auf und schlug mit der Hand auf den Schreibtisch.

In diesem Moment betrat Bailey das Büro und legte mir eine Tüte mit Sellerie, Möhren und einem Apfel hin. »Was ist los, Knight?«, fragte sie.

»Irgendetwas in dem Obduktionsbericht. Irgendetwas erinnert mich an was«, sagte ich und unterbrach mich, weil sich ein Gedanke zu kristallisieren begann – um sofort wieder zu verschwinden. Ich schüttelte den Kopf. Es war zum Verrücktwerden.

Bailey nahm den Bericht und las vor: »Gewicht 189 Pfund, gemäß meiner Messung 1,78 Meter groß.«

»Gemäß meiner Messung«, wiederholte ich und hob die Hand, damit Bailey zu lesen aufhörte.

Schnell nahm ich den Ausdruck von Kits Foto aus dem Reißverschlussfach meiner Handtasche. Wo war bloß meine Lupe? Hektisch wühlte ich in den Schreibtischschubladen herum und knallte sie alle wieder zu.

»Knight?«

Ich schüttelte den Kopf, starrte auf meinen Schreibtisch und wollte schon zum Aktenschrank neben der Tür gehen, als ich die Lupe auf dem Tisch am Fenster entdeckte. Sofort sprang ich auf, schnappte sie mir und ließ mich wieder auf meinen Stuhl fallen. Ich hielt die Linse über das Foto und betrachtete die vertikale Linie im Hintergrund. Jetzt, da ich es wusste, war es offensichtlich.

»Was ist?«, fragte Bailey.

»Schau dir das an«, sagte ich und reichte ihr die Lupe. Sie nahm sie und betrachtete das Foto.

»Die schwarze Linie im Hintergrund?«, fragte sie.

»Das ist eine Messlatte«, sagte ich. »Solche Messlatten haben wir in den Sprechzimmern der Hollywood Clinic gesehen.«

52

Die Fotos, die Clive gefunden hat, wurden also in der Klinik gemacht«, sagte Bailey fast zu sich selbst, als sie noch einmal auf den Abzug schaute.

»Was auch erklärt, warum die Kids nicht posieren«, sagte ich.

»In der Tat, keins der Fotos sieht extrem sexy aus«, stimmte sie zu. »Obwohl das bei Kinderfotos natürlich oft so ist.« Bailey legte die Lupe hin und lehnte sich zurück.

Ich nickte. Der unschuldige Blick machte für gewöhnlich einen Teil des Reizes aus. Ich verdrängte den unschönen Gedanken, als mich eine plötzliche Erkenntnis fast umwarf. Wie angewurzelt hockte ich auf meinem Stuhl, starrte aus dem Fenster und versuchte im Geiste, die Zusammenhänge zu erfassen.

»Was ist?«, fragte Bailey.

Ich zögerte. Es war unglaublich, aber es führte kein Weg an der Schlussfolgerung vorbei. »Wenn wir Recht haben, kann das nur bedeuten, dass Susans Vergewaltigung und Jakes Fall miteinander verknüpft sind.«

Bailey starrte mich einen Moment an, dann blinzelte sie. Offenbar hatte sie es auch begriffen.

Langsam setzte ich die Puzzleteilchen zusammen. »Kit wird in Densmores Klinik fotografiert. Das Foto wird bei Jake gefunden. Densmore bringt Stayner um – vermutlich, weil Stayner Susan vergewaltigt hat.«

»Ich fasse es nicht«, sagte sie leise und mit ungläubiger Stimme. »Du hast Recht.«

Es gibt keinen Fall ohne böse Überraschungen, aber das sind meist kleinere Geschichten, die vor allem Nebenschauplätze betreffen. Hier dagegen wurden die Verhältnisse auf den Kopf gestellt.

»Wieso um Gottes willen hat Densmore sich eigentlich mit einem Idioten wie Stayner eingelassen?«, fragte ich.

»Keine Ahnung«, sagte Bailey. »Aber was auch immer wir über den Fall gedacht haben, jetzt ist alles wieder offen. Ist dieser Densmore denn auch ein Pornograf?«, fragte sie sich.

»Würde mir schwerfallen, das zu glauben«, erklärte ich und schüttelte den Kopf. »Es ergibt keinen Sinn, dass ein Multimillionär mit Kontakten zu Gott und der Welt so etwas tun sollte. Sogar wenn er selbst solche Neigungen hätte.«

»Was ich mir ehrlich gesagt nicht vorstellen kann«, sagte Bailey. »Nicht dass ich ein Fan von ihm wäre.«

»Da geb ich dir Recht«, sagte ich. »In beidem. Aber ausschließen kann man es natürlich nicht.«

Sie nickte. »Und selbst wenn Densmore nichts mit der Porno-Geschichte zu tun hat, muss es jemand sein, der Zugang zu diesen Räumlichkeiten hat.«

»Das Einzige, was ich mit Bestimmtheit sagen kann, ist, dass ich Schwester Sheila nicht zu den Verdächtigen zähle.«

»Stimmt. Wenn jemand zur Polizei sagt: ›Schauen Sie sich ruhig um‹, kann er nicht viel zu verbergen haben.«

Ich seufzte und lehnte mich zurück. Je mehr Antworten wir fanden, desto mehr Fragen tauchten auf. Bailey war schon die nächste eingefallen. »Wenn ich mir die Klinik noch einmal vor Augen führe, kann ich mir gar nicht vorstellen, wo man dort eine Kamera installieren soll. Du?«

Ich dachte einen Moment nach und schüttelte dann den Kopf.

»Wir könnten hinfahren und uns noch einmal umschauen«, schlug Bailey vor.

»Könnten wir. Dann sollten wir uns aber eine gute Ausrede für Schwester Sheila einfallen lassen, damit sie nicht irgendjemandem erzählt, was wir da machen.«

Selbst wenn Sheila nichts mit der Sache zu tun hatte, durfte sie Densmore auf gar keinen Fall unabsichtlich vorwarnen. Außerdem gab es da noch das unwesentliche Detail, dass man mich gewarnt hatte, mich aus Jakes Fall rauszuhalten. Zwei Mal.

»Das sollte nicht allzu schwer sein«, erwiderte Bailey, erhob sich und ging zur Tür. »Wir können uns unterwegs einen Vorwand ausdenken.«

»Noch etwas«, sagte ich. »Die Verbindung zwischen der Vergewaltigung und dem Mord sollten wir vorerst für uns behalten.«

»Ist klar«, sagte sie und grinste.

Wenn wir in den oberen Etagen jetzt etwas über die Verbindung verlautbaren lassen würden, wären wir sofort aus dem Fall Densmore raus und würden gemaßregelt werden, weil wir uns auf verbotenem Terrain herumgetrieben hatten. Fand man es aber erst heraus, wenn wir beide Fälle sauber und tadellos gelöst hatten, wäre es schwer, disziplinarische Maßnahmen gegen uns zu rechtfertigen. Daher beschloss ich, meinem Motto treu zu bleiben: Besser um Entschuldigung bitten als um Erlaubnis.

»Zumal man ja sowieso davon ausgehen kann, dass wir uns noch so viel Mühe geben könnten …«

»Man würde uns trotzdem nicht glauben«, beendete Bailey den Satz für mich.

Wir wechselten ein schuldbewusstes Lächeln.

Ich nahm meinen Mantel, steckte Stayners Obduktionsbericht in die Handtasche und ließ den Abzug von Kits Foto wieder im Reißverschlussfach verschwinden. Dann traten wir in den Flur hinaus.

»Wir könnten Sheila erzählen, dass wir uns Ecstasy beschaffen wollen«, schlug ich auf dem Weg durch den Korridor vor.

»Quatsch«, antwortete Bailey. »Das ist eine armselige Droge. Nimm lieber Crystal Meth.«

»Mir war gar nicht bewusst, dass du so wählerisch bist.«

»Ich bin ein Kontrollfreak«, sagte Bailey. »Crystal Meth ist eine Droge für Kontrollfreaks.«

»Interessant. So habe ich das noch nie betrachtet.«

Wir hatten fast die Aufzüge erreicht, als ich Melia rufen hörte. »Rachel!«

Ich drehte mich um und sah sie in der Tür zu Erics Vorzimmer stehen. Sie winkte, und ich ging genervt zurück. Als ich nah genug war, um nicht schreien zu müssen, sagte ich: »Ja?«

»Da ist ein Anruf für Sie«, sagte sie. »Ein Doktor. Sein Name ist, glaube ich, äh, Luanne?«

Loujian. Der Coroner. Das ging fix. »Danke, Melia. Sag ihm, ich komme«, rief ich über die Schulter zurück, als Bailey und ich in mein Büro zurückeilten.

Atemlos nahm ich den Hörer ab. »Dr. Loujian?«

»Ich denke, ich bin Ihnen etwas schuldig, Ms Knight«, sagte er. »Soeben kam der toxikologische Bericht: Wir haben eine Überdosis Succinylcholin festgestellt. Ich habe die Leiche noch einmal untersucht und die Einstichstelle gefunden. Sie liegt im oberen rechten Gesäßbereich.«

»Was ist Succinylcholin?«

»Für gewöhnlich lähmt man damit die Atmungsmuskulatur, um den Schlauch für eine Anästhesie einzuführen. Verabreicht man jemandem eine Überdosis von dem Zeug, sieht das im Endeffekt einem Herzinfarkt sehr ähnlich«, erklärte Dr. Loujian.

»Ist das eine Substanz, die ein Arzt griffbereit hat?«

»Sicher«, antwortete er. »Normalerweise verabreicht man es nur in Anwesenheit eines Anästhesisten. Davon sollte man allerdings absehen, wenn man jemanden damit umbringen will.« Der Coroner lachte über seinen eigenen Witz.

Zugegebenermaßen entbehrte er nicht der Komik, und so lachte ich mit. Ich versprach ihm, den vorläufigen Bericht zu vernichten, dankte ihm überschwänglich und legte auf. Nachdem ich Bailey die Neuigkeiten mitgeteilt hatte, holte sie sofort ihr Handy heraus.

»Wen rufst du an?«

»Ich schicke Leute zu Densmores Kliniken, damit sie herausfinden, ob dort Succinylcholin aufbewahrt wird, und falls ja, ob was fehlt«, antwortete sie.

»Perfekt.«

Während Bailey telefonierte, setzte ich mich an meinen Computer und bereitete Durchsuchungsbefehle für Densmores Haus und seine Kliniken vor. Die meisten Angestellten würden uns sicher auch so hereinlassen, aber da die Porno-Geschichte vermutlich eine Privatangelegenheit war, musste man mit mindestens einer Person rechnen, die sich einer Durchsuchung widersetzte.

Bailey beendete ihre Telefonate. »Sie melden sich mit den Ergebnissen, sobald sie etwas haben«, sagte sie. »Vorausgesetzt, die Kliniken sind kooperativ.«

Ich erzählte ihr, dass ich Durchsuchungsbefehle und Haftbefehl bereits in Arbeit hatte. »Wenn wir allerdings sichergehen wollen, dass der Richter einem Haftbefehl für Densmore zustimmt, sollten wir ein Szenario parat haben, wie er den Mord überhaupt begangen haben kann«, sagte ich. »Der Richter wird sich nicht weiter aus dem Fenster hängen wollen, als wir es getan haben.«

»Stimmt«, sagte Bailey. »Darüber habe ich mir auch schon

Gedanken gemacht. Ich würde vermuten, dass Densmore Stayner dazu gebracht hat, sich irgendwo mit ihm zu treffen.«

»Ich wette, in der Hollywood Clinic«, unterbrach ich sie. »Es musste ein Ort sein, wo er Stayner ungestört schachmatt setzen und ihm die Substanz injizieren konnte. Und die Klinik ist die einzige uns bekannte Verbindung zwischen ihnen.«

»Klingt überzeugend«, sagte Bailey. »Dann hat er sein Fahrrad und die Leiche in Stayners Escalade geladen und ist zum Malibu Canyon hochgefahren.«

»Wobei ihm seine Quench Gums aus der Tasche fielen.«

Bailey nickte. »Densmore hat sein Fahrrad herausgeholt, Stayner auf den Fahrersitz gesetzt und den Wagen den Abhang hinuntergeschickt. Dann ist er mit seinem Fahrrad davongeradelt.«

»Den ganzen Weg vom Canyon bis zu den Palisades? Das ist eine ganz schöne Strecke«, gab ich zu bedenken.

»Nicht für ihn«, erklärte Bailey. »Du darfst nicht vergessen, dass es bis zum Pacific Coast Highway immer bergab geht, und der verläuft dann nur noch geradeaus. Für einen Mann wie Densmore ist das absolut machbar. Und wenn er müde geworden wäre, hätte er auf dem Highway immer noch den Bus nehmen können.«

»Ich füge das Fahrrad besser noch zum Durchsuchungsbefehl hinzu«, sagte ich und drehte mich wieder zum Computer um. »Außerdem sollten wir die elektronischen Daten am Tor zur Wohnanlage einsehen, um zu überprüfen, ob er an dem Tag spät nach Hause gekommen ist.«

»Ich glaube nicht, dass es solche Daten gibt«, sagte Bailey. »Die Tore empfangen die Signale von Sendern, die in die Autos der Anwohner eingebaut sind. Sein Fahrrad wird nicht mit so etwas ausgestattet sein.«

»Stimmt«, antwortete ich. »Vielleicht erinnert sich aber einer der Wachmänner daran, dass er ihn eingelassen hat.« Ich dachte einen Moment nach. »Andererseits, nein. An Densmores Stelle wäre ich das Risiko nicht eingegangen. Ich hätte das Fahrrad in der Nähe abgestellt und wäre unbemerkt irgendwo über den Zaun geklettert.«

Bailey nickte. »Dann hätte er am nächsten Tag zurückfahren können, ohne Aufmerksamkeit zu erregen. Die Spurensicherung soll die Umgebung der Wohnanlage nach einer Einstiegsstelle absuchen.«

Ihr Handy klingelte.

»Die Truppen melden sich zum Rapport?«

»Will ich doch hoffen«, sagte sie. »Keller.« Sie hörte eine Weile zu und beendete das Gespräch dann. »Brentwood, Palisades und Calabasas haben Succinylcholin«, sagte sie.

»Und?«

»Es ist alles noch da.«

Ich seufzte und lehnte mich zurück. »Also arbeite ich weiter an den Durchsuchungsbefehlen«, sagte ich. »Allerdings möchte ich nicht damit zum Richter gehen, bevor ich nicht von allen Kliniken eine Rückmeldung habe.«

Bailey nickte. Zehn Minuten später klingelte ihr Handy wieder. Ich schaute zu, wie sie das Gespräch annahm. Nach ein paar Minuten beendete sie es und steckte das Handy in die Tasche. »Das Gleiche gilt für Sherman Oaks und Beverly Hills«, sagte sie. »Nichts fehlt.«

Mittlerweile fragte ich mich, ob wir Nachforschungen anstellen müssten, zu welchen Krankenhäusern Densmore noch Zugang hatte. Ich versuchte, mich wieder auf die Durchsuchungsbefehle zu konzentrieren, während Bailey nervös auf ihrer Armlehne herumtrommelte. Fünf Minuten vergingen, in denen ich ständig auf die Uhr in meinem Computer starrte. Außerdem war ich drauf und dran, Bailey aufzufordern, endlich mit dem verdammten Getrommel aufzuhören.

Zehn Minuten – immer noch nichts.

Um exakt 13:35 Uhr hatte ich die Durchsuchungsbefehle fertig und klickte auf »drucken«. Gerade als die Seiten herauskamen, klingelte Baileys Handy. Wir wechselten einen Blick.

»Keller.« Sie hörte eine Weile zu. »Okay, bleib dort«, sagte sie und legte auf.

»Das passt«, sagte sie trocken.

»Was denn? Was passt?«, fragte ich ungeduldig.

»Hollywood Clinic. Dort wurden mal zwei Ampullen bestellt. Den Büchern zufolge wurde keine davon verwendet«, sagte sie. Nach einer kurzen Pause fuhr sie fort. »Aber eine Ampulle fehlt.«

Erleichtert ließ ich mich zurückfallen. Wir hatten unser Succinylcholin.

Dann sagte ich: »Du hast mich wahnsinnig gemacht.«

»Nur ein bisschen«, gab Bailey mit einem Grinsen zu. »Das ist gut gegen die Anspannung, findest du nicht?«

»Nein.« Ich wandte mich meinem Computer zu und ergänzte meine Dokumente um die neuesten Informationen. Dann klickte ich wieder auf »drucken«. Als ich die Papiere an Bailey weiterreichte, fragte ich: »Hast du schon einen bestimmten Richter im Sinn?«

Mit einem verschmitzten Grinsen sagte sie: »Ich dachte da an Richter J.D. Morgan.« Sie schaute auf die Uhr. »Er müsste gerade vom Mittagessen kommen.«

»Ein wahrer Geniestreich, Keller«, sagte ich und lachte. J.D. war nicht nur ein Freund, er war auch ein Richter, der politischen Verwerfungen furchtlos ins Auge blickte – der ideale Mann für einen Fall, der mit Sicherheit ein heißes Eisen war.

Bailey stand auf und eilte zur Tür. »Sobald ich die Unterschriften habe, fahren wir zu Densmore. Falls er etwas zu sagen hat, sollten wir dort sein, um es uns anzuhören.«

»Ich stehe schon in den Startlöchern«, sagte ich.

53

Kurz darauf saßen Bailey und ich im Wagen und fuhren in Richtung der Palisades. Sobald J.D. die Durchsuchungs- und den Haftbefehl unterschrieben hatte, waren Einheiten ausgeschwärmt, um Densmores Aufenthaltsort zu ermitteln. Sie waren ihm bis nach Hause gefolgt und parkten jetzt unauffällig vor den Toren der Wohnanlage und warteten auf uns.

Als Bailey durch den Tunnel zum Freeway fuhr, stellte ich mir vor, wie die Polizei das Haus umzingelte und wie Janet und die arme Susan sich belagert fühlen mussten. Die Hochstimmung, die ich kurz zuvor noch verspürt hatte, verflüchtigte sich plötzlich. Wie sollten sie nur mit diesen Ereignissen fertig werden? Irgendwie war es natürlich eine ehrenwerte Geste, dass Densmore den Vergewaltiger seiner Tochter umgebracht hatte, aber andererseits würde die Verbindung zwischen Densmore und Stayner sicher noch unangenehme Dinge zum Vorschein bringen. Ursprünglich hatte mich die Vorstellung, Densmore zu verhören, begeistert. Jetzt mischte sich Angst in meine Neugier.

Schnell fuhren wir zum Haus, warteten allerdings noch auf die Verstärkung. Bailey stieg aus und bat die Männer, ihr zu folgen. Niemand ging davon aus, dass man von Schusswaffen Gebrauch machen müsste, aber man konnte nie wissen.

Bailey klopfte. Als das Dienstmädchen öffnete und die Polizisten hinter uns sah, erstarrte es.

»Wir suchen Dr. Densmore«, sagte Bailey.

»*Sí, sí*«, antwortete sie. »*Allá.*« Sie nickte nach links, drehte sich um und eilte ins Haus zurück.

Bailey trat durch die offene Tür, die Waffe seitlich zu Boden gerichtet.

Nun kam Janet in die Vorhalle. »Ja bitte? Kann ich etwas für Sie tun?«, fragte sie. Als sie sah, dass Bailey eine Waffe in der Hand hielt, riss sie ängstlich die Augen auf und wurde weiß wie ein Laken.

»Es tut mir leid, Mrs Densmore. Wir sind wegen Ihres Ehemanns hier. Ist er daheim?«, fragte Bailey.

»Frank?« Janet sah aus, als würde sie in Ohnmacht fallen. »Er ist in seinem Arbeitszimmer.« Sie zeigte nach links.

Bailey bedeutete zwei Polizisten, sie zu begleiten, und machte sich auf den Weg, den Haftbefehl zu vollstrecken. Ich blieb zurück, um mit Janet zu reden.

»Es tut mir leid, Janet, aber wir müssen Ihren Ehemann verhaften«, sagte ich. »Wegen Mordes.«

Janet wankte, und ich packte sie rasch am Arm. Irgendwie schaffte ich es, sie zum Sofa im Wohnzimmer zu führen. Als sie sicher saß, fragte ich sie, ob sie ein Glas Wasser wolle. Sie schüttelte den Kopf, und so nahm ich neben ihr Platz. Gerne hätte ich sie damit getröstet, dass es sich bei der Person, die von Densmore getötet worden war, tatsächlich um den Vergewaltiger ihrer Tochter handelte, aber dafür hatten wir noch keine Bestätigung.

»Haben Sie Frank letzte Nacht gesehen?«, fragte ich sie.

Janet wollte etwas sagen, aber dann schoss ihr Blick zur Vorhalle, wo sich inzwischen die Polizisten versammelten. Sie griff sich an den Hals, und ihr Mund öffnete sich. Schließlich erklärte sie mit schwacher Stimme: »Ich … Ich denke, dass ich nicht mit Ihnen reden sollte.«

Wahrscheinlich nicht, jetzt wo ich darüber nachdachte. An ihrer Stelle würde ich auch nicht mit mir reden wollen. Im

Moment gab es sowieso keinen Grund, die Angelegenheit zu forcieren.

»Ist Susan daheim?«, fragte ich. Mir wäre es lieber, wenn sie nicht sehen müsste, wie ihr Vater in Handschellen abgeführt wurde.

»Nein. Sie ist bei einem Freund«, antwortete Janet mit ersterbender Stimme.

»Gibt es jemanden, bei dem Sie heute Abend bleiben können?«, fragte ich.

Jetzt sagte sie gar nichts mehr, sondern starrte in die wellige Gartenlandschaft hinter dem Haus, vollkommen in sich zusammengefallen.

»Soll ich irgendjemanden für Sie anrufen?«, fragte ich.

Janet schüttelte langsam den Kopf. »Ich werde es selbst tun«, sagte sie mit dünner Stimme.

Ich nickte. Vermutlich wollte sie nicht, dass ich noch irgendetwas für sie tat. Nie wieder.

Ich ging zu Bailey und den Polizisten ins Arbeitszimmer. Frank Densmore lag auf dem Boden, das Gesicht nach unten; er war gründlich durchsucht worden. Einer der Polizisten half ihm aufzustehen und geleitete ihn zum Ledersofa. Er sah ziemlich derangiert aus.

»Dr. Densmore, ich werde Ihnen nun Ihre Rechte vorlesen«, begann Bailey.

»Geben Sie sich keine Mühe. Ich werde mit niemandem von Ihnen reden«, sagte Densmore mit stählerner Stimme. »Reichen Sie mir bitte das Telefon. Ich möchte meinen Anwalt anrufen.«

Der Polizist, der rechts neben ihm stand, ging zum Schreibtisch, nahm das Telefon und fragte Densmore nach der Nummer. Densmore nannte sie ihm, der Polizist wählte und hielt Densmore den Hörer ans Ohr. Man hatte ihm die Hände hinter dem Rücken in Handschellen gelegt, aber er schaffte es trotzdem noch, eine gewisse Autorität auszustrahlen.

Ich seufzte. Es war zu erwarten gewesen, dass er um Rechtsbeistand bitten würde. Er hatte nichts zu gewinnen, wenn er mit uns sprach, und das wusste er natürlich. Für uns gab es hier nichts mehr zu tun, und so nickte Bailey zur Tür hinüber, und wir verließen den Raum.

»Möchtest du einen Blick in die Garage werfen, bevor wir verschwinden?«, fragte ich.

»Unbedingt.«

Die Garage war groß und tadellos sauber. Natürlich.

»Ist das sein Fahrrad?«, fragte ich und zeigte auf das schwarz-gelbe Rennrad, das von der Decke herabhing.

»Sieht so aus«, antwortete Bailey. »Es ist in den Durchsuchungsbefehl eingeschlossen. Ich sollte die Kollegen daran erinnern, dass sie es vorsichtig einpacken, damit wir die Erdreste identifizieren können.«

»Die Dellen in der Erde am Straßenrand waren also vermutlich von seinen Fahrradschuhen«, sagte ich.

»Richtig«, sagte Bailey. Sie tippte eine Nummer in ihr Handy und erklärte der Person am anderen Ende der Leitung, dass man das Fahrrad sorgfältig verpacken möge.

»Wissen die, dass sie nach den Schuhen schauen sollen?«, fragte ich.

Bailey fügte es ihren Anweisungen hinzu und beendete das Gespräch.

»Die Klinik?«, fragte ich.

»Die Klinik«, stimmte Bailey zu.

Wir begaben uns zu ihrem Auto – und dann ans andere Ende der Welt.

54

Nur ein einziger Streifenwagen stand vor der Klinik, als wir dort ankamen. Das war zu erwarten gewesen, denn offiziell passte man ja nur auf ein Regalbrett in einem Arzneimittelschrank auf. Niemand ahnte, dass die Klinik mit dem Mord an Jake in Verbindung stand.

Wir betraten das Gebäude. Sheila saß am Aufnahmetresen und erledigte Papierkram. Sie begrüßte uns herzlich, aber ich konnte ihr ansehen, dass sie neugierig war, was es mit der Suche nach dem Succinylcholin auf sich hatte. Ich würde es ihr erzählen – später.

»Wie oft ist Dr. Densmore hierhergekommen?«, fragte ich.

Sheila schürzte die Lippen und verkniff sich einen Kommentar, den laut auszusprechen sie sich nicht leisten konnte. »Fast nie. Ich glaube, es ist ein Jahr her, dass ich ihn zum letzten Mal gesehen habe.« Besonders zufrieden wirkte sie nicht damit. »Ihr Kollege wartet hinten auf sie.«

»Ich weiß«, sagte Bailey. »Danke für Ihre Hilfe, Sheila.«

»Gern geschehen«, antwortete sie und wandte sich wieder ihrem Papierkram zu. Langsam schlenderten wir durch den Vorraum. Ich flüsterte Bailey aus dem Mundwinkel zu: »Kannst du deinen Kollegen ein bisschen ablenken?«

Sie nickte. »Geh schon mal hin und fang an. Ich komme später dazu.«

Nachdem ich mich noch einmal umgeschaut hatte, um sicherzugehen, dass Schwester Sheila nicht guckte, betrat ich

Sprechzimmer drei, schloss die Tür und betrachtete die Wand mit der Größenmesslatte, die auf den Fotos zu sehen war. Ich versuchte mich dort hinzustellen, wo sich die Kamera befunden haben musste. Als ich mit meiner Wahl zufrieden war, sah ich mich um. Nichts. Irgendwo hier musste die Kamera sein. Oder hatte man sie bereits entfernt? Die einzige Person, die wusste, dass wir uns für die Klinik interessierten, war Schwester Sheila. Ich schloss Menschen ungern nur aufgrund ihrer Erscheinung aus dem Kreis der Verdächtigen aus, aber diesmal fühlte ich mich dazu berechtigt. Nichts deutete darauf hin, dass Sheila in diese Geschichte verwickelt war.

Ich schaute noch einmal genauer hin. Die Kamera musste sich irgendwo an der Wand gegenüber der Messlatte befunden haben. Ein Waschbecken und ein wuchtiger Luftreiniger hingen dort, darüber und darunter Schränke. Letztere waren entweder zu hoch oder zu niedrig, um der Perspektive auf den Fotos zu entsprechen. Trotzdem öffnete ich sie und schaute hinein. Der obere Schrank enthielt Reinigungsartikel, der andere Papierkittel.

Ich klopfte an die Wand über dem Waschbecken und suchte nach einem Hohlraum. Nichts. Der Luftreiniger steckte neben dem Waschbecken in der Wand. Ich zog ihn heraus und wog ihn in der Hand. Dann schüttelte ich ihn, hörte aber keine verdächtigen Geräusche. Plötzlich merkte ich, dass sich das Gitter abnehmen ließ. Und da war sie, die Kamera. So unauffällig, dass sie sich unter aller Augen verstecken konnte. Obwohl mir beim Wissen um ihre Verwendung übel wurde, konnte ich nicht umhin, die Technik zu bewundern. Um mit so einem Gerät Videos und Standaufnahmen anzufertigen, musste man schon ziemlich gewieft sein. Andererseits eröffnete das Computerzeitalter natürlich ungeahnte Möglichkeiten.

Ich steckte den Luftreiniger wieder in die Wand und überlegte, wer sich das ausgedacht haben könnte. Als Bailey kam, zeigte ich auf das Gerät und legte den Finger an die Lippen. Sie zog fragend eine Augenbraue hoch, aber ich bedeutete ihr, mir zu folgen, und ging in Sprechzimmer zwei. Dieses Mal wusste ich, wonach ich zu suchen hatte. Erwartungsgemäß befand sich gegenüber der Messlatte genau neben dem Waschbecken ein weiterer Luftreiniger. Ich zeigte darauf, und Bailey nickte. Dann gingen wir in Sprechzimmer eins. Dort zog ich das Ding heraus und öffnete das Gitter. Bailey betrachtete die Kamera.

Ich sprach leise: »Stayner muss in die Geschichte einbezogen gewesen sein, aber ich bezweifle, dass er das alles ausgeheckt hat.«

»Stimmt«, sagte Bailey. »Und da Densmore längst samt Bild in den Nachrichten sein dürfte …«

»… wird derjenige, der für das hier verantwortlich ist, schnell etwas tun müssen, um seine Spuren zu verwischen«, dachte ich ihren Gedanken zu Ende.

Bailey nickte. »Ich würde sagen, wir bleiben einfach hier und schauen mal, wer zufällig vorbeikommt.«

»Ich bin dabei.«

55

Es war fast sieben Uhr abends, und die Klinik war leer. Sheila kam mit dem Schlüssel in der Hand, weil sie die Sprechzimmer für die Nacht abschließen wollte.

»Bitte lassen Sie alles, wie es ist, Sheila, damit wir den Medikamentenschrank fotografieren und Fingerabdrücke nehmen können«, sagte Bailey.

Das war nicht einmal gelogen, nur dass wir es nicht an diesem Abend vorhatten. Sollten wir in der Nähe der verbliebenen Succinylcholin-Ampulle Densmores Fingerabdrücke sicherstellen, wäre das sowieso kein entscheidender Beweis, da er offiziell Zugang zum Medikamentenschrank hatte. Bedachte man allerdings seine spärlichen Besuche in der Klinik, wäre es immerhin ein interessantes Indiz.

»Kein Problem«, sagte Sheila entgegenkommend, wie es ihre Art war.

»Außerdem wäre es gut, wenn wir hierbleiben und auf die Techniker warten könnten«, sagte Bailey. »Ginge das?«

Sheila dachte einen Moment nach. »In Ordnung, Detective«, sagte sie dann. »Lassen Sie mich Ihnen nur schnell zeigen, wo die Türen sind. Wenn Sie nicht abschließen, wird der Laden bis Mitternacht geplündert sein.«

Sie führte uns zur Hintertür. Der Aufnahmebereich war weitläufiger, als ich gedacht hatte. Am rückwärtigen Ende befand sich eine Tür, die direkt zum Personalparkplatz hinter dem Gebäude führte. Schwester Sheila zeigte uns, welcher

Schlüssel zu der Tür gehörte, dann ging sie mit uns an den Sprechzimmern vorbei zu einem kleinen Büro am Ende des Gangs. Eine Tür in der Seitenwand führte ebenfalls zum Parkplatz.

»Zwei Hintertüren?«, fragte ich. Das kam mir komisch vor.

»Ja«, sagte Sheila. »Das Gebäude war mal ein Wohnhaus. Wenn Sie genau hinschauen, können Sie noch erkennen, wo Räume angebaut wurden, um es in eine Klinik zu verwandeln. Ich glaube, die Tür im Büro war der ursprüngliche Hintereingang.« Sie nahm ihre Tasche und ihre Jacke. »Kann ich sonst noch etwas für Sie tun?«

»Könnten Sie uns vielleicht Ihre Telefonnummern geben?«, fragte ich. »Nur für den Fall, dass wir noch Fragen haben.«

Sheila versorgte uns mit ihren Nummern von Handy und Festnetzanschluss, dann überreichte sie Bailey die Schlüssel. »Um sieben machen wir wieder auf«, betonte sie.

»Ich werde da sein«, versprach Bailey.

Wir sahen zu, wie Sheila den Personalparkplatz verließ, und entwarfen dann eine Strategie. Eine simple Strategie notgedrungen.

»Wir behalten besser sowohl Vordertür als auch Hintertüren im Blick«, sagte ich.

»Einverstanden. Vermutlich wird sich unser kleiner Spanner durch eine der Hintertüren Zutritt verschaffen. Ich begebe mich also auf die Rückseite des Gebäudes. Du übernimmst die Vorderseite.«

»Allerdings haben wir nur ein Auto«, gab ich zu bedenken.

Sie nickte. »Es kann sowieso nicht einsam und allein auf dem Personalparkplatz stehen, da könnten wir auch gleich ein Neonschild aufstellen. Du fährst also mit dem Wagen nach vorne«, sagte sie und reichte mir den Schlüssel.

»Wo wirst du dich positionieren?«, fragte ich.

Wir schauten durchs Bürofenster hinaus. Der Parkplatz

bot keinerlei Deckung. Ich ließ den Blick über die Umgebung schweifen. An der linken Seite verlief eine Gasse, und jenseits der Gasse befand sich eine kleine Tankstelle. Eine niedrige Mauer aus Leichtbetonsteinen lag dazwischen, aber im Zweifelsfall würde sie Bailey nicht im Weg sein. Außerdem herrschte dort genug Betrieb, so dass Bailey nicht allzu sehr auffallen würde. Ich drehte mich um und sah, dass Bailey die Tankstelle ebenfalls im Visier hatte.

»Perfekt ist das nicht«, sagte ich.

Sie nickte. »Aber es wird schon gehen.«

»Hast du eine Jacke oder einen Mantel im Auto?«, fragte ich. Die Nacht würde kühl werden, und unser Verdächtiger würde vielleicht auf sich warten lassen – wenn er überhaupt kam.

»Nicht nötig«, erwiderte sie. »Ich bin mir sicher, dass sie jede Menge scheußlichen Kaffee an der Tankstelle verkaufen. Der wird mich warm halten.«

»Dann kannst du auch gleich verstrahltes Wasser trinken, Keller. Pass auf, dass wir nicht auffliegen, weil du in der Dunkelheit leuchtest«, sagte ich mit einem angespannten Lächeln.

Baileys Grinsen wirkte ebenso gezwungen. »Wir fliegen jetzt schon auf, wenn wir die Bürolichter nicht ausmachen und hier verschwinden«, sagte sie. »Ich werde nun Stellung beziehen.« Sie betrachtete die Tankstelle. »Du bleibst hier und schaust, wohin ich gehe. Mein Handy stelle ich auf Vibration. Wir sollten ungefähr alle zehn Minuten Kontakt aufnehmen, aber das übernehme ich. Du rufst mich nicht an. Ich werde besser zu sehen sein, und du kannst nicht wissen, ob gerade jemand in meiner Nähe ist. Kapiert?«

»Kapiert.« Ich nickte zur Tür hinüber. »Auf geht's.«

Bailey öffnete die Tür einen Spalt und vergewisserte sich, dass die Luft rein war, dann rannte sie über den Parkplatz. Sie stieg über die Betonmauer und erreichte die Tankstelle.

Im mittlerweile geschlossenen Werkstattbereich parkten ein paar Autos. Bailey stellte sich zwischen zwei von ihnen und schaute zu mir herüber. Ich winkte, um zu signalisieren, dass ich sie sah. Sie hob ihr Handy, und eine Sekunde später hörte ich es bei mir klingeln. Schnell wechselte ich in den Vibrationsmodus und stellte dann die Verbindung her.

»Ich sehe dich und verschwinde jetzt auch«, sagte ich.

»Denk dran, die Hintertür zum Büro abzuschließen. Und kontrolliere noch mal, ob die andere auch zu ist«, antwortete Bailey und legte auf.

Ich tat, was sie gesagt hatte, und schaltete auf dem Weg durch die Klinik die Lichter aus. Als ich die Hintertür im Aufnahmebereich abschloss, brannte nur noch vorne Licht. Plötzlich lief mir ein Schauer über den Rücken. Hatte ich da nicht irgendein Geräusch gehört? Ich schaute mich um, sah aber nur Dunkelheit. Die Stille in dem Gebäude machte mich nervös. Rasch ging ich zum Vordereingang und zwang mich, das Licht im Wartebereich auch noch auszuschalten, bevor ich die Tür öffnete. So unauffällig wie möglich trat ich hinaus und zog die Tür hinter mir zu. Mit zitternden Händen drehte ich den Schlüssel im oberen Schlüsselloch herum, dann noch im Loch im Türknauf, und lief so schnell zum Personalparkplatz, wie es ging, ohne allzu viel Aufmerksamkeit auf mich zu lenken.

An der Gebäudeecke blieb ich stehen und schaute mich um. Der Parkplatz war finster, aber in den benachbarten Häusern und an der Tankstelle, wo Bailey jetzt war, herrschte reges Treiben. Ein wenig beruhigt durch das Wissen um die Nähe anderer Menschen sah ich mich ein letztes Mal um, um mich zu vergewissern, dass niemand kam, und ging zu Baileys Auto. Ich drückte auf die Fernbedienung, um das Türschloss zu entriegeln, setzte mich hinters Steuer und fuhr vom Parkplatz herunter. Langsam näherte ich mich der Yucca Street und hielt nach einer Parklücke Ausschau. Vor einem verrammelten und mit Graffiti übersäten Häuschen kurz vor der Kreuzung North Cherokee Avenue wurde ich fündig. Ich fuhr rückwärts hinein und stellte den Motor ab. Nun parkte ich in der Nähe der Klinik und hatte ungestörten Blick auf die Vordertür.

Ich rutschte tief im Sitz hinab, um nicht gesehen zu werden, und hoffte, dass nicht gerade heute jemand auf die Idee kommen würde, Baileys Auto zu knacken. Im nächsten Moment vibrierte mein Handy. Ich sah aufs Display, um sicherzugehen, dass es Bailey war.

»Wo bist du?«, fragte sie.

Ich beschrieb es ihr.

»Gut.« Sie beendete das Gespräch.

Auf der Straße versammelten sich nun in Zweier- oder Dreiergruppen die Jungs der Gegend. Einige lehnten sich an Straßenschilder, andere an Zäune oder Wände. Alle waren sie spindeldürr, trugen die Haare lang und wirkten ziemlich androgyn. Es war nicht schwer, sich Kit unter ihnen vorzustellen. Oder Dante. Diese traurigen Gedanken lenkten mich eher ab, und so nahm ich mir vor, Dante dabei zu helfen, aus diesem Elend herauszukommen. Dann zwang ich mich, den Blick abzuwenden.

Bailey rief mich zwei weitere Male an. Beim dritten Mal verkündete sie, dass sie hineingehe und sich einen Kaffee hole. Wenn ich dort stehen würde, wäre ich schon beim fünften Kaffee und trotzdem längst ein Eisklotz. »Ich komme und halte so lange die Stellung«, sagte ich.

»Bleib, wo du bist. Ich möchte nicht, dass man dich ein- und aussteigen sieht. Es dauert ja nicht lange.«

Ich zog eine Grimasse und beendete das Gespräch. Warten war nicht meine große Stärke. Stillsitzen auch nicht.

»Vom Labor ist eine E-Mail gekommen«, sagte Bailey beim

vierten Anruf. »Stayners DNA stimmt mit der von Susans Nachthemd überein.«

»Schön«, sagte ich und wunderte mich selbst, wie wenig mich diese Nachricht freute – bei Stayner waren wir uns so sicher gewesen, dass ich nie auch nur auf die Idee gekommen wäre, er könnte nicht der Täter gewesen sein. Da es nun offiziell war, konnten wir es auch Susan und Janet sagen. Vielleicht würden sie dann irgendetwas aus den Trümmern ihres Lebens retten können.

Bailey legte auf, und ich beobachtete weiter die Straße.

Die Zeit verging. Weitere Telefonate. Mehr Zeit verging. Immer noch nichts.

»Ich muss raus und mich bewegen, sonst dreh ich durch«, sagte ich bei unserem neunten Gespräch.

»Erinnere mich daran, dass ich dich nie zu einer richtigen Überwachung mitschleppe«, schimpfte Bailey. »Okay, übernimm meine Stellung. Ich geh schnell aufs Klo.«

»Lass dir Zeit.«

Ich schaute mich um. Da mich niemand zu beobachten schien, stieg ich aus, schob so vorsichtig wie möglich die Fahrertür zu und schloss mit dem Schlüssel ab, um das Piepen der Fernbedienung zu vermeiden. Dann ging ich die Gasse seitlich an der Klinik entlang, wo ein paar Büsche wuchsen. An der Ecke zum Parkplatz fand ich eine Stelle, wo ich mich zwischen Büsche und Wand stellen konnte. Der Parkplatz war immer noch leer.

Gerade als ich zum Auto zurückgehen wollte, blinkte zu meiner Rechten etwas auf. Es schien, als hätte jemand im Büro Licht angemacht. Wenn das so wäre, müsste jemand im selben Moment, als ich um die Ecke gebogen war, durch die Vordertür hineingegangen sein – ausgerechnet wenn Bailey nicht da ist, natürlich. Zu neugierig, um innezuhalten und nachzudenken, ging ich wieder zur Vorderseite der Klinik und fasste an den Türknauf. Er ließ sich herumdrehen. Langsam betrat ich das Gebäude. Mein Herz pochte wie eine Basstrommel.

Ich lehnte die Tür wieder an, zog sie aber nicht ins Schloss, weil ich den Eindringling nicht durch ein Geräusch warnen wollte. Als ich nun dastand und lauschte, kam es mir so vor, als würde ich im ersten Sprechzimmer Bewegungen hören. Ich tastete nach meiner Beretta, zog sie aus der Tasche und entsicherte sie. Dann näherte ich mich dem Aufnahmetresen. Über die Sicherheitsschranke musste ich wohl oder übel hinwegsteigen, also hob ich ein Bein, wuchtete mich hoch und ließ mich auf der anderen Seite wieder hinab, ein Fuß nach dem anderen. Plötzlich hörte ich jemanden aus dem ersten Sprechzimmer kommen und duckte mich, aber die Schritte verschwanden in Richtung Sprechzimmer zwei. Als ich mich wieder vorwagte, war der Flur leer.

Im Entengang schlich ich in die Richtung und wollte die Person, wer auch immer es war, im zweiten Sprechzimmer stellen. Ich hielt die Luft an und umklammerte mit beiden Händen die Waffe. An meiner Schläfe spürte ich eine Ader pochen, und als ich mich der Tür näherte, schluckte ich nervös. In diesem Moment kam der Eindringling heraus. Ich konnte gerade noch registrieren, dass es sich um eine Frau handelte, als sie mir auch schon ihre riesige Handtasche an den Kopf schlagen wollte. Im letzten Moment konnte ich mich noch wegducken, aber da ich die Hände hochgerissen hatte, um mich zu schützen, traf sie meinen rechten Unterarm. Was auch immer in der Tasche war, es war ziemlich schwer. Als ich mich wieder aufgerappelt hatte, rannte die Frau durch den Flur in Richtung Büro.

Ich jagte hinterher. Das Blut pochte in meinen Ohren. Jetzt lief sie in das Büro hinein, und in dem Moment, in dem ich das Ende des Flurs erreicht hatte, knallte sie die Tür zu. Mit meinem ganzen Gewicht warf ich mich dagegen, einmal, zweimal, dann flog sie auf – gerade als die Frau zur Hintertür hinausflüchtete. Unsere Schritte hallten auf dem Asphalt wider, als ich ihr über den Parkplatz folgte und dann in Richtung Yucca Street, wo wahrscheinlich ihr Auto stand. Als wir den Bürgersteig erreichten, wusste ich, dass mir nur wenige Sekunden blieben. In einer Mischung aus Verzweiflung und schierer Dummheit tat ich einen Satz, bekam aber leider nur die Knöchel der Frau zu packen. Meine Waffe flog in hohem Bogen davon. Die Frau fiel hin, und ich landete direkt neben ihr.

Es gelang ihr, einen Fuß freizubekommen und in mein Gesicht zu knallen. Dann drehte sie sich um und begann, auf mich einzutreten, hart und schnell, immer gegen Brust und Kopf. Ich klammerte mich an ihren anderen Fuß und rollte mich auf die Seite, um meinen Kopf aus der Gefahrenzone zu bringen, aber nun beugte sie sich vor und bearbeitete mit ihren Fäusten meinen Rücken, meinen Kopf, meine Schulter. Lange würde ich das nicht durchhalten. Schon lösten sich meine Finger von ihrem Knöchel, und ich spürte, dass sie aufstehen wollte. Verzweifelt warf ich mich mit meinem ganzen Körper gegen ihre Beine und riss sie abermals um. Ein dumpfes Geräusch begleitete ihren Fall. Immer noch benommen kletterte ich auf ihren Rücken und sah, dass ihr Kopf hart auf den Bürgersteig geschlagen war. Blut tropfte von ihrer Stirn. Ich schaute mich nach meiner Waffe um, weil ich wusste, dass ich nicht lange in dieser Position verharren konnte. Sie lag ein ganzes Stück hinter mir, also lehnte ich mich zurück und versuchte, sie zu erwischen. Gerade aber als ich meine Finger um die Trommel legte, konnte sich die Frau hochstemmen und schüttelte mich abrupt ab. Im Fallen erwischte ich meine Beretta, sprang auf und knallte der Frau den Griff gegen die Schläfe. Als sie zu Boden ging, konnte ich ihr einen Arm um den Hals legen. Ich strangulierte sie fast, hielt ihr die Waffe in den Nacken und brüllte: »Keine Bewegung!«

Endlich hielt sie still. Blutend, zerschunden und atemlos dachte ich: *Und nun?*

In diesem Moment hörte ich den denkbar erfreulichsten Klang. »Ich übernehme, Knight. Du kannst dich in Sicherheit bringen«, sagte Bailey. »Oder dich gänzlich umbringen. Was auch immer du magst.«

Erleichterung durchströmte mich, und mit einem Schlag entwich sämtliches Adrenalin aus meinem Körper. Mein Magen stülpte sich um, und ich kroch zu den Büschen, wo ich mich übergab, bis ich vollkommen leer war.

Danach setzte ich mich auf den Boden und lehnte mich mit dem Rücken an die Klinikmauer. Die Hände der Frau waren hinter ihrem Rücken mit Handschellen gefesselt. Es war Evelyn Durrell, ihres Zeichens Verwaltungsleiterin – und, offenbar, Pornografin.

56

Bailey bestand darauf, dass ich mich ins Krankenhaus begab, obwohl mir klar war, dass mir nicht wirklich etwas fehlte. Die Ärzte machten Röntgenaufnahmen und drückten und zerrten an mir herum, bis ich ihnen mit einer Klage drohte. Am Ende war nichts gebrochen oder gequetscht, und ich wurde noch am selben Abend wieder entlassen.

Ich nahm eine lange, heiße Dusche, trank ein schönes, großes Glas Patrón Silver on the rocks und fiel ins Bett. In meinen Träumen durchlebte ich die Verfolgungsjagd erschreckend detailliert noch einmal – bis hin zu den Schmerzen, die ich jedes Mal spürte, wenn ich mich umzudrehen versuchte.

Am nächsten Morgen fühlte ich mich wie der Kauknochen eines Kampfhunds. Die leiseste Bewegung ließ alle meine Muskeln aufschreien. Unnötig zu sagen, dass ich mich krankmeldete. Offenbar hatten sich meine Heldentaten aber herumgesprochen, denn nicht lange nach meiner Krankmeldung kam von Eric und den Kollegen ein großer Strauß Rosen mit einer Karte, die mir bescheinigte, dass ich extrem cool war. Tatsächlich klang es im Wortlaut so: »Für Rachel, die den Ruf der Pflicht sehr großzügig auslegt – und die Gebote der Gesundheit ebenso.« Lieb von ihnen. Graden wusste offenbar, mit wem er es zu tun hatte, und ließ mir eine Flasche Russian Standard Platinum Vodka zukommen. Sein Kärtchen war herzallerliebst: »Tu das noch einmal, und ich ziehe deinen Waffenschein wieder ein.«

Von Vanderhorn kam nichts. Vermutlich hatte das damit zu tun, dass ich einer seiner wichtigsten Stützen im Wahlkampf eine Mordanklage anhängen wollte – was war ich nur für eine Spielverderberin.

Tonis Gerichtsverhandlungen waren vorbei, und so hatte sie Zeit, sich um mich zu kümmern. Das tat sie so gründlich, dass ich sie irgendwann bitten musste, nebenan fernzusehen, damit ich ein wenig arbeiten konnte. Bailey war auch vollauf beschäftigt, und so tauschten wir gelegentlich Neuigkeiten aus, einschließlich eines interessanten Details zu Stayner, das Bailey herausgefunden hatte.

Am nächsten Morgen humpelte ich in die Lobby und vermied es, mich irgendwo anzulehnen, während ich auf Bailey wartete. Als sie vor dem Biltmore vorfuhr, stieg ich vorsichtig ein und gab mir Mühe, nicht das Gesicht zu verziehen.

»Gut siehst du aus«, sagte Bailey.

»Danke«, antwortete ich mit so viel Würde, wie die blauen Flecken und Schrammen es erlaubten.

Evelyn Durrell saß im Hollywood Station Jail. Es war kleiner und sicherer als manch anderes Gefängnis. Evelyn hatte signalisiert, dass sie zu reden bereit war, aber die Achtundvierzig-Stunden-Frist endete heute. Ich hatte also nur diese eine Chance, etwas aus ihr herauszubekommen.

Als Bailey und ich den kleinen Verhörraum betraten, war Evelyn Durrell bereits dort, mit Handschellen an den Tisch gefesselt. Es war mir eine Genugtuung zu sehen, dass sie ebenfalls am ganzen Körper grün und blau war. Ich schaute hoch, um sicherzustellen, dass das rote Licht der Videokamera leuchtete. Bailey las Evelyn ihre Rechte vor, die sie aber nicht wahrzunehmen gedachte.

»Da wir die Luftreiniger und die Kameras in Ihrer Handtasche gefunden haben, können wir Sie der Pornografie-Geschichte problemlos überführen«, hob ich an. »Ich kann

Ihnen nicht sagen, auf wie viele Anklagepunkte es hinausläuft, aber die Strafe wird sich zu etlichen Jahren aufaddieren.« Evelyn wusste, dass sie tief in der Patsche saß, aber ich wollte ihr vor Augen führen, wie tief. »Sollten Sie also über Informationen verfügen, mit denen Sie irgendetwas für sich herausschlagen können, ist das Ihre letzte Chance.«

Sie hob das Kinn und schaute mir in die Augen. »Ich weiß. Und ich werde sie nutzen.«

Das klang ziemlich selbstbewusst. Ob sie Grund dazu hatte, würden wir ja sehen.

Ich beschloss, mit dem offensichtlichsten Punkt anzufangen. »Stayner hat die Kids für Sie aufgetrieben, nicht wahr?«, fragte ich.

»Ja«, antwortete sie.

»Wer ist denn als Erster auf die Idee gekommen, die Klinik für Kinderpornografie zu missbrauchen?«

»Carl. Er hat viele Kinder in die Klinik gebracht, und wir haben uns oft unterhalten. Ich brauchte nicht lange, um herauszufinden, dass er wahrscheinlich der Zuhälter der Kids war. Irgendwann kam er dann mit der Pornografie-Idee. Er sagte, diese Kinder verkaufen sich sowieso, was würde das also für einen Unterschied machen?«

Selbst wenn das stimmte, war Evelyn eine willige Komplizin gewesen. Ziemlich herzlos für jemanden, der mit Kindern arbeitet.

»Und Densmore? Steckte der auch mit drin?«, fragte ich.

»Bis zum Hals«, antwortete sie, und aus ihrer Stimme sprach Ärger. »Daher wusste Stayner ja, wo er wohnt. Densmore hatte ihn eingeladen, um mit ihm darüber zu sprechen, wie man auch in den modernen Kliniken Kameras einbauen könnte.«

Ich schüttelte den Kopf. »Das glaube ich nicht«, sagte ich. »Densmore ist reich genug, um nicht auf dieses schmutzige

Geld angewiesen zu sein. Warum sollte er alles riskieren, um mit Ihnen und Stayner unter eine Decke zu schlüpfen?«

»Weil er auch einer von denen ist«, sagte Evelyn. »Er steht auf Jungs.« Sie schaute mich an. »Das haben Sie nicht gewusst, oder?«

Als Staatsanwältin in L.A. gab es nicht viel, was mich überraschen konnte – und das gehörte nicht dazu. Das ließ ich mir allerdings nicht anmerken.

»Warum sollte ich Ihnen das glauben?«

»Weil ich es beweisen kann«, antwortete sie triumphierend. »Ich habe ihn gefilmt, wie er es in der Hollywood Clinic mit einem Strichjungen treibt.«

Ich atmete tief ein. »Wann?«, fragte ich.

»Vor ein paar Jahren«, sagte sie. »Aber glauben Sie mir, er tut es immer noch. Er mag die älteren. Achtzehn, zwanzig.«

Ich dachte einen Moment über diese Informationen nach. »Sie haben also ein Video mit Densmore und einem Strichjungen«, konstatierte ich.

»Darauf können Sie wetten«, bestätigte sie selbstgefällig.

Am liebsten hätte ich sie geschlagen. Heftig.

»Das bedeutet, dass Sie schon eine Kamera installiert hatten, Evelyn. Ihre Geschäfte liefen bereits.«

Das selbstgefällige Lächeln war sofort verschwunden.

»Ich sage Ihnen, was passiert ist«, erklärte ich. »Sie hatten Glück. Es war keine Absicht, aber Sie haben Densmore auf Video aufgenommen. Perfektes Erpressungsmaterial. Ein Typ wie er, ein wichtiger Geschäftsmann, könnte es sich gar nicht erlauben, dass seine Kontakte zum Straßenstrich herauskommen. Für Sie war das ein echter Glücksfall. Nun hatten Sie nämlich nichts mehr zu befürchten, falls er Ihnen auf die Schliche kommen sollte.« Ich lehnte mich zurück. »Übrigens haben wir einen Durchsuchungsbefehl für Ihre Wohnung. Sollten wir das besagte Video finden, werde ich das Vergnügen haben, Erpressung zu der bereits eindrucksvollen Liste an Anklagepunkten hinzufügen zu können.«

Ich wusste nicht, ob es mit der Anklage wegen Erpressung oder mit dem Durchsuchungsbefehl zu tun hatte, jedenfalls wirkte sie zum ersten Mal verunsichert. Was hatte sie denn erwartet? Andererseits war sie natürlich auch nicht die typische Berufsverbrecherin.

Evelyn sagte jetzt gar nichts mehr, was nicht gut war. Ich fuhr fort in der Hoffnung, weitere Enthüllungen zu provozieren.

»Ich glaube einfach nicht, dass Densmore Stayner zu sich nach Hause eingeladen hat«, sagte ich. »Vermutlich war es eher so, dass Stayner unaufgefordert bei Densmore erschienen ist und ihn unter Druck setzen wollte, damit er auch in den moderneren Gesundheitszentren Kameras einbaut.«

Das war reine Spekulation, aber Evelyns finsterer Miene nach zu urteilen, kam ich der Sache schon ziemlich nahe. Trotzdem blieb sie stumm. Ich nahm die Akte, die ich mitgebracht hatte, öffnete sie und studierte eine Weile die Notizen, die ich mir am Tag zuvor gemacht hatte.

»Ich glaube eigentlich nicht, dass Sie die klassische Kriminelle sind. Zumindest waren Sie das bislang nicht.« Ich schaute auf und musterte ihr Gesicht. »Sie arbeiten schon mit Densmore zusammen, seit er die Hollywood Clinic eröffnet hat. Es war seine erste Klinik, nicht wahr?«

Evelyn nickte misstrauisch.

»Damals gab es noch keine überkandidelten Gesundheitszentren«, sagte ich und schaute bewusst wieder in meine Aufzeichnungen. »Sie waren alleinerziehende Mutter und hatten Mühe, Ihre jugendliche Tochter Katie durchzubringen. Daher waren Sie dankbar, als Densmore Ihnen anbot, Katie einzustellen, um Ihnen bei der Büroarbeit in der Klinik zu helfen.«

Bei der Erwähnung ihrer Tochter war Evelyns Gesicht erstarrt. Katies Geschichte hatte uns Sheila erzählt, die zur selben Zeit wie Evelyn in der Hollywood Clinic angefangen hatte. Sheilas Informationen waren sehr hilfreich gewesen, seit wir wussten, welche Fragen wir zu stellen hatten. Ich beobachtete Evelyns Reaktion und schaute dann zu Bailey hinüber, die an der Wand lehnte. Sie nickte und trat näher. Als Evelyn aufschaute, übernahm Bailey die Befragung.

»Nachdem Katie angefangen hatte, dort zu arbeiten, wurde sie allerdings krank. Hepatitis C. Sie hatte sich in einen der Stricher verliebt, stimmt's?«, fragte Bailey.

Evelyn nickte. Ihre Miene war verbittert.

»Und hat sich von ihm eine potentiell tödliche Krankheit eingefangen«, sagte Bailey einfühlsam.

Evelyn nickte wieder.

»Zu der Zeit, als Ihnen klar wurde, wie krank sie tatsächlich war, hatte sie die Krankheit möglicherweise schon ein ganzes Jahr. Densmore hat Ihnen Interferon gegeben, aber daraufhin litt Katie unter unerträglicher Übelkeit. Sie fühlte sich elend, war vielleicht sogar selbstmordgefährdet. Daher haben Sie Ihre Hoffnungen in irgendwelche neuen Präparate gesetzt, die eine wundersame Heilung versprachen. Aber die waren teuer.«

»Und keines hat geholfen!«, fuhr Evelyn wütend dazwischen.

Bailey nickte. »Katie ist immer noch sehr krank«, sagte sie. »Wie ich gehört habe, besteht eine hohe Wahrscheinlichkeit, dass sie an Leberkrebs sterben wird. Und das alles nur, weil Sie dort gearbeitet haben.« Sie machte eine Kunstpause. »Keine Hollywood Clinic, keine Hepatitis C, stimmt's?«

Evelyns Gesicht war versteinert, aber ich konnte den Zorn direkt unter der Oberfläche brodeln sehen. Ich blickte Bailey an. Die nickte, und so übernahm ich wieder.

»Während Densmores schönes Töchterchen Susan niemals

in seinem Leben arbeiten musste, geschweige denn an einem Ort wie diesem«, sagte ich. »Langer Rede, kurzer Sinn, Sie brauchten Geld. Und Stayner hat Ihnen die Möglichkeit eröffnet, schnell und unkompliziert welches zu beschaffen. Dass Sie Densmore in die Sache mit reinziehen mussten, war kein großes Problem für Sie.«

Evelyn richtete sich jetzt auf. Ihre Wangen waren erhitzt. »Wenn Sie Ihr Kind so leiden sehen, tun Sie alles. Außerdem hatte Carl ja nicht Unrecht. Es war ja nicht so, dass wir die Kinder aus dem Sandkasten geholt hätten.«

Ich war keine Mutter. Wer wollte behaupten, dass ich so etwas nicht auch getan hätte? Evelyn redete weiter. Qual und Wut hatten ihr die Zunge gelöst.

»Es wäre alles gutgegangen, aber Carl wurde gierig. Er bedrängte Densmore, in den anderen Gesundheitszentren ebenfalls Kameras zu installieren. Ich bat ihn, das zu lassen, aber wollte er auf mich hören? Natürlich nicht«, fauchte Evelyn. Dann hielt sie inne und wurde still. Ihre Gesichtszüge verloren jede Spannung. Als sie weitersprach, hatte sich ein Tonfall echter Reue in ihre Stimme geschlichen. »Und dann ist dieses kranke Schwein hingegangen und hat Densmores Tochter vergewaltigt.«

Ich spürte, dass ein Wendepunkt erreicht war. Nachdem ich ihren letzten Worten durch einen Moment des Schweigens Gewicht verliehen hatte, wagte ich den Angriff.

»Wo waren Sie in der Nacht, als Kit getötet wurde?«, fragte ich.

Evelyns Augen schossen zu Bailey hinüber, dann richteten sie sich wieder auf mich. Sie fuhr sich mit der Zunge über die Lippen. Offenbar war ihr Mund trocken geworden. Wenn sie jetzt dichtmachte, waren wir geliefert. Die Spannung hing schwer in der Luft. Ich versuchte, normal zu atmen, während ich Evelyn innerlich zum Reden drängte.

»Stayner war es«, antwortete sie.

Ich ließ ihre Worte in der Luft hängen und sagte absichtlich nichts. Schweigen ist oft die beste Verhörmethode. Nach einer Weile fuhr sie fort.

»Kit hatte das Foto von sich im Netz gefunden und kam dahinter, wo es aufgenommen worden sein musste. Dann wollte er Stayner damit erpressen.« Evelyn schüttelte den Kopf über so viel Dummheit. »Ich hatte keine Ahnung, dass er den Jungen umbringen wollte.«

Bailey schaute mich an. Ich lehnte mich zurück, und sie sagte zu Evelyn: »Ein toter Mann ist ein praktischer Sündenbock. Wenn Sie Hilfe von uns erwarten, sollten Sie irgendetwas zu bieten haben, das diesen Vorwurf bestätigt.«

Evelyn dachte einen Moment nach, dann starrte sie vor sich hin und sagte: »Ich kann Ihnen sagen, warum dieser Staatsanwalt dran glauben musste.«

Mir war plötzlich unbehaglich zumute, weil ich nicht wusste, ob ich hören wollte, was sie uns zu erzählen hatte. Nach all dieser Zeit würde es allerdings gut sein, endlich die Wahrheit zu erfahren, das war mir auch klar. Ich hoffte nur, dass die Auskunft – gut oder schlecht – den Tatsachen entsprach. Bailey nickte, um Evelyn zu ermuntern, und so fuhr sie fort.

»Kit prahlte damit, dass er mit einem Staatsanwalt befreundet sei. Er sagte, der Typ helfe ihm immer und würde auch bei der Übergabe vor dem Motel warten. Vermutlich dachte er, Carl würde ihm dann schon vor lauter Angst das Geld geben und verschwinden.« Evelyn machte eine Pause, bevor sie fortfuhr. »Carl dachte, der Junge redet eh nur Scheiße, aber das war ein Fehler. Der Staatsanwalt wartete tatsächlich draußen. Das wäre nicht einmal ein Problem gewesen, wenn Carl nicht zu spät gekommen wäre. Als er Kit erschoss, war der Staatsanwalt bereits beunruhigt und betrat das Motel, um herauszufinden, was los war. Als er an die Zimmertür klopfte, saß Carl in der Falle. Außerdem wusste er ja nicht, was Kit dem Typen erzählt hatte.« Evelyn hielt inne und seufzte. »Carl konnte ihn auf gar keinen Fall entwischen lassen.« Sie lehnte sich zurück und atmete aus.

»Stayner hat den Staatsanwalt also reingelassen, ihn erschossen und dann alles so arrangiert, dass es wie Mord mit anschließendem Selbstmord aussieht«, sagte Bailey.

Evelyn nickte. »Kontrollieren Sie das Handy von dem Staatsanwalt. Ich wette, Sie werden an diesem Datum einen Anruf von Kit finden, weil er ihm den Treffpunkt übermitteln wollte.«

Ich kämpfte darum, meine Gefühle unter Kontrolle zu halten. In meine Erleichterung mischte sich tiefe Trauer. Jake wäre entlastet, aber es wäre furchtbar zu wissen, dass ein Akt der Freundlichkeit zu seiner Ermordung geführt hatte. Außerdem erklärte Evelyns Geschichte nicht die wahre Natur von Jakes Beziehung zu Kit. So schrecklich das war, ich musste mich mit der Möglichkeit abfinden, dass ich es vielleicht nie erfahren würde. Mühsam riss ich mich zusammen und wandte mich wieder an Evelyn.

»Wenn aber Stayner gar nicht wusste, dass Jake kommen würde, wieso hatte er dann ein Foto von Kit dabei, um es Jake unterzuschieben?«, fragte ich und ließ mir meine Skepsis deutlich anmerken.

»Ich hatte Carl gesagt, dass er Kit bitten soll, es mitzubringen. Ich wollte wissen, was Kit auf die Idee gebracht hat, es könne in der Klinik entstanden sein. Wenn Kit das erkannt hatte, könnte das auch jemand anderem gelingen, und ich wollte nicht noch mehr Erpresser hier.«

Außer dir, dachte ich. Die Ironie ihrer Aussage war Evelyn entgangen, was kaum verwunderlich war. Aber ich hatte, was ich brauchte. Zeit fürs Finale.

»Mag sein«, sagte ich mit einem Achselzucken. »Aber das

ist alles noch kein Beweis dafür, dass Stayner die beiden getötet hat. Wo waren Sie an dem Abend?«

Evelyn tat, als würde sie nachdenken, dann sagte sie: »Ich war bei der Arbeit. In der Hollywood Clinic, um genau zu sein.«

»Bis wann?«, hakte ich nach.

»Ich war die Letzte, die an dem Abend gegangen ist. Gegen halb acht habe ich abgeschlossen, daran kann ich mich noch erinnern.«

Das war ein gutes Alibi, denn die Morde waren um halb sechs begangen worden. Und es war eine clevere Antwort, weil es in der Klinik keine Stechuhr gab. Wenn Evelyn also allein gewesen war, würde niemand ihrer Geschichte widersprechen können. Es gab da nur einen Haken.

»Wir konnten allerdings ermitteln, dass sich Stayners Handy zu diesem Zeitpunkt in Santa Monica befand. Sechzehn Meilen vom Motel entfernt.« Ich machte eine Pause, um Evelyns Reaktion zu beobachten. Sie bot bereitwillig eine Erklärung an.

»Es ist ja nicht gesagt, dass er sein Handy dabeihatte. Vielleicht hatte er es verliehen«, sagte sie.

»Hatte er aber nicht«, antwortete ich. »Er wurde von einer Verkehrskamera fotografiert, als er über die California Avenue in Richtung Norden fuhr. Um fünf Uhr dreißig. Er kann also Jake und Kit gar nicht umgebracht haben. Um diese Tageszeit hätte er über eine Stunde gebraucht, um vom Zentrum nach Santa Monica zu gelangen.«

Evelyn erbleichte so plötzlich, dass ich dachte, sie würde in Ohnmacht fallen. Ausdruckslos starrte sie auf den Tisch, als ihr klar wurde, was ich da gesagt hatte.

»Außerdem könnten Sie gar nicht so viel über den Mord wissen, wenn Sie ihn nicht selbst begangen hätten«, schloss ich.

Bailey machte den Sack zu. »Evelyn Durrell, Sie sind verhaftet wegen des Mordes an Jake Pahlmeyer und Kit Chalmers.«

Dann verließen wir den Raum.

Epilog

Ich verfasste zwei Mordanklagen gegen Evelyn Durrell. An der Anklage wegen Kinderpornografie arbeiteten wir noch. Wenn die Jury richtig entschied, würde Evelyn Durrell lebenslänglich ohne Bewährung bekommen. Was Densmore anging, waren Bailey und ich uns einig, dass er nichts über den Mord an Jake und Kit oder über ihre Beziehungen zur Klinik gewusst hat. So sehr er seine Tochter auch lieben mochte, er hätte die Sache nicht derart forciert, wenn er gewusst hätte, was für schmutzige Wahrheiten über seine Klinik herauskommen würden. Was den Mord an Stayner betraf, war er davon ausgegangen, dass man ihn nie erwischen würde – und das hätte ja auch fast geklappt.

Meine Anklage gegen ihn würde auf Kinderpornografie und Mord ersten Grades unter mildernden Umständen lauten, aber es würde mich nicht überraschen, wenn die Jury den Pornografievorwurf ganz fallen lassen und Densmore nur wegen Mordes zweiten Grades oder sogar nur wegen Totschlags verurteilen würde. Jurys haben kein Problem mit rachsüchtigen Eltern, selbst wenn es sich um egoistische Kontrollfreaks handelt. Aber auch wenn die Jury ihm entgegenkam, würde Densmore mit dem Wissen leben müssen, dass seine merkwürdigen »Verstrickungen« zur Vergewaltigung seiner Tochter geführt hatten.

Die Erinnerung an die Anklageerhebung gegen Densmore war schmerzlich. Der Gerichtssaal war an jenem Morgen überfüllt gewesen, und erwartungsgemäß war auch die Presse erschienen. Ich wollte die Sache nur hinter mich bringen und schnell wieder aus dem Rampenlicht verschwinden, aber als der Richter endlich meinen Fall aufrief, übertraf die Zahl der Journalisten bereits die der beteiligten Juristen. Ich verlas die Anklagepunkte. Densmores Anwalt wiederum, ein smarter Typ, den ich nicht kannte und der irgendwie nach New York aussah, erklärte, dass er auf nicht schuldig plädieren werde. Wir einigten uns auf einen Termin für die Vorverhandlung, und nach wenigen Minuten war die Sache vorbei. Ich ließ mir Zeit mit dem Einpacken, damit ich nicht irgendwelchen Journalisten über den Weg laufen würde, und sobald ich mich sicher fühlte, nahm ich meine Mappe und wandte mich zum Gehen.

Plötzlich sah ich Janet und Susan im Zuhörerbereich stehen. Sie sprachen mit Densmores Anwalt – oder hörten ihm vielmehr zu. Ich ging durch den Gang auf sie zu und wusste nicht, was ich sagen sollte. Der Gedanke daran, was sie alles durchgemacht hatten und noch würden durchmachen müssen, schmerzte mich zutiefst. Als ich in ihrer Nähe war, schauten sie auf und sahen mich kommen. Ich blieb stehen.

»Susan, Janet, es tut mir so leid«, sagte ich.

Eigentlich hätte ich gerne gesagt, dass ich niemals damit gerechnet hätte, dass sich die Dinge so entwickeln würden, dass ich andererseits aber auch keine Wahl hatte, sondern meinen Job machen musste. Schnell wurde mir aber klar, dass ich mir die Mühe sparen konnte. Susan drehte sich weg und schaute zu Boden. Janet bedachte mich mit einem kühlen Blick und wandte sich dann wieder dem Anwalt zu. Ich verließ den Gerichtssaal.

Alles, was Susan sehen konnte, war, dass ich ihren Vater zerstört hatte. Wahrscheinlich musste sie auch immer daran denken, dass das alles nur passiert war, weil sie ihren Eltern von der Vergewaltigung erzählt hatte. Sie machte mich verantwortlich, sich selbst, alle – nur nicht Densmore. Vielleicht würde sie eines Tages stark genug sein, um den eigentlichen Schuldigen zu erkennen.

In einer Hinsicht hatte die Anklageerhebung allerdings doch einen positiven Effekt gehabt. Als am nächsten Tag auf sämtlichen Fernsehkanälen über die Sache berichtet wurde, rief mich Olive Horner an, Kits Pflegemutter.

»Ich hab was, was Sie interessiert«, begann sie.

»Möchten Sie, dass ich vorbeikomme?«, bot ich an, denn ich war neugierig.

»Lieber nicht«, antwortete sie.

Im Hintergrund hörte ich den gedämpften Klang eines Fernsehers, aber kein Babygeschrei. Vermutlich hatte man den Kleinen tatsächlich zur Adoption freigegeben.

Olive fuhr fort. »Ich hab jetzt einen Fünfzehnjährigen, Adam. Ist neulich erst zu mir gekommen. Er hat mal das Foto gesehen, das ich von Kit in meiner Brieftasche habe. Angeblich hat er Kit gekannt. Hat wohl mit ihm im Knast gesessen.« Olive unterbrach sich, und ich hörte eine gedämpfte Stimme, die wie die von Janzy klang. Olive sagte: »Einen Moment, ja?«

Mit einem Knall landete der Hörer auf einer harten Oberfläche, und ich wartete ungeduldig. Was war da nur los?

Ein paar Minuten später kam Olive zurück. »Tut mir leid.«

»Schon okay. Adam kannte Kit also?«, drängte ich.

»Ja«, antwortete sie. »Gestern haben Adam und ich dann ferngesehen. In den Nachrichten war auch ein Bild von Jake.«

Jake. Ich setzte mich, presste das Handy ans Ohr und machte mich auf das Schlimmste gefasst. Meine Schläfen pochten schmerzhaft, und ich massierte sie. Olive fuhr fort: »Adam kannte Jake. Er sagt, viele Kids im Knast kannten ihn. Er hat ihnen immer erzählt, wie wichtig Schule ist und dass sie sich aus Ärger raushalten sollen und dass sie Respekt vor sich selber haben sollen. Er hat ihnen auch Kleidung und Bücher gebracht. Manchen hat er sogar Tutoren besorgt, damit sie ihren Abschluss machen und vielleicht studieren können.«

»Jake war also …«, begann ich mit zittriger Stimme.

»Eine Art Schutzengel, nach allem, was man so hört«, sagte Olive. »Ich weiß, dass er Ihr Freund war, und da dachte ich, vielleicht freut es Sie.«

»Ich kann Ihnen gar nicht sagen, was das für mich bedeutet«, erwiderte ich und versuchte, meine Gefühle unter Kontrolle zu behalten. Ich konnte es ihr tatsächlich nicht sagen, da Olive nicht einmal von den Vorwürfen wusste, die gegen Jake und Kit erhoben worden waren. Die Erleichterung – und die Zerknirschung, dass ich je an Jake hatte zweifeln können – rührte mich zu Tränen. Mühsam riss ich mich zusammen und fragte: »Glauben Sie, Adam würde es etwas ausmachen, mit einer anderen Person über Jake zu reden?«

»Wüsste nicht, wieso.«

Sofort rief ich Jenny an, die vollkommen zusammenbrach, als sie die Geschichte hörte. Als sie sich wieder erholt hatte, schlug ich ihr vor, dass sie es sich ja vielleicht persönlich erzählen lassen könnte, und sie stimmte sofort zu. Ich organisierte ein Essen für sie und Adam – auf meine Rechnung.

Jetzt, Wochen später, hatte ich endlich das Gefühl, dass ich mich von meinem Zusammenstoß mit Evelyn erholt hatte. Die unübersehbaren Beulen und blauen Flecken hatten sich weit genug zurückgebildet, um die schwere Abdeckcreme überflüssig werden zu lassen.

Graden war der Meinung, dass ich mich, nachdem ich nicht nur meinen, sondern gleich auch noch seinen Fall abgeschlossen hatte, von ihm zum Abendessen einladen lassen könnte. Da schien mir nichts gegen zu sprechen. Dann kamen wir auf die Idee, in einem etwas größeren Rahmen zu feiern. So würden wir uns also heute Abend in der Dachbar des Standard Hotel zu einem Festessen treffen.

Graden sollte Toni, Bailey und mich um halb acht am Biltmore abholen. J.D. und Drew wollten direkt in die Bar kommen. Jetzt war es halb sieben, und ich musste die Zeit totschlagen. Ich rief Toni und Bailey an und fragte, ob sie Lust hätten, früher zu kommen, um noch einen Drink zu nehmen. Beide hatten schon ja gesagt, bevor ich auch nur den Satz beenden konnte.

Um Viertel vor sieben rief mich Bailey von der Bar aus an, und als ich kam, waren sie, Toni und mein Martini bereits zur Stelle.

»Den hast du dir verdient, nachdem du Evelyn Durrell filmreif niedergerungen hast«, sagte Bailey grinsend.

Ich nippte an meinem Martini und versuchte, sie zu ignorieren.

»Wie nennt man diesen Griff eigentlich, den du da angewendet hast?«

Toni lachte laut auf. Zu laut. »Was hattest du denn überhaupt vor? Hast du darauf spekuliert, dass sie sich aus Mitleid ergibt?«, fragte sie.

Ich warf ihr einen giftigen Blick zu, dann wandte ich mich an Bailey.

»Du wirst dich natürlich noch Monate daran weiden. Und wenn ich diese Frage beantworte, werde ich dir nur weitere Munition liefern. Nein, *gracias.*«

»Das war doch ein fliegender Tackle, oder?«, fragte Bailey.

Ich nippte an meinem Martini und beachtete sie gar nicht.

»Immerhin hast du keine Parkuhr erwischt«, sagte sie.

Ich beachtete sie immer noch nicht. Stattdessen wandte ich mich an Toni, die mit ihrer langen Glitzerstola und einer Unmenge an Armreifen prächtig aussah.

»Und das alles nur für Euer Ehren?«, stellte ich fest. »Halt dich ran, Toni.«

»Ich hab's einfach nicht mehr ausgehalten«, erwiderte sie. »Ich brauchte mal ein bisschen Abwechslung, nachdem ich die ganzen letzten Wochen über ständig diese scheußlichen biederen Kostüme tragen musste.«

Nichts, was Toni trug, war scheußlich oder bieder, aber darüber konnte man mit ihr nicht reden.

»Was ich noch sagen wollte«, fing Bailey an. »Ich kenne einen Karosserieschlosser, der meint, er könne dir für dein Auto ein gutes Angebot machen. Er bräuchte nur ein paar Bilder für einen Kostenvoranschlag. Wie spät ist es jetzt?«

Ich sah auf mein Handy. »Sieben. Wir hätten noch ein bisschen Zeit, falls du die Bilder jetzt machen möchtest.«

»Okay, gucken wir uns das Gemetzel mal an.«

»Aber erst kipp ich meinen Martini runter. Ich brauche eine Betäubung, bevor ich mir das Elend noch einmal vor Augen führe.« Mit einem ausgiebigen Schluck war die Sache erledigt.

»Ist es okay, wenn ich mich erst draußen wieder zu euch geselle?«, fragte Toni und zeigte auf die Zehn-Zentimeter-Absätze ihrer Riemchensandalen. »In diesen Schuhen möchte ich nicht weiter herumlaufen als unbedingt nötig.«

»In fünf Minuten, Scarlett«, sagte Bailey.

Wir nahmen den Aufzug zur Tiefgarage. Als wir meinen Parkplatz erreichten, war er leer. Verwirrt drehte ich mich um und starrte in die Tiefen des Parkdecks.

»Was zum Teufel soll das?«, fragte ich.

»Wann hast du denn das letzte Mal nach deinem Auto geschaut?«

»Nicht mehr, seit es passiert ist«, gab ich zu. »Vielleicht stand es ja woanders.«

Nachdem wir die gesamte Etage abgelaufen waren, musste

ich allerdings kapitulieren. Frustriert und aufgebracht stapfte ich in Richtung Ausgang hoch.

»Das zahlt doch die Versicherung, Knight«, sagte Bailey. »Abgesehen davon hat der Wagen sowieso zum Fürchten ausgesehen.«

»Aber da war noch lauter Zeug von mir drin. CDs, Fotos. Wo ist Rafi, verdammt?«

Wütend stapfte ich weiter die Zufahrtsrampe hoch. Als wir beim Parkservice ankamen, gesellte sich Toni zu uns. »Du wirst es verdammt noch mal nicht glauben, aber irgendjemand hat mein Auto geklaut«, fluchte ich. Toni wollte gerade etwas erwidern, als wir von wummernden Bässen auf der Straße abgelenkt wurden. Ein nachtblaues Auto, aus dem in Höllenlautstärke Rap-Musik dröhnte, schlängelte sich durch den Verkehr auf der Grand Avenue und bog dann in die Hotelzufahrt ein. Auf der Beifahrerseite reckte sich eine Hand aus dem Fenster und winkte, unmittelbar gefolgt vom grinsenden Gesicht von Luis Revelo. Direkt vor mir hielt der Wagen an.

»*Hola,* Frau Staatsanwältin«, sagte Luis.

»Luis? Was tust du denn hier?« So sauer ich war, freute ich mich doch gleichzeitig, ihn zu sehen.

»Wonach sieht es wohl aus, was ich hier tue? Ich bringe Ihnen Ihre Kiste wieder.«

Ich runzelte die Stirn, dann schaute ich genauer hin. Mein Auto! Wobei es deutlich besser aussah als zuletzt.

»Du machst Witze, oder?«

»Definitiv nicht.« Luis stieg aus und gab dem Fahrer ein Zeichen, dass er seinen Platz ebenfalls räumen sollte. »Los, rein mit Ihnen, Lady. Ist alles drin, nicht so wie vorher. Auch klangmäßig hab ich ein bisschen aufgerüstet.«

»War nicht zu überhören.« Ich lachte.

Bailey und Toni lächelten ebenfalls. »Los, steig ein.«

»Ihr habt das gewusst«, sagte ich zu ihnen.

Sie nickten. »Nach allem, was Luis so erzählt hat, wirst du begeistert sein«, sagte Bailey.

Luis hielt mir die Tür auf, als ich um den Wagen herumging, und machte sie galant hinter mir wieder zu. Ich wollte ihm danken, aber da hatte er schon die Straße überquert. Sicher hatte er noch Geschäfte zu erledigen. Je weniger ich darüber wusste, desto besser.

Ich winkte Toni und Bailey, dass sie einsteigen sollten, und reichte Bailey mein Handy. »Ruf Graden an«, bat ich sie. »Sag ihm, dass *ich* heute Abend fahre.«

Dank

Dieses Buch würde es ohne den Rat, die Unterstützung und die Stärke von Cathy LePard nicht geben – eine großartige Schriftstellerin, ein wunderbarer Mensch und meine persönliche Retterin. Meine Liebe, Dankbarkeit und Hochachtung sind grenzenlos. Dich hat ein Gott oder eine Göttin gesandt.

An harter Arbeit führt kein Weg vorbei, aber manchmal braucht man auch ein wenig Glück. Ich hatte das riesige Glück, den besten Agenten der Welt zu finden: Dan Conaway, dessen Genie das Buch etliches verdankt und dessen Charme, Geist und Wärme die Arbeit nicht nur lehrreich, sondern auch vergnüglich werden ließen. Es lebe auch Stephen Barr, sein großartiger, unermüdlicher Assistent. Was für ein Team! Ich hätte mir kein besseres wünschen können.

An die Adresse von Cheflektorin par excellence Judy Clain und Verlagsleiter Michael Pietsch möchte ich sagen: Mein grenzenloser Dank dafür, dass sie an dieses Buch geglaubt haben – ich fühle mich überaus geehrt. Und als wäre das noch nicht genug, war die Arbeit mit ihnen das reinste Vergnügen. Einen besonderen Dank an den fantastischen Nathan Rostron, der die Sache am Laufen gehalten hat. Und Hut ab vor der Redakteurin Karen Landry für ihre tolle Arbeit. Danke!

Tausend Dank an die wunderbaren Leute von Mulholland Books – ihre Intelligenz, Kreativität und Erfindungsgabe sind schier unerschöpflich. Es hat viel Spaß gemacht, mit ihnen zusammenzuarbeiten. Ein seltenes Geschenk!

Einen besonderen Dank möchte ich an meine liebe Freundin Lynn Reed Baragona richten, die alle Hebel in Bewegung gesetzt hat, damit die Dinge ins Rollen kommen. Irgendwie schaffst du es immer, Lynn, in den entscheidenden Momenten da zu sein. Das Wunder der Freundschaft wird mich stets überwältigen. Du bist einfach unglaublich!

Mein großer Dank auch an Katharine Weber. Deine Ratschläge und Einsichten waren entscheidend dafür, dass ich das Buch in die Welt hinausschicken konnte. Unsere gemeinsame Zeit habe ich sehr genossen. Danke!

Dank an Hynndie Wali, meine liebe Freundin, die geduldig zugehört, weise Ratschläge erteilt und sich für gewöhnlich mit meinen Grübeleien abgefunden hat. Ich kann nicht versprechen, dass es nicht wieder geschieht, aber ich verspreche, dass die Drinks auf mich gehen! Danke, dass du immer für mich da warst.